劝退师

夜先生 —— 著

北京联合出版公司
Beijing United Publishing Co.,Ltd.

图书在版编目（CIP）数据

劝退师 / 夜先生著 . -- 北京 ： 北京联合出版公司，
2019. 4

ISBN 978-7-5502-8935-2

Ⅰ . ①劝… Ⅱ . ①夜… Ⅲ . ①长篇小说－中国－当代
Ⅳ . ① I247.5

中国版本图书馆 CIP 数据核字 (2019) 第 036794 号

劝退师

作　　者：夜先生
产品经理：赵琳琳
责任编辑：李艳芬
特约编辑：岳晓慧 丛龙艳

北京联合出版公司出版
（北京市西城区德外大街 83 号楼 9 层 100088）
北京联合天畅文化传播公司发行
天津光之彩印刷有限公司印刷 新华书店经销
字数 306 千字 880mm×1270mm 1/32 印张 13.5
2019 年 4 月第 1 版 2019 年 4 月第 1 次印刷
ISBN 978-7-5502-8935-2
定价 :49.00 元

自序：关于婚姻，我们都在犯错

在 30 岁左右的那几年，我一直处在深深的焦虑中。

可能对现在的很多中国人来说，30 岁是一道坎儿，结婚是迈过这个坎儿时绕不开的话题，不管你自己想不想面对，都会遇到各种人的追问、同龄人的婚宴请帖、莫名其妙的相亲等一系列问题，最终焦虑起来。

那时候有段时间，我跟一个老同学又变得关系很密切。他是我眼中的商业奇才，高中就学会了炒股，大学毕业就开了几个空头公司互相做账，几年不见，他已经事业小成，但是身边除了客户还是客户，朋友越来越少。

我们曾经在学校里经常聊天。那时候无意间碰上，聊得比较投机，于是他偶尔空闲了就找我喝个咖啡；反正我对他这几年的生活一无所知，跟他的圈子也没有交集，他对我这个熟悉的陌生人可以畅所欲言。

他说他结了婚，正在考虑是否要孩子；他说他总是在出差，见客户，谈生意，夜夜笙歌；他说他还有个情人，在长沙，见面次数并不多，但是偶尔会十分想念。

我问他："你媳妇没有发现过什么异常吗？"

他反问我："你觉得呢？"

我说我也不清楚，然后，我也跟他讲了我的生活，讲了我的困惑，讲了我为何不结婚、为何焦虑。

他对我说："不要活得那么明白，什么岁数该干什么，干就是了；不管你想得多明白，到最后都会发现，到了下一个岁数，你依然要面对那些不得不面对的问题。"

我们联系了一段时间后，他重新开始忙碌，再次接到他的电话是一天半夜，他让我帮他搬家。

那个时间我已经睡了，觉得这事蹊跷，于是半夜跑到他家，发现他的东西都被扔在楼下，大大小小散落一地。我大概已经猜到发生了什么，所以什么都没问。

大概深夜一点多吧，我跟他还有他的另外一个会开车的朋友一起，把草坪上的东西捡干净，塞进车里，一起去酒店。

开车的时候，他朋友突然说："这事吧，其实关键在于你怎么想，如果你想离婚，那你们肯定是过不到一块儿去了；如果你不想离，我们再想办法。"

我那时候依然身处迷茫中，看到这个场面脑子里十分蒙，没怎么说话，也不知道该说什么，只记得车离开他们小区的时候，我下意识地回头看了一眼，他住的那栋楼上只有一户还亮着灯。

往后的几年，身边的朋友基本都结婚生子，我时常参加各种以家庭为单位的聚会，看着各种年龄、各种状态，爆发冲突时彼此总是因为无法沟通，各自都有各自的角度，为了一件家务事争论对错，结果可想而知。有些人干脆为了避免麻烦，把生活变成任务分工，你负责赚钱，我负责看孩子；你负责拖地，我负责刷碗；你负责你爸妈，我负责我爸妈……这种分工是一种最简单的沟通方式，可以用最小代价达到心照不宣的平衡状态，结果，两个人都在自己的世界里用砖砌墙，最终在两个人之间修筑起两道墙，你的事我插不上手，我的事你也插不上手，但是，每件事可能都有别人参与，最终，默契和沟通都变成了夫妻两个个体与别人之间的事。

每当看到这样的状态时，我总会想起那个老同学，想起当年在咖啡屋，他扬扬得意地跟我说起他们夫妻的这种分工，省力省心，是多么伟大的发明。他那时以为做到这样老婆就再也离不开他，没想到最后的结果是，他于家庭变得可有可无。

他离了婚，元气大伤，然后一蹶不振。

我偶尔会想起那天深夜在车里的状况，想起他朋友说的那些话，很明显，那些话起不到任何劝慰的作用；我很想知道，在那个夜晚，我该说什么才能帮他走出困境，而不是赌气离开。

寻找正确的答案很难，但是混沌地生活应该不是好的选择。

从小到大，我经常听到老妈跟我抱怨，说跟我爸在一起没什么意思，没有默契，只有争吵，怎么吵都吵不完。

有一次我心血来潮，给我爸做一个网络上的心理测试题，测试他是否患有抑郁症。有一道题是"你是否觉得不被理解？"，一向不善言辞、不善表达的老爸看到，连连点头说，绝对没人理解，太缺乏理解了。

　　我不觉得我爸妈有什么"问题"，他们就是普普通通的老爸老妈，跟大多数中国人的老爸老妈没什么区别；但是，他们看电视，为了戏里的梁山伯、祝英台到底是男人演的还是女人演的都能吵起来，沟通对他们来说，变成了一件奢侈品。

　　曾经我一度以为，这种事情只会发生在父母这代人身上，现在却发现，这种状态好像遗传，越来越多地出现在身边的朋友甚至出现在我自己身上。

　　两个相爱的人从无话不谈到沉默不语甚至互相隐瞒的转变，用不了几年时光，时间久了，即使再想重新开口，也已经失去了重新开始的勇气和能力。

　　于是，我用很快的速度就写完了这本《劝退师》，我想找寻一些答案，希望能给所有身陷婚姻之中以及所有对婚姻充满恐惧或者向往的朋友，带去一些思考的角度，它不能治病救人，但起码比灌几碗心灵鸡汤更有裨益。

目录

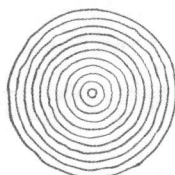

关于感情，
有很多**痛苦**都是**相似**的

1.

　　已近深秋，晚上9点，风起了还真有点冷，堵得让人想发狂的晚高峰已经过去，马路上的车开始变少，车速也越来越快。

　　守望路的咖啡馆外面停着一辆车，车里坐着一个女司机，双手正紧紧地握住方向盘，不过她没法发动车，车钥匙在副驾驶座上的男人手里。

　　男人叫杨墨，今年36岁，因为是本命年，他已经穿了近10个月的红裤衩，天天祈祷不求发财，但求平安。而现在的他正瞪着眼睛，一副假装淡定的样子。

　　女司机叫吴小薇，今年26岁，正处于那种刚退去学生气的稚嫩、绽放出女人风韵美的时候。吴小薇双手握着方向盘，仿佛正掐着一个人的脖子似的一个字一个字地大喊："把——钥——匙——给——我！"

　　"话还没说完，不能给！"杨墨看着她，将钥匙攥在手里，藏到屁股后面，说，"折腾了几个月，该闹的、该打的、该作的都差不多了吧？现在可是你自己说想通了，谈判结束了，一切都是你同意的，咱可不能反悔。今晚就是个句号，好好画个圈，回家好好睡一觉，明天一切都是新的开始，你这么年轻，未来多么美好……"

　　"把钥匙给我！"吴小薇不看杨墨，眼瞅着快哭了，只重复这几个字。

　　杨墨摇头说："你要是不答应我，就算咱俩坐一夜，我也不能给你。"

　　吴小薇深深吸了一口气，说话的语气让人无法拒绝："我答应你，我什么都答应你……这是我的车，现在这是我的车了，我付出了那么多，现在只剩下这么一辆车，我必须开回家。把钥匙给我吧！"

杨墨心想，真是文艺女青年，说话一套一套的，只剩一辆车？那她卡里多出来的那几十万存款算什么？杨墨还在犹豫，吴小薇突然扭头看向他，眼睛连眨都不眨，看得杨墨心里直发毛。这个脸皮厚的老男人自高中开始偷偷跟学习委员在家里约会之后，快 20 年没有这么不安过了。犹豫再三，他把钥匙递给吴小薇，还没说什么，吴小薇便发动起车来，起步就超过了 80 迈。

杨墨赶紧系好安全带，哆哆嗦嗦地拿起手机打开微信，往一个叫"都是娘家人"的微信群里说了一句话：

"我觉得'爆裂女侠'要疯了。"

2.

群里可没人理他。

群主魏志刚正扯着嗓子跟一群人纠缠在一起，脸上、身上不知道挨了多少巴掌，也不知道都是谁打的。

就在二十分钟前，魏志刚正带着老婆和孩子在山羊羔火锅店的一楼大厅吃饭，庆祝宝贝儿子在幼儿园大班拿到第 10 朵小红花。

突然，三个打扮得相当富态的中年妇女——就是那种在美容院用高档化妆品抹出来的满脸油光、挎着几万块钱的包、大冷天外面穿紧身裙子和黑丝袜、里面穿秋裤、必须用塑形内衣勒住肚子的富态——推开火锅店的门，站在大厅里就直嚷嚷："把你们经理给我叫来！"

山羊羔火锅店的大堂经理是个打扮得相当利索的姑娘，从远处看见出了事，便走到这三个中年妇女面前，短短几步路她就已经做好各种心理建设。不过，见过风浪的女人出手从来都比小女孩稳、准、狠，体形最壮的那个中年妇女上来就是一个大嘴巴，另外两个一人一只手揪住那姑娘的胳膊，另一只手逮哪儿朝哪儿扇，一边扇一边大喊："我打你个小三，我打你个不要脸的小妖精！"

从安安静静到打成一团，只用了不到一分钟，大厅里直接炸了锅。魏志刚就像漫威电影里的钢铁侠，按个按钮瞬间变身。他跟老婆说"看好孩子，千万别过去凑热闹"，然后便义无反顾地跳入旋涡，上前跟几个服务员一起拉起了架。

也不知道怎的，拉扯姑娘的手都拉到了魏志刚身上，扇大耳刮子的手也都扇到了他脸上。挨扇的姑娘不知道被谁推倒在地，一点不含糊，爬了两步站起身，朝着离她最近的酒瓶子冲过去，拎起酒瓶子冲了回来，结结实实朝着一个中年妇女抡过去。

好巧不巧，她抡偏了，一瓶子砸在魏志刚的脑门儿上，力道不算太大，瓶子没破，可这比直接砸破脑瓜还疼。

闹事的"旋涡"乱成了一锅粥，周围看热闹的吃瓜群众越来越多，很多人掏出手机拍了段视频就开始发朋友圈、传微信群，谁也不知道到底啥事，就是听着是打小三，看见魏志刚在其中瞎折腾，认定了他是渣男护小三。于是，魏志刚被讹传成了出轨事件的男主角。

好事的都先忙着拍视频，拍得过瘾了才想起来打110报警。警察赶到时，火锅店老板已经亲自出马，再加上几个男服务员，两个架一个，三下五除二就把女人们分别架到了没客人的包间里。火锅店老板向警察再三保证，没啥事，自己肯定能处理好。送走警察，他又被三个中年妇女堵在墙角。

三个中年妇女指着火锅店老板的鼻子骂："你长本事了，生意做大了，包养小三就罢了，还想离婚！"

老板百口莫辩，魏志刚突然跳出来，他顾不上脑袋生疼，一边捂着头一边保护着老板逃出包围圈，信誓旦旦地说："这事我能帮你处理，相信我！"老板就像抓住救命稻草一般，连忙点头。

魏志刚赶紧打电话寻求支援，结果连着打了两个电话都没人接。

3.

魏志刚先是打给杨墨，杨墨正坐在"爆裂女侠"吴小薇的车上陪着她一起狂飙，两只手恨不得死死抓住一切能抓住的东西，心都快跳出来了，哪还有工夫接电话？

电话又打给苏梓，连着打了几遍，苏梓都给挂了。魏志刚最后一次打的时候，苏梓接起电话，非常不耐烦地说："打什么打，老娘正忙着呢！"说完，电话挂断，手机拍在桌子上，接着，她一句话都不说，狠狠盯住对面坐着的家伙。

对面坐着的是个跟杨墨差不多岁数的男人，看起来有点邋遢，满脸的胡楂，眼眶红红的，跟刚哭了三天一样，蔫了吧唧的，不敢跟苏梓对视。

"你说说你干的这叫什么事？"苏梓忍了好久，终于忍不住了，开始连珠炮似的骂了起来，"你都结婚了，孩子都有了，出轨本身就是错。现在对方知道悬崖勒马，你不但不知悔改，还拿着视频威胁人家？你多大岁数了，没点担当、没点责任吗？干的叫人事儿吗？"

邋遢男人说："是我糊涂，是我不应该，可我能怎么办？我已经不想回家了，就想跟她在一起，我是真的想负责——"

"放屁！"苏梓气呼呼地打断他，"我用律师的专业知识跟你说，首先，根据《中华人民共和国治安管理处罚法》第四十二条规定，你偷拍、散布他人隐私的行为已经成为事实，现在就可以拘留你。你拦截、辱骂、恐吓，性质恶劣，如果以后造成了更坏的社会影响，可以直接起诉你，追究你的刑事责任，判个寻衅滋事罪也够了，更别说你还有个传播淫秽物品罪的罪名，两罪并罚，真进了监狱蹲几年，你能对谁负责？"

邋遢男人陷入了沉思，不再说话。

"退一万步说，就算你真想跟她在一起，现在搞臭了她的名声，对她有什么好处？对你又有什么好处？鱼死网破，就算她离婚你也离婚，你俩靠什么在一起？"苏梓继续咄咄逼人，"打离婚官司，过错方必须承担后果，财产分割怎么办？如果你为了现在的女人，完全不考虑原来的老婆和孩子，这叫负责吗？如果你净身出户，就以现在的房价来说，多少年能买得起新房子？新生活谈个屁美好？你怎么负责？"

邋遢男人低下头，琢磨了一会儿，又仰起头长叹一口气，再次低下头。

"你现在很焦虑吧？我接了三年离婚官司，你这样的焦虑看见过很多，"苏梓语重心长地说，"冷静想想吧，现在生活压力大，结婚成本很高，离婚成本更高，好不容易结了婚，不好好过日子，折腾什么呢？一夜回到解放前，你爹妈怎么办？孩子怎么办？你的幸福只跟一个女人有关吗？"

"那你说，我该怎么办？"邋遢男人无奈地说。

苏梓撇着嘴说："你别装可怜，今天晚上承认了错误，明天再犯浑，我找你只是这一次吗？威胁别人是这一次吗？"

邋遢男人又长叹一口气，说："你救救我吧，我是真的累了。"

4.

杨墨还在吴小薇的车上，吴小薇一边开车一边瞪着眼，满脸视死如归的表情。

杨墨深知吴小薇的性格，脾气上来时八匹马也拉不住，要不然也不能给她起个"爆裂女侠"的绰号。他现在是深度被迫害妄想症发作，各种脑补自己会遇上什么状况。每次遇上红灯，他都担心吴小薇会直接闯过去；看到女侠凭着最后一丝理智踩了刹车，他又侥幸又心慌，因为只要一变绿灯，油门就又是一踩到底，这一停一踩的，他的心脏真突突得快爆了。

该来的，终于还是没躲过去。快到一个路口时，前面已经是红灯，吴小薇恍惚间慢了两秒，尽管刹车已经踩得很猛，她的车还是一头撞在了前面的车屁股上。

吴小薇和杨墨都在车里晃了几下，杨墨做的第一件事就是拔下车钥匙，然后盯着吴小薇，憋住一口气说："你冷静，剩下的事都交给我处理。"他用眼角的余光看着，前面的车上已经下来一个男人，骂骂咧咧地甩上车门，朝他们走了过来。

杨墨一下车就低三下四地赔不是。对面男人一把揪住他，问他怎么开的车，大晚上的是不是想死，自己车里有老人和孩子，吓出个好歹来谁能负责；他媳妇从后座上走了出来，同样不是善茬儿，嗓门儿高了不知道几个八度，一边骂一边大喊赔钱。

杨墨始终笑脸相迎，又是鞠躬又是道歉。对面那男人大概是觉得他好欺负，越发趾高气扬、不依不饶，手指头恨不得戳在杨墨鼻子上数落。

他们正说着，吴小薇突然下了车，砰的一声把车门甩得巨响，冲到那男人面前，一把把他推了个趔趄，然后号叫着开始撒泼，什么"你敢动一根手指头你试试"之类的豪言壮语，逮着什么说什么，像头发了狂的母狮子。那男人被唬得有点蒙，那个男人的媳妇可不干了，大骂吴小薇是泼妇，吴小薇更加恼火，于是两个女人开始互相撕扯。

不知道是哪个好事的打了交警的电话，几分钟后，交警来了才算是解了围。交警让杨墨拉着吴小薇先回车里坐着冷静一下，他们要先拍照，然后分别问话。

杨墨和吴小薇回到车里，关上车窗。两个人的嗓子都已经哑了，车里还没有水。杨墨突然觉得头皮很痒，使劲挠啊挠，吴小薇的表情则很木然。停顿了一下，杨墨说："我知道，你是故意撞的，不撞这一下，你就停不下来。这样也好，安全停了就好，别担心，没啥事。"

吴小薇听到这里，终于哭了出来，而且哭得很伤心。杨墨自当了婚姻治愈师后，见过不少女人哭，吴小薇的眼泪闯进了悲伤排行榜的前三名。

交警过来时，杨墨下车，继续赔着笑，主动承认全责，态度非常好，还说了些"心情不好、脑子恍惚"之类的瞎话，算是应付完了。之后，他回到车上，吴小薇依然在哭，一只手捂住嘴呜呜地哭，眼泪就从指头缝隙里往下流淌，要是放在偶像剧里，此时再下点大雨就更完美了。

杨墨帮助过很多女人脱离感情的困境，本质上依然是个心肠柔软的人，见不得女人哭，他尽量柔和地对吴小薇说："没事，车撞得不严重，赔不了多少钱，还是换我开吧，我把你送回家，明早帮你把车送到修理厂。"

吴小薇点点头，顺从地下了车，换到副驾驶的位置上，歪着头靠在椅背上。杨墨帮她系好安全带，问她家地址在哪儿，吴小薇不说话，杨墨只能把车停在路边，耐心地等，顺便掏出手机给自己的老婆黄静莉发了个微信，说："我有事，得晚点回家。"在等待吴小薇开口的时间里，他几次翻看手机，一是看时间，二是看微信，黄静莉一直没有回复。

良久，吴小薇终于说话了，她说："好吧，这次是真的都结束了。"

5.

山羊羔火锅店的老板名叫赵达科，他不喜欢别人叫他的名字，只喜欢别人叫他赵总，这个名号是他二十年前摆路边摊时梦寐以求的。赵总还是赵达科的时候，就想当老板，就梦想开豪车、住豪宅、搂着"小蜜"的日子，只是没想到，搂上"小蜜"容易，甩掉却没那么容易。

今天晚上，他老婆的三个闺密突然发飙，冲进他生意最红火的一家火锅店直接砸店打人，不光找到"准小三"，还把自己堵个正着，显然是有人算好了的。更糟糕的是，店里发生的事被各种看热闹不嫌事大的人发到网上，自媒体开始抢热点蹭热度，添油加醋推波助澜，赵总的竞争对手也抓住这个天赐的良机，故意谣传抹黑，甚至顺道贴出几年前火锅店闹纠纷的老新闻，不管牵不牵强，就为了落井下石把事情搞大。

正在赵总焦头烂额的时候，有个叫魏志刚的人突然蹦出来说他能解决问题。

赵总领着魏志刚进了办公室，只给他五分钟单独说话的时间。魏志刚开门见山，吹嘘自己是本市排名第一的第三者劝退事务所的总经理，今天在火锅店吃饭，正好遇到这事，不为做生意，只因为自己心软，看不得感情纠葛，决定出手相助。

赵总问："你都能干什么？"

魏志刚拍着胸脯保证："赵总，你先给我一个授权，我跟三位女士、您的大堂经理分别谈几句话，如果有必要，跟您太太先沟通一下更好。我们做的就是桥梁，在您、您太太以及涉及的其他人之间反复沟通，直到达成多方满意且和解的条款。至于今天晚上的事，刚才有很多人已经发布到网络上。我看了看，现在谣传已经很多，我可以动用关系做一些紧急处理，把给您和火锅店的恶劣影响控制在最低范围。"

赵总一听，急忙说："其他事可以慢慢处理，你先把别人传到网上的东西能删的都给我删了，能把这事处理好，我改天带着老婆跟你单独聊。"

魏志刚赶紧打了几通电话，第一时间谈妥删帖的价格，然后跟赵总沟通。没出几分钟，几篇公众号中类似"山羊羔火锅店又出丑闻，是顾客闹事还是老板出轨？"的热帖已经全部显示"无法打开"。

接着，他又联系了一家还没来得及发推送的关注度也很高的公众号，同样与其谈妥价格，让他们按照自己的思路编一篇文章。半个小时后，一篇名为"山羊羔火锅店打架实为误会，餐饮同行才是闹剧背后的推手"的文章被推到各种本地的微信群里，，文章不光撇清了包养小三之类的乱七八糟的传言，抨击了各种以讹传讹的假新闻，还顺便给山羊羔火锅店做了一个营销广告。

赵总看了后，连连点头说："真是个天才。"

魏志刚满脸堆笑地问："这下您可以放心把事情委托给我们处理了吧？"

赵总说："没问题，过两天我带我太太去找你，价钱好商量。你们这个劝退业务，真是抓住了刚需的点，人才啊！"

6.

苏梓作为一个大龄未婚女青年，打心眼儿里看不起所有出轨的男人，无论是过去做离婚律师，还是现在做婚姻治愈师，观点始终没变。

今天晚上她面对的出轨男人，是个一边喊着鱼死网破一边却顾虑重重、没有胆量做决定的怂货，所以，她从一开始就拍着桌子猛喊，直接在气势上压倒对方。邋遢的出轨男吓坏了，也想明白了。苏梓给他仔细算了一笔账，算出离婚与再婚将付出的高昂代价，这对好不容易买房、买车还背了一身贷款的工薪阶层来说，简直是灭顶之灾。

苏梓之所以这么激进，还有一个原因，是杨墨教育过她的。

杨墨说，爱情这东西，在小孩子那里就像一阵风，来得快，去

得也快，但是风吹走了，还老惦记着下一阵风。在世俗的成年人那里，爱情不过是一幅沙画，看着很美，保持一个姿态能腻歪很久，你不能顺着他们的性子，只需要把盛画的盘子扬了，沙画变成一把沙子，自然就没人想要了。

苏梓在这个晚上扬沙子扬得很痛快，说尽了人生的痛苦。那个邋遢男人一脸如释重负的表情，终于想明白了，离婚痛苦，不离婚也痛苦，两害相权取其轻，还是不离婚踏踏实实过日子更好一点。他只是觉得，就这么活下去，自己恐怕会变成行尸走肉，什么欲望都没有了。

"没有欲望好，没有欲望，你就不会再出轨了。"苏梓看着他，犀利的眼神终于柔和下来。

邋遢男人把手机递给苏梓，告诉她自己手机里的所有秘密，请求她帮忙全删了。苏梓说："就算我删了，你想恢复也有办法恢复，你要是真想明白了，就自己删掉吧。"邋遢男人点点头，选择了把手机恢复出厂设置。起身告别时，他突然朝苏梓鞠了个躬。他说，自己已经很久没在家睡过安稳觉了，今晚或许能睡踏实一点。

看着邋遢男人离开的背影，苏梓心里忍不住骂了几遍渣男，然后打电话给魏志刚，知道魏志刚和杨墨正在路边摊撸串，自己也打车过去了。

三个人一见面，就忍不住互相吐槽。

苏梓拍着桌子说："渣男的案子终于处理完了，你们能想象吗？一个偷偷拍了跟情人约会的录像以此作为要挟，想逼情人先离婚的男人，居然从没跟自己老婆提过离婚的事，他老婆至今完全被蒙在鼓里，这得是多有心机的渣男，这样的男人居然有两个女人，真替那些单身汉感到不值。"

杨墨一边挠头一边说："'爆裂女侠'出轨的案子今晚上是大结局，她如果一念之差没踩刹车，车就撞飞了，我就变成这烤串了。到现在我腿肚子还是软的，今晚上真是九死一生，多亏穿着红裤衩，不然，这本命年怕是要熬不过去了。"

两人叨叨了半天，轮到魏志刚，魏志刚说："哥们儿我虽然头上挨了一酒瓶子，现在有点晕，但是好消息是，我们有新案子了，还是个大活儿。山羊羔火锅连锁店的赵总，现在全权委托我们处理他与大堂经理刘幂幂之间的感情纠葛，希望能够低调、迅速、完美地让刘幂幂接受分手条件，不再打扰他们夫妻的正常生活。"

杨墨和苏梓异口同声地说："又是有钱人作孽？谁爱干谁干！我肯定不干！"

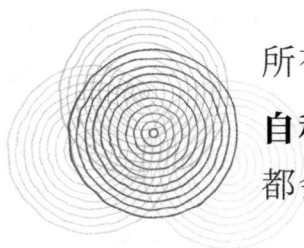

所有

自私的、**失德**的爱情
都会毁掉婚姻

1.

在守望路这种既远离商业区又远离景区的小路上开一家咖啡屋，通常很快就会倒闭。魏志刚前几年做生意时，有人欠了他一笔钱，那人实在是还不上，便扔给他这么一间开在"荒郊野外"的咖啡屋，名字叫"喜旺"，欠债的交了三年房租，装修也花了些钱，房东不肯退钱，魏志刚只能硬着头皮做起来。

老城区，人流量少，"喜旺咖啡屋"这个名字再吉利也没用。魏志刚想了很多办法，推出外卖午餐，找同城的微信公众号做软文广告卖弄情怀，开交友俱乐部定期组织网友聚会活动，甚至特意养了两只猫——"法老"和"艳后"，可这些都没能让生意好起来。最后没办法，他忽悠来了老朋友杨墨，杨墨又忽悠来了曾经是离婚律师的苏梓，一起搞起了"婚姻治愈事务所"。

这个高大上的名字是杨墨起的，魏志刚最初用的名字是简单粗暴的"小三劝退事务所"，杨墨坚决不同意，宁可饿死也不屈服，苏梓也毅然站在杨墨这边，2：1，魏志刚不得不接受。

于是咖啡屋门口挂起两块招牌，左边是"咖啡屋"，右边是"婚姻治愈事务所"，"喜旺"两个大字挂在中间，搞得跟对联似的。

魏志刚自作主张做了两块广告牌：一块列举了咖啡屋能做的各种饮品，另一块是婚姻治愈事务所经营的业务。本来他把"小三劝退"放在最醒目的位置，用了最大的字号，却被杨墨和苏梓以罢工相威胁，没办法，就变成了"情感咨询、婚姻治愈、夫妻守护、让爱延续"，在最底下才是用小号字体加上的"第三者劝退"。

魏志刚志得意满地看着，脑子里做着发财梦。杨墨和苏梓说，看看这花里胡哨的门头，他是活脱脱把高大上的事务所变成了一个野鸡机构啊。

转眼一年过去了，"第三者劝退"已经是事务所的主打业务，是他们最重要的经济来源。原因很简单，如今这年头，能危及婚姻存亡的问题，除了房子和钱，十有八九离不开出轨、偷情、养小三。按照杨墨的话来说，他们的工作职责跟街道刘主任基本相同，除了不负责抓黄赌毒、不负责发放避孕套、不负责组织广场舞，从介绍对象到处理家庭纠纷，再到打击出轨、劝退小三，跟婚姻有关的杂事都得管，尤其婚姻出了问题，他们是最专业的治愈师。

三个人分别熬过了惊心动魄的一个晚上。撸完串，魏志刚到家时，他老婆和孩子都睡了，他老婆已经习惯了他天天处理小三、出轨之类的烂事，开始还满心好奇地问问，后来听多了都差不多，再也懒得管。

大龄单身女青年苏梓一直跟老妈租房子住，老妈照例是只要她不回家就绝对不上床，就算坐在沙发上打瞌睡也不碰枕头。苏梓回到家，在她洗漱的时间，老妈又是一番唠叨，说她干的这份工作多么不靠谱，天天为了些破事半夜才回家，不如找个好人家嫁了，然后又说到相亲的话题，说得苏梓连保湿水都没拍就逃回了自己的小屋。

杨墨最惨。回到家，老婆黄静莉锁了卧室的门，沙发上给他扔了枕头和被子。杨墨发了几条微信，也没收到回复，躺在沙发上刚要睡着，黄静莉的微信突然发来，说：

"我不管，我就要生下来！"

杨墨这一通解释，说："生可以，这个不能生，那天晚上咱俩都喝了点酒，你总得对下一代负责吧？"等等。黄静莉又没了声音。

第二天早晨，杨墨和苏梓分别被微信消息的提示声吵醒，咖啡屋的兼职服务员马小小在"都是娘家人"群里发了条消息，说大清早来了一个脾气很坏的中年妇女，怎么劝都劝不住，非要找他们谈谈。

杨墨和苏梓挣扎着起床，几乎同时来到咖啡屋，一来就被中年妇女揪住了。

"我的老公出轨了，这事儿我早就知道，可是现在，小三已经公开上门了，非要跟我光明正大地谈谈谁更适合我老公……这也太嚣张了，呜呜……"中年妇女边哭边滔滔不绝，几句话就能说清楚的事儿翻来覆去，叨叨个不停，"这不要脸的贱货，敢上我的门，还有没有王法？！你们说说，还有没有王法？！"

"大……大姐……您先别激动……"杨墨有点结巴地说。

"你叫谁大姐呢？"中年妇女很不高兴地拿纸巾擦了擦眼泪又擤了擤鼻涕，"你看你胡子拉碴的，咱俩还指不定谁大呢。"

"你瞧我这嘴，妹妹，那肯定是我大，"杨墨赶紧说，"还没请问您贵姓。"

"我姓林。"

"林妹妹！"杨墨说着，看了一眼身边的苏梓，苏梓送了他一个大大的白眼，"林妹妹，按理说，事情都已经发展到这种程度了，您就不该来找我们了，直接找离婚律师啊，告他们，让他们净身出户，看他们还能嘚瑟几天……"

苏梓一听赶紧掐了他一把："你说的这叫什么话……"

"我凭什么？呜呜……"林女士一听也急了，抽泣了两下，说，

"我凭什么要离婚？凭什么狐狸精上门我就得腾地方？"

杨墨喝了一口可乐，说："林妹妹，按照《婚姻法》的相关条款，只要您能拿出老公出轨的证据——"

"你这位同志怎么老往外推我？"林女士再次打断他的话，把头转向了苏梓，"这不是钱不钱的事儿，我要是想离婚或者想要钱，早去找律师了，还来你们这儿干吗？正因为我不想离婚，所以才来你们这个小三劝退事务所。"

杨墨跟苏梓对视了一下，意思是他已经尽力了，没法拒绝了。苏梓说："我们是婚姻治愈事务所，对第三者的劝退服务只是我们其中的一项业务。"

"对！没错，我就是需要这项业务。"林女士很坚决地边说边从包里拿出一张看起来皱皱巴巴已经有些年头的报纸，摊在桌子上，"说实话，把小三轰走的那一瞬间，我是想离婚来着，我一边哭一边冲进卧室，收拾东西，这日子早就过够了，离就离！可是拉开抽屉，拿出所有衣服，看到柜子底下铺着的这张报纸，我又不想离了，就算走，也得先把小三轰走了。"

杨墨和苏梓看了眼报纸，报纸上有个醒目的大标题"揭秘小三劝退师，他们如何跟'小三'们战斗"，两个人心怀鬼胎地对视了一下，尽量忍住不笑场。

"你们看，"林女士找了找报纸上的内容，指着其中一行字给他们看，"这里写了，小三劝退师的方法包括移情法、移厌法、离间法，等等，你们就给我来个移情法，找个人勾引那个小三，把她拐跑了，让我老公也看看他找的这个狐狸精是多么水性杨花……"

"林大姐，这只是报纸文章，不能信的，"苏梓有点无奈地解释，

"这个公司后来被人曝光过，劝退的成功率不到 20%，公司只靠着两三单大客户的生意赚了钱。在真实案例中，怎么可能简单地找一个人去勾引另一个人就完事了？第三者插足确实是不对，但是很明显，通过玩弄别人的方式也不能真正解决问题。"

"报纸上说的还能有假吗？"林女士一脸疑惑地看了看苏梓，又指着报纸下面的一段话说，"你看这里，人家律师都说了，单纯从法律层面去处理婚姻关系未免太冰冷、太缺少人情味，小三劝退师的出现，是我们这个人情关系逐渐淡漠的社会的一种良性需要，不管怎么样，挽救一个家庭总比拆散一个家庭更有意义——"

"林女士……"苏梓叫了好几句才拦住对方，她指了指报纸上的"责任编辑杨墨"这几个字，尽量憋住笑地指了指身边坐着的杨墨说，"这篇文章的责任编辑，如今就坐在您对面呢，另外……那个，报纸上提到的苏律师，就是我。"

林女士一脸茫然地看着苏梓："你们……"

"啊，哈。"苏梓一时语塞，用脚踢了杨墨一下。

杨墨搓了搓手，硬着头皮掏出一张名片："林妹妹，那个……杨墨就是我，我现在的身份是婚姻治愈师。这事儿说来话长。当年在报社的时候，我确实觉得劝退小三只要不择手段吓退敌人就行，后来才明白，这种事没有那么简单。为了纠正自己犯下的错误，我带着苏律师义无反顾地辞了职，共同投身到治愈婚姻这项伟大而艰苦的事业当中……"

林女士蒙了，自言自语地嘟囔着："你们该不会是骗子吧？"

"怎么会呢？"杨墨一本正经地说，"我给您打个比方，婚姻好像一个正常的身体，第三者在您看来就是个恶性肿瘤，我们要做手术切除这个肿瘤得讲究个方式、方法，硬切，咔嚓一刀，肿瘤是没了，身体大出血也受不了。切完了，您痛快了，把肿瘤扔到别人身上，也不合适，对吧？"

"林女士，夫妻双方离婚，那只是两个人的事情，是一条直线的关系。"苏梓接着解释，"但是，劝退一个第三者，需要涉及您跟第三者、您丈夫跟第三者、你们夫妻之间的三条线的关系，工作量至少是一场普通离婚官司的三倍。劝走一个第三者或许并不难，但是，假如您跟您丈夫之间的关系没有得到改善，或是您自己的心结没有真的解开，即便第三者没了，这日子还是没法过。您说对不对？"

"那……那这报纸上……"林女士失落地看了看报纸。

"既然是这份报纸让您想到了用劝退的方式挽救婚姻，也让您遇到了我们，那我们就会尽心尽力地帮助您解决问题，"苏梓的个人英雄主义又被激发出来，自己一个人大包大揽，"那些引诱、离间之类的方法并不可取，如果您还能信任我，就请您相信我的经验和工作方法。"

经过一个小时的耐心引导，林女士终于做出决定，签了一份《婚姻治愈协议书》，全权委托苏梓作为她的婚姻治愈师，处理自己遇到的老公出轨问题。把林女士送走的时候，杨墨忍不住地问："林女士，我有个问题一直没好意思问，您受到的是一份两年前的报纸的启发，怎么能找到我们这儿来呢？"

林女士说："我在常去的美容院的杂志上看到过广告，有你们的地址和电话。前些天做美容的时候还开玩笑说，如今这人没有不做的生意，没想到，自己真的用上了。"

苏梓一愣，好奇地问："就是那个玫凯琳美容院？"

林女士点点头："对！全市排名前三，最好的美容院之一。"

2.

送走林女士，苏梓和杨墨一回头，看见了满脸堆笑的魏志刚。

苏梓冲他挤挤眼说："老魏，你猜猜这个大姐是通过什么渠道找到咱们的？"

魏志刚胸有成竹地说："玫凯琳美容院的广告？"

苏梓竖起大拇指："没错，终于有回报了。"

"我说什么来着，这叫精准投放！"魏志刚得意扬扬地说。

两个月前，魏志刚背着杨墨和苏梓，从公司账上拿走 20 万块钱，给了玫凯琳美容院。美容院那时候正要更新自家的产品宣传册，印刷精美不惜成本，免费送给所有会员。魏志刚以出一部分印刷费作为交换，换来了在上面登广告的机会，当他先斩后奏地拿给杨墨和苏梓看的时候，遭到了两人无情的痛斥。如今，可算是有了成效。

"我跟你们说，杨墨，您是从著名报社退下来的高高在上的中年知识分子；苏梓，你是为了拯救世界毅然决然辞掉高薪律师工作的文艺女青年，"魏志刚摇头晃脑地说，"我知道你们瞧不起我，但我是商人，纯粹的商人。"

"得了吧，你大概是我认识的最穷的商人了。"杨墨跑到吧台，又让马小小给他倒了一杯可乐。

苏梓也接着说："我说商人，你先解释解释，为啥登广告时要把婚姻治愈事务所改称小三劝退事务所？我们的招牌又让你搞臭了。"

"这叫精准投放，对待特殊客户群体的特殊营销。"魏志刚依然笑嘻嘻的。

"你数学是体育老师教的吧？就林女士这样的案子能赚几个钱，什么时候才能把那 20 万块钱赚回来？"杨墨不屑一顾地说。

魏志刚把杨墨和苏梓拉到一起，一本正经地说："问题就在这儿。对小三劝退需求量最大的就是有钱有闲的中年家庭妇女，但是，这样的女人顾家、抠门儿、舍不得花钱，靠她们，只能解决温饱问题，没法发财致富。"

杨墨和苏梓躲避着魏志刚的眼神，不肯与他对视，他们很清楚他接下来要说什么。

"发财致富还得靠另一个群体，有钱有闲、人老心不老的中老年企业家，这才是我们要抱的大腿！"魏志刚深深地陷在自己的歪理邪说里，"金主包养小三已经不是新闻；被小三纠缠不清，也不是新闻；花一大笔冤枉钱解决麻烦，更不是新闻。我们的工作，就是要把谈判筹码控制在合理范围内，既替金主省钱省事、少惹麻烦，又降低了发生社会负面事件的可能性……"

杨墨撇撇嘴："你甭拔高道德水平，咱俩当初可说好了，我只帮助婚姻遇到困难的人，给金主擦屁股的事儿你自己干。"

苏梓双手做出小兔子耳朵勾一勾的动作："Me too.（我也是。）"

魏志刚从包里掏出一份租房合同，扔在桌子上："那就说点正事，马上到年底了，我已经接到了房东的短信通知，房租马上到期了，想续租，需要一次性支付三年房租，要不然，收拾东西滚蛋……"

"三年？这不是明抢吗？"苏梓的直脾气，看见合同就炸了。

"谁说不是？可是房东吃定了这咖啡屋已投进去几十万装修费，

不可能随随便便扔了的事实。"看到苏梓还想说什么,魏志刚立马摆手说,"房租不是重点,关键是,两位同志,你们一个要还房贷养老婆,另一个现在还单身,也老大不小了,不考虑考虑自己吗?杨墨,纸媒行业的工资水平已经低到令人发指,你这种德高望重的中年知识分子还能去哪儿发挥余热?苏梓,你这种洁身自爱的大姑娘要是愿意跟只能拆散婚姻的离婚律师同流合污,当年就不会辞职投奔我,现在我能把好妹妹你重新推到火坑里吗?"

苏梓眨眨眼,说:"看来山羊羔火锅店是一笔大买卖啊。"

"没错!"魏志刚拉过苏梓的手来,拍了一下,"赵总承诺,如果我们能安全平稳地解决好劝退问题,不惹是生非,他肯支付的报酬,我算了算,除了交房租、扣除咖啡店接下来一年的运营费用,剩下的钱咱仨平分,每人还有十几万。兴不兴奋?刺不刺激?开不开心?"

杨墨恍然大悟:"今儿从见着我们就笑得跟猪八戒他二姨一样,你是已经把婚姻治愈合同签了吧?"

魏志刚一脸猥琐地笑着:"真是没办法。要是普通的小三,你们不干我干。问题是,赵总招惹的这个姑娘叫刘幂幂。你们听听这名字,一个普普通通乡下打工妹,来城市几年已经混成大堂经理,要手腕有手腕,要谋略有谋略,要拼命还能拼命,昨天晚上一个人跟三个中年妇女对打,一点不落下风,绝对是个狠角色!所以,还得需要二位精诚合作啊……"

正说着,屋外路边停住一辆奥迪车,说曹操曹操就到,赵总夫妇来了,魏志刚赶紧出门迎接。

赵总一副老大派头,赵总夫人穿得很低调、干练,一眼看上去就跟普通的阔太太不是同一个档次。进店后,赵总四处打量着咖啡屋,点头说："这里好，安静、没人，装修得也好，简单、大方，适合谈事。"

魏志刚把他们引到苏梓和杨墨的面前，说："这是我们婚姻治愈事务所的两位婚姻治愈师。"马小小拿来菜单，问赵总夫妇要喝点什么，赵总果然对魏志刚特意开发的饮品"枸杞养生茶"很有兴趣，赵总夫人则要了茉莉花茶。

在等待茶品的时间里，气氛稍微有点尴尬。赵总跟魏志刚尬聊了几句，杨墨一听就知道这个赵总一肚子草，便懒得接茬儿。

尬聊越聊越尬，直到赵总夫人都听不下去了，主动开口："时间有限，我们直接说正题吧。我已经跟刘幂幂以各种方式谈过几次了，关系一直比较僵，所以来找你们当中间人，做一下调解。我直接说说我的诉求……"

苏梓正昏昏欲睡，一听这赵总夫人的语气有点意思啊，情绪完全自控，语气不卑不亢，气场相当强大。

"我的要求很简单，老赵给刘幂幂买的车和金银首饰，我可以全部不追究，甚至再给她一点现金我都能接受。但是，老赵用私房钱给她买的房子必须退回来，"赵总夫人说着，拿出一支烟，示意了一下，得到魏志刚的默许后，点着，吸了一口，说，"房子这事儿没得商量，其他的都可以谈。"

魏志刚满脸贱笑地问："我能问一句吗？房子是个什么状况？"

赵总夫人没开口，等了几秒钟，赵总弱弱地说："房子在海心广场，两室一厅，房产证上写着我跟刘幂幂两个人的名字。"

杨墨和苏梓的心里咯噔一下，著名的海心广场啊，三万五一平方米，房子没有小户型，都是 100 平方米起步。这资本家就是资本家，随随便便就送给了小三，让她直接少奋斗二十年。

"买得早，买得早！"赵总有点尴尬，继续补充道，"那个，我对我老婆的所有诉求完全同意，你们就照这个办吧。"

"嗯。"赵总夫人从鼻孔里轻轻哼出一个字，接着说，"老赵也跟我说了，刘幂幂比较要强，昨天公开打她，是我有点过分。我不会道歉，但是可以做出额外的补偿。"

赵总夫人的话让人不容拒绝，之后杨墨和苏梓又了解了一些刘幂幂的情况，互相加了微信，赵总夫妇有事就先走了。

赵总上了车，借口忘了拿东西，又跑回来刻意嘱咐道："刘幂幂特别要面子，你们注意点方法，一切慢慢来，不要着急。"

魏志刚点头说："没问题，我们经验丰富，请您放心。"

看着奥迪车开走，三个人各有所思地坐在咖啡屋门口的座椅上，难得天气晴好，还没有风，深秋里这么暖洋洋的日子不多了。

"为了一套 400 万的房子，宁可放弃一辆价值 30 万的车、十几万的首饰和奢侈品、几十万现金，还要额外付给我们几十万的酬劳。"苏梓在脑子里算了半天，喃喃地说，"有钱人的世界真是挥金如土啊，听着让人犯晕。"

"人争一口气，佛争一炷香。"魏志刚一脸干劲十足的样子，催促道，"说说吧，这个案子怎么个搞法？"

苏梓说："别看我，我没时间，我刚接了林女士的案子，一堆麻烦事。"

杨墨不知道什么时候又端上了一杯新可乐，不声不响地喝着。

苏梓纳闷地问："我说墨儿，你不大对劲儿啊，怎么不要命似的将这可乐往里灌？"

杨墨说："渴。"

魏志刚站起来，伸伸懒腰说："光喝可乐不喝水，不渴才怪呢。"

杨墨打岔说："赵总这案子我干吧。"

"哟哟哟！"苏梓意外地咂舌道，"墨儿，没看出来啊，您老人家什么时候变成见财起意的人了？"

"谢谢您，麻烦以后叫我名字把那个儿化音去了，不然听着老觉得像小龙女叫'过儿'，你占我便宜呢？"杨墨说，"不是钱的事儿，我本来一点兴趣都没有，但是一见面，这赵总夫人不同凡响，勾起了我强烈的好奇心，我想会会。"

魏志刚贱兮兮地说："老女人劲儿大，你这老骨头可悠着点。"

杨墨瞪了他一眼，冲着吧台里正在玩手机的马小小喊了一声，马小小屁颠屁颠地跑过来，一脸灿烂地问："墨墨叔，干啥？"

"第一，说过多少次了，不要叫墨墨叔，搞得跟我玩陌陌一样；第二，这两天可能要找你演场戏，具体剧情我还得考虑考虑，先把你的档期定下来，不要用约会之类的借口放我鸽子。"说着，杨墨站起来。

"墨叔叔，这次演出给报销服装钱儿吗？"马小小特意在"钱"字后面加了个儿化音，显得特别俏皮。

"不加叠字不会说话是吧？这次事成之后，你们魏老板能给你包个大红包。"杨墨说着比了个"OK"的手势。

马小小一听，开心地撇出了东北腔："墨墨叔，我手机二十四小时开机，档期全是你的。"

杨墨点点头，手机突然振动了一下，是老婆黄静莉发来的微信：

"我肚子不舒服。"

杨墨的脸色突然有点凝重，赶紧神秘兮兮地把老魏揪到角落里，悄悄地问："你媳妇当年是在哪个医院生的孩子来着？"

"怎么着？"魏志刚一脸不可思议的表情，"我说哥们儿，你跟我弟妹可是坚持了十年的丁克家庭，擦枪走火了？"

3.

既然接了案子，就要开始行动。苏梓用了两天时间联系林女士的老公，一直没有结果：打电话始终关机；微信加了几遍都没通过；去林女士老公的公司所在的CBD写字楼蹲点，一直没见他的车出现；打公司的电话，始终是态度和蔼的前台接电话，客气地让留下联系方式。苏梓甚至大着胆子去过一次林女士老公的公司，一上楼就发现办公室里闹哄哄的，好像正在处理什么纠纷，她只能趁乱离开。

没办法，苏梓又登门拜访了一次林女士，林女士很不理解，明明是自己要劝退小三，为何非要先跟老公联系。

苏梓说："林女士，劝退这件事毕竟需要三方沟通，假如说，我代表您去劝退，但是您的先生并不同意劝退，甚至因为没有提前沟通，始终站在敌对的立场上，那么，不仅我的劝说毫无效果，还可能起到相反的作用。所以，请您务必协助我们，先联系上您的老公，我们先做一些必要的沟通，再考虑接下来用什么策略。"

林女士也很无奈："我也奇怪，以前我们每次吵架，他躲几天就会回来，不回家也会关心孩子，这一次他彻底消失了，谁知道狐狸精把他藏到哪儿去了。"

"亚东……东哥……亚东哥哥……"中午吃饭的时候，苏梓冲着人民警察张亚东开始撒娇。

张亚东是市公安局经侦科的警员，31岁的大龄剩男，追求苏梓三年未果。确切地说，以前他表白过一次，被苏梓拒绝了，说"我们还是做朋友吧"。从此，他就只表现出朋友和哥哥的姿态，把爱意深深地隐藏起来。加上工作比较忙，他隔三岔五才能约苏梓一次，苏梓也就真把他当哥哥一样对待了。

这一天，张亚东好不容易有时间约苏梓吃个午饭，苏梓正好想请他利用职务之便帮个忙，找找林女士老公的踪迹，两人就约了一家饭店。一坐下，苏梓便迫不及待地开口请求，张亚东一脸正气地拒绝了。

"就一次，真的，就一次！"苏梓哀求道。

张亚东坚决拒绝："有第一次就有第二次，你这是逼着我犯错误呢，要答应早就答应了，你提这样的要求也不是一次两次了。"

"哼！"苏梓凶巴巴地瞪了他一眼，嘟囔着开始看菜单，"我要点个最贵的菜，不对！点两份，吃一份，打包一份！吃穷你！"

"随便点，随便点，"张亚东笑眯眯地问，"话说，你这次又想找谁？苏大律师人脉不是很广吗？连你都找不到的人肯定不是一般人。"

"你看看，你看看。"苏梓以为有希望，赶紧拿出林女士老公的资料递了过去。

"昌明集团董事长，顾昌明，"张亚东轻声念道，恍然大悟，"哦，是他啊，难怪你找不到。"

苏梓问："什么意思？"

"我只能在尽可能的范围内给你透露一点，我们现在正在追一个假发票的案子——团伙作案，跟了两年，最近开始收网。昌明集团是他们的主要客户，购买假发票逃税金额巨大，顾昌明和他们公司财务总监前几天已经被拘了。"张亚东有点纳闷地说，"但是，我同事应该早就通知家属了，他老婆不知道吗？"

"完全不知道。"苏梓听到这个消息后十分惊讶，下意识地琢磨林女士是不是故意隐瞒了什么情况。

"那可能是顾昌明告诉我们同事的联系人只有他公司的韦虹。"张亚东点点头，并不意外。

苏梓更不明白了："韦虹？韦虹不就是他们公司的一个普通职员吗？"

"看起来只是普通职员，实际上，根据我们的调查，韦虹已经是顾昌明一人之下的二把手，甚至，最近一段时间已经成为公司的实权人物。"张亚东不无佩服地说，"昌明集团现在不光是假发票的问题，还有非法集资、转移资产等一系列问题，按照法律相关规定，我们已经拘了顾昌明和他们公司的财务总监，但是对于这个韦虹，所有单据、报表上都没有她的签字和盖章，暂时没法动手，只做过两次传唤，那人说话滴水不漏，相当厉害。我能说的只有这么多，怎么，你对她有兴趣？"

"实不相瞒，顾昌明的老婆正在委托我们劝退他的出轨对象，正是这个韦虹。"苏梓脑子里有各种问号，连吃饭的心思都没了，"我本来以为就是个老板包养女职员的普通故事，没想到这么复杂。"

"我劝你离韦虹远一点。我们正在盯着她的一举一动，"张亚东很严肃地说，"别掺和进来。"

"嗯嗯。"苏梓在想事，应付似的回答。

"你听到了没有？"张亚东伸手戳了一下她的额头，正色地问。

"听到啦，听到啦。"苏梓应和着，有句话试了几次，还是没有说出口。跟张亚东到饭店之后，去洗手间时，她收到了一个陌生号码的短信，上面说：

"苏小姐，你好，如果有时间，可否见一面？昌明集团，韦虹。"

4.

黄静莉的肚子连着好几天不舒服，一会儿疼，一会儿又不疼。杨墨要带她去妇产医院检查，顺便抽血验一验到底有没有怀孕，黄静莉一直不答应，找了一堆借口。杨墨天天哄着，实在哄烦了，说："让你验孕你不验，去医院你也不去，躺在家里天天这么折腾，是几个意思？"黄静莉说："没听说过产前抑郁吗？"

杨墨很心烦，只能用工作转移注意力。

经过两天的走访调查，加上赵总提供的资料，基本掌握了他们要劝退的对象——火锅店大堂经理刘幂幂的资料。

刘幂幂

年龄：27 岁

文化程度：初中

经历：

十年前从农村来到城市，先后在排骨米饭连锁店、蓝心大饭店和山羊羔火锅店打过工，据说，跟三个店的老板都有过情人关系。

网络中能搜到几年前的帖子，叫"怒扒蓝心大饭店老板出轨玩弄女性……"，其中记录过一个女服务员的故事：被包养两年，流过两次产，最后拿了一笔钱被甩，女服务员一怒之下在蓝心大饭店对面开了个川菜馆，川菜馆没撑够一年就关门了。这个故事虽没指名道姓，写的基本就是刘幂幂的惨痛过去。

单看刘幂幂的经历，没什么特别，但是亲眼见过她的，又是另一种评价。海心广场的火锅旗舰店开了不少年，杨墨的好几个朋友都是那儿的金卡会员，根据他们的一致意见，火锅店的服务员整体素质并不高，每次出状况，刘幂幂都能在第一时间迅速摆平。所有人对她的评价很统一：干活儿麻利，任劳任怨，态度和蔼，情商很高。

综合这些情报，杨墨想起了刘幂幂的爱好。赵总说，刘幂幂这个人忌妒心很强，自她跟自己在一起后，总是逼问他夫人去哪儿美容、买衣服之类的事情，自己全部照着做，甚至连按摩的技师都得是同一个人，就为了争个面子，满足一下虚荣心。

杨墨决定利用赵总夫人和刘幂幂都爱去同一家美容院的有效信息，让赵总夫人带着马小小去一次美容院。马小小这个古灵精怪的丫头，很有表演天赋，演什么像什么。

赵总夫人是超级 VIP 会员，美容院的态度非常热情，主动送马小小一次免费体验活动，负责按摩的就是固定给刘幂幂服务的技师姑娘。在按摩的过程中，马小小说自己是理财公司的分析师，希望那姑娘介绍几个有钱的阔太太，每谈成一笔合同给她 500 块钱提成，技师姑娘一口答应，推荐了几个微信给她，其中果然有喜欢显摆的刘幂幂。

马小小加了刘幂幂的微信，在杨墨的授意下，跟刘幂幂建立关系：上来先夸对方漂亮，然后吹嘘自己正在推广一款理财产品，收益率很高，希望有机会见个面，当面介绍一下。她几乎没费太多口舌，刘幂幂就答应见面吃顿饭。

周末的时候，马小小站在海心广场的十字路口。

今天她特意穿了一身黑色小西服套装，还有配套的小皮鞋，头发梳得规规矩矩，大黑框眼镜也没戴，换成一副金丝边的窄框眼镜，眉毛、口红都比较朴素，看上去少了三分学生气，多了两分小白领的韵味。

不一会儿，刘幂幂便开车停在了路边，两个人微信确认了一下，马小小主动打招呼上车，那嘴真叫一个甜，上来就把刘幂幂从头到脚、从气质到豪车夸了一遍，让她笑得花枝乱颤。两人一边寒暄，刘幂幂一边开车去已经约好的饭馆，马小小在她开车时，偷偷给杨墨发了一条信息，告诉他去哪个饭店，顺便说：

"很奇怪，我觉得她一点都不像有痛苦或者陌生的感觉，倒像早就准备好了一样。"

杨墨嘱咐马小小既来之，则安之，按计划行事，然后去了她们吃饭的餐厅附近，等马小小释放"信号弹"，再做打算。

跟着刘幂幂到了饭店包间，点菜时看到死贵的菜单，马小小没有露怯，一副很自信的样子，然后有一搭没一搭地与她闲聊。她像模像样地拿出一份理财产品计划书，讲述了整个产品的架构，资料和内容都是之前去银行装成客户免费弄来的，现学现卖。刘幂幂不太懂，也问不出什么太专业的问题，只是关心一年能赚多少钱、会不会亏本。得到肯定的答复后，表示很愿意投资。

马小小已经在杨墨的指导下做过几次卧底，很有耐心和经验。吃饭时，她先把对话引到爱情方面，说出自己的现状，胡编说自己遇上了劈腿的渣男，等等，接着很自然地问起刘幂幂，问她最近是不是有心事，看起来不开心。刘幂幂大方地承认自己遇到了感情危机，马上就要失恋了，但是没说自己是小三的事实。

一看时机成熟，马小小委婉地说，自己的叔叔，当然也就是杨墨，是心理学专家，专门解决婚恋方面的问题，她失恋时全靠叔叔开导，让自己走出困境，一点没提推荐给刘幂幂的意思，只是渲染杨墨多牛，多善解人意。

刘幂幂貌似上钩了，主动询问杨墨的资料，又说自己不好意思，不想家丑外扬，最后在马小小的忽悠下，半推半就地答应见他一面。

于是，马小小当着刘幂幂的面，给杨墨打了个电话，甜甜地叫了一声叔叔，问他在哪儿，然后一字一句地学给刘幂幂听，说杨墨陪老婆逛街呢，他老婆突然被公司打电话叫去加班，被放了鸽子，正打算找个地方吃午饭。

刘幂幂客套着问："要不叫你叔叔一起来吃？"

马小小假装客气了几句，强迫地"逼"杨墨答应了。

在一连串偶然的谎言编造之后，杨墨又拖了二十分钟，终于来到了饭店，跟刘幂幂有了第一次直接的对话。

5.

跟两个第三者的第一次直接对话，在不同的地点、几乎相同的时间展开了。

苏梓收到韦虹发来的短信后，跟她约了两次，都因为她太忙而取消，一直到周末，韦虹才约了下午在办公室见面。而杨墨来到饭店后，刘幂幂大气地又点了两个菜，马小小找了个借口提前走了，只留下他们两个人。

到了顾昌明的公司，苏梓被前台姑娘通知稍等片刻，说是韦虹正在见几个客人。苏梓趁着前台姑娘不注意，佯装找洗手间，在公司大厅里简单溜达了几步。整个公司周末没什么人，每个办公桌都很整齐，垃圾桶全部收拾过，地面也很干净，完全看不出公司正在遭遇困境的衰落感，一副很有战斗力的样子。

十几分钟后，韦虹送走客人，看到陌生的苏梓，主动过来打招呼。在跟着去顾总办公室的途中，苏梓仔细地打量了她。她的头发梳在脑后，用一个很大的深色发卡夹住；上身没有穿西服，一件白色的高领毛衣，背影简单却很有几分性感；在走路的过程中还接了个电话，声音柔软，但透着一股不容拒绝的狠劲儿。

韦虹把苏梓请进顾总的办公室，没有请她坐在办公桌边，而是请她坐在小茶几旁边的沙发上。韦虹亲自出去用纸杯接了一杯水，回来时轻轻把门关上，然后坐在苏梓身边，而不是她的对面，双手递水给她喝，所有礼遇让苏梓很有种受宠若惊的感觉。

在该做的仪式都做完后，韦虹开门见山地说："不好意思，苏律师，公司会议室下午可能有活动，所以把你请到这儿来，比较安静，没人打扰。虽然我们是第一次见面，但我猜，我跟你应该是同一种性格的人。"

一句话，简单直接，传达出几个信息：第一，虽然没有任何接触，但已经知道苏梓曾是律师，说明她已经调查过苏梓的底细；第二，说大家是同一种性格，相当于在暗示，如果你玩虚的，我也会，如果你玩阴的，我也会；第三，不主动提问，把第一次提问的机会扔给对手，说明信心很足，让出先手，见招拆招。

苏梓毕竟已经工作了好几年，各种大场面也见过，不会一上来就被对方唬住，于是不动声色地说："韦小姐，你好，我是受到一个客户的委托，来找顾总面谈一些私事的，有些冒昧，约了几次都没找到他人。"

苏梓传达的意思也很明确：第一，不是找你；第二，是私事；第三，假装不知道你们公司的状况，这就好比斗地主时先出了一张废牌。

韦虹点点头说："我们顾总最近比较忙，很多事情都委托给不同的同事打理，我只负责其中一部分业务和私事。"

苏梓听到韦虹撒谎，于是顺水推舟说："哦，是吗？那我哪天才能见到顾总？"

两个人就这么小心翼翼地互相试探，刚说了没几句，突然有人敲门，韦虹起身去开门，苏梓听到前台姑娘着急地说："警察又来了，要核实一些资料。"

另一边，见到刘幂幂的头一个小时，杨墨啥都没干，就是一杯接一杯地喝酒。

刘幂幂特意要的红酒，上来敬一杯，因为"认识大神很高兴"；又敬三杯，接下来"拜托大神帮助"；再敬两杯，"原来我们的生日那么近"；最后已经不需要理由，"喝喝喝，我都喝了，你好意思不喝？"。

杨墨小瞧了刘幂幂，他觉得这个姑娘只是能咋呼，不像真能喝酒的样子，头一次交手不能就这么输了，所以，虽然自己的酒量很一般，但他还是张嘴就喝。等到发现刘幂幂是海量的时候已经晚了，杨墨不知不觉有了几分醉意。他试图推辞，什么忙都还没帮，无功不受禄，但刘幂幂永远摆出一副楚楚可怜的模样，眼睛忽闪忽闪的，开始没拒绝，后来更没法拒绝。

一来二去，杨墨已经脑袋嗡嗡直响，舌头也大了，后悔也来不及了，他催促着说："刘小姐，喝了那么多，该说正事了！既然是小小的朋友，也就是我的朋友，我自当尽力而为。"

看着杨墨已经红透的脸，刘幂幂没有着急，她先叫来服务员，撤下所有盘子和碗，又自作主张地点了两杯饮料当下午茶。在饮料上来之后，刘幂幂终于开始说事儿，不过没从被赵总包养开始说，而是从自己3岁开始，怎么出生在农村、父母常年在外面打工、自己无依无靠没人管、一直渴望得到父爱，等等，没完没了。她边说边靠近杨墨，眼眶也湿了，说几句就眨眨眼，做出一副强忍泪水的辛酸样儿。

杨墨的酒劲儿上来了，加上刘幂幂的表达能力实在有限，一会儿说5岁，一会儿说8岁，一会儿又回到6岁，听着越来越迷糊。他勉强睁着双眼，看着刘幂幂大"V"字领毛衣中间那道若隐若现的事业线，像被下了蛊似的，眼神都已经迷离。

时间一分一秒地过去，刘幂幂感觉火候已经足够，她突然抓住杨墨的手，煽情地说："杨老师，你能相信吗？我被强奸了……"

与此同时，苏梓已经等了好久。

市公安局经侦科的警察再次来调查取证，领头的就是张亚东。韦虹已经跟张亚东打过几次交道，深知对方的脾气，也不多说，要什么资料就给什么。张亚东很清楚自己看到的东西不一定是真相，但不动声色，只安排同事整理和记录。

苏梓等得实在无聊，给杨墨发微信，问他进展如何，杨墨回了一句："我快晕菜了。"苏梓又试探性地给张亚东发了条微信，问他韦虹公司的案子有什么进展，张亚东说自己正在韦虹公司呢，苏梓吓得不敢出去，生怕被人民警察撞见，又要训她不听话。

终于查完，离开，张亚东走后，突然发来一条微信说："一定要远离这个案子。"

苏梓有点紧张，不知道到底发生了什么。这时，韦虹已经回来，看起来心情已经相当糟糕，她说："苏律师，很抱歉耽误你这么久，有些事我就直说了。"

苏梓点点头表示默许。

韦虹的态度突然急转直下，咄咄逼人地说："公司电话有来电显示，你的号码打过来两次。同时，你还上门过一次，在前台登记过名字。出于好奇，我上网搜过你的号码，发现你以前是离婚律师，现在是婚姻治愈师。"在这么一长串铺垫之后，韦虹主动地问，"你这么着急想要见到顾总，到底是因为什么？"

苏梓听到自己的信息都被对手查到，同样不再掩饰，说道："实不相瞒，是顾总的夫人林女士请求我们，与你联系和沟通，希望你主动结束与顾总之间的情人关系，不再打扰他们的婚姻生活。"

"嗯？"韦虹讶异了一下。

"是这样的……如果只有林女士单方面要求我们，我们的工作可能不容易开展。"苏梓考虑了一下措辞，"我本来打算先找顾总沟通一下，征得顾总的同意之后，再来找你沟通。"

"那如果顾总不同意呢？"韦虹的语气很不开心。

"如果顾总不同意，我们只能先协调他们夫妻之间的关系……"

"小三劝退，对吧？只要接了活儿，就一定会达到目的，对吧？"韦虹的态度很强硬。

"韦小姐，你先别激动。"苏梓冷静地说。

韦虹深吸了一口气，问："你觉得昌明会同意吗？"

"这个我不清楚。"苏梓诚实地说，"所以我才想先见他一面。"

"但是你应该很清楚，他老婆是个什么样的人，对吧？"韦虹很复杂地笑了笑。

苏梓说："与林女士我已经沟通过几次，实话实说，根据我的观察，正是因为你上门找她摊牌，才彻底激怒了她。"

"呵呵，摊牌？这个脑补真精彩。上门去见她，我有机会说过一句话吗？"韦虹痛苦地摇了摇头，"那个女人发疯到根本没法沟通。"

苏梓好奇地问："我不明白，你为什么要主动上门找她？"

"我不想回答。"韦虹微笑着，一个不容拒绝的微笑，"你走吧，你还没得到顾总的许可，也就是说，按照你们的流程，你还没有资格劝我什么。就算你有，关于那些破坏别人家庭的陈词滥调我也不想听。"

苏梓固执地没动，继续说："韦小姐，我也不喜欢那些陈词滥调。如果喜欢的话，我应该继续做离婚律师，不会选择现在这样一份费力又不讨好的工作。"

"那你为什么选择？"韦虹步步紧逼。

"因为我想帮助那些痛苦的人，"苏梓非常真诚地说，"根据最新的统计数据显示，导致夫妻离婚的原因中，出轨排名第一，占比超过了51%。我打过几十桩离婚官司，亲眼看着几十对夫妻离婚，拿到几套房子、多少现金、得到孩子的抚养权，其实都不重要。婚姻随时可以结束，但是痛苦不会结束。你我都很清楚，介入别人的婚姻生活作为一个——"苏梓在这里差点脱口而出"第三者"三个字，又觉得十分不妥，于是临时改口，"一个外人，能得到的快乐比起承受的痛苦，实在太微不足道了……"

"你走吧，"韦虹缓缓地闭上眼睛，说，"我们现在已经不适合交谈了。"

在苏梓离开顾昌明公司的时候，杨墨的处境更糟糕。

刘幂幂说出"被强奸"之后，开始详细讲述自己在第一个饭店打工时怎么被同事欺负和孤立、老板怎么用小恩小惠收买她、她那时多么无知，最终在一个中秋节的夜晚，老板怎么开始对她动手动脚，杨墨听得一愣一愣的，因为，刘幂幂对细节描述之详细，让他有了一种身临其境的感觉。

刘幂幂突然趴在桌子上痛哭，像把之前的痛点毫无保留地暴露出来。杨墨出于礼貌，拿了几张餐巾纸递过去，轻轻地拍了拍她的肩，让她擦擦眼泪。刘幂幂顺势将整个身子歪了过去，靠在杨墨的胸口。杨墨的脸唰地一下都紫了，心脏怦怦怦地跳个不停，手放在哪儿都不合适，只能举在半空中。

他闻着刘幂幂身上浓烈的香水味说："刘小姐，咱有话好说，你……你先起来……"

刘幂幂不听话，一边哭一边压得更用力了，杨墨眼瞅着自己快倒了，只能用手去搂她，试图让她坐正。没想到，就在他碰到刘幂幂肩头的一瞬间，她一把抓住他的手腕死死按在自己肩上，大声喊："你想干什么？"

杨墨愣在那里，一脑门子问号。

刘幂幂开始撒泼，不停地大喊大叫，直到惊慌的服务员进来看到杨墨搂着她，才肯松手，一松手她就哭，哭着喊"快打110，快叫警察，这里有人要流氓"。

杨墨活了三十六年，第一次体会到什么叫百口莫辩，但是他脸红脖子粗，鼻孔里都喷着酒气，跟服务员和大堂经理解释，对方只是一脸嫌弃地看着他说："警察马上来，你跟警察说吧。"

五分钟后，警察来了，看见衣装低胸的刘幂幂和喝多了的杨墨，什么都不想听，直接让他们回派出所慢慢解释。杨墨还想挣扎，警察一瞪眼，问他想戴铐子吗，杨墨只能闭嘴，临走前还不得不把账结了，不少饭菜加好几杯饮料，花了小一千。

到了派出所，警察先给刘幂幂做笔录，杨墨被当作性骚扰嫌疑人在角落里蹲着，还让他把皮带解了。得到消息的魏志刚很快赶来救场。老魏混了好多年社会，跟派出所的警察都很熟，嬉皮笑脸地说着什么，再加上刘幂幂主动放弃了对杨墨的指控，选择和解，很快便相安无事。

从离开饭店坐上警车，到派出所里蹲着，再到坐上魏志刚的车离开，杨墨彻底醒了酒，但一直不怎么说话。从马小小发信息说"感觉对方早有准备"，到在饭店里发生的事儿，再到刘幂幂突然放弃指控，一幕接一幕，他总觉得哪里不对。

魏志刚一路上劝东劝西说了不少，他以为杨墨深受打击，生怕这位正在经历中年危机的脸皮薄的文化人突然撂挑子，毕竟火锅店赵总的这一单生意利润相当丰厚。

杨墨什么都没听进去，被魏志刚送到小区门口后，他下了车，没有马上回家，而是在小区里溜达了两圈，突然想明白了整件事情——

　　刘幂幂不管讲自己3岁、5岁还是8岁、10岁的事情，始终在强调一点，生活经历教育了她，不管跟谁打交道，首先要让对方知道自己不好惹，不然，对方一定会狠狠地欺负自己。

　　所以，刘幂幂今天搞的这一出，不是要砸买卖，而是两军对阵时先亮亮把式。

6.

　　离开顾昌明的公司，苏梓浑身都不太舒服，可能是"大姨妈"快来了，也可能是受到韦虹的什么情绪传染，她没有着急回家，而是沿着一条路随便走下去。距离2018年还有一个多月，距离腊月二十七的生日还有三个多月，30岁已经近在眼前。

　　这个下午很糟糕，韦虹问她为什么选择这个职业，苏梓说是"因为想要帮助那些痛苦的人"，其实这句话是临时编的。

　　一年前，从律师事务所辞职，原因很简单：工作三年里接踵而至的离婚官司，男男女女的痛苦、婚姻的破裂与煎熬……苏梓对爱情、对婚姻、对男人产生了深深的恐惧，她严重抑郁，整夜失眠，觉得自己需要一点时间休息，喘口气。

　　然而真的辞职后，对比之前每天加班的生活，二十四小时无休止的闲暇带来的只有恐慌，闲了不到半个月，大病如期而至，苏梓反复发烧、感冒、咳嗽，一个月都没好利索，她觉得自己不能再闲下去了。

从小想要当律师，一路考上大学，如愿学了法学专业，毕业后顺利当上律师，苏梓之前二十多年的人生轨迹是一条单行线，没有十字路口，没有另一个方向。在突然否定了过去之后，她站在原地，不知所措。因此，当杨墨拉她入伙的时候，她毫不犹豫地答应了。

杨墨说：**"迷茫得不知道人生方向时，就先随便朝着一个方向跑起来，跑着跑着就找到方向了。"**

在婚姻治愈事务所干了两个月，经杨墨帮助，劝和了一对本来要离婚的小夫妻，苏梓获得了满满的成就感，真的发现了自己的方向，她想要的，不只是一份工作、一种忙碌，还想通过这份工作帮助自己重新相信爱情和婚姻。

苏梓动力十足地工作了一年多，看到一些家庭在自己的帮助下重新复合，看到婚姻美好的一面，她却发现，正能量带给自己的刺激越来越小，她不得不面对现实，身为一个即将30岁的女人，年龄太尴尬，比自己大的男人通常都是离异，有些还带着孩子；比自己小的男人又缺少安全感，找个靠谱的男人越来越难了。

别人的幸福终究是别人的，自己该怎么办？人，不是动物，可以孤独终老。苏梓需要一个依靠的感觉越来越清晰，频率越来越高，每个月总有那么几天，她很渴望一个温暖的怀抱，就像这个下午。

走累了坐下休息，苏梓分别给杨墨、魏志刚发了微信，问他们在干什么，然而两个人都没回。这一年多工作太忙，每天围着事务所转，她的生活圈子越来越窄，身边只剩下这俩已婚老男人。如此心慌的时候，她不愿找张亚东，不想给他造成任何错觉。为什么就是对张亚东这样的好男人没感觉呢？

苏梓也说不清。

杨墨回到了家。想明白了事情的经过，他终于释然，也知道接下来该如何处理；上电梯之前，他已经订好了外卖，是老婆黄静莉最喜欢的比萨店的招牌。两个大份烧烤比萨，再加一大瓶可乐，他希望晚上尽量营造出舒服的氛围，跟老婆安安静静地聊一聊，说服她去医院做抽血检查，起码确定是不是真的怀孕，好考虑下一步该怎么做。

然而，钥匙插入锁眼，杨墨却怎么都扭不动。门被反锁了，他发微信，黄静莉不回；打电话，手机已经关机。他开始敲门，先是温柔地、轻轻地，然后是连续地、急促地，接着是气急败坏地砸，最后是绝望地放弃——黄静莉生气时就像一只滚烫的玻璃瓶，必须等她自己慢慢降温，如果外人直接浇上凉水，必然炸个粉碎。

杨墨站在家门口，等也不是，走也不是。外卖小哥很快来了——两大盒比萨、一大瓶可乐，看到门口有人迎接，赶紧赔不是，说送得有点晚。杨墨假惺惺地笑着感谢，拿食物去了消防通道的楼梯间，拍照，发给黄静莉，依然没有回音。他每隔五分钟打一次电话，眼瞅着手机快没电了，对方始终没开机。

在无聊的等待里，杨墨给苏梓回了一个微信。下午苏梓给他打电话的时候，他在派出所没法接，后来是没心情回、不想回，现在只剩下回微信这一件事。

苏梓刚刚在外面晃得又累又烦，于是回了家。她一到家，老妈就急火火地跟她说，老同学介绍了一个相亲对象，条件特别好。苏梓很不耐烦地顶了一句："谁觉得好谁去，我坚决不去，说了一万遍，绝对不相亲，有完没完？"

老妈就开始吵起来，说："眼瞅着这一年又过去了，你马上就30岁了，还这么单着，过年回老家怎么跟亲戚朋友说？"

苏梓非常不服，质问老妈："到底有什么可说的？那些穷亲戚，家家都有一摊子烦心事，自己家都顾不过来，哪还有闲心说别人？"又说，"自己过得好不好，只有自己知道，碍着他们什么了？"

老妈脾气更大，反问苏梓："工作也不是什么正经工作，一直单身天天瞎晃，你过得真的开心吗？你想过自己的未来吗？你到老了怎么办？"

这真是字字诛心，句句戳在闺女最脆弱的地方，亲人伤亲人，永远是又狠又疼。苏梓不说话了，她就像一只寄居蟹，一旦受到伤害就会陷入沉默，蜷缩进自己的伪装里，什么都说不出来。

老妈认为苏梓是用沉默对抗，便越发生气，忍不住哭了，边哭边说，自己打离婚后，这么多年就有一个念头，努力、努力再努力，早早看着闺女哪一天有个美满的家庭，这样自己的负罪感会小一点；否则，她只会后悔自己当初为何没有选择妥协，为何非要离婚。

这又是苏梓的软肋。正是她老爸当年出轨的情节历历在目，这么多年始终难忘，才让她立志当一名律师，帮助那些像自己老妈一样需要帮助的女人。然而，这么多年，这件事始终是她和老妈心头上过不去的坎儿。

苏梓抱住老妈，摸摸她的头。老妈这么多年不容易，岁数大了，越来越像个小女孩。苏梓的手掌捂在老妈的嘴上，食指和中指轻轻地夹着老妈的鼻子，嘴里调皮似的说："嘟嘟……嘟嘟……不许再哭了啊，再哭鼻头上就长个大蘑菇。"这是她小时候每次哭鼻子，老妈逗她用的招儿，现在常常要反过来用在老人家身上。

老妈擦着眼泪，不好意思地道歉，跟闺女承诺过好几次，不再拿她爸的事儿絮叨，一激动还是没忍住。

看着老太太破涕为笑，苏梓背着包，重新换了鞋，跟老妈说，突然想起来，有东西落在办公室忘了拿。老妈问她是不是生气了，苏梓赶紧挤出笑来，让她放心，承诺最近只要有时间，一定乖乖听话，一定去相亲，直到老妈信以为真，她才出门。

关上家门的那一刻，苏梓像重新回到冰箱里，冰冷得结结实实。她没有坐电梯，走到楼梯间下了三层之后，站住，就这么一动不动地站了好久。

每次跟老妈吵完，她都在楼梯里憋着，没有人、没有灯，憋得内伤越来越重，变得越来越冷血。今天，她很想找个人陪陪，想来想去只有杨墨这个已婚男人最合适。那时的她还不知道，**结婚的男人看似安全，其实比单身的男人更危险。**

两个心情抑郁的倒霉蛋几乎同时想到对方，杨墨发微信时，苏梓已经把电话打过来，杨墨秒接，苏梓又瞬间后悔，有些话她说不出口。

杨墨"喂"了好几声，都没听到吭声，以为信号不好，挂断电话，换了个位置，重新拨过去，苏梓接通了，还是没出声，这一次是她主动挂断。

认识苏梓五年，杨墨太了解这个姑娘的直脾气，今天这么奇怪肯定有问题，于是在微信上问她怎么了。苏梓说没什么。杨墨问她在哪儿，她说在她家楼下。

杨墨回："你等我。"

他又去砸了砸门，黄静莉还是没开，于是他心想，"这可不能怪我了"，一时冲动，带着比萨和可乐打车去了苏梓家楼下。

两个倒霉蛋随便找了个便利店，在便利店的简易饭桌边狼吞虎咽地把比萨都吃了，可乐都喝了，没有什么比现在的情绪更适合暴饮暴食了。

之后，他们决定随便走走，消化一下。杨墨讲了他今天的遭遇，从进派出所到被锁在门外，苏梓的哪个阀门好像漏气了似的，莫名其妙地开始笑。杨墨看到她终于笑出来，很开心，顺便把媳妇有可能怀孕的事儿说了，然后问："你知道我为什么最近这么喜欢喝可乐吗？因为听说可乐杀精，我就想啊，把小蝌蚪们都杀死在摇篮里，没想到，该中的奖怎么都没躲过去。"

苏梓笑得恨不得拍大腿，说："我说，墨儿啊，你这么大岁数，怎么傻成这样。"

有些女人悲伤的时候会哭，倔强的苏梓则是用笑来代替。这个夜晚，因为杨墨，她终于暖和起来，笑得刹不住车，对压根儿没有笑点的话也想笑，杨墨走在路上滑一下，她也能笑得蹲下，"哈哈哈，哈哈哈"，还是"哈哈哈"。

苏梓正笑着，杨墨的微信突然响了。黄静莉发来一条信息，杨墨看到，马上跟苏梓说"对不起，我得走了"，说得不容拒绝，走得非常匆忙。

苏梓看着他离开的背影，终于明白，这世界上能够不顾一切陪在你身边的人，除了老妈，只有那个爱你的人，其他人能带给你的安全感随时都会被抽走。她敛起凝固在脸颊上的笑容，回家，洗澡，躲进房间，然后枕着自己的胳膊，手指轻轻抚着自己的后脑，缓缓地闭上眼睛。

这是她从小给予自己安全感的方式，自父亲被轰出家门的那一天起。

7.

杨墨不得不走，因为黄静莉发来的微信说：

"我来'大姨妈'了，没有怀孕。呵呵，一场梦。"

杨墨十年前娶黄静莉的时候，爱得快要发疯了。他们是在一个朋友聚会上认识的，从怎么洗葡萄开始了第一次对话，整个晚上都没停下，有聊不完的兴趣和人生，以至于所有朋友都看不下去了，起哄说："你俩干脆明天就领证吧。"结果，他们还真的就闪婚了。

没有像一般闪婚夫妻那样很快就会遇上磨合期的痛苦，杨墨和黄静莉同时决定不要孩子，除了工作，剩下的时间都腻在一起，一起看电影、看话剧、听音乐、打羽毛球，一起买东西、逛街、发呆，一起旅游，去不同的城市，好多好多干不完的事。

没有哪个明显的时刻会让他们觉得美好戛然而止，好像温水煮青蛙，不知不觉，他们一起走过了三年之痛、七年之痒，眼瞅着结婚十年，白头发开始出现，睡觉不再互相搂抱，话越来越少，发呆的时间越来越长，拒绝要孩子拒绝了三千多天，黄静莉突然人生第一次梦到了婴儿，清晰的、真实的触感，连阳光下细微的茸毛都那么可爱，可爱得仿佛一个个随风起舞的精灵，冲着她一遍遍地说"你好"。

然后，他们第一次聊到孩子，黄静莉推心置腹地说自己开始羡慕别人，羡慕一个小不点跑过来，奶声奶气地叫"妈妈"。那时的杨墨正心烦意乱，他在报社面对着日益萧条的局面，面对着每年都在减少的工资和奖金，觉得自己失落得像个傻子。于是，每次听到"孩子"俩字，他都回复得非常简单粗暴："人都快养不活了，哪有钱养孩子？"

争吵不可避免，黄静莉偶尔也有负罪感，觉得自己像个违背诺言的骗子，但更多的是觉得跟杨墨之间的默契消失了，心照不宣没有了，婚姻变得不真实，两个人不知道该携手朝哪个方向走。婚姻不是事业，不知道方向的时候没法随便跑，两个人只能停下来。

就这样跌跌撞撞地走到今年，两个月前去朋友家聚会都喝了点酒，回到家后又爆发了一次争吵，吵着吵着变了味，两个人激情澎湃地没有任何保护措施地来了一次"快餐"，之后黄静莉一直没来"大姨妈"，坚称自己吃什么都没食欲，吃完了就想吐。

杨墨希望黄静莉去验孕，连验孕棒都买了；黄静莉则坚持让杨墨先承诺，无论如何都要留下这个孩子。两个人僵持着，僵持了好多天，杨墨不刮胡子狂喝可乐，黄静莉赌气，经常不说话，后来让老公每天睡沙发。

就在僵持无法化解的时候，黄静莉突然来了"大姨妈"，她太失望了，比杨墨做梦中大奖醒来发现一切都是假的要严重一万倍。

杨墨冲回了家，开门后发现黄静莉在卧室的床上缩成一团，他赶紧去抱住她，感受到老婆呜呜哭的委屈和痛苦，好像找回了当初那种爱的激情。

"等'姨妈'她老人家走了，咱俩就去好好做个体检，孩子，我要！"杨墨真心实意地说。

听到这话，黄静莉心里很复杂。最近一年，她对杨墨的感情起了微妙的变化，就好比开车，之前十年都像手握着方向盘在高速公路上行驶，往哪儿开、开多少速度、终点是什么样子都很清楚；这一年不对劲儿了，她觉得自己仿佛开到了一望无际的草原，没有方向，看不到终点，也不知道自己是在转圈还是在直行。

杨墨以前在报社上班时，黄静莉很清楚他在干什么，报社确实赚钱越来越少，当初也确实是她鼓励杨墨辞职并接手现在这份事务所的工作，努力创业的。但真的开工之后，她才发现，自己太天真了。

创业很辛苦，为了赚钱，一天二十四小时随时待命，半夜一出事，不是小三要跳楼就是谁家撕破脸，杨墨永远被烂事缠绕，跟满嘴没一句实话的魏志刚走得越来越近，身边每天围着的不是有钱有闲的中年富婆，就是年轻貌美、胸大屁股圆的辣妹小三。几次遇到年轻姑娘半夜突然给杨墨打电话哭诉，黄静莉觉得头都要炸了。

而她自己的工作也在改变。

黄静莉本来只是在维度集团下面的一个分公司任财务主管，职位听着不小，其实是普通上班族，坐井观天，比较安逸。集团业务整合，她去年被调到维度集团的财务团队，学习整个集团的风险控制和资金管理，身边接触的人一下子提升了不知道几个档次。同样是已到中年的男人，杨墨只是个晃晃悠悠的油腻男人，耍贫嘴天下第一，穷得叮当响；维度集团各个部门的经理、总监谈的可都是成百上千万的大生意，每天穿西装、喝红酒、开好车，开会时满嘴跑英文，这样的男人原来这么帅。

从过去一直觉得别人都在羡慕自己的生活，到自己有一天真的羡慕别人，黄静莉很恐慌，孩子只是她想离开飘浮起来的天空，重新回到地面的一根稻草。她不知道怎么跟杨墨说自己内心的躁动，隐瞒就像房间里落的一层灰，经常去擦一擦，早早说出来，也就没事了；总是不去碰，落下的灰尘越来越多，最后已经很难鼓起勇气去擦干净。

"大姨妈"终于来了，黄静莉非常失望。集团财务部门副总Peter汪前几天找她谈话，问她愿不愿意出差。黄静莉说不愿意。Peter汪质问道："怎么能这么消极？现在你只是一个负责财务的小组长，说白了，还是工薪族，上升通道我已经给你打开了，你却不愿意上来？"

黄静莉没法再拒绝。杨墨说终于想明白了，同意要孩子。黄静莉也想明白了，养孩子得花钱啊，Peter汪的孩子才6岁，去上各种补习班，一个月光学费就好几千，自己生出来的孩子，总不能太寒酸吧？

她决定走进那条上升通道，为了未来，在杨墨身上还看不到上升通道之前，她只能赌一把。结婚第十年，她不想再听杨墨的意见，每个人活到一定岁数，都会产生思维定式，想都不用想就知道杨墨会说什么，他只会说：

"这个汪Peter看上你了吧？"

8.

不知道从哪天开始，杨墨习惯性地因为一些鸡毛蒜皮的事情跟黄静莉撒谎，后来，事情大小都无所谓，谎话张口就来。

杨墨发过微信给黄静莉说，他买了比萨和可乐，但是最终进家门时却是两手空空。黄静莉第二天早上才想起来，问比萨去哪儿了。杨

- 51 -

墨没敢说带着去找苏梓了，撒谎说自己在气头上一怒之下去了小区广场，吃了一点，剩下的送给了不知道谁家的孩子。

黄静莉可能是心怀愧疚，并没有揭穿他这个漏洞百出的谎言。

怀着从杨墨那里得到的些许慰藉，苏梓回家睡了一觉，慢慢抚平了心中的不安。安静下来后，她给韦虹打了一个电话，想要缓和关系，没想到，电话接通之后首先道歉的是对方，韦虹说"对不起，之前心情不好，说了些气话"，让苏梓别介意。

苏梓有些尴尬，韦虹又说："我现在正陪几个客户，过两天有时间请你吃饭。"说完，便匆匆挂断了电话。

听刚刚电话里的背景音那么嘈杂，苏梓凭直觉判断韦虹应该身处于类似 KTV、夜总会之类的地方。这个女人到底在干什么？她到底有什么目的？苏梓的疑问很多，她软磨硬泡地问人民警察张亚东，张亚东不说细节，只是劝她远离韦虹。苏梓知道张亚东对自己总是保护过度，生怕自己遇到危险，所以遇到什么事都危言耸听，于是打电话骚扰魏志刚，让他查查顾昌明公司的财务状况。

魏志刚找到老熟人欧爷，欧爷是这个城市资本圈里的情报站，跟钱、跟融资借贷有关的事，但凡欧爷不知道的，那不是坑就是陷阱。

第二天，魏志刚上班很早，没想到杨墨来得更早，而且剃了胡子，戒掉可乐，改喝红茶了。老魏问杨墨这几天到底是什么情况，杨墨摸着自己光溜溜的下巴回答："涛声依旧。"

正说着，苏梓也来上班了，一看见杨墨就大呼小叫地说："这位大爷今儿不一般啊，年轻了至少五岁。"

杨墨打量了一眼苏梓，回击道："这位穿得跟蛾子似的大妈，你好，我给你介绍个对象吧？"

两人互相送给对方一个白眼。

闲扯了一会儿，魏志刚把苏梓揪到一边，把欧爷查到的所有数据拿出来，劝她放手。数据触目惊心，顾昌明的公司连续三年亏损，有十几亿的短期贷款即将到期，资产重复质押，严重资不抵债。苏梓看到这些数据也有点蒙。

魏志刚劝她赶紧放弃，苏梓的脑海中却只看到韦虹像飞蛾一样奋不顾身地跳入火海，于是坚决不肯放手。两个人争执的声音越来越大，差点吵起来的时候，苏梓的手机响了。是林女士打来的，她说自己正带着朋友去揍狐狸精。苏梓大吃一惊，问为什么。林女士说，周末她家里闯进几个人，什么都不说，就是要钱，不给钱就砸东西，这一定是韦虹捣的鬼。

苏梓一边好言相劝，一边让魏志刚马上开车带自己去顾昌明的公司拦人。

等他们到了，林女士带着几个跟自己年龄差不多的中年妇女已经在顾昌明的公司闹了一阵了，一通折腾，很有火锅店赵总夫人那几个闺密的风采。不同的是，赵总夫人只是坐镇后方，没亲自出马，林女士则是亲力亲为，就属她打砸得最欢，战斗经验相当丰富。

韦虹站在角落里，看着整个公司乱成一锅粥，脸色很难看，但还没失去理智。

苏梓好不容易把林女士劝住，带进了顾昌明的办公室，问了几句才发现，林女士这些年对昌明集团的运营情况一无所知，只知道刷信用卡过日子，直到周末发现信用卡被冻结、家里来了人催债，才知道老公已经没钱的事实，她以为是韦虹跟顾昌明背地里把财产全部转移了，于是大清早就纠结人马前来闹事。

经过一番解释，得知公司即将破产，老公已经被拘留，林女士和闺密团连一句道歉都没有，灰头土脸地撤退了。

苏梓找到韦虹，韦虹无奈地笑笑："呵呵，你看到了吧？这就是中国好老婆。"

"这也不能全怪对方。"苏梓劝道，"设身处地想想吧，换位思考一下，假如你是顾总，你的公司经营状况越来越差，却始终不肯告诉家里一丝一毫，为什么？"

韦虹冷冷地说："因为没法交流。"

"那为什么信用卡从来不限制她花？宁可在外面到处借钱，也要给老婆和孩子继续营造富裕的生活？"苏梓最擅长泼冷水，"如果我的感觉没错，这就是一种爱，对家人的爱，不只是对孩子。"

"呵呵，"韦虹长叹一声，"不得不承认，你说得对。有时候想想，自己真的挺可笑。"

"顾总对你也是一种爱。"苏梓非常诚恳地看着韦虹，她能感到韦虹的眼神从最初的锋利慢慢变柔软了。

"为什么这么说？"韦虹好奇地问。

"因为他最信任你，你们公司的情况我从不同渠道了解了一些，如果没有你，可能早就垮掉了，对吧？"苏梓说，"连续三年亏损，短期欠债十几亿，股权质押超过90%，房产质押超过135%，重复质押的利息更高。这样的日子如果换作我，我都不知道自己能不能睡着觉，但是你可以陪着他一起扛，这种共患难的感情就算夫妻之间也不多见。"

韦虹没有说话。

"我很理解，很多男人尤其是成功男人，自信心爆棚，恨不得天下女人都是自己的。他们的爱，可以平均分成很多份，给不同的人。同时爱着自己的老婆和情人，一点都不意外。"苏梓接着说，"但是，我不能理解，你什么都清楚，为何却迟迟不肯退出？之前退，你还可以明哲保身，为何非让自己陷入深渊？"

韦虹很想倾诉些什么，但她选择了闭嘴，只是说："现在已经没时间讨论这个，我还得抓紧时间去跟各个银行的老总沟通，只要公司还没垮，昌明还有三天就过了刑事拘留的期限，我的努力不能浪费。你现在应该帮我，而不是在这里质问我。"

苏梓摇头说："我恐怕不能这么做，如果这么做，我就成了你的帮凶。"

"你应该清楚，如果没有我，顾昌明至少往后二十年都要在监狱里度过了。"韦虹像只困兽一样战斗着，"你现在不是在帮我，而是在帮他，帮他的老婆、孩子，我什么都没有，什么都不会得到，我只想给自己这段感情努力画上一个句号。"

9.

被刘幂幂耍了之后，杨墨连续几天没有主动联系她，他知道上赶着自己会非常被动，也知道刘幂幂现在孤立无援，迟早会来找自己，所以他先抻一抻。不过杨墨没想到，刘幂幂还没来，赵总却先来了。

其他人忙着去顾昌明的公司处理打砸时，赵总一个人来到咖啡屋，见到杨墨立马把手机拍到桌子上，一脸愤怒。

杨墨纳闷地打开手机，看见了刘幂幂发给赵总的一组照片，看环境是在夜店，刘幂幂坐在雅座里，穿得相当暴露，超大的"V"字领别说露乳沟了，恨不得能看见肚脐眼，她身边围了几个阳光帅哥，互相簇拥着、媚笑着，又是喂蛋糕又是喂水果的。

　　赵总指着杨墨的鼻子喊："现在刘幂幂是电话不接，微信不回，整天晚上出去疯，现在发这种照片挑衅，你怎么做的工作？到底能不能解决问题？"

　　"别急，别急！"杨墨劝着，一来二去地问了几句，终于弄明白，赵总本来就没下定决心处理刘幂幂，是老婆逼得没办法，他才出此下策，没想到，这姑娘竟然用夜夜笙歌刺激他、羞辱他，简直在要他的老命。

　　杨墨让马小小给赵总弄了一壶养生茶，他借口去厕所，然后站在卫生间里好一个挠头，不知道从什么时候开始，他一遇到困难就开始挠头，挠头就像一休哥吐唾沫沾在脑门儿上绕圈一样，挠着挠着就有了主意。

　　挠了一会儿，杨墨冷静下来厘清了思路，回到赵总那里，力劝他千万别回微信，什么都别说，静观其变。

　　赵总说："你放屁，我现在就差脑门儿上长草了，还静观，静个屁！"

　　"现在谁更怕鱼死网破？"杨墨并不冲动，反问道。

　　赵总被这个问题问住了，从性格上来说，刘幂幂和他老婆都是刚烈脾气，只有他表面凶悍，其实内心窝囊得一塌糊涂，但他不好意思承认。

　　杨墨说："刘幂幂是个聪明人，她现在敢刺激你，但是不会过火，要是真做了什么出格的事，逼到鱼死网破的份儿上，你大不了少一个女人。房产证上写着你们两个人的名字，房子起码还有一半是你的，她想要的可不是只有一半的房子，而是一栋完整的房子，贪婪就是她的弱点，你一定要听我的。"

果然，第二天，刘幂幂主动给杨墨打来电话，很直接地说，想请他吃饭，赔礼道歉。

杨墨故意装高冷，说吃饭就算了，有事来咖啡屋说，这儿好歹有监控、有证人，不至于被坑。

刘幂幂很快开车来了，闯进咖啡屋时，没有一个人迎接，杨墨正窝在沙发里胡噜他们养的烟灰色英国短毛猫。刘幂幂坐在对面打了个招呼说："这猫真可爱，叫什么名字？"

"法老。"杨墨说。

"法老？什么意思，为啥这么叫？"刘幂幂好奇地问。

"法老就是祖宗的意思。"杨墨没好气地回答。

远远地听到这话，马小小忍不住笑了一声。

刘幂幂没在乎这个，直截了当地说要请吃饭，杨墨推托说不想去，刘幂幂就直接上手，连拉带劝，把他拖上了自己的车。

宝马3系，国产2017款，埃斯托蓝色，杨墨上车时心里默默地念叨，这车他很熟，客户里不止一个姑娘喜欢这个颜色，火锅店的赵总对女人真是大方。

刘幂幂开车时没怎么说话，放着音乐，是吵闹的迪厅舞曲，每到红灯时，她刹车都很急，一次次晃得杨墨想磕头；红灯变绿灯时，她又猛踩油门。杨墨默默打着分，开车水平减2分，音乐品位减3分，这些行为做派只能说明，这姑娘虽然好面子、爱显摆，但没什么可以显摆的资本。

这一次，他们去了一家五星级酒店里的西餐厅，很奢侈，一份最便宜的牛排套餐也要 388 元。

进门脱外套，杨墨发现刘幂幂今天打扮得更过分，烫着迷人的大波浪，香水味扑鼻而来，穿着深"V"领的白色薄毛衫、短裙子和黑丝袜，脖子上戴的长长的铂金项坠差点陷进乳沟里。看得出来，她对自己的身材优势相当了解，只要不上班，穿什么衣服都露事业线，最爱"V"字领。杨墨仔细地看了两眼，化妆挺漂亮加 2 分，胸大加 5 分，腿好看加 3 分，香水味太浓减 3 分，普通话带着口音减 2 分，依然不及格。

点餐时，刘幂幂问杨墨想吃什么。杨墨看了两眼菜单上的价格说："看来上次拿中国菜刀剁我一次还不过瘾，这次改拿刀叉戳我了？"

刘幂幂笑笑说："放心，这次我埋单，既然你不点，我就点了。"说着，她麻利地点了几道菜，又要了一瓶红酒。

杨墨赶紧说："别了，我现在不喝酒。"

刘幂幂说："这一次我肯定不使诈，你放心喝。"杨墨有点不好意思，说："正打算要孩子，戒烟戒酒是常规套路。"刘幂幂一脸惊讶地说："你这个理由要是编的，那可是编得够业余的。"杨墨没把自己丁克十年突然不想继续的事实说出口，只说自己老树发芽晚，最近正好想开花。

酒还是上来了，服务生给倒好，刘幂幂高举着酒杯说："对不起，上次是我不好，我先干了，你可以尝尝，不勉强。"说着一饮而尽，她干完了，服务生又给倒上，刘幂幂又要干杯，打算连罚三个的意思。

暴发户作风，减 1 分。杨墨想着，赶紧劝住她，又让服务生离开，说他们想安静地谈点事，然后说："虚头巴脑的仪式就算了，咱俩还是直接谈事吧。"

"之前坑了你一次是我不对，但我从小被人欺负了太多次，这就是我的作风。被我坑了，你还对我不离不弃，还肯帮我，我就认定你是我哥，可以信任。"刘幂幂说着，把自己的手机拿给杨墨，她点开几个人的微信，指指点点地说，"实不相瞒，在马小小加我微信之前，我就已经知道有人在调查我。你看，这是美容院的姑娘，这是火锅店的前台，这是蓝心大饭店的厨师……我不知道你是干什么的，我只能黑你一次，试试你是什么人。"

杨墨看了几眼，发现每个人都在跟刘幂幂通风报信，告诉她有人来店里问八卦，而刘幂幂非常大气，给每个人都发了红包，维系关系的能力确实是一把好手，加3分。

接下来的一个小时，是高中数学老师与数学不及格的小学生之间的谈话。杨墨看到刘幂幂已经做好充足的准备，也就不绕圈子，开门见山地劝这姑娘离开。他以为自己是高中数学老师，努力让刘幂幂理解赵总夫人提出的条件：放弃价值最少400万的房子，留下一辆车、金银首饰、十几万存款，再加上一点额外的赔偿金。

在刘幂幂的眼里，自己才是高中数学老师，杨墨的加减乘除都没及格，她反问道："放弃几百万的房子，留下总共不到100万的财产，是你傻还是我傻？"

杨墨又开始上语文课，重点讲了一个成语——"各退一步"；刘幂幂说自己已经无路可退，于是讲了另一个成语——"背水一战"。

杨墨突然明白了一个道理，不同的人，人生结束的时间点是不一样的。对某些拿着国务院津贴的老教授来说，奋斗一辈子都能为国家做出贡献；对自己来说，在报社升到副刊副主编已经是人生的顶点，从此一路下坡；而对刘幂幂而言，她虽然只有27岁，没学历、没户口、没知识、没门路，赵总是她能抱到的最后一条大腿，27岁的她还算好看，已经远远比不上那些20岁左右的嫩模。富翁赵总甩掉她，无非是甩掉一只鞋，她要争取的，是最后一次生存的机会。

"所以，你到底想要什么？"杨墨问。

"要房子。"刘幂幂放下了所有自尊，很诚恳地示弱道，"请你帮帮我。"

杨墨摇摇头说："很难。现在不是赵总不松口，而是他夫人不同意。"

"我知道，"刘幂幂回答道，"我很清楚，自己跟赵夫人完全不是一个重量级，跟她斗我完全不是对手。所以，你帮帮我吧，告诉我该怎么不输着离开。"

10.

吃完饭之后，刘幂幂陪着杨墨走出酒店，两个人挥手告别。眼瞅着杨墨上了出租车离开，她绕了个圈又回来，站在大厅里打了个电话。过了一会儿，赵总来了。

这一切意外地被马小小看得真真切切。

自上次被刘幂幂骗，害得杨墨进了派出所，马小小一直特内疚，认为是自己疏忽大意造成的，打心眼儿里讨厌这个小三，生怕她再出什么下作手段。于是，这一次看见刘幂幂强拉着杨墨去吃饭，马小小赶紧用手机约了个出租车，等他们走的时候，出租车正好赶到，一路紧跟。

到了饭店，马小小远远地找了个地方瞄着，打算有什么不对劲直接冲进去。她像只受了一肚子委屈的小老虎，随时准备爆炸一下，让敌人看看自己的獠牙。

不过，饭吃得风平浪静，什么都没发生。马小小躲着，看着两个人一起出了酒店，以为相安无事，刚要离开，突然发现刘幂幂又绕了回来，接着赵总来了。

马小小暗自窃喜，不断偷拍着照片。赵总一只手搂着刘幂幂的腰，在服务台边开了一个标准间，然后两个人腻腻歪歪地上楼，这一切都被马小小拍下来发给了杨墨。

进了房间的赵总急不可耐，说："万万没想到，本来都已经成老夫老妻了，一夜之间又要偷着开房，真有点偷情的感觉，很他妈带劲。"

"你就这点破事了吧？"刘幂幂一把推开他，赌气地坐在床边说，"找我来干吗？你不是要跟老婆远走高飞了吗？咱俩从此势不两立。"

赵总严肃了一下，认真地承诺，自己的宝贝儿子已经办好了去澳大利亚留学的签证，赵总夫人明年2月就要带着儿子出国陪读，很可能直接移民，他发誓，自己绝对不会出国，绝对不会抛弃她。

"我要是信了你这张破嘴，我就跟你姓。"刘幂幂起身就要走。

赵总一把抱住她，继续装可怜，说自己老婆现在是双管齐下，一方面要处理他俩的事；另一方面跟几个买家谈判，打算把火锅连锁店全部打包卖了，铁了心要走，辛辛苦苦干了二十年的店哪能说卖就卖了，必须斗争到底，求刘幂幂帮忙。

"你打算怎么玩？"刘幂幂忽闪着大眼睛，脑子里全是鬼主意。

"现在只要咱俩演出大戏，利用杨墨和那个什么倒霉事务所做幌子，拖住我老婆，不让这个狠毒的老娘儿们使出什么阴招，就是成功。往后每次老婆发怒，我就把所有黑锅扔给这个自己送上门的事务所。"赵总一拍胸脯，说，"时间就是一切，我老婆最疼儿子，等到明年2月，肯定得去澳大利亚伺候，到时候天高皇帝远，谁也管不着。"

刘幂幂有点不放心，觉得杨墨这个人看着软绵绵的，但是又不像窝囊废的样子，万一被他识破了怎么办？赵总问她发现了什么问题，她犹豫地摇摇头，只是说自己有种不祥的预感，但是没发现什么异常。

"所以啊，我从一开始就强调，咱俩分别单独跟他联系，从不同角度把握他们的动向，随时研究对策，还有，咱俩尽量少见面，忍一时风平浪静。"赵总一脸狡猾地说，"我跟你做出承诺了，我警告你，你再敢胡闹，发照片刺激我，看我不……"说着就要上手。

刘幂幂推了他一把，说："行了行了，知道了。既然少见面，那我先走了。"

赵总赶紧说："别啊，中国有句古话，'既来之，则安之'。"

马小小发了照片给杨墨之后，狠狠地说，她现在就去打听房间号，把这对狗男女堵在屋里，一副恨不得把人撕碎的样子。杨墨看到照片，赶紧给她打来电话，让她速速离开，千万别打草惊蛇。

杨墨让出租车师傅掉头，回来接了马小小。这个丫头一脸的愤愤不平和不理解，连续问为什么。杨墨安抚她说："你想想，这两个人背地里给咱们设了个局，肯定还有后手。我们现在去堵门，逞一时的英雄，我们是爽了，大不了这案子不做了，赵总夫人怎么办？"

马小小还是不太懂："那起码也得回去再拍几张照片吧？不留下证据，以后他们死不承认怎么办？"

"不着急，"杨墨望向车窗外，想起那个第一次见面就让自己觉得不同凡响的赵总夫人，他说，"赵总和刘幂幂之间的信任在我看来非常脆弱，不足为惧，在解决他们之前，我先去会一会他老婆，看看这件事到底值不值得咱们出手相助。"

11.

再一次遇到韦虹时，苏梓感到意外也不意外。

那一天，她本来是去参加一个前同事的"吃饭＋唱歌"局。之前工作的律师事务所打赢了一场数额极高的离婚官司，赚了一大笔提成，正好有人过生日，顺便庆祝一下。前同事加闺密丁小美打来电话，约她一起参加，苏梓推脱着，丁小美说："不光律师事务所的人，还叫了些普通朋友，忙了快一年只为找机会乐呵乐呵，万一邂逅了你的白马王子呢？"

苏梓其实早就心动了，她最近一直陪着林女士，天天听这个中年妇女叨叨叨叨，耳朵都磨出茧子了，晚上实在不想早回家，不想又跟老妈因为这事那事吵起来。

快到傍晚，马小小说自己要出去约会，众人一阵起哄，马小小死活不说跟谁约会。杨墨要回家当好好先生，要为接下来的造人计划做准备，魏志刚说："你这刚戒烟戒酒，怎么就开始瞎忙活，不留点弹药？"杨墨说："不得先熟悉熟悉业务，摸索摸索经验，培养培养感情，老夫老妻找找当年的影子？"魏志刚唉声叹气地说，自己只能继续开着破车带老婆和孩子周游世界了，一、三、五姥姥姥爷家，二、四、六爷爷奶奶家，谁也不能偏，谁也不能落下。

这么一弄，只剩下苏梓是孤家寡人，再看看朋友圈，有人已经晒了电影票，今晚要去看电影，有人是"加班狗"，有人在发心灵鸡汤。张亚东？这几天他这么安静，应该是在忙吧？算了算了，就算张亚东不忙，也还是算了。

于是，苏梓不知所措地去了丁小美的局。

最近好不容易有一天早回家，杨墨打算去买菜、做饭，露两手厨艺。前几年报社越来越不景气，一身武艺无处发泄，他的时间大把大把地用在了厨房，厨艺飞速成长，还顺便把黄静莉喂胖了10斤，搞得老婆一度天天抱怨，如今胖得穿什么衣服都不好看了。

杨墨在菜市场来回转，想红烧一条鱼、炒两盘青菜，再煲个汤。想法很丰满，食材还没买齐，他突然收到了黄静莉的微信："实在对不起，一直在开会，忘了跟你说了，今晚得加班，我就在公司凑合吃了。"

提溜着还时不时抖一下的鱼，杨墨站在市场中央，一脸迷茫。他给自己手里的一堆塑料袋拍了个照，想发个朋友圈，又觉得让黄静莉看见不太好，于是顺手把微信发给了苏梓，说："什么都买好了，却被放了鸽子，要不你来尝尝我的手艺？"

苏梓立马炸了："大哥，你没病吧？之前可是你拒绝的我，现在又说这个。"

杨墨回答："你看你这么腼腆，你当时就应该直接抱住我大腿，苦苦哀求我，现在咱俩就都不尴尬了。"

苏梓回："你少来这套，手艺留着改天孝敬我吧。"

杨墨贫嘴说："没问题，我拿个大白萝卜给你雕个头像，世上独一份。"

苏梓没再理他。

提着一堆东西，空空落落地回了家，杨墨把鱼、菜都放进冰箱，没心情做饭但是很饿，凑合着下了碗打卤面，放了火腿，打了俩荷包蛋，还顺手拌了个凉菜，打算哄自己开心。结果他吃了几口就扔下筷子，剩了一大碗，歪在沙发里刷手机。其间，他发过两次信息，问黄静莉几点下班，用不用去接她。每次都隔了好一会儿才收到回复，她说："不用，晚点应该有同事顺路开车送。"

杨墨想开个玩笑，问："男同事女同事？"黄静莉没回。

一直到晚上 10 点，黄静莉才回家，送她回家的是 Peter 汪。路本来并不长，也没什么车，但就奇怪了，一路全是漫长的红灯。Peter 汪不想让气氛尴尬，一直在找话题，于是问到了孩子，黄静莉很不好意思地说，正打算要。

Peter 汪说："我不是冒犯，但是你这个岁数，在要孩子之前最好调养一下身体，给你个电话，我太太当年生孩子前就找这个医生调养过，生孩子也可以直接去他们的医院。"说着，等红灯时，他推荐给黄静莉一个微信号，告诉她，就说是他的朋友，好得到 VIP 级别的照顾。

黄静莉十分不好意思地应承着，想也不用想，肯定便宜不了，她跟杨墨现在怎么可能付得起。

送到楼下，Peter 汪特意嘱咐道："别忘了明天早上 7 点，我来接你。"

黄静莉慌乱地点点头，下车，慢悠悠地走进小区，在小区广场绕了一个大圈，才回家。她没想到第一次出差来得这么快，不知道该怎么跟杨墨说。

果然，她回到家，杨墨开门时还是一张笑脸，一听说出差的事儿立马就蒙了，像老爸第一次送闺女出远门一样大喊大叫："什么？！你这'大姨妈'还没利索，怎么行？你这工作十年了怎么突然开始出差？出差这种事不都是得提前通知、提前订票吗？"等等。

黄静莉各种劝慰，好久才把杨墨劝消停。但是，在她收拾出差用品的时候，杨墨窝在沙发里玩手机，像个赌气的孩子，一句话都不说。

苏梓这边，从吃饭到唱歌都没什么意思。前同事们赚钱了，就想疯一疯，特意去了一个豪华的KTV，但她一肚子心事，即使比平时多喝了几杯，依然觉得与世隔绝。帮别人离婚了，一群人却来庆祝，这是什么心态？其实他们也算平和，就是普通工作嘛，工作成功了，拿到奖金，庆祝一下也无可厚非。

但是，这终究是婚姻官司啊。

拒绝了所有递到嘴边的话筒，沉默的时间，苏梓想到最近这一年帮助过的每一对有了小三、即将破碎的家庭，想到对方当面或者发短信说的那些感情真挚的话语，谢谢她的耐心与苦心，谢谢她的包容与温暖，谢谢她在最困难的时候也没有劝"离婚吧，离了就什么痛苦都没了"，谢谢她最终赶走了外人，修补了裂痕。

那种成就感，在今天这个奢华的KTV的映衬下，格外让人满足。苏梓想，不管现在怎么样，当初辞职的决定还是正确的。

在 KTV 待着待着，实在待不下去了，时间也不早了，苏梓提前告辞。有人想要送她，她婉言拒绝。出了门，吹点风，她才发现自己确实喝多了，恶心想吐，于是站在路边缓了好一阵。就在这种情况下，她突然看到了韦虹。

韦虹跟几个看起来有头有脸的人物从一辆豪车上下来，也打算往KTV 走。看到苏梓，韦虹愣了一下，跟老板们打了个招呼，让他们先进去，说一切都安排妥当了，然后走到苏梓这里。

她们稍微尴尬地打了个招呼，苏梓已经闻到了韦虹身上的酒味："这么晚了，你还来这儿？"

"是啊，你这不也在？"韦虹回答道。

"啊，朋友的生日聚会，非叫我来。"苏梓解释道。

"嗯，真羡慕你，还有夜生活。"韦虹说，"我好像已经好久没有轻松自如的夜晚了。"

"我其实不怎么喜欢聚会，宅女，呵呵，"苏梓有点别扭地笑笑，"这些都是你的客户？不是说现在做生意都不用喝酒了吗？"

"不是，都是大爷、土财主，"韦虹摊摊手，"又有钱，又没什么追求，大把的现金躺在账户里不知道干什么，就是吃喝玩乐。把他们哄开心了，说不定就借给你用用。最近两年银行贷款越来越严，很多公司都得靠这样的钱活着，没办法。"

苏梓愣愣地点点头，说了句"好吧"，心想，这世界有时候真残酷。

"那个，"韦虹突然有话想说，"明天……昌明就出来了。"

苏梓有点恍惚："明天？哦，对……"

"我费了好大的劲儿，才争取到取保候审。"韦虹的声音变得特别软弱，很像在哀求，"那个……本来打算今晚给你打电话来着，现在既然遇到你我就直接说了，能不能请你帮一个忙？"

"帮什么？"

"我会去接他，但不知道警察会不会通知他老婆，他老婆会不会出现，我想……"韦虹看了看苏梓的眼睛，眼神里充满了莫名的悲壮，"我想请你帮我拦住她，别让她去现场捣乱。"

苏梓沉思了片刻，说："我还是不能理解……"

"你放心，"韦虹说，"在处理完现在的事情之后，我肯定会主动离开，不需要你劝。"

"我不是这个意思。"苏梓解释着，"我知道，现在让你放手很难，可我不太理解，你为何要选择这么惨烈的方式，一定要坚持到底？能退固然是好，但是很明显，现在还不考虑退出，你可能根本就没有退路了，不是吗？"

韦虹深吸一口气说："如果考虑退路，那就不叫爱情了。"

12.

第二天一早，苏梓给林女士打了电话，她不知道自己为何会这么做，但在觉得自己即将放弃的前一秒拨了出去。林女士在电话里说，自己正要去参加儿子学校的运动会，问她要不要一起去，顺便聊聊。

苏梓有些诧异，林女士不知道顾昌明今天取保候审吗，看来韦虹的保密工作做得不错。

苏梓迟疑着去了林女士儿子的学校，从一见面开始，林女士就抱怨个不停，比如，家里之前被要债的人翻得乱七八糟，雇人打扫了一天；家里什么亲戚正好病了，她又要去医院探望，又找关系、找大夫，又要给亲戚安排病房；儿子开运动会必须准备这个或那个的东西，她又跟着忙活；为了孩子不受老师排挤，她还是家长委员会的成员，最近老师又安排了很多任务……

她絮絮叨叨个没完，最后只有一个结论：老公从来什么都不管，干脆一辈子蹲在监狱里算了。

见面半个小时，林女士只提了老公一句，结果还是抱怨，这实在让苏梓无法理解。她有点诧异，不知道该说什么。

"开个破公司，净是瞎折腾，"林女士说，"也不是第一次了，前两年也有过两次，一次是因为假发票，一次是什么来着，关了几天，找个人疏通了一下，给点钱就出来了。反正我是不懂，也不想操这心。"

说着，她又开始抱怨些别的事，最后提过韦虹几句，说韦虹昨天深夜发来很长的短信，讲明白公司现在的困难，同时给她打来几千块钱，让她暂时用着，还承诺，处理完现在的事情，一定会主动离开，让她放心。然后她感慨，看到这些，心里终于踏实了，睡了个好觉。

苏梓脑子嗡嗡的，觉得哪里不对劲，于是给张亚东发了个微信，问顾昌明的公司是不是以前就有过使用假发票被抓的事情、顾昌明是不是已经有了案底。过了一会儿，张亚东回道："是，五年前。"

五年……

苏梓好像一下子明白了顾昌明为何会出轨，就好像之前她跟杨墨一起处理的"爆裂女侠"吴小薇与自己的老板马总出轨的事情一样。马总老婆自从有了孩子，尤其孩子上幼儿园、上小学之后，作为家庭主妇，面向世界的大门已经完全关闭。她对老公、对老公公司的了解，甚至不如公司的一个普通文员，夫妻俩之间还有什么交流可言？

现在的林女士也是这样。孩子们排队入场时，儿子的班级方队离得好远，林女士都能一眼看到儿子在哪儿、在做什么表情。但是对于老公，她偶尔聊起几句，几乎都是一无所知，能记得的还是五年前发生的旧事，说起来就像昨天，这不是因为她记忆力好，而是因为她对老公的多数记忆只停留在五年前。

五年，会发生多少事？会改变多少人？

很多公司的创始人都是夫妻俩，都是两个人白手起家、艰苦奋斗，但是有了钱、有了孩子之后，老婆往往逐渐退居幕后。不知道从哪天起，她们的世界只局限在家庭那个狭小的空间里，关注的只有天气冷暖和吃喝拉撒。这确实是一种牺牲，需要理解，但是需要理解的也不仅仅是她们，她们的老公并不都是因为饱暖思淫欲变坏的。

在苏梓以往接触过的案子里，不止一个男当事人跟她抱怨过，抱怨自己在家里得不到理解、得不到支持，总感觉有一只无形的手把自己从家里推出去。他们最初并不是不想做家务，不想过问家里的事儿，而是每次插手时，得到的都是埋怨和训斥，被骂这也不懂、那也不懂，本来照顾家的时间就少，肯定生疏，一插手就被骂，只能什么都不管，结果恶性循环，在家里的认同感、存在感越来越低，最终在别的女人身上找到了存在感。

苏梓最初听到时，觉得就是渣男在胡说，在为自己辩护。一年多下来，听到不同的男人重复好多次，内容惊人地雷同，她渐渐开始站在男人的角度思考，有点感同身受。今天听到林女士的唠叨，这种感受尤其强烈。她不禁摇摇头，觉得自己的三观有点歪。怎么能替出轨的渣男辩护呢？但是跟林女士的交流确实异常乏味，反倒是跟韦虹之间，她觉得很舒服，两个人有一种默契，有些话不需要说透，互相都能理解。

坐了两个小时，苏梓实在听不下去了，正好杨墨约她一块吃午饭，她就借口告辞。

到了饭店，苏梓发现，杨墨又是一脸的胡楂，于是问："大哥，怎么又成张飞了，不会中奖了吧？这怀上的速度是不是有点太快了？"

杨墨说："哪儿跟哪儿啊，吃饭吃饭。"

吃饭的时候，苏梓跟杨墨好一顿抱怨林女士有多絮叨，就那么点孩子、亲戚、家长里短的破事儿，翻来覆去，简直就像三个唐僧在耳边围着。

杨墨说："换位思考一下，你就明白了。"

苏梓问："怎么换位思考？我就算结婚当了家庭主妇，也肯定特别超凡脱俗，虽然我没打算结婚。"

"幼稚。"杨墨说，"打个比方，家庭主妇就是一份职业，那她职业的范畴是什么？无非就是照顾孩子、维系亲戚关系、家长里短。你是律师，你每天跟别人说案子、说法律法规，那是在谈工作；家庭主妇谈柴米油盐、刮风下雨，也是在谈工作。你不喜欢听她在说什么，她也听不懂你在说什么，不是因为你比她高雅，而是因为你们工种不同。"

苏梓突然愣了一下，说："这个思路好像也对。墨儿，头大确实管用啊。"

"所以啊，"杨墨补充道，"男人做不好家务，被骂几句怎么了？当老婆的谈论丈夫公司里的那些破事儿，哪个不是说不了几句就被丈夫骂无知、骂见识短、骂没文化？谁也不比谁牛，拿着玻璃心当出轨的挡箭牌，这种行为就几个字——'装 × 装大了'。"

饭吃得差不多，杨墨变得磨磨叽叽，想说什么又犹豫，急得苏梓都想扇他一耳光。过了半天，杨墨突然说："黄静莉出差了，你说说，从我俩认识到现在，她上了十年班，居然说出差就出差了。"

　　"出差？出差怎么了？"苏梓还以为是什么大事，没好气地问。

　　"话说，这出差不得提前制订计划，提前订机票、酒店吗？哪有说出差就出差的？"杨墨的眉毛都快纠缠到一块儿了。

　　"喂，大哥，你们家黄静莉，现在可是到维度集团总部去上班了。"苏梓故意吓唬杨墨，"维度集团呀，那么大的公司，还在乎一两张机票钱？你呀你，真是穷日子过久了，小心，再这么下去，指不定哪天你老婆就看不上你了。"

　　"看不上就看不上，正好我也换换口味。"杨墨嘴硬道。

　　"嗯，我看你行，"苏梓用手使劲戳了一下杨墨的脑门儿，"你想想啊，黄静莉现在已经是维度集团的财务专员，开始出差，说明开始接大项目了，这明显是有人提携啊。接下来万一平步青云，变成个财务总监、财务副总啥的，到时候可就是著名大公司的中层领导，30多岁，正是女人最好的时候，又有钱，又漂亮，没了你这个拖油瓶，人家的地球照样转。可是你杨墨有啥啊？快40岁的油腻中年男人，赚钱赚不着，吃啥啥不够，送你两个字——'呵呵'……"

　　杨墨撇撇嘴："才36……"

　　苏梓一瞪眼："还犟嘴？"

　　"都说医不自治，苏小姐这一番话真是醍醐灌顶啊！"杨墨若有所思地点点头，"看来应该马上要个孩子了，有了孩子，黄静莉就没法上班，就变不成有钱少妇，我也就可以继续当我的油腻大叔了。"

　　"你这点出息。"苏梓狠狠送了他一个白眼。

"来，我给你介绍个相亲对象。"

"你滚！"

13.

去拘留所接顾昌明的时候，天空艳阳高照，天气预报本来说阴天有雨，这太阳让韦虹觉得是吉兆，觉得自己做出了正确的选择。

接到顾昌明，韦虹开车上了路，她没有把车开往市区，而是直接开上了高速公路。顾昌明一直问韦虹到底要去哪儿，始终没得到回复。一直开到休息区，顾昌明说饿了，想吃点东西，他们才停下。韦虹给苏梓发了信息，就说了两个字："谢谢。"

在休息区吃东西的时候，两个人又吵了起来，顾昌明一副自暴自弃的样子。韦虹心疼得哭了。

顾昌明这一次进拘留所，精神状态非常糟糕，出来之后，头发好像白了很多，人也苍老了。韦虹脑海里的顾昌明，永远是她第一次去公司面试时那个穿着白衬衣、故意解开领口的扣子、留着漂亮胡子、一直健身让身材很挺拔的精致男人。

五年前公司第一次出问题，虽然韦虹已经跟顾昌明在一起了，也经常陪着他出差、一起做业务、一起去酒桌谈判，但她只是个普通员工，是个小角色。危急时刻，两个合伙人执意离开，深夜里顾昌明第一次在韦虹面前大发雷霆，第一次失去所有风度，第一次毫无征兆地哭了起来。

一个老男人得经历多大的挫败感才会哭出来？从那之后，韦虹慢慢接过越来越重的担子，慢慢走上前台，她在酒桌上再也不喝果汁，还去买了聚拢效果更好的束胸内衣，会在酒喝到差不多时，不经意地松开一两颗纽扣，生意有时候就这么谈得越来越顺畅，公司慢慢渡过了难关。

顾昌明时常很生气，生气她在客户那里表现得太做作，顾昌明用的那个字眼是"贱"。但韦虹不生气，她这样做换来的结果是，顾昌明回家的次数越来越少，在自己家放的衣服越来越多。偶尔邻居会说"你老公"如何如何，韦虹总是一阵脸红。

生活要是一直这样，该有多好？可惜，这种美好永远不是生活的主旋律。

经济危机越来越严重，出口贸易持续低迷，公司效益越来越差。韦虹看着眼前的顾昌明，第一次觉得这个男人老了，老得不像样子。原来男人放弃战斗就会变成这个样子，那她该怎么办？韦虹以前在前面冲锋陷阵时，心里一直特别踏实，因为她知道，不管什么时候回头，后面都有个男人站在那里说："上，怕什么？有点出息啊！"

现在没有了。

韦虹说："昌明，还没结束，我们还有机会。"

顾昌明说："小韦，你醒醒啊，结束了，真的结束了，放弃吧，我求求你了。"

韦虹说："为什么啊？为什么这一次这么容易就放弃？五年前的那个你去哪儿了？"

顾昌明激动地说："五年前？三年前的我就已经死了，这三年，都是你在扛着，都是我的错，不该眼睁睁地看着你进入火坑却不拦着。"

韦虹几乎要哭出来了，说："你是后悔跟我在一起了？"

顾昌明又一次哭了，只是这次，一点不像五年前，打动韦虹的心。

韦虹拉着他上车，让他别在外面哭，别这么丢人现眼。顾昌明不肯走，在拉扯中，顾昌明的手甩到了韦虹的脸上，虽然是无意的，但是实实在在地扇了她一记耳光。顾昌明愣了一下，韦虹看着他，心中那个美好的、健康的顾昌明彻底破碎了，取而代之的是眼前的现实——一个放弃了所有希望的老男人。

几乎是靠着母爱的力量，韦虹把他拖上车，按照最高限速开得飞快。没开出多远，警车突然在后面鸣笛，示意他们马上停到应急车道上。韦虹面无表情地停下，警车车门打开，人民警察张亚东敬礼，然后说："顾昌明，根据《刑事诉讼法》第69条规定，被取保候审的犯罪嫌疑人未经执行机关批准，不得离开居住地，你现在处于取保候审阶段，不能离开本市，我们现在将依法对你采取监视居住。"

顾昌明直接被警车带回了他的家，在没有执行机关批准之前，他没有资格离开。

韦虹脑子里一片空白，开车回了自己的住处。顾昌明已经离开了好多天，现在房子里男人的味道越来越淡了，淡得连他穿过的睡衣都没有他的气息。

她用了一个小时，把家里到处打扫了一遍，收拾了几件衣服——内衣、睡衣和一些个人用品，韦虹根本说不清自己在干什么，全靠下意识的身体本能反应做这些事情。她打了个电话给苏梓，请求她将这些东西带给顾昌明。

苏梓去了韦虹家，真诚地劝说道："这样做，并不明智。"

"你不知道的，"韦虹失落地说，"昌明这两年睡眠质量很差，穿不舒服的衣服，他根本睡不着……他已经好几天没刮胡子了，总得有个剃须刀吧……还有拖鞋，天越来越冷了，他需要穿棉拖鞋啊……"

韦虹努力控制着自己的情绪，但是很难。警车把顾昌明拖回了他法律名义上的家，这一现实击碎了韦虹所有的幻觉。原来这么多年，她以为的她跟顾昌明的家，只是一个梦，顾昌明只是这里的一个客人，他有自己的家。

爱情和婚姻之间隔着的是冰冷的法律，这就是她作为一个小三的现实。

苏梓陪着她，并不想说什么。之前她见识过一些当第三者的姑娘，面对分手这个事实时各种痛哭流涕，各种需要开导和倾诉，但韦虹不是这样。韦虹太像她，在做任何事之前都设定目标，心无旁骛，走一条直线。现在韦虹终于要承认，那条没有十字路口的直线走到头了，站在终点没有方向的恐慌才是最可怕的。

苏梓想起当初从律师事务所辞职之前，那是她最疯狂的时候，同时接好几个案子，白天、晚上不休息地找材料、写案宗、见证人。所以，现在劝韦虹放弃，谈何容易？

然而，担心很快变成现实。韦虹说要去卫生间，进去就锁了门，在里面待了好久。苏梓一度害怕，以为她是不是想不开要寻短见，脑补出来的画面有一万种可能。结果，韦虹出来的时候已经满血复活，化了精致的淡妆，眼睛里也没有了泪水。

苏梓问她要去哪儿。

韦虹说："收拾残局。"

14.

一连好几天，魏志刚都神龙见首不见尾，这在以前也是常有的事。

喜旺咖啡屋不赚钱，婚姻治愈事务所里供着杨墨和苏梓两尊大神：一个是文艺老青年，另一个是理想主义热血女青年，都是不为金钱折腰的主儿。第三者劝退业务虽然接单不少，但是收入很不稳定，两尊大神拯救世界的心一迸发，就像街道大妈一样去管闲事，有时候还得倒贴钱。所以，魏志刚除了到处做广告、接案子、帮两个大神打杂，还得经常干点别的业务，赚点快钱。

杨墨耍了点心眼儿，终于把魏志刚堵在咖啡屋，逼问他最近到底在忙啥。魏志刚扬扬得意地说，自己现在是火锅店赵总的事业合伙人，正在参与处理火锅连锁店整体出售的事宜。

杨墨一听就傻了："火锅连锁店整体出售？这事儿是赵总自己想卖啊，还是他老婆主谋啊？"

魏志刚说："当然是一块儿了，赵总夫妻俩已经打算卖掉所有连锁店，带着孩子移民澳大利亚。"

杨墨突然站起来，跟魏志刚握了握手，然后甩手说："祝您事业顺利，早日飞黄腾达，我辞职了，不干了，不干了……"

魏志刚一脸的问号，拉着杨墨喊："杨墨……杨哥……杨总……杨大爷，我的大爷哎，这是咋的了？有事儿您直说，这是演的哪一出啊？"

杨墨说："你现在是帮赵总处理连锁店的出售事宜，但是没帮赵总老婆，对吧？"

魏志刚筛糠似的点点头。

"你帮赵总卖店，我帮赵总处理刘幂幂，咱俩是一条绳上的蚂蚱。但是，假如赵总压根儿没想卖店，压根儿没想甩掉刘幂幂跟着老婆远走澳大利亚，只是想拖延时间，那咱俩是啥？咱俩就是赵总的帮凶。"杨墨气急败坏地说，"赵总夫人是什么人？本市餐饮行业著名的女强人，是她带着窝囊老公白手起家，把一个路边小店干成了如今的连锁餐饮集团，咱俩跟她作对？我还想多活几年呢。"

"不能吧？"魏志刚将信将疑。

杨墨把马小小偷拍的赵总搂着刘幂幂开房的照片给他看了看，魏志刚一脸懊恼："我说呢，这个老王八蛋天天撺掇我干这干那，除了不谈判，干了一堆乱七八糟的杂事，原来是憋着坏心呢。"

"怎么办？"杨墨一心烦，又开始挠头。

魏志刚说："你先别挠，我先去探探赵总的底。"

魏志刚又找了一趟老熟人欧爷，深入了解了一下赵总的为人。

年轻有为的欧爷，既是金融圈人士，也是计算机行业的精英。几年前，整个城市接连发生了多起商业欺诈和金融骗局，一时间有钱大佬们人心惶惶。欧爷看准时机，架设了一个私密的信息交流平台，专门给有钱大佬们服务，有钱、有项目大家一起赚，有内幕、有骗局大家互相提醒，准入门槛很高，必须有大佬引荐，才能加入。跟大佬们混得久了，他便掌握了各种有钱大佬的八卦消息。

查了查手头的内幕，欧爷说，这个赵总每周都会参加一个很有名的私人饭局，饭局参与者是固定的小团体，以餐饮界和房地产界的老板居多，饭局主题就一个，吃喝玩乐，每个人都带着漂亮的小三或者姑娘出席，这属于标配。

魏志刚心照不宣地给欧爷发了个大红包，一天后，他收到了欧爷发来的两段视频，看起来是某个参加聚会的姑娘随手拍的，有美女在唱歌，还有几个男人在喝酒吹牛。

视频里，赵总搂着的女人不是刘幂幂，而是张陌生的网红脸，他明显已经喝高了，一脸满足地对旁边人说着："我他妈才不去澳大利亚，去干吗啊，每天晒太阳、钓鱼、游泳、看书？像我这种俗人，就喜欢一群人每天喝喝酒、吹吹牛，在KTV喝舒坦了搂着美女唱唱歌、打打麻将，我去那儿不得憋死……"

欧爷嘱咐道："老规矩，别忘了。"

魏志刚回答道："绝不外传，绝不害人，放心。"

看到这两段视频，杨墨心里有了数。他决定单独见一次赵总夫人，赵总和刘幂幂是什么货色，他已经很清楚了，赵总夫人到底是个什么人，决定了他们是退还是留。

谈话约在咖啡屋，杨墨说这里比较安静，方便说事。

赵总夫人自己开车来的，连司机都没带。她的穿着打扮都以素色为主，简单大气，一点都看不出普通中年妇女的艳俗。她的话也不多，但是不怒自威，每句话听着都很实在，又留有余地。杨墨在见面之前构思了很多种谈话的方式，但在真的见到赵总夫人之后，又被某种气场影响，决定直截了当地说。

杨墨说："实不相瞒，我们从各方面打听到，赵总和刘幂幂现在可能依然藕断丝连，这种状况我们有必要沟通一下。"

赵总夫人点点头，承认自己早就知道，也知道老赵拿他们事务所当幌子拖延时间。

杨墨严肃地说："我们是个婚姻治愈事务所，工作范畴只包括拯救婚姻、劝退第三者。但是，既然你们两口子加上一个刘幂幂，每个人都对我们没法真诚相待，考虑到您家目前的复杂局面，我们可能无法胜任接下来的工作。"

"坦白地说，之前因为你们是老赵找来的人，我对你们一直无法信任。"赵总夫人解释道，"不过今天你能这么跟我交心，我觉得你们的为人还是值得肯定的。以前的怠慢，我向你道歉。"

"我有一个问题没想清楚，"杨墨好奇地问，"您到底是怎么打算的？"

"你指哪方面？不妨直说。"赵总夫人问。

"您为什么非要房子？"杨墨说，"一套房子虽然价值不菲，但我听说，您已经打算把所有的店面卖掉，移民澳大利亚。既然如此，要房子还有什么用？如果您把房子的所有权全部移交给刘幂幂，问她要一部分现金作为补偿，问题应该很好解决，快刀斩乱麻，不就是您现在最需要的吗？"

"房子和钱都不重要，刘幂幂也不重要。重要的是，现在老赵和刘幂幂穿一条裤子，刘幂幂想要房子，我就必须抢房子，挫了他们的锐气。"赵总夫人的目光中有一丝的无奈。

杨墨有点纳闷："我不太懂。"

"我为事业拼了二十多年，已经到这个岁数，孩子也大了，我累了，想安度余生享受生活了。"赵总夫人说，"但我很清楚，老赵不想去澳大利亚，不想放弃国内的生活。假如我去了澳大利亚，把他和刘幂幂留在这儿，不出一年，刘幂幂就会撺掇他跟我离婚。"

杨墨不由自主地点头，表示可以预见。

"老赵现在在殊死抵抗，一方面用你们和刘幂幂拖住我，另一方面在卖店的谈判中到处捣乱，他现在认准了一点，拖时间，时间到了就算了。"赵总夫人呵呵笑了一声，"我也直白地告诉你，我不怕拖，儿子已经是大人了，根本不需要陪读，等儿子去了澳大利亚，我陪他们好好玩，到时候我一定整死那个刘幂幂。"

杨墨背脊有点发凉，幸亏自己提前看清楚了一切，他说："既然您都看清楚了一切，还允许赵总和刘幂幂一直拖下去，没有立即动手，我猜，是因为你还在最后犹豫，想下手不容易，对吗？"

"如果真走到那一步，彻底撕破脸，老赵和刘幂幂是结束了，我们的夫妻情分也就到头了。"赵总夫人喝了口茶，叹气道，"我必须让老赵死心，他才会老老实实跟我走。但是，不到万不得已，我不想亲自动手。"

"赵总不肯去澳大利亚，是因为在国内更有面子吧？"杨墨突然想起了什么，问道。

"对，你说得没错，"赵总夫人说，"他就是个俗人，有这些店，别人还能把他当成个老板看；没有店，钱都在我手里，他屁都不是。开公司做生意他不会，玩金融他也没那个胆子，他只有这么一点脸面。"

杨墨恍然大悟："我明白了，只有毁了他的面子，他才能死心塌地地守在您的身边，这才是您想要的结果，但怎么毁掉他的面子，您一直在犹豫。"

赵总夫人点点头："我欣赏你的聪明。"

15.

跟赵总夫人的谈话是相当有意义的，杨墨跟魏志刚合计了一个下午，两个人想出一个损招，既然赵总和刘幂幂在设局，那他们不妨以其人之道还治其人之身，也设个局，既让花心的赵总死心，也让贪财的刘幂幂破财。

杨墨带着全套思路又去找赵总夫人商量，特别强调了一点，让刘幂幂破财是为了让她离开，最后骗她的部分还得还给她，不然，刘幂幂这种人要真到了山穷水尽的地步，肯定会没完没了地折腾。

赵总夫人承诺说："没问题。"

接下来的几天，是魏志刚和杨墨的表演时间。

刘幂幂最近一两年也不知道受了谁的影响，一直想玩投资，魏志刚把她邀请进一个投资微信群，里面鱼龙混杂，什么机会都有。看得出来，刘幂幂很兴奋。

现在该欧爷动手了，这位大神挖了一个坑——开了账户玩期货投资。欧爷扮演的投资大神，跟刘幂幂只是线上交流了几次，就把这个只有初中文化程度的姑娘骗上了钩。他连续几天指导刘幂幂关注螺纹钢、棉花和铁矿石的走势，看各种财经新闻，讲了一堆乱七八糟的术语，刘幂幂根本不懂，只在乎怎么把钱扔进去，让钱生钱。

魏志刚带着刘幂幂去见了一次欧爷，欧爷给她看的是一套模拟系统，他自己设计的程序，一切都是假的。刘幂幂既看不懂，也不会操作，只觉得赚钱真刺激，于是跟欧爷签了个代为操作的协议，委托欧爷做她的操盘手。

最初刘幂幂很谨慎，只投了 2 万块钱，很快 2 万变成 10 万；10 万又开始赔钱，赔到 5 万的时候，欧爷说："你要么继续投钱，要么就算了，以后别玩了。"

从 2 万到 5 万，这其实是赚了 3 万，但从 10 万到 5 万，确实是赔了 5 万。在这道数学题里，觉得自己赚了 3 万的还有点理智，觉得自己赔了 5 万的就是纯粹的赌徒，比如刘幂幂。

被欧爷带着越玩越大，刘幂幂想发财想疯了，开始逼着赵总要钱。赵总夫人最近把钱看得越来越紧，还各种扫荡赵总私藏的小金库。赵总发了二十年的财，居然发现自己快要变成穷光蛋了，日子过得非常糟心。

被宠的时候要钱很容易，现在竟然拿不到钱，刘幂幂很上火，又出去瞎胡闹，找一帮狐朋狗友喝酒撒疯，继续拍照片刺激赵总。赵总气不打一处来，心想婊子就是婊子，用钱堆起来的感情永远不是感情，只能跟老朋友喝酒解闷儿。

杨墨带苏梓入门的时候，曾经教育她：不要被表象蒙蔽，用钱堆起来的感情不是感情，用钱堆起来的信任也不是信任。

私密的饭局上，姑娘就像流水，换来换去。赵总喝多了，对着哪个姑娘搂搂抱抱都是常规套路，只是搂搂抱抱，没干别的什么事，但是照片总能流传出来跑到欧爷手里。欧爷得到了，魏志刚和杨墨就得到了，他们俩得到了，刘幂幂就等于看见了。刘幂幂想当然地以为，赵总这个老色狼不给自己钱，是因为有了新欢，于是她变本加厉地报复。

两个曾经朝夕相处、激情澎湃的人，转眼间，已经到了决裂的边缘。如果放在五年前，赵总连眼皮都不眨，会毫不留情地把刘幂幂处理掉，但他现在 50 多岁了，变得越来越窝囊，加上这两年在刘幂幂身上花了不少钱，要是就这么分手，这些钱都打了水漂，非常不甘心，于是他向刘幂幂妥协。

在别人忙活的时间里，杨墨也没闲着，他经常跟刘幂幂聊天，了解她的思想动态，适时地出各种馊主意，撺掇着刘幂幂摊牌。刘幂幂最终听了他的建议，要求赵总出一部分钱，自己再出一点钱，加起来凑个 100 万，给赵总老婆，算是补偿款，条件是房产证上只剩刘幂幂自己的名字。赵总当然不同意，不愿掏出最后的小金库。刘幂幂就跟他撒娇说："我的就是你的，只是去掉你的名字而已，房子肯定是会升值的，人民币肯定是要贬值的。"

赵总各种推三阻四，赵总夫人又在杨墨的授意下，在出售连锁店的事情上一逼再逼，逼他就范，这让他非常难办。杨墨适时地像英雄一样降临，跟赵总谈心，劝他，实在不行，先把房子的事情解决了，缓一缓燃眉之急。赵总说，老婆如今死咬着房子不肯松口，刘幂幂的方案就算自己答应，老婆也绝不会答应，她非逼着刘幂幂放弃房子。

杨墨自信满满地说："交给我，你老婆那里，我帮你谈。"

看到撒下的饵料都已经钓到了鱼，杨墨再一次找到赵总夫人谈心。他觉得，赵总不太可能老实听话，该出手时就会出手。赵总夫人说，她也已经放弃了和平解决问题的可能，有什么招儿就用什么招儿吧。

杨墨给魏志刚发去微信，说："是时候组织一次三方会谈了。"

16.

　　杨墨和魏志刚所有的精力都放在赵总这边，苏梓单枪匹马地在林女士和韦虹之间周旋。其间，她给张亚东打过两次电话，想找顾昌明聊一次，但是被拒绝了。张亚东说："比起顾昌明现在身上的案子，那点家长里短真的太微不足道了，等等吧。"

　　苏梓说："你可能觉得我的视野太狭隘，但我实在不想看着一个女人飞蛾扑火。"

　　张亚东说："我尽力安排，但现在真的不行。"

　　结果，苏梓的预感很准确，在顾昌明被完全隔离几天之后，韦虹崩溃了。通知她的还是林女士，林女士突然打来电话破口大骂："你快来看看韦虹这个贱货，她居然跑上门来了。"

　　苏梓太吃惊了，硬拖着不情愿的杨墨一起去救场。

　　到了顾昌明的家，现场的局面已经有所缓和。张亚东早就赶到了，跟苏梓讲述了一下情况：韦虹今天突然上门，非要见顾昌明一面，被警察和林女士明确禁止后，情绪突然失控，一边哭，一边大喊大叫，现在已经被控制在警车上。

　　苏梓急忙跑去警车旁看望，韦虹蜷缩在警车里的一角，脸深深地埋进膝盖里。

　　苏梓好说歹说，警察才同意让她把韦虹带走。杨墨开着车，把她们送回了韦虹的家。韦虹照例一回家就冲进了洗手间，关上了门，听声音，水流一直在哗哗地淌。

　　杨墨捂着嘴，打着手势，示意自己先撤了，被苏梓一把拽住，坚决不放行。杨墨说："她万一哭闹啥的，我一大老爷们儿也帮不上忙啊。"苏梓狠狠地瞪着他，把声音压得很低，说："不行！万一一会儿需要踹门呢？"

"黄静莉今天出差回来，我得去机场接人啊。"杨墨着急说。

苏梓说："人命关天啊大哥，你老婆又不会飞。"

结果，正嘀咕着，杨墨突然收到了黄静莉的微信，是这么说的："准备登机了。对了，你不用来接我，我同事的车停在机场，我们直接回公司，还得开个会，我下午回家。"

"大爷的。"杨墨给苏梓看了微信，在她耳边狠狠地说，"改天要是我老婆真跟别人跑了，我就去你们家门口上吊。"

苏梓说："墨儿，咱能不能对自己的老婆有点起码的信任？"

差不多过了四十分钟，韦虹才出来，只是这一次她没有满血复活，依然是一脸的憔悴。

杨墨终于告辞，苏梓一个人陪着她。韦虹说想喝酒，苏梓肯定不会拒绝。

"这是昌明最爱的葡萄酒。"启开一瓶之后，韦虹说，"呵呵，已经快忘了上次陪他在家里轻松自在地喝酒是哪天了，想起的，都是在酒桌上。"

苏梓没有说话，她感觉到韦虹有非常强烈的倾诉欲望，便任由她自己说。

但是，韦虹只是喝酒，再也没有说什么，仿佛记忆的堰塞湖还没有崩塌的迹象，必须不停灌酒，才能决堤。苏梓真是豁出去了，陪着她一杯一杯地喝，既然她不说，自己就说，乱七八糟地讲述自己的成长，说起父母离婚，说起亲眼目睹父亲出轨的画面，说起内心里那些轻易不敢触碰的惨烈画面。

她也不知道自己为何会说，大概是觉得韦虹需要一次倾诉，但是思绪被堵住了。她对那种淤积非常清楚，那会让人发狂，她必须做出牺牲，牺牲自己的隐私，换来韦虹的绝对信任，只有这样，淤积才会疏散。

喝到第三瓶红酒时，韦虹终于开始说了——

我跟昌明在一起已经七年了，这是我的第二份工作。嗯，在大学毕业之前，匆忙地找到了第一份工作，勉强干了两年，实在受不了，辞职，投简历，应聘，几乎没费什么力，就来到了这家公司。干了三个月，就被提拔成经理助理，从什么都不会、什么经验都没有，到被手把手地教，再到一切工作都顺利上手、跟着昌明到处出差，他就是我在职场上的第一个也是唯一一个导师。

我们的第一次发生得非常突然，在成都，谈成了一个项目，晚上也没有喝多少酒。在那之前，我们从没有过暧昧或者打情骂俏，甚至从来没聊过私事。我连拒绝都没来得及想，就发生了，从那之后，他从没问过我什么，也没正式地求爱，我们就在一起了。

他给我重新租了房子，添置了些东西，他偶尔会来过夜，或者我们出差完了之后先来我家住一夜。之后，我们关系越来越亲密，就像普通情侣。

七年里，他从来没说过要离婚，从来没说过娶我，我也从来没问过他家里的任何情况。

"为什么？"苏梓有点不理解。

"因为我本来就恐婚啊，呵呵。"韦虹说着，一口喝了很多酒，然后盯着苏梓的眼睛看，想要看看，从眸子里能看到共鸣还是迷茫，然后，她露出一个谜一般的微笑，笑得苏梓一下有点脸红——心直口快的苏梓，总是藏不住任何心事，一切都挂在脸上。

> 我从小生活在一个充满家暴的家庭里，老爸爱喝酒，我能喝酒就是遗传。
>
> 老爸最初还算正常，后来下岗，自己做小生意，被坑得很惨，整个人颓了，把失落和压力全发泄到我妈身上。在青春期的那些日子里，我没感受过父爱，每天看到的都是痛苦的却不愿离婚、委曲求全、小心翼翼的老妈。所以，我早恋，因为缺爱，但是恐婚，从初中到高中，谈过很多次恋爱，对谁也不走心，只是需要一个陪伴，不合适就拉倒，伤过好几个男孩的心。
>
> 虽然已经谈过很多次恋爱，但我直到上大学才有了第一次，从来没觉得发生了就应该嫁给对方，只是觉得自己大了，该变成女人了。恋爱谈到第三年，对方非要让我暑假时跟他回家，呵呵，不知道怎么想的，我拒绝，他就觉得我不爱他，就这么分手了，可笑吧？

或许是因为苏梓率先说出自己父亲出轨的事，韦虹讲述起来，已经没了任何障碍。

苏梓听着，不停地想到自己。她从小就没跟父亲一起生活，没体会过委曲求全，但是见过太多次老妈无助的眼泪。

所以，她对爱情有一种近乎偏执的洁癖，觉得只有男人才会见异思迁、乱谈恋爱，女人的爱情保质期都很漫长。

活了将近三十年，她只谈过一段半恋爱，一段是刻骨铭心的马拉松；那半段是还没开始就主动掐灭的恋爱。听到韦虹讲述大学里的生活，她突然觉得世界很奇妙，不同的人在同样的年龄段经历的事情是那么相似。

她想起自己大学里那段炙热的初恋，想起每到寒假、暑假，两个人要分开之前，就会不断盘算着，谁该跟谁回家，谁该先去见谁的父母。最终，折腾了几个假期，竟然一次都没有成行。恋情结束后，她曾在好多个深夜懊恼，假如自己当年没有那么保守或者倔强，假如自己早早答应先去了前男友的家乡，会不会就不会有分手的痛苦。

"假如再来一次，你会后悔吗？"她的问题脱口而出。

"没有假如，我害怕婚姻，婚姻对于我妈来说就是一座囚牢，进去了就不敢离开，也离不开，我死也不想重复这样的生活。而且，跟大学男朋友的分手也深深地刺激了我。"韦虹的眼神已经彻底迷离，紧皱着眉头，压抑着痛苦，"说了那么多山盟海誓，写了那么多字字真切的情书，不还是说分手就分手？不还是想离开就狠心地离开？从那之后，我连恋爱都懒得谈了，空窗接近两年，拒绝所有示爱。两年，呵呵，你懂那种感觉吗？"

怎么会不懂呢？苏梓也已经醉了，痛苦也在她的心里蔓延。

初恋男友的那些甜言蜜语，那些要娶她、要给她一辈子幸福的豪言壮语，烂俗得让人恶心，每部国产爱情电视剧都像是对这一切的重播，之后的她不光恐婚，而且恐爱，倔强地单身，倔强地一个人生活，搬家是一个人，停电的夜晚是一个人，水管爆裂淹了整个屋子的时候是一个人，过生日、过情人节是一个人，扭到脚、发高烧也是一个人，所有这些"一个人的痛苦"加起来乘以百倍，也赶不上失恋的痛苦，她怎么会不懂呢？

"所以，跟昌明的这段关系，我很满意。"韦虹笑了，笑得很复杂，"解决了孤独和陪伴，又不用担心被逼婚。呵呵，一切像梦一样，像美梦一样开始，又像噩梦一样惊醒。梦醒了，我该走了。"

17.

苏梓在韦虹家待了整整一个晚上，两个人喝着酒说了很多肝胆相照的话，后来，她不知不觉地睡了过去，天亮很久后才醒过来。

韦虹已经不见了，桌子上留了一张字条和一串钥匙：

苏梓：

　　谢谢你最近这些天的陪伴，让我没有那么孤独。

　　我该去画个完美的句号了。

　　房子只能拜托给你，有时间的时候帮我看一下，你来住也可以。

韦虹

苏梓惊慌得不知所措，到处找自己的手机。最后她找到了，看到张亚东打来好几个电话，微信里也有留言，说："韦虹来自首了，把很多事揽到她自己身上。"

她赶紧给张亚东打电话，说很想见韦虹一面，越快越好。

张亚东回复说："尽力。"

之后，在这个只有苏梓一个人的屋子里，在这个周围没有任何熟人的屋子里，她像呆住了一样，同一个姿势坐了很久。她没有哭，就是觉得头痛欲裂，怅然若失。

直到杨墨的电话第三次火急火燎地打来，催苏梓回去，她才回到咖啡屋。

杨墨急忙解释，赵总夫妇跟刘幂幂下午要在这个咖啡屋来一次深入的交谈，现在分一下工，每个人都有任务。

苏梓说："可以啊，都已经搞到三方会谈的程度了。"

下午的会谈，那是相当地激烈和精彩。攻守双方都很直接，一上来就没有感情什么事，谈的都是房子和钱。大家的目标其实很一致，但是都在演戏。刘幂幂坚持要房子，即便是拿出些钱她也要房子；赵总夫人同样坚持要房子，即便给刘幂幂钱也要把房子要回来。两边争执不下，破口大骂，赵总在中间腹背受敌，只有挨骂的份儿。

第一回合结束，各找各的帮手。赵总跟魏志刚嘀咕，这是搞了些啥。没谈好就不要着急搞三方会谈嘛，这弄成啥了？魏志刚打包票，说"没事没事，放心放心"。

杨墨跟赵总夫人在另一个角落悄声说："戏很真，做得很足，差不多了，该转风向了。"赵总夫人说："你托着点，别假了。"杨墨说："假作真时真亦假。"

苏梓和马小小莫名其妙地被分到刘幂幂的教练席，三个人大眼瞪小眼。刘幂幂心想："这他妈什么情况？"苏梓和马小小互相在对方心里挠挠，心想："杨墨，这他妈到底什么情况？"

休息结束，第二回合，还是从骂战开始，赵总夫人突然说："别扯没用的了，就算我给你房子，你给我钱，你给得起吗？"

刘幂幂一听，机会来了，赶紧说："你开个价，你怎么知道我给不起？"

杨墨和魏志刚一看机会来了，赶紧添油加醋，把谈判朝着刘幂幂要房的方向大踏步地推进。赵总心想，两位人杰，牛啊，这见风使舵的本事活脱脱要把死人说活的节奏！

苏梓和马小小就恨手里没有瓜子了，心想："杨墨、老魏，你俩没事吧？这到底哪儿跟哪儿啊？"

第二回合结束，赵总夫人和刘幂幂双方在金钱上的心理差距非常大，赵总夫人坚持要300万人民币，刘幂幂只给100万，双方争执不下，随时面临着崩盘的风险。

继续各找各的帮手。

赵总夫人说："杨墨，我跟你说，这事儿我可是建立在对你充分信任的基础上，按照你的方法处理，如果办砸了，你可知道后果。"杨墨赶紧承诺："你放一万个心，刘幂幂已经快上钩了。"

另一个角落，赵总跟魏志刚说："我老婆明知道刘幂幂没多少钱，一张嘴咬住300万，这是摆明了想掏空我的小金库啊。"魏志刚说："赵哥，300万是有点多，但是最后的成交价全在你一句话啊，你得给个准数，到底多少？"赵总说："我不急啊，慢慢谈呗，大不了多谈几次，我有的是时间。"魏志刚心想"我就等你这句话了"，重新坐回谈判桌的时候，冲杨墨使了使眼色。

杨墨跟赵总夫人发了个暗号，含义只有俩字："揍她！"

赵总夫人特别开心！

于是乎，第三回合一开始，还没说几句，赵总夫人上来就是一个大耳刮子，不光挨扇的刘幂幂蒙了，苏梓和马小小蒙了，甚至连看热闹的"法老"和"艳后"都蒙了。

第三回合提前结束，刘幂幂痛哭流涕，赵总夫人被暂时请到小黑屋里隔离，赵总两头为难，跑到刘幂幂这边还担心老婆发怒，跑去老婆那边，被赵总夫人直接骂出来了。在刘幂幂这边，杨墨和魏志刚一边安慰一边劝，还一边添油加醋，把刘幂幂的火点起来了，逼着老赵表衷心："今天这房子必须拿下，不拿下就是不爱我，你老婆居然敢打我，谁能受这窝囊气？"

赵总反复劝，忍一时风平浪静，别冲动。但是这种时候，尤其杨墨和魏志刚在，这种话必须不好使。

刘幂幂那个倔脾气上来了，她直接说："你给不给我拿下？信不信我死给你看？"

赵总万分无奈地答应，给了一个数字："刘幂幂，你出40万，我最多出100万，我实在没那么多钱了。"

刘幂幂说："既然到这种时候了你还不跟我交实底，那我直接死了得了。"杨墨恨不得立马给她递把刀。

赵总也快疯了，简直要捶胸顿足："姑奶奶，你到底想怎么着？"

刘幂幂绝情地说："老赵，这已经不是钱的事儿了，我让人家打了，我上次挨耳光还是十六年前，你看着办。"

赵总只能说："最多180万，私房钱早就被掏空了，要再多杀了我也没有。"

第四回合开始。

没说几句，一言不合，刘幂幂一杯水立马泼在赵总夫人脸上，算是报仇雪恨。马小小赶紧帮忙给擦了。这一回合差点又结束，但让杨墨硬生生地拖住了。

苏梓在旁边看着，终于咂摸出味儿来了，心想："杨墨，你行啊，这是做了个大套忽悠人啊！就今天这阵势，放到以前甭管哪次三方会谈，别说挨一巴掌了，就算只进行前两个回合，也早散伙了。这一次不管怎么着，都能一直谈下去，真牛。"

讨价还价进入实质性阶段，从巨大鸿沟到一点点接近，最终，在各方的斡旋之下，赵总夫人和刘幂幂达成一致：刘幂幂出资 200 万，买下房子的另一半产权，另外，掏出 20 万，作为给赵总夫人的精神补偿费；拿到钱后，赵总夫人将监督自己老公，尽快去房产交易中心与刘幂幂办理过户手续。

本着互相信任的基础，过户行为在杨墨的建议下，被做成了购房合同，这个合同如果签成，刘幂幂白得了一套市值 400 万的房子，赵总夫人拿到了 220 万人民币，赵总将成为最大的受害者，小金库里最后的 180 万全部被掏空。

赵总知道这合同有法律效力，一旦签了，不给钱也不行，于是他坚决不签合同。刘幂幂却像疯了一样坚决要签，她心里早就对赵总失望透顶，坚决要逼这个老头儿就范。

于是，第五回合变成了刘幂幂和赵总的战斗，要说刘幂幂一哭二闹三上吊的本事那叫一个厉害。杨墨、魏志刚、苏梓三个人面面相觑，魏志刚心想："杨墨啊，我突然感觉，咱们是替赵总处理了一颗随时都能爆的手雷，但是揣进自己兜里了，改天把刘幂幂的钱都骗光了，她得疯成什么样？"杨墨心想："我悔得肠子都青了。"

苏梓心里唱着："一二三四、一二三四像首歌，刘幂幂的嗓门儿多嘹亮……"

18.

那天最后的结果是，刘幂幂心里乐开了花，逼赵总签了字，赵总夫人如愿以偿地拿到合同，赵总一脸绝望地自己走了。

晚上，杨墨收到了三条微信。

赵总夫人说："以我对老赵的了解，他一定会耍赖，你盯着点。"

刘幂幂发来一条语音，说："杨哥，多谢你，改天请你吃饭，面谢。"

赵总气急败坏地发了一堆语音，痛骂他跟魏志刚瞎折腾，签下的简直是丧权辱国的条约，现在根本没法收场，如果刘幂幂一直拿这个要挟他，如果他跟刘幂幂就此黄了，他一定百般报复回来。

杨墨把赵总的语音息信都转给了赵总夫人，赵总夫人回复说："这个你不用担心，他不敢。"

一个案子终于到了尾声，杨墨以为自己能休息了，结果又接到一个电话，是好久不见的物流公司的马总打来的。马总曾经跟公司女职员保持过情人关系，想分手没成功，差点家破人亡，多亏杨墨出手相助，而那个女职员正是让整个事务所一度闻风丧胆的"爆裂女侠"吴小薇。

物流公司的马总要给儿子办一场生日宴，非常担心有人将消息泄露出去，怕吴小薇来闹事，他可怜兮兮地请求杨墨看场子。杨墨好奇地问他：难道最近吴小薇又出现了？马总很囧地回答道："我实在是被搞怕了，以防万一，以防万一。"

杨墨答应了。

要说这有钱人真会玩，马总一掷千金，包下了一座室内游乐场，亲戚、朋友凡是有孩子的都可以带孩子来一起玩，他还特意从公司调来几个员工，充当临时服务生。孩子们玩得很疯，大人们有的看孩子，有的在自助餐区边吃边聊。

杨墨谁也不认识，马总夫妇过来跟他打了个照面，又忙着招呼客人去了。他一个人吃了点东西，没什么胃口，又不能喝酒，只能看着游乐场里一堆闹腾的大大小小的孩子，心里不是滋味。

过了一会儿，马总溜过来，拉着杨墨走到一边，悄悄地问："今天应该不会出事了吧？小薇……有没有联系你？"

"老马啊，"杨墨语重心长地说，"既然知道自己心里承受不住，往后就踏踏实实过日子吧，再好的家庭，也扛不住这么折腾，你说是不是？"

"你说得对，你说得对。"马总一边说着，一边望向远处，看到自己儿子跟别的小朋友似乎起了争执，有点担心，好在老婆很快过去拉开了。小孩的争吵，总是来得快去得也快，看到小孩又一起玩起来，马总的表情也变轻松了。

杨墨一直在观察马总的面部表情，他不无感慨地说："老马，咱俩之前几个月起码见过十几次——单独见你，看你跟吴小薇在一起，看你跟你老婆在一起，看你在公司里——不同的环境，有不同的状态，有不同的眼神。但是，今天第一次见你看自己的儿子，真是不一样。"

"那当然，亲生的，"马总压低了声音，暗暗地说，"说句实话，要是没有儿子，有几次我真是想他妈的干脆离了算了。但是，有天晚上回家，很晚了，看见我老婆抱着儿子在那儿哭，儿子哇哇哭着说：'爸爸，你要走了吗？爸爸，你不要我了吗？'我的心立马就碎了，一万个吴小薇抱着我大腿哭，也赶不上我儿子哭。"

"有件事我一直没想明白，"杨墨想了想，说，"你看看你，这么大一个公司的老板，手底下管着上百号人，怎么着也是个成功人士，为了儿子什么事都要妥协，不觉得委屈吗？"

"委屈？委屈啥？"马总不解地问，"我30多岁了才有这么个儿子，现在儿子10岁了，说句不好听的，我这大半截已经埋土里了，活着图什么？还不是图以后给儿子多留点？"说到这里，马总神秘兮兮地拍了杨墨一巴掌，"还是得谢谢你，帮我解决了问题。我老婆说了，打算努努力，给我再生一个，最好生个丫头。"

杨墨有点吃惊："嫂子可是……"

"是啊，不小了，马上40岁了，"马总点点头，"前两天我们去做了个体检，大夫说她年龄是有点大，但是身体还不错，说要想生就得抓紧，一犹豫40多岁要孩子更麻烦。"

说到这里，马总被朋友叫走了，又留下杨墨一个人，他还是愣愣地站在角落里，手里的可乐一口都没再喝。

杨墨仔仔细细地看着每个家长，看着每个家长看孩子的眼神、表情和姿态。以前一直坚持丁克家庭、不要孩子，他不知道跟多少人辩论过，认为生活不能全浪费给孩子，不能为了孩子牺牲自己，甚至一度，只要看见哪个朋友为了孩子放弃自己的时间和爱好，就觉得人家丢失了自我。但是现在，他第一次感觉到羡慕，羡慕那些一家三口的生活，羡慕一个小不点突然蹦跳着穿过所有人跑到你身边，叫一声爸爸，那会是什么样的感觉呢？

手机突然振动了一下，黄静莉发来的消息，问杨墨几点回家。杨墨的心这几天第一次柔软地扭了扭，回答说："尽快。"没想到，黄静莉又发来信息说："我可能要加班到很晚，你自己吃饭吧。"

加班，出差；出差，加班。黄静莉最近一段时间的工作实在太不正常了，让杨墨心里直犯嘀咕。他们已经很少交流，没有时间，没有机会，每次黄静莉回到家，已经是一脸疲惫，就算有时间聊天，也说不了几句话。

杨墨觉得不能再这么继续下去，他试图拯救的每一段婚姻似乎都会经历这样一个过程，夫妻之间交流的大门，不知道从哪天开始慢慢地关闭，孩子的出生、工作的压力、人生方向的差异、作息时间的不同……什么都可以当作借口。虽然借口最初只是借口，但最终，借口会变成毁掉婚姻的肿瘤，这肿瘤是恶性的、扩散能力超强的、可以摧毁一切美好记忆的杀手。所以，不管去问哪一对离婚的夫妻到底为何离婚，他们都会说出很多必须离婚的理由，而这些理由，最初只是借口。

想到这里，杨墨给黄静莉发了信息说："你好好忙，我等你，如果需要我接你，提前跟我说。"

一直到生日宴结束，吴小薇也没有出现。马总再次表示了对杨墨的感谢，杨墨说："这就是哀莫大于心死，如果心真的死了，就不会在乎你是谁了。"

杨墨回到家后，黄静莉一直没回来，杨墨倒在沙发里，开着电视、玩着手机，后来不知不觉睡着了。他做了一个梦，也是人生第一次梦到自己有了孩子，他抱着孩子在草地上玩，阳光明媚，绿草如茵，吹过的每一丝风都是甜的。

杨墨好像好久没有那么开心地笑了，仿佛在梦里都能听到自己的笑声。黄静莉开门的声音惊扰了他，他迷糊着迅速从美梦中撤离，但是嘴角还是挂着不经意的微笑，对于他这种平时经常面无表情的人而言，看起来稍微有点嬉皮笑脸。

按照之前盘算好的计划，今晚要跟黄静莉好好谈谈心，聊聊最近发生的一切，于是，杨墨一边责怪黄静莉不通知自己，这么晚了一个人回家很不安全，一边努力献着殷勤，帮她挂衣服、拿睡衣，看她疲惫的样子，又想帮她揉揉肩、捏捏腿。

黄静莉这一天开了好几个漫长的会，做了几十张数据表格，头痛得厉害。刚刚Peter汪非要开车送她回来，到小区门口时，又东拉西扯地聊了一会儿，耗尽了她最后一点体力和耐心，自上楼开始，她再也不想说一句话。杨墨嘴角的微笑和行动的殷勤被她误读了，谁让这个老男人平时每次想干坏事之前，习惯性地一脸媚笑，外加特别殷勤，她以为杨墨今晚又想干点什么，于是匆忙地躲进卫生间，花了好长时间洗澡，洗到杨墨开始怀疑人生。

出来躺到床上，黄静莉一脸冰冷，不想交流，不想互动，不想回答任何问题，甚至不愿意让杨墨关心自己，她只求用这种冰冷换来杨墨老老实实地睡觉，不要有任何非分的要求，让自己可以赶紧放空地休息。

杨墨的一腔热血生生凉下来。在黄静莉睡着之后，他沮丧地想，或许他们都高估了自己，那些一直以来自信满满地以为只有在别的婚姻中才会出现的问题，正悄无声息地吞噬着他们自己的爱情。

19.

不管一段感情开始时有多激情似火，在行将结束时，都是两个魔鬼在互相残杀，所谓的和平分手是不存在的，不杀个你死我活、弹尽粮绝，怎么会心平气和地分开？换句话说，激情过后没经历过惊天动地的撕扯和痛彻心扉的煎熬，就能和平分手的关系，那叫爱情吗？那叫炮友。

如果从这个角度考虑，刘幂幂和赵总之间是不存在爱情的，除了钱和欲望，什么都没有。

三方会谈结束后，购房合同签是签了，但怎么执行是个大问题。面对着"老赖"赵总，刘幂幂想方设法逼他掏钱，赶紧把房子产权办了，省得夜长梦多。赵总好话说尽都不管用，以他对刘幂幂的了解，知道这里面肯定还有别的事儿，无奈之下，在掏钱之前让刘幂幂签了一个赠予协议。

赵总在赠予协议里加了附加条款，赠予人保留监督受赠人只把资金用于正规渠道的消费、投资的权利，如发现受赠人有违法违规行为，赠予人有权将资金收回。以刘幂幂的文化程度，连断句都很困难，根本看不懂这是什么意思。赵总说："反正钱给你了，你管这么多干吗，想要钱就赶紧签。"

将220万打给赵总夫人，赵总跟刘幂幂去房产交易中心办理了过户手续，从此房产证上只有刘幂幂一个人的名字。为了达成这个事实，刘幂幂期盼已久，像被洗脑了一样，忽略了很多看起来不合理的地方，她觉得，只要房产证上有她的名字，房子就是她的了。

有了房子，就相当于有了钱。刘幂幂把房子抵押，追加投资，跟着欧爷玩。欧爷在金融圈见过太多不知死活的赌徒，对怎么玩弄赌徒的心理一清二楚，他的操作手法就是涨涨跌跌，反正一切都是假的，随便设计。刘幂幂一度赚了不少钱，又赔进去大部分，每次赔了，她都想用更多的钱捞回来，无法自拔地越陷越深，最终，抵押房子的钱，一点点被欧爷的骗局蚕食干净。

这就是杨墨当初给赵总夫人说的损招儿，先让刘幂幂坑掉赵总的小金库，然后坑掉刘幂幂的房子，让他们两个满盘皆输。

刘幂幂输红了眼，逼着老赵再给她 100 万，打算再赌一次，赚了钱，把房子赎回来；赵总一听这丫头片子背着自己把房子抵押输光了，气急败坏地抽了她一记耳光，大骂傻 ×、神经病、王八蛋，自己赚了一辈子钱都不敢碰的玩意儿，她刚有套破房子就敢玩？

两个人彻底撕破脸，赵总拿出当时的赠予协议告诉刘幂幂，她这属于拿着赠予的钱从事不正当交易，必须退还。既然房子没了，那就把车、金银首饰什么的都交回来算作赔偿。

刘幂幂有点蒙，觉得这些天过得非常不真实，房子说来就来了，自己一夜之间变成身家几百万的富婆，可是怎么说没就没了？但是她又觉得自己没有错，前几天账户里涨涨跌跌的感觉太好了，一天忽然就赚 20 万，一天忽然又赔 10 万，一天忽然又赚 18 万，开火锅店也没有这么容易赚钱，怎么会赔呢？

她哭求赵总的原谅，用尽各种心机恳求他再给她一次机会，她只要赚回房子就收手。

赵总已经绝望了。自房子问题解决了，老婆天天逼他在卖火锅店的协议书上签字，协议很公平，签了字将得到一大笔钱，足够他们夫妻俩跟子孙后代在澳大利亚好好生活。但是，那是他所有的面子和自尊，是他奋斗了几十年，从一个小混子混到现在的全部。他不舍得也不愿意。

老婆已经把火锅店的所有财务控制起来，眼瞅着他的理想王国彻底坍塌。他恨杨墨，恨自己老婆，更恨刘幂幂。刘幂幂再漂亮、再年轻，终究只是个女人，为了一个女人，毁掉了自己几十年的美好生活，值得吗？太不值得了，女人遍地都是，一茬接一茬，就像割韭菜一样。

所以，这一次面对刘幂幂，赵总特别铁石心肠，耳光也抽了，狠话也说了，坚决没有妥协的余地。

刘幂幂认清了冰冷的现实，于是选择跳楼。

刘幂幂打算跳楼的时候，黄静莉早已经嘱咐了杨墨好几遍，晚上去她爸妈家，她爸过生日，60岁大寿，多么重要的一顿生日宴。黄静莉又要加班开会，命令杨墨去菜市场买条好鱼，买点活的大虾，尽量要买大的，别不舍得花钱，好好做顿饭，把老爸哄开心了。她还特意强调，她爸妈依然不知道杨墨已经从报社辞职的事儿，让他千万注意，别说错话。

正在菜市场买菜的时候，杨墨突然接到刘幂幂的电话，她歇斯底里地喊着："都是你害的我，我要死了，你这个王八蛋。"

杨墨脑子嗡嗡的，跟魏志刚、苏梓从不同的方向疯了似的赶到海心广场。楼下已经站了一群人，仰望着山羊羔火锅店，仰望着18楼伸出来的那条女人腿。

天挺冷的，刘幂幂的腿已经冻麻了。

电梯很忙，杨墨他们是一路跑到 18 楼的。赵总叉着腰，又把他们一顿臭骂，说："看看你们干的好事，设套坑我、坑刘幂幂，现在要出人命了，你们负得起责任吗？"一副道德上帝的姿态，完全不在乎跳楼人的死活。

杨墨赶紧冲进去劝刘幂幂下来，告诉她一切都可以商量，别搞这么刺激的项目，刘幂幂坚决不从。他只好给赵总夫人打电话，让赵总夫人来把剩下的戏演完。

结果，赵总夫人一听跳楼大戏正在上演，答应立刻到现场，却故意拖了一个多小时，她不信爱财如命的刘幂幂真的想跳楼，觉得这事儿闹得越大，给老赵的教训越大。她哪儿知道，赵总跟没事人一样爱搭不理，操碎了心、磨破了嘴的只有杨墨一个人。

一直等到晚上 8 点多，赵总夫人终于戴着上帝的光环出现了，使出一招"撒手锏"，对刘幂幂说："房子可以帮你弄回来，但你必须站在我这边。"刘幂幂早就折腾累了，一听还有这好事儿，马上答应。

赵总夫人跟赵总摊牌，现在要么在出售意向书上签字，要么就离婚："你有出轨行为，属于过错方，刘幂幂将提供所有证据，我将会向法院提起诉讼，要求你净身出户，放弃一切财产。"

赵总一直以为只要警察出手就行了，根本没想到自己老婆会来搅局，更没想到，"敌人的敌人就是朋友"这句话居然在自己身上应验了。一下子，他真的变成了众叛亲离的孤家寡人，除了认尿，根本没有选择，他被迫在连锁店的出售意向书上签字，并当众撕毁了跟刘幂幂签的那一份赠予协议。

就这样，欧爷把刘幂幂的所有钱还给她，她还清贷款，重新得到了房子；赵总夫人得到了老公；赵总彻底一无所有，连报复的能力都没了。

20.

杨墨的老丈人有糖尿病，在等他回家做饭的时间打过两个电话，都没人接听。因为杨墨承诺做生日宴，老头儿老太太就一直饿着，差点低血糖。黄静莉到 8 点开完会才知道这个情况，赶紧给爸妈订了外卖，回到家陪着老人一肚子气地吃了个 60 岁大寿的生日盒饭。

收拾完残局，已经是晚上 9 点，杨墨回到老丈人家前，临时去楼下正打算关门的蛋糕店买了最后一个蛋糕，上面有已经写好的"我爱你"。蛋糕店服务员说，糕点师下班了，实在没法改。杨墨抖了个机灵，要了四根数字蜡烛：一个 6、一个 0 和两个 8。他说，这叫 60 岁大寿，"我爱你，爸爸（88）"，"88"还有谐音"发财"的意思。

这样的办法当然行不通。

老丈人这几年看杨墨越来越不顺眼，虽然黄静莉坚持说是自己不想要孩子的，但老头儿老太太一直认为，杨墨应该站在他们的立场上，一起劝黄静莉把生米煮成熟饭，而不是站在黄静莉那边纵容她。老两口抱外孙子心切，加上杨墨在报社的收入越来越少，他们越来越觉得，自己当初看好这个女婿真是瞎了眼。

杨墨提着蛋糕赶到老丈人家里时，他老丈人已经借口不舒服提前上床睡了，连卧室的门都没开。丈母娘和黄静莉的眼睛能杀人，这让杨墨的万分委屈只能往肚子里咽，还得耐着性子各种道歉。因为不能说自己在做劝退第三者的事儿，加上之前在报社那么多年根本遇不到什么大事，没法编出像样的理由，他只能撒谎说，自己临时开会，实在是没办法。

丈母娘最后勉强原谅了他，黄静莉却没有，她说担心老爸身体："今晚不回家了，你自己回吧，蛋糕也拿走吧。"

杨墨从下午开始到处喊话，到现在早就口干舌燥，连口水都没捞着喝，就被赶出了家门，他也懒得多解释。他沮丧地提着蛋糕回到车上，拍了张照片，发到"都是娘家人"的微信群里，问有没有人愿意吃，结果魏志刚和苏梓都没回复，马小小倒是第一时间蹦出来喊饿，杨墨说："你等着。"

说完，他一时冲动，开车去了马小小的大学，跟她在24小时营业的便利店里把蛋糕吃了大半。路上，黄静莉给他发过信息，说自己累了，先睡了，让他到家说一声。杨墨撒了谎，说自己刚到家，他当时脑子有点短路，压根儿没想蛋糕的事儿怎么圆。

第二天中午，魏志刚请杨墨和苏梓吃了顿饭，算是开一次工作总结大会。

苏梓好奇地问杨墨，他为何会想出"坑刘幂幂钱"这种危险的招数，根本不像他以前的风格。

杨墨说，以他对刘幂幂和赵总的性格分析，首先确认了一点，这俩人再怎么着也不会寻死。所以这一招看似危险，其实没什么，假如一开始就没成功，那什么都不会发生；假如刘幂幂拿到房子后没上当，反正赵总的私房钱已经归了他老婆，他还有后招逼赵总死心塌地地认尿。

魏志刚点点头，终于听明白了，合着这是从头到尾就打算坑赵总一个人。苏梓也打了个响指，说这事儿干得漂亮，就应该狠狠惩罚一下出轨的男人，不过，刘幂幂突然跳楼还是把她吓了一跳。

　　"跳什么楼？这事儿我都看明白了，那刘幂幂是什么人？"魏志刚撇撇嘴说，"刘幂幂就是一棵野草，天塌了她都能活，这种人有钱的日子可能不会过，苦日子从来不会怕。跳楼是假的。赵总夫人一说帮她要房子，她恨不得笑出声来。"

　　饭吃得差不多了，便成了杨墨的独角戏，他开始感慨黄静莉最近的表现，说她现在再也不是那个回家只想吃碗面条、看看韩剧、玩玩游戏的女人了，每天说的都是成百上千万的生意和合同，每次聊天就说自己又长了什么见识、开阔了什么思路，说着他听不懂的各种专业术语。他们俩本来打算要孩子，为了营造气氛，经常谈起孩子的未来。黄静莉说的全是世界名牌的牛奶、尿不湿，最好的私立妇产医院和大夫，最好的私立幼儿园和小学，算算账，就算中了500万元的彩票，也不一定能扛几年。

　　苏梓说："你还不能让人家做做梦吗，现在电视剧里演的都是各种'玛丽苏'，有钱人的生活都已经是随随便便从日本空运一条金枪鱼了好吗？澳洲牛奶、美国尿不湿才到哪儿？"

　　"对，反正你也不结婚，说什么你也不怕。就我们银行卡里的存款，我就算卖肾也只能把孩子养到三岁。"杨墨翻着白眼感慨道，"老婆赚钱比自己多很多的感觉真是让人想跳楼，感觉就像被包养，说话不硬气，连晚上睡觉都有种伺候主子的感觉，当小三的感觉是不是也这么卑微？"

　　魏志刚接话说，改天自己倒是想体验体验包养别人的感觉，体验一下拿钱扔别人脸上别人还不敢瞪眼是个什么滋味。

杨墨说:"你先扔我吧,赵总肯定是不能给钱了,赵总老婆能给多少钱?"

魏志刚拍着胸脯承诺,钱的事儿都放心,一分也少不了。

当天晚上回到家,黄静莉突然想起来,问起杨墨蛋糕去哪儿了。杨墨再一次撒了谎,说中午拿给魏志刚和苏梓吃了,他没意识到,一个谎言如果必须用另一个谎言去结束,这事儿就没完了。

很多婚姻出问题,总是这样开始的。

所有

卑微的、**失衡**的爱情

都会毁掉婚姻

1.

　　黄静莉一直对杨墨搞砸了父亲的 60 岁大寿而耿耿于怀，毕竟人一辈子只有一个 60 岁，用什么都弥补不了这个遗憾。杨墨打心眼儿里觉得这件事不算事儿，黄静莉她爸其实今年实岁 59，虚岁 60。杨墨觉得，今年本来就不该过，明年过个正儿八经的 60 岁大寿该有多好啊！黄静莉非常生气，自己爸妈过了一辈子阴历生日，一辈子都按照虚岁算，到这个节骨眼儿上，难道逼着他们改习惯？

　　实在没办法，杨墨借着请双方老人吃饭的理由，要给老丈人补办生日宴，掏钱去饭店搞个排场大的，让自己爸妈也带礼物出席，给亲家一个大面子。黄静莉觉得很满意，很用心地劝说父母，消除对杨墨的误解和负面情绪。

　　但是，杨墨的亲爹一开心便多喝了几杯，一不留神把杨墨早就辞职的事儿说了。黄静莉的爹妈都是非常本分的人，一听这事儿非常不开心，生日宴最终不欢而散。

　　回到家，黄静莉冷嘲热讽地埋怨道："现在好了，我爸这个 60 岁大寿真是永生难忘。"

　　杨墨说："对，你说什么都对。反正我现在是猪八戒照镜子——里外不是人。"

　　新一轮冷战就这么拉开了帷幕。

　　两口子沉默了两天，杨墨的心又开始变得柔软，做了一次深刻的自我检讨。黄静莉也慢慢觉得自己气头上的话有点过，伤了丈夫的心，毕竟当初是她鼓励杨墨辞职创业的。杨墨勇敢地跟自己的父母说明了一切，努力让他们放心；对于老丈人，他本来也是建议跟黄静莉一起早早坦白，早早安抚，免得夜长梦多，但黄静莉拒绝了这个建议，希望先撒谎应付，结果之后工作越来越忙，她越来越没有时间和心情去解释，只能一直遮掩到露馅儿的那一天，这并不能全怪杨墨。

于是，他们似乎又和好如初。趁着黄静莉忙完一个项目暂时清闲，杨墨手头上也没什么案子，在这几天里两个人一起去西餐厅吃了久违的大餐，顺便逛了逛街，一起去看了电影《至暗时刻》，还参加了一次朋友组织的聚会。多年的老友自纷纷有了孩子后，想不带孩子还能凑齐聚会的日子便屈指可数。

生活美好时，一切还是很舒服的，黄静莉虽然来着"大姨妈"，但是感觉自己皮肤都变好了，不像前几天那样满脸爆痘、肤色暗黄。

到了周末的早上，两口子睡了个漫长的懒觉，醒来时搂在一起，漫无目的地瞎聊着。在和谐氛围到达顶点的时候，杨墨一把搂住黄静莉，打算趁机做一次"熟饭"，不为了要孩子，只为了再熟悉熟悉"业务"，情绪非常高昂。黄静莉却一把推开他说："第一，你太邋遢，两天没洗澡了，现在赶紧去洗澡；第二，我先把衣服扔洗衣机里，出差忙得好些天没正经洗衣服，家里乱糟糟的。"

杨墨屁颠屁颠地跑去洗澡，黄静莉开始收拾衣服。拿着杨墨的一条裤子翻口袋时，她从里面发现了一把零钱和两张收据，一张是买生日蛋糕的，另一张是在便利店买可乐的，便利店的名字是"美好便利店——大学店"。黄静莉又仔细看了一眼，发现两张单据的日期都在同一天，买可乐的时间是在 22 点 45 分，而且是两瓶。

黄静莉的爸爸过 60 岁大寿的那天晚上，杨墨从老丈人家出来，提着蛋糕直接去了马小小的大学。两个人坐在 24 小时便利店吃蛋糕的时候，马小小说口渴，要喝"肥宅快乐水"，杨墨问她："什么叫肥宅快乐水？"马小小说："就是你最爱的可乐啊！"杨墨说："小鬼，朕正有此意。"

他去冷柜里拿了两瓶冰可乐，结账时服务员顺便递了一张收据。杨墨本来把收据扔在桌子上，后来手贱拿着玩，不知道怎么就塞进了口袋里，而且他有个坏毛病，从不清理口袋，经常能在哪个衣服里翻出放了几个月的发票或者零钱，尤其在移动支付越来越方便的现在，口袋里有点东西，转眼就忘了。

黄静莉去敲卫生间的门，杨墨正得意地一边洗澡一边唱革命歌曲，雄赳赳气昂昂。黄静莉隔着门问他："你不是不喝可乐了吗？怎么又喝了？"这事儿已经过去了好几天，杨墨早就忘了，纳闷地说自己没喝。黄静莉说："就前几天，晚上，深夜。"

杨墨一下想起来半夜跟马小小喝可乐的事儿，没敢马上回答，只是匆忙地说："等等啊，我听不清，马上就洗完了。"

两分钟之后，杨墨从卫生间出来，一边假装擦头发，一边打量黄静莉。黄静莉坐在沙发上，手里握着发票，等着他的合理解释。杨墨在脑子里飞速计算着各种回答的伤害值，如果诚实坦白，半夜去找马小小吃蛋糕是什么意思？自己之前撒谎说给魏志刚和苏梓吃了，又是什么意思？两罪并罚，罪过很大。如果编瞎话，该如何解释自己半夜出现在大学附近，又撒谎对黄静莉说早就到家了？

两害相权都很重，只能取第三者也，杨墨装作若无其事的样子，重新撒谎说："噢，那天晚上我都回家了，老魏突然给我打电话，醉醺醺的，我开车去接他回家，半路上他非嚷嚷着口渴，我就买了两瓶可乐。"

黄静莉一句话都不说，盯着杨墨。

"是我的错，那天晚上觉得太晚了，你都睡了，就没跟你说，后来就忘了这事儿。"杨墨皮笑肉不笑地道歉说，"你不信，我现在就给老魏打电话，狠狠骂他一顿。"

黄静莉还是不说话，杨墨拿起手机，拨了魏志刚的电话，按下免提。电话接通，魏志刚"喂"了一声，杨墨立马连珠炮似的说："老魏你大爷，半夜喝多了耍酒疯，非让我去接你，还非得闹着喝可乐，现在给我惹了多大的麻烦，你赶紧给我道歉。"

大周末的，魏志刚正在家里做饭，听到杨墨的话愣了一下，立马压低声音说："哎哟，咋的了，我莉姐生气了啊？千错万错都是我的错，我请你们吃饭赔不是……那个，我正带孩子看电影呢，你俩订地方，我等会儿直接去。就这样啊，我先挂了。"

这段话很讲究，老魏不说具体时间、不说具体事儿，把责任都揽在自己身上，还强调自己不能多说话，防止对方追问，放之四海而皆准，绝对不会出纰漏。

说完了，他媳妇问他："你这是又替谁撒谎呢？"

老魏说："这怎么能叫撒谎，这叫大事化小，小事化了。"

他媳妇又问："那你这是要出门？"

老魏说："出啥门？做饭，做饭！"

他媳妇逼问："你是不是也整天这么对我？"

老魏催促着："你赶紧洗菜吧，受迫害妄想症。"

杨墨这边，老魏挂了电话，杨墨摊摊手，冲着黄静莉说："你看看，这孙子……"

盯着杨墨的眼睛，黄静莉盯了好一会儿，苦笑着说："杨墨，我不知道你为什么要骗我，也不知道你到底骗了我什么，但是你说的这些话，我不信。"

杨墨感觉到全身开始疲软，既为自己连续不断的谎言感到厌恶，也为黄静莉的突然爆发感到沮丧，他非常无力地说了一句："真是无理取闹。"

2.

在张亚东的帮助下，苏梓终于在拘留所见到了韦虹。几天没见，韦虹已经失去了所有的精致，但是，她坚硬的外壳依然在，固执地对抗所有人。

"过得还好吗？"苏梓尽量冷静地问她。

韦虹点点头："比想象中好多了，睡觉很有规律，不需要每天喝酒，心里反而很踏实。"

"需不需要给你送什么东西？"苏梓问。

"前几天你托人送来的内衣和毛巾已经很感谢了。"韦虹说着，犹豫了一下，说，"如果可以的话，能不能给我带一本书来？"

苏梓有点好奇："什么书？"

"《百年孤独》，"韦虹深吸了一口气，"老顾推荐了好几年，但我始终静不下心来读，前三页翻过几次都没看下去，现在终于有时间了。"

"好，我去买。"苏梓说。

"在我家的书架上有。"韦虹说，"还得麻烦你跑一趟，那一本书上有一段老顾写给我的话，我想看看。"

"好。"苏梓点点头,沉默了一会儿,还是说,"我知道你可能不想听,现在我只想作为一个朋友劝你——"

韦虹摇摇头说:"你不需要说了,我什么都明白,但我活下去,需要一些动力。"

离开了拘留所,张亚东开车带着苏梓去吃午饭,苏梓始终没有说话,去哪儿吃饭、吃什么、点什么菜,全由他说了算。天阴沉沉的,又不下雨,苏梓的胸口就像这天一样,被什么东西堵着,一口气始终喘不上来。

不是每个人都像杨墨一样擅长用语言安慰别人,张亚东能做的只有真心真意地陪伴,他觉得苏梓不想说话,他就一句话都不说,只是好好地照顾她。苏梓知道自己的状态非常不对,很想一个人安静地待着,张亚东在身边给她的压力很大,即使不说话,一个眼神、一个夹菜的动作、一个递纸巾的手势,甚至明明有话想说却沉默不语的状态,都让她觉得自己在亏欠他,她不想白白消费他的善意和温柔,她还不起,就不想欠任何东西。

午饭结束,苏梓一共没吃几口,菜和粥都剩下很多。她让张亚东先走,张亚东没勉强,然后她去了星巴克孤零零地坐着。终于可以一个人发呆了,脑子里又被各种乱七八糟的东西塞满。苏梓摇着头,给老妈发了条微信说:"你给我安排的相亲对象呢?"老妈当当当发来三个推送名片,开心地抱怨道:"早说给你非不要,现在终于答应了?"

即使知道自己是病急乱投医,苏梓也没办法,她现在就是心慌。韦虹的气场太强大了,每次见面她都会被影响心情、扰乱思绪,或者说，韦虹的某些特质太接近她了，每次面对韦虹，就像在跟那个一直回避、一直不想面对的自己说话，直面自己的内心，是很痛苦的。

苏梓以前很享受孤独，一个人吃饱了全家不饿的状态多么自由，现在，她很害怕。韦虹想看《百年孤独》，她可能根本不在意书里写了些什么，只是因为太孤独，想看到亲爱的人的只言片语，那足以带来强大的慰藉。

杨墨说："孤独时，亲人只能带来压力，爱人的温度才是抚慰。"

于是，苏梓决定去相亲。她加了老妈推送来的三个男人的微信号，分别跟他们打了招呼。

第一个回话的是个"程序猿"。苏梓聊了几句就发现，他上班的地方就在附近。苏梓于是问他什么时候能见个面，"程序猿"说："都可以，你说吧。"苏梓试探着说："现在？""程序猿"说："现在的话只能偷偷跑出来一个小时。"苏梓说"没问题"，于是把星巴克的定位发给他。

没多久，"程序猿"来了，标准的"死肥宅"打扮，格子衬衫配牛仔裤，黑框眼镜，没剃干净的胡子青楂，脸大，有肚子，不敢直视苏梓的眼睛，不会主动提问题，只能等苏梓提问，没说话之前先脸红，边说话边傻笑。

两个人坐了二十分钟，一共没说几句话。苏梓在心里给了一万个差评，太失望了。心慌没有解决，反而更加不安，她甚至不知道该怎么结束这场对话。好在对方更尴尬，实在坐不住了，找借口请求离开，苏梓几乎是秒同意，之后双方都松了口气。

接下来是第二个。

苏梓没想见面。两个人在微信上聊了几句，这个男的非要来找她，苏梓只好发了定位。下午4点多，时间很尴尬，吃晚饭有点早，用下午茶又有点晚。这个男的磨叽了一会儿才过来，苏梓杯子里的咖啡只剩下一点，这个男的像没看见一样，匆匆应付了一句，只给自己点了一杯柠檬红茶。

第二个男人是小平头，斜肩包随便一扔，穿的是没有牌子的T恤和外套，职业是普普通通的销售员，卖什么工程零件的，用他自己的话说，看运气，有时候很赚钱，有时候不赚钱。

聊了没几句，苏梓觉得销售男的眼神有点不对，仿佛一直盯着自己的某个部位看，于是她不太自然地整整衣服。销售男问要不要去看个电影，苏梓摇摇头，只想聊聊天，现在看电影觉得有点别扭。销售男呵呵笑着说："不别扭啊，小黑屋里应该放松、开心才对。"

苏梓听了这话像吃了老鼠屎一样恶心。

又尬聊了一会儿，销售男感觉出苏梓的心不在焉，便借口告辞。他离开之后没多久，发来一条微信问，晚上有没有兴趣一起喝点酒玩玩。苏梓说："没兴趣。"销售男说："怎么？对我失望了吗？"苏梓出于最后的礼貌，说了两个字——"不是"。销售男说："我可以给红包的。"后面还加了一个害羞的表情。苏梓说："你真恶心。"

说完，苏梓气不过，又打了一行字说："你到底是相亲还是乱搞？真是个人渣！"点了发送才发现，对方已经换了头像，也把她删除了。

苏梓简直要气炸了，恨不得直接拿起椅子朝大玻璃窗扔过去，非要狠狠砸点什么才能发泄出来。她拿起手机冲着老妈就是一段语音，抱怨道："你给我介绍对象之前能先打听明白吗？你闺女在你眼中就是这么不堪的随便什么男人都能嫁的破烂货吗？我 29 岁，并不老，我只是不想结婚，并不是找不到男人，你这都介绍了些什么王八蛋？"

正说着，刚才跟苏梓只打了个招呼就没了声音的第三个男人发来消息："不好意思，开了个漫长的会，怠慢你了，我请你吃饭作为补偿可以吗？"

苏梓没好气地回："算了，改天吧。"

第三个男人说："看来心情不好。"

苏梓连回都没有回。

第三个男人等了一会儿，说："那好吧，我等你。"

苏梓非常失望，点开第三个男人的头像，找到删除联系人的按钮，差一点就点了删除键。最后时刻，她犹豫了，理智让她去翻了翻这个男人的朋友圈，最后做出一个判断。

结果，她因此上了贼船。

3.

马小小连续三天接到同一个女人打来的电话，每一次通话时间都不长。

那个女人的嗓音有些低沉，像是刻意压低音量来掩饰自己本来的声音，通话时很有礼貌，也很紧张，充满犹豫。

第一天，她试探着问，是不是婚姻治愈事务所，都能解决哪些问题，能不能给保密。自魏志刚开始到处打广告开始，咖啡屋的座机经常能接到类似的电话咨询，大多数只是出于好奇和试探。马小小接这样的电话早就疲沓了，所以没当回事，一边玩游戏一边简单回答。对方得到肯定答复后匆匆挂掉。

第二天她又打来，简单的开场白之后，她问："你们都会用什么方法解决问题？"马小小好奇地问她需要处理什么问题，是第三者劝退吗。那个女人有点意外，紧张地说："啊，对，比如这个，你们会怎么解决？"马小小说："这样吧，我只是服务生，我们这里有专门的婚姻治愈师，他们今天正好都不在，您留个联系方式？回头，他们会单独联系您的。"那个女人犹豫着，说自己再考虑考虑。

第三天，还是那个声音，因为刻意做了掩饰，反而更加特别。这一次好歹多聊了几句，那个女人很好奇地问："你们到底是喜旺咖啡屋还是婚姻治愈事务所？到底是不是正规的公司？"马小小急忙解释说："既是咖啡屋也是婚姻治愈事务所，位置偏僻，环境好又安静，最适合谈些私密话题，保密又没人打扰。不放心的话随便来看，还能免费喝咖啡。"

按照以往的经验，如果一个人连续几次打来电话咨询，就说明那人有迫切的需求，是事务所的潜在客户。于是，马小小把这个信息告诉了杨墨和苏梓。杨墨说："我来会会这个女人。"

新的一天，下午4点多，太阳的余晖很温暖，咖啡屋一个客人都没有。马小小和杨墨坐在门口边晒太阳边撸猫，"法老"是一只烟灰色英国短毛猫，"艳后"是一只黄白黑杂毛的土猫，"法老"特别黏杨墨，"艳后"则最喜欢在马小小身边待着。

电话铃突然又响了，马小小猜肯定是同一个人，昨天、前天差不多都是这个时间打来的。杨墨点点头，起身去接了电话。他尽量柔和地"喂"了一声，电话那端似乎有些意外，没有发声。杨墨等了一秒钟，语速平和地说："您好，我是婚姻治愈师杨墨，有什么可以为您服务的？"

中年大叔杨墨是性感的男中音，说话不紧不慢，尤其懂得倾听，很少抢话。当年在报社上班时，他的座机电话就是著名的情感热线，经常有陌生市民打过来，一倾诉就是半天。当了婚姻治愈师之后，他跟苏梓的分工相当互补，苏梓作为一个长相漂亮、亲民的大姑娘，天生给男人一种亲近感；杨墨正好相反，声音完美，长相无害，总能让女人敞开心扉。

那边的女人声音有些颤抖地说："你好……我需要……帮助。"

电话里只聊了几句，那个一直紧张的女人就答应了杨墨，互相加了微信，马上来咖啡屋面谈。杨墨回到门口准备迎接，嘴里嘟囔着，给那个女人的微信加了个备注：程晓玲。

在等待程晓玲的时间里，马小小一边撸猫一边突然感慨，魏总消失好几天不见人，苏姐姐突然变成了手机控，而墨墨叔越来越消沉，感觉这事务所是不是熬不到过年了。

"消沉吗？"杨墨支起身子，像是被看穿心事的小孩故意抵赖道，"我刚才还跟你说了一堆话呢。"

"不一样的。"马小小不怎么敢直视杨墨的眼睛，只看了他的侧脸，就低着头，边摸"艳后"边说，"墨墨叔，你平时要么不说话，一开口就是各种金句，要么很有讲授欲，就是那种特别爱给别人讲课的中年大叔的样子。最近几天，你蔫蔫的，既没有表情，也没有段子，说的每一句话都温吞吞的。所以，你是遇到什么难题了吧？"

杨墨严肃地盯着马小小看了看："丫头，这就是你们女人所谓的第六感吧？"

马小小得意地笑了一下。

杨墨开始追问马小小："这女人的第六感到底是怎么回事？"马小小很努力地想了想词汇，解释道："第六感既是一种天生的嗅觉，也是一种敏锐的能捕捉到对方细微变化的感觉。"

之后，她拿自己作为例子，说大一的时候谈过一个男朋友，异地，一两个月才能见一面。有一天又到了约好见面的日子，小小去另外一个城市找他，男朋友像往常一样来火车站迎接，俩人见面像往常一样来了个拥抱，但在拥抱的一瞬间，小小就感觉到了对方的奇怪。然后他们坐车去了大学，手拉手走进校园，来来往往很多人，突然有个姑娘从对面走来的时候，小小立马问了男朋友一句："你是不是跟这个姑娘好了？"

杨墨一脸蒙地看着马小小，像看个外星怪物，问："为啥？"

"我感觉，那个姑娘出现的时候，他深深吸了一口气，好像把我身边的空气都吸走了一样，我快喘不过来气了。"马小小有点伤感地停顿了一下，"他后来跟我下跪道歉，说他一时糊涂，那个姑娘一直在逼他，非要见见我的样子，算是示威。王八蛋。"

"嗯，王八蛋。"杨墨附和着，若有所思地问，"但是，这第六感很多时候就是一种感觉，对吧？并不是一定要握着什么具体的证据才会产生，所以，有没有错的时候？"

"没有，这感觉不是平白无故的多疑，一定是有什么改变才会触发，哪怕很微小。"

"那比如说，比如说啊，"杨墨刻意强调了一下，"你跟你的前男友的这个瞬间，他要怎么说，才有可能打破你的第六感？"

马小小露出一个诡异的笑，问道："墨墨叔，你这个问题很奇怪啊，你是不是——"

"回答问题，小小孩子别乱猜。"杨墨打断她。

"我只能说，"马小小一脸认真地回答，"只说事实，千万别撒谎，撒谎只会更糟糕。"

杨墨不再说话，一脸凝重，他很清楚，自己最近习惯性地用一些谎言搪塞黄静莉，原因只有一个——简单。比如半夜因为生气带着蛋糕去找马小小，这事儿如果实话实说，黄静莉即使相信他跟马小小之间完全清白，也会有一大堆质问、抱怨和牢骚；撒个谎，说给了老魏和苏梓，黄静莉顶多生点闷气，不会多说。

这就是简单。

而他更清楚，黄静莉也在用同样的招数对付自己，不是为了隐瞒什么，就是为了两个字——简单。

沉默了一会儿，杨墨突然感慨："小小啊，叔有时候挺羡慕你的，年轻、简单，每天都没什么烦心事，跟你坐坐，感觉舒心了不少。"

马小小脸一红，心脏里好像有个地方忍不住跳动起来，她不知道该说什么，只能傻笑，笑得就像被暗恋的男孩毫无症状地亲了一口的傻样。

要是没有两只猫，气氛就朝着尴尬去了。马小小手足无措，快把"艳后"撸疯了的时候，她跟杨墨一起注意到，远处停下一辆车，司机并没有下车，只是停在原地。

盯着看了一会儿，马小小说："墨墨叔，我为啥有种感觉，这车里坐的就是打电话的那个程晓玲？"

"嗯，我也有这个预感。"杨墨说着，掏出手机给程晓玲发了条微信，问她到哪儿了，接着对马小小说，"我估计她可能会怕生，你先回屋里冲两杯咖啡，我在这儿等她。"

马小小吐吐舌头，带着两只猫回到屋里。

杨墨的手机铃响了，程晓玲回了微信，说："我已经到了，在车里，不好意思，能麻烦你过来一下吗？"

杨墨看到远处停的车打了一下双闪，于是起身走过去，拉开副驾驶的门，低头一看，驾驶座上坐着一个少妇。看到她的一瞬间，杨墨好像有种被什么东西击溃的感觉，心脏贱兮兮地狂跳不止。

那句诗怎么念的来着："态浓意远淑且真，肌理细腻骨肉匀。"10分，绝对 10分，简直就是杨墨心中的标准理想型。

杨墨故作镇定地坐到副驾驶位置上，车里的香气慢慢融化着他的骨头，他一时语塞，气氛有点尴尬。

仿佛下了很大决心，程晓玲突然说："我来找你，是因为我不知道该怎么办了。"

4.

就像很多三线城市的女孩一样，程晓玲十二年前通过考大学的方式，来到了一个原本不属于她的大城市，又经过了四年大学的洗脑，想要留在这个城市。尽管爸妈在她大四那年一直试图劝说她回家，并承诺给她找一份在银行上班的稳定的工作，但她还是觉得回去是件挺丢人的事儿。

左右程晓玲思想的关键人物，是她毕业论文导师的助手，也是导师最喜欢的博士生——王权磊。导师太忙，王权磊负责监督、跟进、解答需要完成论文的本科毕业生的各种问题。在第一次集体开会时，他就被坐在第一排角落里的程晓玲迷住了。接下来的两个月，程晓玲几乎没为自己的论文操过心，王权磊帮她写完全文，做好排版和印刷，还做了漂亮的PPT，要求只有一个——程晓玲必须全程陪同，即使不动脑子，也得瞪眼看着。

利用大把接触的时间，论文还没写完，单身的两个人就变成了同床共枕的一家人。王权磊给程晓玲灌输了一整套新的逻辑，让她留在这个城市，留在自己身边。他说自己的学业会顺利读完并顺利留校任教，还有机会跟导师为一些企业服务，自己的前途不会有任何问题。程晓玲满怀期待地答应了。

王权磊对程晓玲很好，还没毕业，就为她找好了一份相当不错的在大公司的财务工作，他自己的学业和留校也非常顺利，他当了讲师，除了教课还做项目，很快买车、买房，都没让程晓玲操心。两年后他们结婚，婚礼举行的那天，导师动用了关系，给爱徒在五星级酒店办的婚宴，程晓玲的很多大学同学从全国各地赶来，她得到了满满的祝福和羡慕。

然后两人顺理成章地生孩子，家里有月嫂、有保姆，婆婆也知好歹，没有为难过她。生完孩子，程晓玲最初不想错过孩子成长的点点滴滴，一直没上班，之后，又觉得在家里不妥当，王权磊马上给她换了份相对轻松的工作。

王权磊的事业则一直顺风顺水，评上副教授，给家里换了套大房子，从来没让程晓玲在金钱上为难过。

"呵呵，说到这里，你是不是以为，接下来该说王权磊出轨的故事了？"

程晓玲拒绝了去喜旺咖啡屋坐坐的请求，而是开车带着杨墨去了一家闹哄哄的星巴克。她说，安静的氛围只会让自己紧张，这家星巴克她经常来，熟悉的环境更能让她踏实。杨墨表示理解。

程晓玲简单讲述了自己这十几年的人生，说得不多，相当实在，没有一句废话。她问的问题正是杨墨的心理预期，看到杨墨一瞬间的反应，她深深吸了一口咖啡，稳定一下情绪，压低了声音说："其实……出轨的人……是我。"

程晓玲当年跟所有人说的是，自己是因为爱而结婚．现在再回忆跟王权磊恋爱、结婚的过程，她觉得，与其说那时心里满怀爱，不如说自己是被征服的，满怀的是崇敬和仰视。

就像求婚仪式，王权磊在西餐厅像模像样地拿出一枚婚戒，并没有单膝跪地，只是表情自然地说了句"咱俩差不多该结婚了，嫁给我吧"，程晓玲已经浑身颤抖不已，不敢拒绝。

结婚之后，程晓玲发现自己跟王权磊之间的差距，就像他们之间的收入差距一样，没法追赶，越拉越大，她只有听之任之的份儿。

王权磊说："今年我比较忙，咱们先不要孩子。"于是，他们采取了避孕措施。第二年，程晓玲刚刚升职，工作上有了进步，王权磊又说："我最近正好有点时间，我们现在要孩子吧。"于是，她怀孕了。

程晓玲回忆起这些往事，声音一直止不住地颤抖，甚至不得不暂时离开，去了一趟洗手间，平复一下情绪。杨墨感受得到，她应该从没把这些事情说出口过，真是鼓了很大的勇气。

"如果没有孩子，只有我们两个人，可能这样生活一辈子，我也不会抵抗。"程晓玲说，"但是，有了孩子之后，就不一样了。"

他们的第一次正面冲突，发生在孩子 5 个月大的时候。在那之前，程晓玲所有的不开心都会在王权磊的气势下靠自己慢慢消化。生了孩子之后，她觉得自己得了产后抑郁症，但是王权磊不屑一顾：这么多人伺候你，你还能抑郁？那一定是你的问题，你应该自己克服，想办法解决。

程晓玲只能一忍再忍，因为怕影响孩子，她不敢吃药。最严重的时候，每次洗澡她都会哭，准确地说，每次到了情绪控制不住的时候，她都会选择躲进卫生间，打开莲蓬头，在水流的冲刷下默不作声地流很多泪，再洗干净脸，走出来。

直到有一天，孩子不太舒服，但是既没发烧，也没咳嗽、拉肚子，没看到任何生病的迹象。程晓玲从晚上 8 点开始哄，用了四个小时，都没哄着。孩子很烦躁，一放在床上就不停地哼唧，被拍拍反而哭得更凶，只有程晓玲站起来抱着他到处走，他才能安静一会儿。

王权磊快 12 点的时候从书房走出来质问："程晓玲，你怎么回事？孩子今晚上为什么一直哭？怎么哄了好几个月孩子，这点事还做不好？"

听到这句质疑，程晓玲毫无征兆地爆发了。她不记得自己究竟说过什么、做过什么，只记得活那么大，情绪第一次完全崩溃。王权磊既没有劝她，也没有阻拦，只是抱着孩子一脸嫌弃地看着她，直到她山崩地裂，自己结束。

更糟糕的是，王权磊发现了孩子哭闹的问题，是穿的小衣服后背不知道什么时候扎了一根木刺，很硬，从某个角度正好扎到孩子，抱起来动一动，又正好扎不到。程晓玲说，没有发现确实怪她，那天晚上她的头完全是蒙的，身体是麻木的，满脑子想的都是"孩子，你赶紧睡吧，睡着了妈妈好去洗澡，妈妈需要好好地哭一哭"。

自那天晚上之后，程晓玲在王权磊心中的地位又下降了一个档次，变成一个连家庭主妇都当不好的女人。所以，当她提出要去上班时，王权磊很痛快地答应了，只对她提出一个条件——把孩子每天需要喝的母乳提前准备好。

直到工作了半年，给孩子断了奶，程晓玲才慢慢走出抑郁症的困扰。她说自己那时候面容憔悴，肤色暗淡，头发掉得很厉害。有个男同事一直对她特别好，嘘寒问暖，百般照顾。程晓玲心里很清楚，男同事的照顾早就越界了，但是为了自救，她选择了接受，同时，守好自己的心理防线。在男同事终于下决心表白的时候，她不辞而别，删掉所有联系方式，非常果断地守住了底线。

突然辞职是需要理由的，程晓玲准备好的借口是给孩子断奶后身体一直不舒服。王权磊连为什么都没问，看着重新变成家庭妇女的她，只是鼻子哼了一声，更加看不起她的样子。

回归家庭不到一个星期，程晓玲突然意识到自己又陷入了原来的旋涡。第一次在洗澡时流下眼泪，她甚至用了一分钟才弄清楚，那是眼泪，不是淋浴。孩子已经断奶，她不再有顾忌，偷偷吃抗抑郁的药，但是吃药后精神总是恍惚，反应慢半拍，并且，家就是让她抑郁的源头，源头一直释放出强大的负能量，抗抑郁的药治标不治本。

迫不得已，她又想重新出去工作。这一次她赌了气，自己去人才市场应聘，通过了面试。在准备签合同之前，她才跟王权磊坦白。第二天一早，王权磊对她说："我给你找了个公司，你直接去上班吧，工作和以前一样，待遇都谈妥了，我觉得可以。"

程晓玲最终也没有说出拒绝的话，硬着头皮去了。她知道自己不能再轻易辞职，于是她很小心，刻意与所有男同事保持着距离，而她的长相和气质，又只能让女人忌妒并疏远，从小到大连个女闺密都没有。这种压抑，对她的抑郁症恢复没起到一点作用。

"在顽强地抵抗了两年之后，我出轨了，"程晓玲黯然的样子，让杨墨想起一部老电影——王家卫的《东邪西毒》，张曼玉在里面轻轻地对张国荣说："我爱上了你的哥哥。"程晓玲很漂亮，而且成熟得刚刚好，她的咬唇、凝眉、抚发、捏手指……什么样子在杨墨心里都能加分。

"公司的一次聚餐活动，我之前从没参加过，那一天就想参加，不过没喝一滴酒。晚上开车送我回家的男同事叫胡伟，比我小四五岁，他之前示好过很多次，都被我直接拒绝了，但他一直没死心。他家跟我家离得很远，他却借口顺路，执意要送我，我答应了，并且坐在副驾驶的座位上。一个红灯时他问我冷不冷，顺势拉我的手，我没有拒绝。于是……"

讲述这一段的时候，程晓玲没有直视杨墨的眼睛。杨墨很清楚，她完全没有必要说得如此细致，执意要说，只为了说明一件事，她是在非常清醒的状态下主动出轨的，没有被迫。

"我不想掩饰什么，"程晓玲苦笑着说，"我不是个好女人，对不起王权磊，即使有抑郁症，我也不该做出错误的选择。抑郁症不是借口，在某些时候，我就是特别需要一个男人的温暖。"

杨墨真诚地说："你说的这些我完全理解，我只是没弄清楚一件事：你到底需要我帮你做什么？是你想断掉跟胡伟的关系，但是对方一直纠缠不休吗？"

"不是，"程晓玲想了一下，说，"是我不知道，在王权磊和胡伟之间，我应该选择谁。"

杨墨恍然大悟："原来你不是为了劝退第三者。"

"我需要一个人帮我快速地厘清思路，"程晓玲的叹息像一幅油画，"我觉得我的情绪快要失控了。"

5.

魏志刚做生意这么多年始终坚持的原则是，做大事，不能计较一城一池的得失。

他因此积累了很多人脉，办什么事都有朋友，他之所以没有一夜暴富，主要是接连几次做生意都亏了大钱。有个大师一本正经地给他算过命，说他命中带煞，应多积福报，方能大富大贵。所以，他对婚姻治愈事务所的业务很看重，每做成一个案子，都当成一个福报，去寺里烧香还愿。

赵总夫人非常爽快地把 80 万劳务费打到了魏志刚的账上。作为感谢，魏志刚鞍前马后地帮赵总夫妇干了几天杂事，诸如卖掉旧车、托运行李、处理理财和保险之类的，对赵总夫妇来说这都不是什么大事，就是比较琐碎，魏志刚办得干净利索，没要任何酬劳，因为赵总夫人对他够意思，他也必须够意思。

在杨墨莫名其妙地打过一个电话之后，魏志刚私下问了一次，大概知道发生了什么。他对杨墨说："这个谎撒得对，虽然不是什么大事，但是，大事化小这个思路要坚定不移地贯彻下去。"杨墨很清楚，跟着魏志刚容易学坏，但他还是觉得老魏的话就是自己现在最需要的精神毒药。

魏志刚的毒药还加了剂量，他约了杨墨夫妇和苏梓一起在山羊羔火锅店吃了顿晚饭，由于黄静莉最近比较忙，这顿饭改了两次时间才吃上。

一个多月过去，山羊羔火锅店已经完成了易主和重新装修，由于原来的连锁店名气太大，新老板没改门头的名字和基本装修，只改了菜单和店面布置，还打出重新开业限时优惠的营销广告。

几个人到订好的包间刚坐下，新老板柳总专门来了一趟，说了一堆客气话，最后说，这顿饭他请，大家随便点。

之后，魏志刚招呼服务员赶紧上酒。杨墨说："你闹什么呢？我戒酒一个月了。"魏志刚一拍脑门儿，冲着黄静莉做了一个鬼脸，说："对不起，嫂子，瞧我这记性，把大事忘了，我坚决支持杨墨戒酒，以后坚决监督他！"

黄静莉皮笑肉不笑了一下，对魏志刚，她向来没什么好感，这顿饭改了两次时间，一是因为忙，二是因为她确实不想参加，没想到魏志刚最后亲自打电话约时间，她没法拒绝。

服务员端来啤酒和饮料，魏志刚给苏梓倒了一杯啤酒，给杨墨、黄静莉倒了杯果汁，提议大家干杯。他把啤酒一饮而尽，然后像个暴发户一样，从包里掏出20捆人民币，对半分，苏梓10捆，杨墨10捆，杨墨的那一份，直接放在黄静莉的眼前。

"今天的主题就一个——分钱。"魏志刚又给自己倒了一杯啤酒，主动找惊讶的苏梓碰了一下杯，说，"刘幂幂的案子彻底结束了，赵总夫人很大气，费用一次性结清。这是我们工作一年多来最大的单笔收入，房租我已经交了，留下了一部分作工作经费，剩下的老规矩，咱三个平分，一人10万。杨墨的，我就直接给嫂子了，嫂子，你数数，坚决不给他留小金库的机会。"

魏志刚的算盘打得贼清楚。这是他给杨墨发的最大一笔收入，不转账，直接把现金亲自交给黄静莉，一来是为了改变黄静莉对他、对杨墨、对他们这个公司不务正业的厌恶态度；二来是为了缓和黄静莉与杨墨的关系。

钱是好东西。在金钱面前，很多情绪都不值一提。20万摆上桌面，四个人的气氛一下子从最开始的不咸不淡、有点尴尬，变成了热情洋溢、亲如手足。

最意外的还是黄静莉，自调入总公司，见了更大的世面，她的整个世界观都在颠覆。以前的她，绝对不会为了几万块钱就改变自己的观点，现在却不一样了，看到10万现金的瞬间，她的脑海里居然盘算着，如果杨墨每个月都能赚这么多，那即使有了孩子，也不用发愁了。

于是，魏志刚吹牛说"公司业务从此要走上高速公路了，我们已经干出口碑，金主们正排着队在路上"的时候，杨墨还是老一套"你的那些金主爸爸你自己伺候，我坚决不管"，黄静莉果断打断他，说，她觉得老魏说得很有道理，现在这个时代，不先活下来，不先让自己活得好起来，有什么资格帮助别人？

正在低头发微信的苏梓听到这句话，很有点意外，朝着杨墨瞪了瞪眼，意思是："这话真不像你媳妇说的啊！"杨墨不动声色地拿起手机，给苏梓发了条微信，写了四个字："我想喝酒。"发出，然后删掉了记录。苏梓收到后，忍不住"扑哧"笑了一声，很懂事地没回。

老魏误会了，说："苏梓，你什么情况啊你？跟哪个野小子聊天呢？聊得这么火热，笑得这么开心，完全不像你啊。"

苏梓白了他一眼："去你的，啤酒都堵不住你的嘴。"

黄静莉也好奇地问："是啊，苏梓，你今天可是一直在看手机，什么情况？"

"没情况，没情况，嫂子，新认识的普通朋友，问我点事，我回答完了。"苏梓羞得脸通红，赶紧放下手机，端起酒杯佯装敬酒，又赶紧转移话题："杨墨，听马小小说，你又接了新案子，还是个少妇？"

杨墨听到这话，差点没呛死，狠狠瞪了苏梓一眼，心想："苏梓你大爷的，为了给自己解围，捅我这一大刀。"他知道黄静莉最讨厌听出轨案子的那些破事，于是匆匆扯了几句便糊弄过去了。

吃完饭，带着 10 万元现金，在回家的路上路过自助银行，杨墨主动提议，直接把现金存在黄静莉的卡上，反正他们俩的存款一直都是这么处理的，老魏送的这个顺水人情必须用到极致。

10 万元现金里有十几张写了字的存不上，黄静莉很大度地全给了杨墨，说，虽然平时都用支付宝和微信，但作为一个男人，钱包里也得有钱，要不然太丢人。杨墨接过钱，觉得这一切很不真实，钱是小事，眼前的黄静莉很陌生。

他们到家，先后洗了澡，床上运动也是顺理成章。黄静莉放下了心中的不满和怀疑，不再纠缠，有魏志刚面对面再三絮叨半夜喝可乐的事儿，再纠缠下去也不会有结果。杨墨感受着黄静莉，想找找真实的原来的老婆的影子，但是一个多月没运动了，像猪八戒吃人参果，不知啥滋味。黄静莉心里还想着别的事，也有点心不在焉。

两个人匆匆忙忙结束，然后躺在床上聊天．黄静莉突然问杨墨："你接的新案子到底是个什么样的少妇？"杨墨以为她只是在没话找话说，随便应付了几句。没想到黄静莉充满好奇，问了很多细节问题，逼得杨墨把程晓玲的故事原原本本地讲了一遍．当然，私心还是有的，他着重刻画了一个饱受抑郁症困扰的女人形象，对出轨之后的事情一掠而过。

听完，黄静莉感慨道："这么好的男人，竟然不知道珍惜，这女人确实一脑袋糨糊。"

杨墨心想，果然还是那个看不起任何出轨之人的黄静莉。

他没想到，黄静莉不是看不起程晓玲出轨，而是觉得这个女人不聪明。虽然杨墨的讲述把王权磊描述成一个自私自利、自我膨胀的中年男人，但是在黄静莉听来，他是一个成功的、控制欲很强的、处理问题干净果断的牛教授的形象。

黄静莉再一次想起自己的上司 Peter 汪。刚才做运动的时候，黄静莉闭着眼却走了神，有一个瞬间突然想起某一天 Peter 汪在开会时发火，那真是慷慨激昂、掷地有声，要水平有水平、要数据有数据、要气场有气场的一段发言，秒杀全场，黄静莉边听边在脑子里重复写了很多遍"性感"两个字，久久难忘。

在杨墨努力的关键时刻想起另一个男人，想起一件跟做运动完全不相干的事情，让黄静莉觉得有点沮丧，更让她沮丧的是，她整晚上都想跟杨墨说自己第二天又要出差，但是她知道，只要一说出差这事儿，杨墨肯定会变脸，当着老魏和苏梓的面她不敢说，回到家又先试着哄杨墨开心，直到不得不说。

"嗯？又出差？"杨墨果然是一听就着急，"怎么老出差？没完没了的。"

黄静莉解释着："今天下午突然定的，飞机票都快没了，我们几个同事只好一部分经济舱、另一部分商务舱了。"

杨墨冷笑了一声，酸酸地说："商务舱啊，厉害，我这辈子还没坐过商务舱呢。"

"有什么区别？"黄静莉站起来要去洗手间，去之前，她又解释道，"刚刚谈下来的一个并购案，我们要去做财务审查和账目分析，竞争者很多，所以比较赶。"

黄静莉离开之后，她的手机突然振动了两下。杨墨犹豫着，拿起老婆的手机，解锁，发现只是一条航空公司的短信。他竖着耳朵，没听到黄静莉要出来的声音，手指先是快速划了几下短信目录，没看到任何可疑的信息，又在微信图标上犹豫了两秒钟。微信图标上的数字提示有 2 条新消息，该不该看？

挣扎了两秒钟，杨墨没抵住心魔，点开了黄静莉的微信，发现只是两个服务号发来的新消息。他快速划了几下微信信息，点开几个人的对话框，同样没看到可疑信息。

做贼心虚的感觉太刺激，杨墨连气都没敢喘，听到厕所有声音，他赶紧锁屏把手机扔了，佯装闭目养神，慢慢地吐了几口气，生怕黄静莉听到异常。

黄静莉回来，问他手机是不是响过。杨墨哼了一声算是确认。黄静莉解锁手机，奇怪地问自己的微信怎么打开了。杨墨抖了一下，心里痛骂自己是个棒槌，怎么忘了关微信，但是嘴上只是疑问语气又"嗯"了一声。黄静莉说："没事，睡吧，明天早上我先去公司，再跟同事一起去机场，不用你送了。"

杨墨又哼了一声，也起身去厕所。

在他走出卧室后，黄静莉点开微信，找到上司 Peter 汪的头像，看了看里面的信息，确认自己已经把这个上司所有嘘寒问暖的关心信息都删掉了，只留着无关紧要的工作信息。

她松了一口气，当然也不会告诉杨墨，是 Peter 汪让秘书给她一起订的商务舱的机票，明天，是 Peter 汪开车带她去机场。

"大事化小，对 Peter 汪，我只有崇拜和欣赏，没有别的想法，我有自己的底线，这就够了。"黄静莉这样对自己说。

6.

相比之下，杨墨他们的工作，离婚律师来做可能更容易一些，毕竟当事人已经走到离婚打官司的地步，双方不需要留什么情面，公事公办就好。面对一个婚姻治愈师？大多数人都不理解这到底是个什么职业，更别提主营业务是第三者劝退，这简直就是婚姻恐怖战里的拆弹专家。

黄静莉出差之后，杨墨几乎把所有的时间都放在了程晓玲身上，一直在考虑，用什么方式才能更容易接近她的丈夫王权磊和她情人胡伟，既能隐瞒婚姻治愈师的身份，又能了解两个人的真实性格。

经过几次深入的沟通，杨墨最终在程晓玲的帮助下设计出化装成朋友的方案，为了增加可信度，他强拉硬拽苏梓入伙，扮演他的老婆。苏梓以前不是没演过，但是最近一直心不在焉，不想掺和。

杨墨说："这锅米就等你下锅呢，不干也得干，要不是马小小跟我岁数差太大，容易引起怀疑，你想演我还不一定乐意呢。"

按照计划，两人首先接触的是程晓玲的老公王权磊，先啃硬骨头比较好。

王权磊这么多年一直热爱运动，尤其爱打羽毛球，他是一个羽毛球群的群主，除非出差实在走不开，他每周周末的晚上固定跟群友们租场地打两个小时的羽毛球。

作战方案是，苏梓以程晓玲朋友的身份申请加入羽毛球群，寻找合适的时机，再介绍"老公"杨墨加入。群里只有不到20个人，都是熟人，大家很给程晓玲面子，对苏梓很热情。让人很意外的是，王权磊居然非常积极，没有因为她是程晓玲的朋友就刻意冷淡，反而一再主动提出，让她把自己的"老公"也加进群，杨墨就这么简单地加入了，没费吹灰之力，并约定周末一起参加羽毛球活动。

杨墨纳闷地说："王权磊看起来挺和善啊。"

程晓玲说："这就是他，面子上的事儿永远做得特别好。"

关于羽毛球，杨墨曾经带着黄静莉跟朋友们正儿八经地打过几年，算有点业余基础。最近两年朋友们的孩子都大了，周末不是送孩子上兴趣班就是陪孩子玩，时间总是凑不起来，才渐渐不怎么打了。

为了融入群里的氛围，杨墨吐槽过这事儿。王权磊感慨说："这个羽毛球群的平均年龄34岁，一批人都是这么过来的，再过几年，孩子们再大点就不带着我们玩了，到时候我们还得抱团取暖。"

半信半疑地聊了几次，杨墨的疑惑越来越多，王权磊怎么看都不像程晓玲说的那样，一点也不像为了面子而装出来的假客气，反而是个真正幽默又智慧的人，既有强大的知识储备，又不呆板，经常开玩笑，每个玩笑都很高级。

苏梓经常偷偷挤对杨墨："你看看人家这话说的，可不像你，就会瞎贫。"

周末晚上羽毛球场地爆满，群里提前订了三个场地，专门为了迎接"苏梓夫妇"。杨墨翻腾出球鞋、球衣和好久不用的一副羽毛球拍，重新拿到店里穿了一次线；苏梓则完全是个门外汉，穿了身在健身房跑步的行头就来了。

轮流打起来，苏梓一开始就露了怯，杨墨有段时间没打了，也不太适应，不是那些老打球的群友的对手，两个人有些尴尬。王权磊及时解围，在别人打的时候，把苏梓拉到一边，教给她一点基本技巧，纠正一下动作。别人打累了，他先是揪着杨墨声称要单挑一局，其实没用全力，一直主动喂球，帮着找状态，给足了面子。之后他又帮苏梓练习基本技术，不厌其烦地捡球、喂球。

两个小时下来，杨墨打得很开心，苏梓人生第一次感受到打羽毛球的乐趣，问了一堆有关羽毛球的问题。

群里的老规矩，打完球一起去聚餐，王权磊戏称"打球是为了开胃"。十几个人中，有些人有事不去，程晓玲也突然说，她有点不舒服，不想去吃饭了。

整个晚上，杨墨第一次感受到他们夫妻俩的问题，王权磊像对待一个普通人一样，没有任何情绪地同意了，没有挽留，没有关心，没有沟通。他们来的时候，是王权磊开车带着程晓玲一起来的，现在他根本不在乎自己老婆怎么回家，还是其他群友主动提出捎着程晓玲回家。

王权磊对老婆很冷漠，对杨墨和苏梓倒是格外热情，非要他们一起去聚餐。

杨墨和苏梓对了个眼色，心一横，去就去吧。

五六个人的聚餐，撸串、小炒、喝点酒。杨墨为了要孩子已经彻底戒酒，但是不想直说，于是说自己开车不能喝，让苏梓代饮，并说"老婆"是祖传的海量。苏梓笑着当着所有人的面掐他大腿一把，恨不得使出吃奶的劲儿，杨墨疼得差点抽筋。

王权磊多要了一个杯子，说，既然新来的美女能喝，自己必须喝几口，一会儿找个代驾把车开回去。

杨墨又冲苏梓使了个眼色，意思是，试试这个人酒品怎么样，说不定喝多就原形毕露了。苏梓心领神会，试图带带节奏，让王权磊早点显形。

没想到，王权磊既没贪杯，也没失控，很快掌握住节奏，说今晚浅尝辄止就好，都随意，不用那么多讲究。整个晚上，他克制、自然、真实，主动服务所有人，让人非常舒服，杨墨甚至忍不住跟他聊了一堆国际国内的问题，深入交换了看法。

在回家的路上，杨墨一直在感慨，苏梓说："墨儿，我怎么觉得你有点要被敌人圈粉儿的节奏？"

接下来，程晓玲安排杨墨和苏梓见了她的情人胡伟，理由是"他们是我最好的朋友"。胡伟之前一直缠着程晓玲，怪她从来不介绍朋友给自己认识，始终把他当外人。程晓玲这次终于"答应"安排这样一次四人聚餐，胡伟非常高兴。

杨墨和苏梓遇上堵车，晚到了一会儿。堵车时，杨墨还说："一会儿要不要手拉手进饭店，秀一把恩爱？"苏梓说："想拉手可以啊，过生日再送个生日蛋糕，看好一个388元的早就垂涎欲滴了。"杨墨丧气地说："'老夫老妻'拉哪门子手？"

两人走进饭店包间时，由于迟到，胡伟正在用手机玩游戏，他匆忙站起身握了个手，又赶紧坐下拿起手机，边玩边说："不好意思，关键时刻不能坑队友。"

杨墨以为胡伟这是故意耍脾气，觉得自己迟到理亏，他本来不玩游戏，还是主动打了个圆场，说："这是《王者荣耀》吧？"

胡伟其实就是贪玩，这下误以为杨墨是同道中人，兴致勃勃地边玩边解说，各种术语，让程晓玲无可奈何。程晓玲只好招呼苏梓："先点菜吧，不用管他，他什么都吃。"

几分钟后，一局终于结束，貌似赢得很艰难，胡伟格外满足，一边抖腿，一边吹嘘。杨墨根本听不懂他在得意什么，就觉得整个桌子都要散架了。苏梓实在听不下去了，故意打断他，让服务员帮着倒一壶水，结果服务员太忙，慢吞吞地半天才来，胡伟突然发怒，冲着服务员就是一阵吆喝，苏梓又赶紧劝他算了。

接着上来第一道菜——白切鸡，男人们给各自"媳妇"夹了一块。苏梓从小被养成了一个习惯，吃鸡从来不吃鸡皮，因为老妈看什么报道说鸡皮有激素，吃了不健康，于是，她把鸡皮咬下来吐掉了。

胡伟正好看到，问她是不是鸡处理得不干净，是不是有鸡毛，把苏梓搞得很难堪。杨墨赶紧帮忙解释，但胡伟不依不饶，又去刁难服务员，口口声声说："第一次请重要朋友吃饭，精挑细选了你们这家店，就搞这一出，弄得我太没面子了。"

折腾了半天，大堂经理亲自来道歉，承诺打 8 折，又送来一盘新的，并保证没有一根鸡毛，这才罢了。苏梓根本没了吃的胃口，她没法在这种场合强迫自己咽下一块鸡皮，程晓玲更尴尬，一直努力缓和着气氛。

整顿饭吃得很潦草，共同话题不多。胡伟的兴趣只有游戏、足球，看待社会新闻的角度全是"唯恐天下不乱"，杨墨连贫嘴都懒得说，最后变成了苏梓主动和程晓玲聊化妆、护肤品支撑场面，胡伟还经常打岔、瞎说。

吃完了饭，胡伟去埋单，程晓玲有点难堪地解释道："不好意思，他平时不这样，可能今晚太兴奋了，有点过头。"

在杨墨送苏梓回家的路上，苏梓叹着气，怎么都想不明白，程晓玲到底为何出轨。王权磊跟胡伟，无论是外表、谈吐、学识、智商还是金钱，都完全不是一个级别的，不对，是差了十万八千里。

杨墨也很费解，他突然换了一个角度问苏梓："你觉得程晓玲这个女人怎么样？"

苏梓想了想，说："漂亮、聪明、成熟，单纯跟她接触，我觉得其实挺有魅力的。"

"对吧。这么聪明的女人，为什么找个处处不如自己的男人？总觉得哪儿不对劲。"杨墨在路口等着红灯，手指不停地敲打着方向盘。

苏梓突然想起什么似的，问："墨儿，你说说现在的黄静莉是什么样子的？"

"漂亮！聪明！成熟！"杨墨像复读机一样念叨着。

"那她现在看上你什么了？"苏梓诡笑着问。

杨墨一瞪眼，说："嘿，你怎么说话呢你？我有多少优点啊我。"

苏梓乐呵呵地说："所以啊，情人眼里出西施，估计胡伟有什么优点，我们还没发现。"

7.

没有智能手机的时代，是什么样子来着？大清早的，苏梓拿着咖啡上地铁前突然愣了一下，想起这个问题。

地铁门打开的一瞬间，下地铁的人很多都低着头，有些人连路都不看，也要低头刷手机；车厢里坐着、站着的很多人也都低着头，刷着屏幕，不在乎身边是谁，不在乎正在发生什么。

苏梓站在地铁里，有种站在精神病院，正常人看起来反而像病人的错觉。曾经，智能手机刚出现的时候，她是坚定的抵抗者，一部诺基亚手机用了好几年，她特别看不上那些为了一部苹果手机大惊小怪的人。不过，智能手机的车轮无情地碾轧了所有人，苏梓最终变成了抢购最新款苹果手机大军中的一员。

她还在顽强抵抗，不用手机玩游戏、不加无聊的微信群、不刷热搜、不看抖音，除了工作，她去"豆瓣"看影评、去"知乎"看文章、去"果壳"看科普，微博关注的都是有知识、有内涵、不撕×、不娱乐的博主，从不看三八段子。她一度觉得自己不是手机控，只是合理地利用手机而已。

杨墨曾批评她说："抵抗是没有意义的，只有早沦陷和晚沦陷的区别，智能手机是填补孤独的救命毒药。"

杨墨真的说对了。苏梓本来打算删掉第三个相亲对象，因为在对方朋友圈里看到几条"心灵毒鸡汤"的状态，尤其看到"你不迷恋手机的原因，很可能因为你是单身狗"这一句，莫名其妙触到了苏梓的点，于是随便与那人聊了几句，没想到，对方就像一张无形的网，悄无声息地将她包裹了。

沦陷是如此彻底，苏梓根本没意识到自己变了，走路时看手机，吃饭时看手机，不想工作，懒得接新的案子，跟客户聊天也要时不时看手机，临睡前捧着手机说很多次晚安都不想放下，睡醒第一件事是看手机。除了跟杨墨化装成夫妻时能收敛点，她完全变成了一个手机控。

她给自己找了充足的理由，不是因为寂寞而沦陷，对方是个非常有趣的人，她感觉真的很神奇。他们有太多共同点，有太多共同话题，她每说起自己的爱好，读过哪本书、听过哪首歌、看过什么电影，对方都知道，都能说出自己的感受，再做一番延伸，每个话题都能聊很多很多。

直男永远不会是这样的人，比如人民警察张亚东，只有在聊案子、聊法律时才会滔滔不绝，还经常在某个问题上坚持己见，逼着苏梓认输；聊兴趣与爱好，张亚东只能聊足球，聊武器和军事，电影只限于漫威系列，他没有兴趣的话题就是一张写不上字的白纸，一无所知，还不愿参与。**有些直男再暖、再执着也追不上姑娘，总是有原因的。**

相亲男真名叫陈冰南，不算难听也不算俗，因为他经常在朋友圈发一堆健身的照片，苏梓把他的微信昵称改成"大壮"。自加了微信后，"大壮"几乎每时每刻都在，即使开会、开车时都会发来微信，搞得苏梓经常批评他要注意安全、专心工作。

但是，在这个早上，"大壮"突然音信全无，明明昨晚睡觉前还温柔地互道晚安，今天早晨还说过早安。之后，苏梓吃早饭时照例问对方早上吃啥，以前对方都是秒回，这一次居然没回复。她等了一会儿，又问了些别的，对方还是没回。

连续给陈冰南发了几条消息，甚至吃完饭洗了个头又吹干头发，始终没得到回复，苏梓心里有点毛，她已经好久没对一个人这么牵肠挂肚，便赶紧给杨墨发了条消息，试验是不是自己手机有问题。

结果，鸡贼的杨墨一下猜透了她的心思，问她有什么奸情，非让她说说微信上每天聊天的男人到底啥样。苏梓推辞着不想说，结果还是忍不住炫耀了很多："大壮"跟她差不多大；"大壮"不是粗俗的男人，从不说黄段子；"大壮"不着急见面，不着急表露自己，分寸感怎么就那么好……

杨墨说："怎么听着这么像骗子？反正你没钱，小心被骗剩下的那一样。"

苏梓恼羞成怒，大骂他几句，然后说不清是跟自己较劲，还是生陈冰南的气，立了一个原则，两个小时里坚决不看手机，爱咋地咋地。她出了门，特地绕了远路，去咖啡屋买了杯热咖啡，让手里有点东西拿着，别空落落的，手机就扔包里。

到了地铁站，周围人都是低头族，苏梓好像戒毒的人站在罂粟园里一样，越发心慌，她一直担心手机有什么提示自己没听到，忍得相当艰难。等她终于放弃赌气，掏出手机一看，结果手机还是安安静静的，没有任何回复。于是她冲动地拨通了陈冰南的电话，自交换过手机号后，他们从没通过话，只用语音聊过天，换过照片。

打电话和发微信语音，对苏梓来说，是截然不同的感觉。漫长的嘟嘟声里，她觉得自己的心怦怦乱跳，久违了的大学初恋时才有的紧张。

然而，电话被主动挂断了。

挂断？

苏梓一下有点恍惚，以为是自己操作失误，于是又拨打了一次，又被挂断了。

主动挂断？说明对方一直在看手机，"大壮"现在一直拿着手机为何既不回微信也不接电话？他是出了什么问题？苏梓像得了受迫害妄想症，幻想出一万种可能，比如手机被偷了，现在正在小偷手里；比如出车祸了；比如……脑洞漫无边际地开下去，仿佛突然想起什么似的，苏梓愣在那里，比如他根本不是单身，而是两地分居，今天他的对象来了？

这个脑洞很大，很伤人，像一盆冷水浇头，苏梓瞬间惊醒，她控制不住自己的各种疑问，最后全部变成质问自己：为何会对一个从未谋面的人敞开心扉？为何会突然沦陷在甜言蜜语之中？她变成了强迫症患者，特别想弄清楚事情的原委。下地铁出了地铁站，她忍不住给张亚东打了个电话，说："亚东，你能不能帮我查一个人，他的名字叫陈冰南。"

这种求救电话，张亚东已经接过很多次，每次都会拒绝，但每次都会偷偷查一查，看看结果，他一方面好奇苏梓在做什么，另一方面又担心苏梓会遇上麻烦和危险，提前了解一下。这一次，他嘴上依然拒绝，顺便用内网系统查了一下，然后有点意外地发现，有一个陈冰南，1993 年出生，上了失信名单，欠了银行几十万贷款。

他试探着问："这又是谁？又是出轨的？"

苏梓冷冰冰地回答："没有，不是工作的案子，私事儿。"

张亚东更加意外，开玩笑地问："私事儿？你的私人世界里还有其他男人啊？"

苏梓满脑子乱七八糟的，没顾上看路，跟迎面走来的人撞在一起，手里的咖啡掉在地上，全洒了。她气急败坏地说："你到底给不给查？"

张亚东说："老规矩，不查。"

苏梓狠狠地叫道："张亚东，你已经被拉黑了！再也别给我打电话了！"说着，她就把电话挂断了。

张亚东在手机记事本上记下来"陈冰南"这个名字，他想查查这个人的底细。

8.

当苏梓怒气冲冲地闯进咖啡屋时，杨墨和马小小正在闲聊。

当时的对话是这样的——

马小小问："这几天苏姐姐很奇怪啊，神龙见首不见尾，迟到早退不接单。"

杨墨说："你苏姐姐受伤了。"

马小小惊讶道："啥？受伤？"

杨墨幸灾乐祸地说："让丘比特他老人家射了一箭，不过估计没射中心窝，射在后腰上了。"

马小小一脸天真："后腰？墨墨叔，你该不会是说苏姐姐这一次走肾不走心吧？这个车开得很突然啊。"

杨墨一听"走肾"这俩字，"扑哧"乐了："小丫头片子不学好，什么走肾，走什么肾？！我是说，你苏姐姐这次可能遇上骗子了。"

马小小迷茫的大眼睛忽闪忽闪的。

"你说说，这两天每次见到你苏姐姐，她是不是都是在聊微信？"杨墨问。

"好像是耶，苏姐姐以前都不怎么聊天。"马小小纳闷地问，"这不是好事吗？苏姐姐终于有个能聊得来的人了。"

"你想想，你苏姐姐是自来熟还是很慢热？"杨墨轻轻戳了一下马小小的脑袋。马小小想了想说，刚认识她的时候，觉得整个人冷冷的，杨墨点点头，继续说："所以嘛，这么一个慢热的人，一上来就让她交心的，一定是个很会见风使舵、很会猜人心思的王八蛋。说白了，投其所好，居心叵测……"

正说到这儿，苏梓咣当一掌把门推开，一脸不爽地闯了进来，随便坐在门口的沙发里，坐姿充满了杀气。"法老"和"艳后"本来四仰八叉地躺在太阳下睡觉，被这杀气吓得瞬间没了踪影。

杨墨冲马小小做了个嘘声的手势，起身，去吧台倒了一杯柠檬水，加了两个冰块，晃晃悠悠地给苏梓端过去。

苏梓没接，杨墨就放在她旁边的小桌子上，拉了一把椅子，在她旁边坐下，贱兮兮地喃喃自语："看这意思，是揭穿骗子的庐山真面目了？听我一句劝——"

　　"闭嘴！"苏梓没好气地堵了他一句，拿起杯子咕嘟咕嘟一饮而尽。杨墨接过空杯子，又去吧台倒了一杯，回来还没放下，苏梓接过来又喝光了。

　　杨墨说："大姐，你慢点，喝这么多冰水你会拉肚子的。"

　　在说话的时间里，苏梓的手机屏幕一直亮着，收到新信息的提示一条接一条。她什么都懒得看，电话又突然响起来，杨墨歪着头看了看名字，来电人写的是"大壮"。杨墨问："不接电话吗？"苏梓没好气地说："要接你接。"杨墨翻了个冷冷的白眼，苏梓直接挂断电话，调成静音，把手机扔进了沙发缝里。

　　马小小一直在远处盯着这俩活宝飙戏，想笑又不敢笑，差点憋出内伤。

　　正在这时，杨墨的手机也响了，是魏志刚打来的电话，声音很嘈杂，他张口就说："杨墨，我在机场看见黄静莉了。"

　　杨墨很意外，不知道是什么事，拿着手机站到门口去，然后问："你在机场干什么？"

　　魏志刚说自己出去谈点业务，然后故作神秘地说："黄静莉身边的男人是谁？貌似成功人士啊，看着很像个潇洒多金的中年帅哥。"

　　"应该是她的领导吧，叫 Tom 汪还是 Jerry 汪什么的，她跟我说过。"杨墨心里一沉，含糊地说。

　　"说过啊，"魏志刚欲言又止，"那就成，你留点神。"

　　"老魏，你什么意思啊？"杨墨质问道。

"大概今天挺冷的吧。"魏志刚说，"黄静莉是不是穿少了，我看见她披了件男人西装。不过你放心，没有什么亲昵举动，两个人坐得挺远。我也没仔细看，一晃而过，就这样啊，不说了。"

电话断了，杨墨突然觉得自己的头很痒，他把手机塞进口袋，两只手一直挠，挠个不停。稍微平复下情绪，他转身回屋，看见苏梓还板着脸。杨墨没了刚才打趣的兴致，直接去吧台弄了杯水喝，一到吧台，就看见马小小躲在角落里，一脸的委屈。

"咋的了这是？"杨墨问。

马小小摇摇头，没说话，怀里抱着"艳后"，慢慢地摸着。

"怪我，"苏梓在旁边没好气地说，"刚才'艳后'过来挠我，我心烦，踢了它一脚；小小埋怨我，我吼了她一句。"

杨墨正一肚子郁闷呢，一听这个也火了，强硬地说："你差不多得了啊，别没完没了。"

苏梓刚想给马小小道歉，一听这话又炸了："杨墨，你说什么呢？"

"说你呢，这几天就不正常！"杨墨继续顶她，马小小偷偷拉他的衣角，示意他别说了，他不管不顾，"刚才给你个台阶，顺坡下来就完了，冲小小发哪门子脾气。"

苏梓狠狠瞪了他一眼，一句话也不想说，起身往外走。

杨墨看见她直接出了门，快步追过去，顺便从沙发里拿了她扔在那儿的手机，追到门外喊住苏梓。两个人对峙一样站了一会儿，还是杨墨先打破沉默，问："你到底遇到什么事了？"

"没什么，我可能遇上了个骗子，"苏梓懊恼着忍了一会儿说，"主要是气我自己，怎么会突然像中邪一样。"

"别气了，"杨墨一副不出所料的表情，说，"郭德纲说了，人生吧，难免都有吃屎的时候，只要不嚼就行。"

苏梓凶巴巴地呛道："你能不能别什么时候都瞎贫？"

"我说的不是你那个网友，是韦虹，"杨墨示意苏梓回到咖啡屋门口的座椅上坐下，进屋安慰了一下马小小，端出两杯热咖啡来，递给苏梓一杯，然后说，"我早看出来了，韦虹在你心里一直是个坎儿，过不去。"

苏梓沉默不语。

杨墨也静了一会儿，然后说："很多人啊，都说对自己做过的事情不会后悔，其实只是嘴上说说，心里总会留个念想，想着自己当初如果不是选择 A 而是选择 B，生活该变得多么美好。这不叫后悔，这叫梦想，一直放在心里提醒自己，下次再遇到什么事，一定要选择 B，不要选择 A。"

苏梓听得有点迷糊，杨墨示意她让自己说完："怕就怕，有一天你突然碰上个跟自己一模一样的人，她之前跟你遇到同一道选择题，但她选了 B，没选 A，结果，她现在的生活还不如你。她怎么样无所谓，你的梦想破灭了。原来一直以为自己往后只要选 B 就能变好，原来选 B 也不行，便彻底迷茫了。"

这段听起来很玄的比喻字字诛心，全戳到苏梓的心坎儿里了，让她哑口无言。确实，就像杨墨说的，自与初恋分手后，她这么多年错过了很多次可以恋爱的机会，拒绝了很多追求，连与张亚东的恋爱尝试也是浅尝辄止。有很多个孤独的夜晚，苏梓幻想过，假如当初接受了某个人的追求，是不是现在就不一样，看看别人晒的结婚照，原本不看好的一对，笑起来也挺幸福。于是，她给自己洗脑，再有追求就接受吧，选择 B，或许一切都会不一样。

直到遇上韦虹，她们都有童年阴影，都恐婚，都很理性，都对爱情有偏执，都只想过自己追求的生活，不在乎别人的眼光。韦虹没有选择坚守单身，选择了一个不太光彩的 B，当别人的第三者。但苏梓想的是，韦虹还不是因为一直无法从恋爱中得到安全感，为了逃避现实，逃避内心对婚姻的恐惧，才做出这样的错误选择？

就像现在，一个与她聊得如此火热的男人，好多天在网络中朝夕相处，仅仅因为对方两个小时没回微信、没接电话，苏梓已经变得多疑、愤怒，脑补出一堆乱七八糟的事，甚至不愿听对方的任何解释，不安全感让她恐慌。

杨墨的玄学比喻说完了，苏梓终于明白，自己这算一种恼羞成怒，说白了，是特别希望有一个人出现，满足自己对安全感的全部欲望，但是很显然，陈冰南刚刚出现就让她失望了。

9.

婚姻里有句话是很现实的，叫作：我不说，不代表我不知道。

自黄静莉经常出差和加班开始，杨墨总有种预感，每次送她回家的应该是同一个人，因为没人送的时候，她自己打车回来总是让杨墨下楼去接，但是有人送时，她一个电话都不打，突然就到了家。

杨墨直接或者旁敲侧击地问过几次那人到底是谁，黄静莉的回答始终如一，就是同事，不说名字。因为这件事，他心里一直有个疙瘩，没法跟任何人说，但是气不顺，只是因为他没有真凭实据，没法发作，自魏志刚在机场打来电话后，他心里的这个疙瘩就越来越大。

在黄静莉又一次出差的几天里，杨墨有些黏人，经常莫名其妙地发个信息，问她冷不冷，衣服穿得够不够，或者随便问点别的话题，其实是试探她在干什么。黄静莉回家的那个晚上，杨墨又主动跟她聊天，试探着问冷不冷，有没有感冒，希望她能主动说出自己在机场穿过男人外套的事情，证明一下清白。

但是，黄静莉没有，反倒问他，老这么莫名其妙地问她冷不冷，是不是有什么事。杨墨什么也没说，只说关心而已。

两口子就这么互相猜谜，互相隐瞒，不是因为他们心里有鬼，而是因为那个思路——大事化小，小事化了，不想无事生非——但心里又藏着解不开的疙瘩。

杨墨在报纸专栏里写过："隐瞒是婚姻这道大堤上最致命的蚁穴。"

现在看来，当时的他好像在给后来的自己下蛊。黄静莉身边到底有什么男人出没，本来是一根鱼刺，让他如鲠在喉，现在逐渐扩大成一个肿瘤，不治让人很痛苦，想治又无药可医，他只能选择性无视。

作为报复，杨墨开始逐渐沉默，减少与黄静莉的沟通，把好奇心全放在程晓玲身上。

他想多跟程晓玲的老公王权磊、情人胡伟交交手，看看对方到底是个什么人，于是做了两件事：首先，他在羽毛球群里变得很活跃，经常跟王权磊的朋友们聊天，王权磊有机会也会参与其中，两个人的交流越来越多；其次，他把胡伟的微信推送给马小小，马小小这个丫头也喜欢玩《王者荣耀》，两个人有共同语言。杨墨给马小小布置了这项艰巨的任务，让她有事没事就缠着胡伟教她怎么玩游戏，好好测测这个男人。

没过两天，羽毛球群里发生了一次激烈的争吵，主角是王权磊和某个朋友。之前打完球聚餐时那个人就参加过，杨墨对他的印象不好也不坏，30多岁的公务员，生活比较安逸，看待问题的角度和视野不宽，深信一些心灵鸡汤。

群里本来正常地讨论着孩子的教育问题，很自然地扯到中国和美国教育方式的区别上，以这个公务员为首的一派坚持"快乐教育"那一套，以王权磊为首的一派则坚持"高考是人生的上升通道"，讨论慢慢变了味，变成辩论，变成面子、自尊甚至地位的争夺战。很多人都收了声，只剩下公务员和王权磊还在辩。这个公务员坚持西方一切都是好的，王权磊则是坚定地爱国。

按理说，这样的辩论也算正常，但是王权磊非逼着这个公务员道歉，讽刺他拿着国家给的高工资却一直吹捧西方的那一套逻辑，是道德有问题，三观不正。这个公务员一怒之下退了群，王权磊顺便干了一件事，把这个公务员的老婆也踢出了群。

杨墨很惊讶，问程晓玲这是什么情况。程晓玲说："很正常，王权磊就是这么咄咄逼人，踢人出群不是一两次了。这个群原来人更多，剩下的，要么是完全认同王权磊的观点的，要么是不认同也不会跟他吵的。"

几天之后，杨墨又拉着苏梓去参加了一次羽毛球活动，他们俩依然是菜鸟的水平，这一次王权磊可没有了上次那么多的耐心。

打了几下，王权磊就摇头说："你们不行啊，一个星期一点都没练，上周教的没有任何进步。"等到空出场地，王权磊教苏梓单独练的时候，标准陡然提高，要求也变得苛刻。苏梓接连失误，根本接不好球，王权磊没有任何让步的意思，苏梓的脸色稍微有点尴尬，王权磊嚷嚷着："多大岁数了，还跟小孩一样耍脸色。"

苏梓咬着牙坚持也坚持不下去了，其他人打着哈哈努力让气氛缓和一点。程晓玲埋怨了王权磊几句，王权磊指着她不屑一顾："得了吧，你还说别人，打了五年球，你一直就原地踏步，不思进取。"

打完球，苏梓和杨墨都没参加之后的饭局。王权磊邀请过他们，不过是以一副胜利者的姿态去安慰失败者，那种高高在上的德行让苏梓很不爽。被杨墨送回家时，她狠狠地说："以后别再叫我打球，坚决不打，永远不打！"

杨墨只能絮叨着："好好，不打，不打！"

"都怪你！"苏梓赌气说，"你赶紧哄我！"

杨墨说："哄。"

在给王权磊减分的同时，胡伟倒是在马小小那里加了点分。

马小小连续几天打《王者荣耀》的时间加起来，比她之前一个月的都多。她之前一直是菜鸟，经常在游戏里被各种同伴骂。胡伟没怎么烦过，教得很有耐心，即使马小小连续犯同样的错误，他也不生气，这让马小小玩得挺开心，进步也很快。

胡伟一直说程晓玲就是他"媳妇"，除了"媳妇"有事找他，剩下的时间都可以玩游戏。在胡伟的世界里，"媳妇"的事儿第一大，游戏第二大，工作、赚钱之类的事情都无所谓。

杨墨质问道："马小小，这算哪门子加分？"

马小小说："对于你们男人，可能不算优点吧，但是对于女人来说，陪伴、耐心和在乎，就是全部了呀。"

杨墨撇撇嘴说："小女孩心思。"

"陪伴、耐心和在乎"，杨墨其实像大多数男人一样，知道如果给予女人这些东西，女人会非常开心。分歧就在于，男人总会认为，这些东西就是糖豆，开心的时候来几颗，锦上添花就够了；但是对女人来说，这些就像面膜和眼霜，是生活必需品。

面膜和眼霜、牙膏和杜蕾斯，到底哪个才是生活必需品？这就是男人和女人能吵二十年的话题。

杨墨问过程晓玲，程晓玲说："我觉得都是，我是不是有点太不容易满足了？"

杨墨回答说："不，是贪婪。"

程晓玲说："贪婪就贪婪吧，人生苦短。"

杨墨不知道该回什么了，因为黄静莉正在旁边盯着，看着他们俩在微信上聊天，脸色越来越难看。

自认识杨墨后，程晓玲就像在深海里浸泡着终于被人拽出水面似的，对杨墨有了一种莫名其妙的依赖感。开始她只是偶尔聊聊，聊聊关于过去的细节，聊聊王权磊和胡伟，聊聊人生感悟，几天后变成早晨、晚上都要跟他打招呼，无聊了会问他在干什么，偶尔还会约他见面。

跟程晓玲在一起，杨墨总能产生"英雄救美"的责任感，这是以前遇上那些大胸大屁股、浓妆艳抹的年轻小三从没有过的。

程晓玲其实非常矛盾，目前老公、情人是两条完全不相交的平行线，保持着微妙的平衡关系，她的焦虑主要来自对这种微妙的平衡迟早会被打破的恐惧，她想慢慢降低对情人的依赖度，并最终抽身。然而，杨墨很快发现，她对胡伟的依赖度，正慢慢都积累到他自己身上。

说白了，她的性格就像爬墙虎，必须依附着什么东西才能活下去。

杨墨本来不愿意跟女客户关系太亲密，但程晓玲的颜值在他心里居高不下，他见过几次都没看出缺点，真是让人忌妒的天生丽质。杨墨以前没觉得自己是个看脸的人，唯独对程晓玲的每个要求都不忍拒绝，颜值简直就是圣旨。

他害怕自己失去客观和理智，于是去找苏梓聊过这事儿，聊过这种依赖型性格。苏梓听了之后，赤裸裸地问："这不就是'婊'吗？"

杨墨赶紧辩解说："以前那些出轨的男人在你眼中还是渣男呢，该做的工作不还是照样做？对于程晓玲来说，现在的困境处理得好，她的生活还能继续；处理不好，这个女人就毁了。"

苏梓反问道："理智呢？节操呢？"

杨墨说："在美貌面前都喂了狗。"

现在麻烦来了，不管怎么隐藏，杨墨都没法藏住跟程晓玲越来越密切的关系，当听说他们经常见面，甚至看到每天晚上程晓玲都发来微信的时候，黄静莉越来越不爽。

"这不是因为工作吗？"杨墨不想多解释，他心里关于Peter汪的那个疙瘩还没有解开，感觉黄静莉这就像贼喊捉贼。

黄静莉很不开心地回应道："她老公不理她，你就理？那你老婆谁来理？"

杨墨没好气地说："每一条聊天记录都给你看了，有一句算一句，哪句过分了？"

"她要老公有老公，要情人有情人，你少跟着掺和。"黄静莉凶巴巴地说，"工作也没有不分白天晚上的。"

那天晚上关灯之后，杨墨睡不着。他还在脑子里替程晓玲美化着形象。

从被王权磊征服，到两份工作里都跟男同事产生瓜葛，再到依附上他，程晓玲并不是水性杨花，而是缺少独立性。她天生就是一个陪伴者，没有爱好，没有追求，随遇而安。换句话说，她最大的爱好，就是陪着身边的人，对方干什么都好，她陪在旁边都津津有味，如果让她自己一个人生活三天，她只能躺在床上看天花板。

这种依附感给男人的压力太大了，而且从孩子身上无法得到满足，必须从男人身上获取。当王权磊不许她依附之后，她做出错误的选择也不难理解。

他又想到了黄静莉，想到他们之间的夫妻关系最近又开始每况愈下，真的要好好聊聊了，光藏着掖着，一点好处都没有，就这个周末吧，必须拉着黄静莉，死活也要把心里的疙瘩解开。

那时的他没想到，一切会急转直下，天亮后他跟苏梓成了整个城市的焦点。

10.

中国有句古话，叫"善有善报，恶有恶报，不是不报，时候未到"。

之前杨墨和魏志刚给刘幂幂下了一个套，坑过她的钱，虽然最后一分没少地完璧归赵，但是，不管他们俩、欧爷还是赵总夫人，没人告诉刘幂幂这一切都是骗局，没人真正教育过这个中学文化程度的赌徒，金融圈不好混，没有知识和头脑，简直就是裸奔，千万别碰。

对刘幂幂最好的其实是赵总，从来不让她做发财梦，只让她花钱，不让她想办法赚钱。但是，赵总跟着老婆远赴澳大利亚了，过上了混吃等死的生活。杨墨他们开始了新生活，没人再关心刘幂幂，她变成了一个既有房子又有自由的小富婆，她是野草，没人管，就会疯长得一塌糊涂。

刘幂幂直到真的有了房子，才明白一个道理，房子再好也只是纸上富贵，没了赵总，她没有收入来源支撑高消费，而且她不甘于继续打工。哪个住在400万房子里的富人会给别人端盘子？她只能想办法把房子变成现金，再让现金像韭菜一样长出更多的现金。

结果，她自己变成了韭菜。

她把房子抵押换成的现金，投到P2P网贷平台，平台跑路了，钱全没了，刘幂幂慌了。赵总不在，她觉得自己认识的人里只有魏志刚神通广大，便死缠烂打求他帮忙。这件事魏志刚一直没告诉杨墨和苏梓，自己只是打哈哈应付，不想管也管不了，跑路的网贷平台卷走几十亿，刘幂幂的几百万只是毛毛雨，魏志刚也没办法。

刘幂幂的抵押贷款还不上利息，眼瞅着房子要没了，真的急眼了，再次站到了高高的楼顶，以死相逼。当然，她没想真跳楼，而是找了网络主播和电视台去直播跳楼，加上警察和围观群众，闹闹哄哄的一大堆人。

这次跳楼很突然，指名道姓地让魏志刚到现场，而当时魏志刚正躺在某个温泉度假村里泡着，根本回不来。杨墨和苏梓一脸蒙地以同事的身份被请到现场，网络媒体和电视一起直播他们两个劝刘幂幂别跳楼的全过程，身份也同时曝光。

他们努力解释自己是婚姻治愈师，但没人懂，还是"小三劝退师"比较耳熟能详，本地新闻的网络热搜上，"小三劝退师力阻跳楼小三"的话题变成了吃瓜群众最爱的下午茶。

当然，王权磊和胡伟不可避免地都知道了。

王权磊不蠢，他直接问程晓玲："你跟杨墨是怎么认识的？"程晓玲很慌，不知道该怎么回答，一直在问杨墨。王权磊看程晓玲不说话，就直接去质问杨墨。但是杨墨在现场被刘幂幂搞得心里乱七八糟，根本没法回答。

比杨墨更乱的是胡伟。胡伟这种小男人心思更敏感，他跟程晓玲就在一个公司上班，直接把她揪到楼梯间，问她杨墨到底是谁。

程晓玲骗他说，只是朋友。

胡伟指着她的鼻子问："你是不是想跟我分手？你是不是想离开我？"胡伟的表情非常凶，程晓玲从没见过他这个样子，心里很害怕，只想逃走。胡伟恶狠狠地说："你行，我把你当爱人，你把我当小三，我对你尽心尽力，你玩腻了就想甩掉我。"

说着，他举起手，想扇程晓玲一记耳光，试了几次也没扇下去，恶狠狠地打了墙两拳，手都打出了血。回到办公室，当着所有人的面，他拿起程晓玲的茶杯摔了个粉碎。

程晓玲没脸回公司，她匆忙地下楼，开着车离开办公室。她不知道该去哪儿，不知道该怎么办，这一切来得太突然，她脑子里一片空白，找不到一面可以依附的墙。但是，她的工作可是王权磊介绍的，这两年的一举一动都有线人看着，她一直很小心，告诫胡伟在公司里千万不可轻举妄动，没留下什么把柄。现在，胡伟冲动地一摔，相当于承认了他们的关系。

王权磊一下子傻眼了。

之前质问程晓玲时，王权磊压根儿没想到是自己老婆出了问题，他以为杨墨这样的小三劝退师类似私家侦探，以为是程晓玲听到了什么风言风语，怀疑自己，找人故意来接近自己、调查自己。他这些年虽然对程晓玲越来越嫌弃，但是从来没乱搞过两性关系，这种不信任让他非常气愤，这才是打电话质问的原因。他万万没想到，老婆的事情炸了，老婆出轨了，这简直就是天上飞来半个西瓜皮，不偏不倚正扣在他脑门儿上，特别特别绿，大小正合适。

一个刘幂幂炸的雷还不止这些，愤怒的人还有黄静莉和苏梓的老妈。

网络直播本身并没有什么引导性，热门评论里一些营销号为了吸引眼球把小三劝退师妖魔化了，舆论迅速变味，猜测杨墨和苏梓这样的小三劝退师不是什么好人，估计整天做害人勾当，帮助玩弄女性的有钱人，跳楼的小三说不定就是被他们逼的。

之前，很多同事都知道黄静莉的老公是著名的副主编杨墨。副主编这种职业虽然穷得跟狗一样，但是地位还是很受人尊敬的，从来没人知道副主编早变成小三劝退师了。现在，各种八卦消息在整个集团里蔓延着，吃瓜群众看热闹不嫌事大，都在以讹传讹。

黄静莉心绪难平，她不光担心自己，更担心爸妈。爸妈一直接受不了杨墨这份新工作，这下好了，丢人丢大了，万一有什么风言风语传到爸妈那里，老爸的脑血管哪天炸了，自己就是罪人。

而苏梓的老妈退了休没啥事，早就是地道的手机控，天天早晚不离手机。从网上看到自己宝贝闺女上了热搜，还挂着小三劝退师的名号，她觉得太丢人。这份工作她早就看不上，经常跟苏梓吵，现在她更是觉得老脸都没地方放，于是一遍遍给苏梓打电话，让她赶紧回家，别在外面瞎晃。

同样是站在楼顶，刘幂幂不想真跳楼，杨墨和苏梓倒是真想一跳了之。不用看手机，光听听手机的铃声和振动，他们就知道，这个雷炸得太响了。但是没办法，他们是婚姻治愈师，是婚姻的医生，下了药，帮病人治好病，这是后续的副作用，他们必须承担。该解决的问题硬着头皮也要解决，魏志刚不在，他们必须配合警方工作。

这俩人站在天台上，苦口婆心地跟刘幂幂纠缠。趁着苏梓吸引注意力的时候，杨墨一直在寻找时机，突然扑了过去。刘幂幂被他这个举动吓了一跳，身体一软，脚下一滑，朝着楼外倒下去，杨墨重重地磕在地上，死死搂着刘幂幂的双腿，刘幂幂大头朝下，一半身子挂在墙外，吓得魂飞魄散，杨墨扯着嗓子大声喊着，让她别动别挣扎，刘幂幂不停地乱跳乱抓，场面一度非常混乱，幸亏警察及时一跃而上，把两个人成功救了下来。

事后，警察质问杨墨："你怎么搞的，突然行动，无组织、无纪律，这要是出人命，你负得起责任吗？"

杨墨擦着一头的冷汗，必须由苏梓扶着才能站稳，腿肚子都是软的。

正常的流程还是要走，刘幂幂被带去派出所做笔录，杨墨和苏梓一边在门口等她，一边打电话对魏志刚破口大骂，真是怎么骂都不解气。魏志刚知道自己理亏，正玩了命地往回赶，并且在电话里承诺，他一定想办法把这事儿变成正能量。

过了一会儿，张亚东来了，他正在外面忙着案子，听说有这么一档子事，特意赶过来。见到刘幂幂，他以经侦特警的身份保证，P2P平台跑路的案子已经立案，涉及金额巨大，领导很重视，正在追缴赃款，让她一定放心。得到了张亚东的承诺，刘幂幂喜笑颜开地给杨墨和苏梓道歉，说给他们添麻烦了。

苏梓很感谢张亚东来帮忙。张亚东问她，晚上要不要陪她回家应付一下老妈，毕竟苏梓的老妈对张亚东印象很好。苏梓犹豫了半天，还是摇头拒绝了。张亚东对她越好，她越不愿给张亚东添麻烦，始终站在张亚东的朋友而不是女朋友那个距离范围，不肯往前迈一步。

而杨墨这边，黄静莉、程晓玲、王权磊甚至胡伟，都想在第一时间找他聊聊。杨墨真希望自己是孙猴子，不光抓一把猴毛就能吹出一群猴哥，还能把眼前所有的破事瞬间化为乌有。

11.

想也不用想，杨墨第一个去找的是程晓玲。原因很简单，其他人在杨墨的意识里都有自我调整的能力，唯独程晓玲，放任她一个人不管，真不知道会发生什么事。当然，要是问杨墨有没有什么私心，可能多少也有点。

在去找程晓玲的路上，杨墨给黄静莉打了一个电话，希望得到她的理解。黄静莉当然不会理解，不肯谅解。她愤怒地质问道："难道这种时候你不应该第一时间陪我回家面对我的爸妈吗？你不该跟他们好好解释一下吗？"

杨墨说他一定去，但是现在不知道程晓玲是什么情况，他先去安抚一下，很快就能解决。

黄静莉冷冷地讥讽："你真可以，为了一个女人，连家都不顾了。"

杨墨说："这不是工作吗！"

黄静莉情绪失控地回击道："什么狗屁工作？！"

杨墨根本没时间看网络评论，不知道老婆正在承受多大的心理压力，他憋了一天的火终于忍不住了，大喊大叫道："当初撺掇我辞职的是你，前几天拿到 10 万块钱跟我畅想未来的也是你，现在都变成狗屁了，你到底让我怎么着？"

听到这句话，黄静莉挂断电话，在公司走廊上委屈地哭了。

嗯，哪个女人没有脆弱的时候？哪个脆弱的女人身边没有几个已婚男人？苏梓的很多脆弱都被杨墨看到，黄静莉最近的脆弱则都让 Peter 汪承包了。

Peter 汪让黄静莉来到自己的办公室，安静，没人打扰。他给她泡了一杯茶，让她可以舒服地缓和情绪。黄静莉在 Peter 汪面前一直保持着足够的矜持，矜持代表着距离，代表着原则和底线，但是这个下午，可能是又快来"大姨妈"的缘故，她的情绪控制不住，眼泪哗哗地流出来，这眼泪对 Peter 汪来说，好像一只猫终于肯翻过身子让你摸它的肚皮。

不过，Peter 汪并没有送上温暖的拥抱，而是默默地离开，把办公室留给了黄静莉一个人。他不是杨墨那样的君子和圣母，但也不是心急下手的贱男，他有自己的节奏，这种时候自己留下会在办公室产生不必要的风言风语，影响仕途，不是好选择，再好的女人，跟升职和地位比起来都是微不足道的。

另一边，无处可去的程晓玲开着车冲上马路遇到第一个红灯就后悔了。家，没有勇气回；公司，没有脸面回；经常去的星巴克，不敢去，人太多，怕遇上熟人。唯一剩下的选择就是去找杨墨，既然杨墨不接电话，只能去喜旺咖啡屋找他。

咖啡屋里只有马小小，网络上炸了锅的消息让这个丫头也有点担心，她觉得自己有义务坚守阵地，一直留在店里，正好程晓玲来了，犹豫地硬着头皮问杨墨在不在。马小小知道她是谁，大方地请她进来，让她坐到最安静的角落里，给她冲了杯咖啡，让"法老"去陪她。

"法老"这只猫相当自来熟，不像"艳后"那样看见陌生人就跑，它跑到程晓玲的大腿边挠了挠，示意她把腿放平，自己趴上去，又挠挠她的胳膊，让她伸过来给自己当枕头，然后不管不顾地睡着了。

安顿好程晓玲，马小小发微信告诉杨墨人在咖啡屋。杨墨嘱咐小小留住她，别让她走。杨墨在车里坐了一会儿，试图平复情绪，但是平复不了。他惦记黄静莉，又知道，以黄静莉的脾气，现在不管发微信还是打电话，都很难哄好，只会让她更暴躁。而王权磊毫无意外地将他和苏梓一起踢出了羽毛球群，他已经没法看王权磊的朋友圈，估计对方顺便把自己拉黑了。

该怎么办？

杨墨坐在车里挠着头，好像一万只跳蚤在他头皮上跳舞，一休哥说"不要着急，休息一下就有办法"。但是，他怎么挠也没用，都是死穴，时间不等人，程晓玲需要他。

他只能去讲大道理，不管王权磊的性格有多糟糕，他都是必需品，能提供一个无忧无虑的家，满足所有的物质需求，程晓玲就像爬墙虎爬到了冷冰冰的铁塔上，不够舒服，但是能够生存。胡伟肯定不合适，胡伟连自己的生活都照顾不好，他只是一面没有地基的墙，如果把全部的重量压在他一个人身上，这面墙分分钟就会塌掉，到时候只会两败俱伤。

程晓玲很害怕，不知道该怎么面对王权磊，怎么跟他解释，那是高高在上的神，现在神发怒了，她承认错误是没用的，王权磊最不喜欢宽恕错误。

杨墨问："表忠心行不行？今晚上不谈别的，只谈爱情和婚姻。"

程晓玲说自己真想一走了之，就这么彻底离开。杨墨知道，她只是说说而已。

在两个人谈话期间，胡伟连续用打电话、发短信、发微信、要求微信视频等各种方式，一直试图联系程晓玲，不光跟她，还不断地骚扰杨墨和马小小的手机，像疯了一样，联系各种有可能找到程晓玲的人。这让杨墨非常厌恶。

但是，程晓玲说："你看看，一个人像疯子一样地找我，另一个人却无动于衷，我现在最需要温暖，你却让我回到无动于衷的人身边。"

杨墨看到了程晓玲微信里胡伟的一条条留言，恳求她不要离开自己，恳求她原谅自己的冲动，卑微得像个奴仆。

"实话实说，这种卑微在婚姻和爱情里从不罕见，每天都会发生，根本不值得同情，卑微不是组建爱情和婚姻的基础，也没有存在的意义。"杨墨直接把胡伟送上"断头台"，他挑着狠话说，"有个道理你必须明白，疯狂不等于爱，但是离家出走等于放弃。回家，说明你心里还有家，起码，还有跟王权磊谈的基础；不回去，那就等于放弃，什么都没得谈了。这种本质的错误，你要是犯了，那就干脆找离婚律师算了。"

杨墨苦口婆心地劝了半天，程晓玲下定决心，借着这个机会，长痛不如短痛，直接跟胡伟分开。她想打个电话把事情说清楚。杨墨预感这电话一打就没完没了，本来建议她发微信，后来又觉得打字太慢，叨叨不清，只好同意。

果然，胡伟一听要分手，死活不答应，说着各种海誓山盟，非要逼程晓玲承诺不离不弃，程晓玲不知道怎么拒绝，也不会主动结束对话，两个人的焦灼没有美感，只有一种让旁观者厌烦的煳味。

杨墨无奈地坐在马小小身边，看着时间一分一秒地流逝，越来越烦躁不安。他突然发现，程晓玲扔在自己身上的依赖感只是浮云，毫无根基，这个漂亮女人的心里，一半放着丈夫，一半放着情人，对谁都不想割舍，根本没他的位置。按说这对杨墨来说是好事儿，他往后也不用担心被程晓玲纠缠，但不知为何，他心里多少有些恼怒，区区一个胡伟究竟何德何能，能得到程晓玲这样的女人。

两个人都不挂电话，简直像偶像剧剧情一样腻歪，杨墨的火气已经快压不住了，连马小小都劝他："叔，淡定啊！"杨墨只好给黄静莉发信息承认错误，转移注意力，说自己还需要一点时间才能回家。结果自取其辱，黄静莉回答："我已经在爸妈家了，你忙吧。"杨墨知道这句话不是安慰，是通知他，她今晚不会回家了。

程晓玲这个夜晚的所有表现，把颜值的功效消耗掉大半。杨墨终于受不了了，走过去，命令她挂电话。程晓玲绝望地挂断电话，一副心如死灰的表情。杨墨问她到底说清楚了没有，她点点头，又摇摇头。

杨墨低头看了看时间，说："太晚了，必须走了，我陪你回去，顺便给王权磊做做工作。但是，两口子的心结还是要你们两口子自己打开，胡伟那边我再去找他谈。"

在他们即将出门的时候，马小小跑过来拉住杨墨，悄悄递给他一包纸巾。杨墨心领神会，拍了拍她的头，表示感谢。

两个人坐在车里，杨墨启动车的瞬间，车载音响响起来，是《成都》，赵雷轻轻地唱：

让我掉下眼泪的　不止昨夜的酒
让我依依不舍的　不止你的温柔

程晓玲鼻子一酸，哭得梨花带雨。杨墨递上马小小塞给他的纸巾。程晓玲一边哭一边说："我真是可悲，竟然连选择的权利都没有。"

杨墨迎头浇上了最后一盆冷水，他说："毕竟出轨的人是你。如果连犯错的人都有选择的权利，那对其他人多么不公平。"

"公平，呵呵。"这个词儿让程晓玲失去了继续哭下去的欲望。

接下来的全程，杨墨没怎么说话，心里一直盘算着怎么跟王权磊说开场白。他开得不快，给自己思考的时间，也给程晓玲冷静的时间。到了地方，他陪着程晓玲一起进了家门，没想到，王权磊直截了当地质问："你来干什么？请现在马上离开。"

程晓玲低声对杨墨说："你还是走吧，剩下的事我自己处理。"

杨墨灰头土脸地离开了。他站在路边没有马上打车，因为担心王权磊打老婆，担心会出现什么失控的局面。没想到，王权磊的高高在上是他无法想象的。过了一会儿，程晓玲发来消息说："放心吧，我没事，他只是不让我进卧室了，我现在睡客厅。"

12.

　　苏梓并没有把陈冰南拉黑，也没有报复，反而选择了跟他见面。

　　陈冰南早就在微信上解释了自己那天为什么突然玩失踪、拒接任何电话，说是自己突然摔了一跤，受了点伤，在医院不方便，还把自己脸上、胳膊上受伤的照片发来，看着血肉模糊，很惨的样子。

　　苏梓看着照片，总觉得有点别扭，发给杨墨。杨墨说："怎么看都不像摔的，像让人揍的，你看看这脸，要是摔能摔成这样，那整个脑袋是被人拿着当保龄球了吧？"苏梓又发给张亚东，问问专业人士的意见。张亚东深知苏梓的脾气，如果没有证据就下定论，一定会被反驳。他问了几个在派出所工作的警察朋友，问最近几天有没有一个叫陈冰南的报过案或者涉及什么案子，被打得受了轻微伤，答案都是没有。于是，他只是简单地回答苏梓，都有可能。

　　得到张亚东模棱两可的回答，苏梓觉得杨墨就是在胡扯，她半信半疑，决定冷处理，不回话不拉黑，放置不管。陈冰南展开了猛烈攻势，问候早安、晚安，问候一日三餐，问候天气冷暖，即使得不到回复也不气馁。

　　苏梓其实有过把陈冰南直接拉黑的冲动，一直没动手，因为对方的卑微让她产生了一种愉悦感。

　　这世界上的卑微有很多种，有些卑微让你觉得下贱，有些卑微让你觉得虚伪，有些卑微让你觉得幼稚，但总有一款卑微恰到好处，既能捧起你高高在上的圣母心，还能撩拨你心底里残存的一丝温柔，让你觉得自己应该做一个温暖的人，不要落井下石。

　　不知不觉，苏梓已经习惯了陈冰南每天准时准点的卑微，看着才觉得安心，不回是因为较劲，她需要一个合适的台阶走下神坛，去触摸那个卑微的灵魂。

刘幂幂闹事的那天下午，陈冰南也看到了网络热搜，这一次他没有聒噪，只是留了一句话，说："看到网络消息了，有些担心你，有什么需要帮助随时说，有我在。"

整个下午都很烦躁，在派出所门口跟张亚东聊完，苏梓终于开始处理无数条没阅读的微信。她看到别人都在三八和大惊小怪，只有陈冰南的温暖让她打心底里产生了一丝感动。陈冰南正好发来信息，关切地问事情怎么样了，吃晚饭了没有。苏梓终于回复了他，说没心情吃。

在两性关系里，对于卑微的一方来说，可怕的不是拒绝，而是沉默。苏梓之前一直不回信息，让陈冰南非常煎熬，但是只要苏梓开始回信息了，就是最好的狗粮。

陈冰南恳求得到一个见面请吃饭的机会，台阶出现了，苏梓想了想，回答说："好。"

他们见了面，在一个环境很好的西餐厅。陈冰南订的位置，他亲自开车来接，他比照片里还要高大帅气一点，看起来非常阳光，态度温柔，姿态很低，车里很干净，车开得很稳，总之，一切都是加分项。苏梓看到他脸上的伤痕已经好了很多，还是能看出一点当初惨烈的状况，心隐隐地疼了一下。

到了餐厅，在吃饭之前，陈冰南开始了卑微的演讲，其实就是把之前微信上发的所有话当面说一次，希望打动苏梓的心。气氛、环境、声音、语气、外表、苏梓自己的心情，等等，所有元素综合在一起，竟然真的让她变得柔软，全盘接受了眼前这个男人的在乎和卑微，忘记了所有怀疑。

之后，他们边吃边聊。陈冰南描述了自己的童年，苏梓在头脑中重构出一个清晰的轮廓：他出生在一个穷困的家庭，因为父亲作孽欠下一屁股债，不得已自己只能独自奋斗，从一穷二白到现在买房、买车，他曾经有一段刻骨铭心的感情，对方因为他的贫穷最终选择离开，后来又想要复合，但他已经心灰意冷，所以一直单身……

陈冰南身上好像光彩熠熠，他对苏梓一见钟情，苦苦等待了超过8000分钟就为了等一个当面解释的机会，这8000分钟太煎熬，每一秒都度日如年，终于等到了，他恨不得把心肝都掏出来，让苏梓检阅一遍。

苏梓心里炙热地灼烧起来，那是一种满足感还是优越感？说不太清，但是让她舒服，舒服地飘了起来。吃完饭后，她甚至感动地抢着埋单，觉得自己在耍小孩子脾气，结果让对方提心吊胆了8000分钟，理应掏钱。陈冰南潇洒地拒绝了，非要第一顿自己先来，下次再说。

吃完饭，他们决定散步消化一下，随便沿着一条路走下去。陈冰南一直很紧张，连跟苏梓每一次对视都会脸红。苏梓咳一声，他就要去买水。苏梓不小心扭了一下，他就要仔细检查，关系似乎慢慢朝着暧昧去了，但是陈冰南不轻举妄动，分寸感让人觉得放心。

他们去了附近的一家大商场，陈冰南好像对这里很熟，主动带着苏梓去找美妆店、服装店、首饰店，建议她试这试那。苏梓从不习惯跟男人一起逛街。张亚东追她的时候，陪她逛街，她扭捏得什么都不敢试；偶尔跟杨墨逛逛，杨墨的碎嘴让她恨不得一板砖拍晕他；但是跟陈冰南一起，不知道为啥，她很快就没了别扭，什么都主动试起来。

在陈冰南的赞美下，苏梓觉得自己穿什么都有味道，穿什么都光彩照人，一口气选了三件衣服。她当然不想花别人的钱，但陈冰南每次都自作主张，抢先刷卡。苏梓只好送他一个钱包。商场大厅里正好在搞义卖活动，手工钱包，100多块钱一个，苏梓觉得很漂亮，非要买。陈冰南感动坏了，把零钱、信用卡、购物卡什么的，全部整整齐齐放好，然后自作主张拉着苏梓去了首饰店，给她买了一副刚才看好但是嫌贵的耳环。他执意掏钱，苏梓怎么拦都拦不住。

被送回家后，苏梓洗漱完，渐渐冷静下来，她没有心情应付老妈的喋喋不休，回到屋里发着呆。她试着重新戴上刚买的耳环，突然觉得，这风格简直跟自己格格不入，又看着刚买的衣服袋子，连打开的勇气都没了。

她直直地躺在床上，看着天花板，想着这个不真实的夜晚，脑子很乱。陈冰南又发来微信，她紧张得不想回，说自己累了，匆忙说了晚安。

孤独地躺了很久之后，她突然想，一切都发展得太快了，好像进了旋涡，真可怕。

她从来不会轻易爱上一个人，陈冰南带给她的到底是什么感觉，她需要时间消化。

13.

网络时代，我们的思维是越来越自由，主动权和选择权越来越多，还是越来越容易被选择，越来越容易陷入人为操纵的逻辑？

报纸、广播、电视作为媒体的年代，每个人从媒体得到的任何信息都要经过人为地编辑、加工、审核、决定，经过很多道工序才能走上台面；互联网带来的信息爆炸，看似每个人都有权利选择看什么或不看什么、相信什么或不相信什么，其实，信息就像洪流一样到处奔涌，每个旋涡都是人为制造的。

魏志刚深知舆论的两面性，从刘幂幂假跳楼的那一刻起，他就一直关注舆论的走向。最初，言论被带偏，胡编乱造的各种言论滋生时，他没有采取任何行动。这年头，负面情绪的传播远比正能量更快、更广，如果从一开始就是弘扬正能量，单单劝说一个跳楼女子事件，并不会引起多大关注，是营销号没有底线的推波助澜才让杨墨彻底上了本地热搜。

之后，魏志刚开始动手。他先找到刘幂幂，告诉她，想要快点拿回自己的钱，必须变成焦点人物，P2P平台卷着几十亿跑路，即使警察破案，想追回全部赃款也很难，假如只追回一部分钱，退给谁、不退给谁、退多少，都是问题，如果她是焦点人物，最快拿回全部损失的概率就最大。

刘幂幂愿意相信任何挽救自己的办法。在魏志刚的安排下，她接受了网络营销号的专访，大骂跑路的P2P平台，感谢杨墨和苏梓的帮助，把他们的事务所描述成充满爱与温暖的港湾，她之所以在跳楼时想见他们，是因为当初被劝说走出感情困境时就是从杨墨和苏梓的身上得到了太多正能量，危难之时再次想起恩人，感谢恩人让自己获得重生。

有关刘幂幂的专访，魏志刚买了一个热搜，还制造了热门评论引导舆论。钱花了好几万，相当于做了变相的广告，连刘幂幂的微博都加了"橙V"，挂上"P2P平台跑路被逼跳楼事件当事人"的头衔。

连续两波网络热搜的推动，本地电视台按照惯例慢半拍，做最后的推波助澜。本地新闻栏目《每晚黄金档》的制片人联系魏志刚，想做个专访，这与魏志刚的想法不谋而合。魏志刚不光答应，还在该频道直接投放了一个星期的广告，虽然资金有限，广告时间很短，还只能在深夜播出，但也算给该频道提供了一点收入，他们从被采访者变成了合作伙伴，换来的福利是，有权在专访时回答自己设计好的问题。

魏志刚力劝杨墨和苏梓上专访，两个人最初死活不同意。《每晚黄金档》的内容是本地社会八卦＋卖药卖酒卖保健品＋卖鞋垫、枕头，很低级。魏志刚力劝说，这档节目的主要观众群就是每天无所事事的中老年观众，黄静莉的爸妈和苏梓的老妈都是固定粉丝，觉得电视上说的一切都是真理，上节目，现在是变被动为主动的最好选择。

专访是很成功的，短短十分钟，杨墨和苏梓分别被塑造成离开地位显赫、待遇优厚的报纸副主编和离婚律师岗位，毅然决然地投身于婚姻拯救事业的正能量代表。黄静莉的爸妈尤其开心，主动给杨墨发微信，称赞他的勇气，理解他之前的隐瞒，希望他好好工作。

栏目播出的第二天，马小小、杨墨和苏梓的电话快被打爆了，各种遭遇婚姻问题、感情纠葛、第三者插足的男男女女都打来电话，或者上门咨询，喜旺咖啡屋开张这么久，第一次门庭若市。

魏志刚一看，热度超出预期，连夜对门头重新装修，先去掉咖啡屋的招牌，只保留了"喜旺"两个字，然后挂上硕大的"婚姻治愈事务所"的LED灯箱门头。他又跟马小小研发了两种新的饮料，起名叫"治愈系暖手茶""治愈系暖心茶"，其实就是红茶、绿茶、香精、奶酪和果冻布丁的混合物；他们还联系了塑料杯厂商，定制了一批印着治愈事务所名字和茶品名字的特制饮料杯；最后连婚姻治愈协议书都重新设计了，原来的样子跟租房合同似的，现在搞得跟结婚喜帖似的。

接下来，魏志刚又马不停蹄地去大的招聘网站发了个招聘启事，招聘情感接待员、治愈系服务生和婚姻治愈师。

马小小和新招聘来的女孩达达，以后的名头不再是咖啡屋服务生，而是情感接待员。魏志刚特意给她们设计了仿照肯德基的欢迎语，有客户上门，推开门的瞬间，她们一定要说一句"欢迎您来，我们用心治愈"；等到送客户离开时，再加上一句"祝您幸福，我们用心守护"。

俩姑娘觉得这两句话太傻了，死活不想说，魏志刚决定实行奖励机制，她们每说一句，获发 10 块钱红包。

魏志刚把摊子铺得这么大，可苦了杨墨和苏梓，他们一面要忙着接待各种需要帮助的客户，一面要忙着面试前来应聘的人，连轴转瞎忙了三天，连程晓玲的案子都顾不上了。

三天后的晚上，事务所进行了一次"魏志刚急躁冒进批斗大会"，杨墨和苏梓是主批人，马小小是书记员，新来的达达列席旁听。

会议重点批判了魏志刚操纵网络舆论夸大和虚假宣传给治愈事务所带来的恶劣影响，包括但不限于，因为夸大宣传"小三劝退"业务的能力和处理问题的手段，导致许多婚内出轨的渣男把事务所当成甩掉麻烦、甩掉小三的避风港；因为低估了广告宣传带来的效应，造成了各种混乱，影响了事务所的正常运转，打破了私密安静的环境，给真正的目标客户带来了非常恶劣的体验；因为片面强调处理婚姻关系的刺激性和娱乐性，导致某些吃瓜群众怀着好奇、看热闹、试试看的心态前来应聘，给原本正能量的广告宣传带来负面影响。

魏志刚做了深刻的检讨，向与会代表积极承认错误，承诺已经造成的损失和开支将由他个人出资补全；同时，他大包大揽，声明马小小没有起任何推波助澜的作用，反而是有功之臣；而新来的服务生达达虽然只是个20岁出头的姑娘，却在几天的锻炼中表现出积极肯干、聪明伶俐的特点，应该予以留用。

苏梓基本同意了魏志刚的观点，杨墨做了最后的补充发言，要求与会人员从明天起低调、务实，脚踏实地地把客户的情感需求放在第一位，切莫把追逐经济利益作为服务的第一驱动力。

最后各方达成一致意见，由于咖啡屋生意实在不赚钱，婚姻治愈事务所将成为往后的唯一招牌。新更换的LED灯箱门头算事务所正常支出；店内所有饮品从此免费提供给客户，不再收取费用。此外，事务所将执行每周例会、工作交流、重大问题投票权等多项制度；马小小和达达正式升级为情感接待员，以情感接待为主，做饮品、收拾卫生为辅，杨墨和苏梓负责一对一指导，帮助两个人掌握一些与人沟通的基本技巧、情感接待的简单经验和选择客户的基本原则。

简单地说，婚姻治愈事务所从魏志刚、杨墨和苏梓三个人随心所欲的草台班子向着正儿八经的公司运作，迈出了关键性的一步。

14.

现在的任何新闻都维持不了几分钟的热度，加上之前几天的混乱造成了不好的影响，不久，事务所又慢慢恢复了平静。门庭若市带来的真正有价值的案子并没有几个，一场喧嚣只带来了一地鸡毛。

杨墨整理完手头的杂事，立马去找程晓玲聊了一次，结果让他大吃一惊。每天面对着老公王权磊的冷暴力，回家吃不到一口热乎饭，没有任何语言沟通，只能睡客厅，甚至跟孩子的交流都受到限制，在被杨墨冷落之后，程晓玲这株爬墙虎重新回到了胡伟的怀抱。

程晓玲很无助，她也觉得自己错了，错得非常幼稚，但是，王权磊拒绝任何形式的交流，拒绝任何形式的肢体接触，拒绝任何能拒绝的事情，彻底的冷暴力让程晓玲非常恐慌。她每天只能睡在客厅的沙发上，睡眠质量非常差，闭上眼，就担心这是自己在家里的最后一个夜晚，随时都有可能被扫地出门，之前几度鼓起的想要彻底离开的勇气不过是肥皂泡泡，在风暴面前破得稀碎。

这栋房子，房子里的所有家具，每个角落，所有气息，都已经是程晓玲生命的一部分，失去哪个部分，都会杀死她。她几次试图向王权磊发出谈话的邀请，甚至不惜跪下承认错误，但是得到的只有高高在上的鼻孔和白眼。

到了周末，程晓玲本来以为有机会缓和矛盾，王权磊竟然罕见地一个人带着孩子出去了两天，去游乐场、去必胜客、去兴趣班、去看父母，等等，以前他懒得干的事现在都干了，偌大的房子里只剩下程晓玲一个人，连保姆都被放了假，真的太冰冷，她实在是要疯了。

胡伟的出现就像以前一样，在外人看来是趁火打劫，在程晓玲心里却是雪中送炭，既有真情实意，又有体贴与温柔，还有赴汤蹈火的决心，都是她最需要的东西。

之前在一起的一年多里，程晓玲和胡伟的相处模式，一直是在公司上班、开车逛街、吃饭、看电影或者去酒店，她坚持不去胡伟的家，不带任何朋友与胡伟认识，也不与胡伟的任何朋友见面。但是现在，她糊涂地接受了邀请，第一次去了胡伟家，见过他的父母，并留下吃了午饭。胡伟搬出爸妈当救兵，说要娶她。这是最后的"撒手锏"，他看她来了自己家特别兴奋，他爸妈看到儿子领回一个如此漂亮的姑娘，也很激动。

程晓玲一边讲述一边哭，不是那种声嘶力竭的眼泪鼻涕一起流，而是林黛玉式的低眉轻泣，纸巾都只擦拭眼角。她说，自己就像恐慌的羔羊，找不到方向，做了很多错误的选择，并且一错再错，甚至有时候想着，干脆就这样自暴自弃吧，但是又不能这样。

杨墨积攒了一肚子的狠话，但是程晓玲的美貌还有最后一点功效，让他把狠话都咽到肚子里了，只是猜测道："胡伟的家庭条件不怎么好吧？"

"可能我真是婊吧。"程晓玲呵呵惨笑了一下，说，"在王权磊身边过惯了一种日子，到了胡伟家，看着30岁的他还跟父母住在50平方米的老房子里，去卫生间里看到污渍已经擦不掉的马桶，上个厕所都变得非常艰难，吃饭时听他父母说要给儿子买房结婚，还说怎么辛苦攒钱、存钱都被房价远远地抛弃，我不是嫌弃什么，只是感慨，真是完全不同的人生。在王权磊身边，我从来没考虑过这些问题，从来没考虑过生存，只需要把生活过好，如果跟着胡伟，我就只剩下生存。"

杨墨摇摇头说："无论在谁身边，都是生存。野猫和家猫的生活都是生存。你最大的问题不是软弱或者卑微，而是永远只看到自己失去的东西，不珍惜已经得到的生活。"

程晓玲说这话真让自己绝望，她特别想让一切重新开始，但是没机会了。

两个人无言地坐了一会儿，程晓玲的眼泪慢慢收住了，问起杨墨现在家里的情况，哄好了黄静莉没有。

杨墨说，哄好是哄好了，不过主要是钱的功劳。黄静莉提前发了第四季度的奖金，一个大大的红包，他在百忙之中抽了两个小时，大晚上的陪着她逛了一次商场，买了两件漂亮的毛衣和一双靴子，女人嘛，能买新衣服总是会心情愉悦，哪怕是花自己的钱。

这番话说得程晓玲又要眼泪汪汪，说她真羡慕黄静莉，生气了总是有人哄。

正哭着，程晓玲的手机上收到一条微信，是王权磊发来的，说："明晚导师有安排，需要你出席一下。"程晓玲看到，像看到希望一般变得欣喜，急忙给杨墨看，问他这是什么意思、有什么内涵、是不是什么信号。

杨墨心里直翻白眼，突然想起什么似的，他想看看羽毛球群里的聊天记录，但是自己被踢了。程晓玲说："我的手机你随便看吧，如果胡伟的信息对你有用，你也可以看。"

羽毛球群里的状态还是跟以前差不多，王权磊依然在执行群主和朋友的身份，维持秩序，有时间就聊天，除了每个晚上比以前话更多，没有任何特别之处。

杨墨恍然大悟，问程晓玲："你现在确实想跟王权磊继续过下去，和胡伟彻底分开，对吧？"

程晓玲有点意外地点点头。

杨墨说："如果我没猜错，王权磊不会跟你离婚的，你老公是个要面子的成功人士，在他的'成功学字典'里，'离婚'这个词是不存在的。"

15.

　　怎么接近一个死要面子的成功人士，态度和地位是至关重要的。

　　王权磊之前那么轻易地接纳了杨墨和苏梓，是因为他们是他老婆的朋友，那种接纳和宽厚天生带着一种恩赐的味道，就像天朝皇帝对边陲小国的亲切，只是杨墨和苏梓没感觉出来，后来被无情地踢出群、拉黑，是因为他们是王权磊出轨老婆的代理人，既然已经到了这个份儿上，他们就跟他的老婆一样，没有了跟他平等对话的资格。

　　杨墨想明白了这一点，同时也明白，如果他以婚姻治愈师的姿态去找王权磊，很难得到正式对话的机会，除非先有什么方式巧妙地打开突破口。

　　没想到，机会得来全不费工夫。

　　王权磊的导师是著名经济学教授、多个企业董事会的高参，每年都会定期搞几次企业家之间的聚会，氛围轻松、休闲，不为谈生意，只为让大家有个互相给面子的机会。毕竟生意场上谁跟谁都难免兵戎相见，为了赚钱搞得老死不相往来很伤和气，老板们有时候需要这样一个下台阶的机会，敞开心扉地互相聊聊。

　　王权磊是导师的爱徒，每次聚会都得鞍前马后地招待客人，程晓玲这样的漂亮女人，从第一次聚会起就是最受关注的花瓶，必须不能缺席。

本次聚会，维度集团的副总裁也受邀参加了，他们刚刚在一起并购案中跟另外一家集团直接对话，就是黄静莉出差忙活的那次，花巨资抢到大单，两个集团关于这个项目的直接负责人想来一次非正式的对话。维度集团的副总裁带着财务负责人Peter汪出席，Peter汪又邀请了黄静莉，非正式的聚会嘛，漂亮又有气质的女人永远不嫌多。

黄静莉有些排斥，不是很想去，她的衣柜里上点档次的只有正装，根本没有适合这种活动的高档礼服，她也不知道去哪儿买，刚买的毛衣和靴子平常穿还可以，出席这种场合太居家了。Peter汪亲自开车带着她去了一家高档商场，有朋友在那里开了一家服装店，里面的衣服正好适合，还能打个大折扣。

整个试衣的过程都很尴尬，结婚十年，黄静莉从没跟杨墨之外的男人一起逛过商场，更别说试衣服。Peter汪很喜欢露背的设计，给黄静莉挑选了几件整身长裙都是露背装，而且露得尺度都相当大。黄静莉脸红极了，扭捏着不想要，这衣服要是杨墨看见了，估计能气个半死，但是Peter汪和他朋友的大加赞赏让她不好拒绝，最终她半推半就地买下其中一件。折扣很大，依然不便宜，Peter汪抢着付款，黄静莉没答应，她把衣服、发票都放在了公司，打算等参加完聚餐找个合适的机会，再跟杨墨真诚地解释。

聚会开始，程晓玲陪伴着王权磊，不得不到处装出很恩爱的样子，而且很快就跟黄静莉相遇了。简单地交流之后，与会人三三两两地聊起来，黄静莉独自藏在角落里，站也不是，坐也不是。程晓玲及时地过来解围，陪她聊了几句，帮她拿了点东西吃。两个人单独相处时，程晓玲突然冒昧地问："请问你的老公是不是叫杨墨？"

黄静莉其实一开始就认出了程晓玲，她看着这个女人每天晚上缠着自己老公早憋出了一肚子气，曾经赌气似的，拿着杨墨的手机把程晓玲的朋友圈都快翻烂了，看过一堆美颜自拍。刚刚在门口第一眼看见王权磊夫妻俩秀恩爱时，她的脸瞬间沉了下去，心里忍不住说，真虚伪；同时，她又非常紧张，因为对杨墨隐瞒了太多，她只说要参加一个提供晚宴的高端会议，可能晚点回家，没说自己穿昂贵的礼服，还露出整个脊背，甚至尾椎骨都若隐若现，生怕被泄露出去，所以她一直躲在角落里。

怕什么来什么，程晓玲还是找来了，并且主动谈起杨墨，这让黄静莉非常意外。她不知道，作为每年都要多次参加这种聚会的程晓玲，每次都要提前阅读一份王权磊准备的到场人员资料，她跟杨墨聊天时，杨墨总是提到自己的老婆，这一次一看到名单里有黄静莉的名字，她立马有了大胆的想法。

程晓玲已经没有退路，非常焦虑。王权磊的冷暴力始终没有软化的迹象，孩子好像也被洗脑了一样，以前孩子的陪伴和教育都是由程晓玲负责，王权磊只有实在看不下去的时候才会出面干预。现在，她不光跟孩子相处的时间越来越少，只要对孩子一严肃，孩子就会闹，哭着说她是个坏妈妈，这让程晓玲非常伤心。在杨墨分析出来王权磊不会主动离婚之后，她特别渴望制造机会，让杨墨接近王权磊，给他们夫妻搭建一个可以沟通的桥梁。

王权磊的整个人生都很克制，是理工男的标准世界，每一道工序都用数据标准去衡量。他酒量很好但是很少贪杯，平时不管应酬还是朋友聚会，总是喝定量，唯独导师组织的这种聚会，他必须陪各种人喝到尽兴，酒要喝很多。喝多了的王权磊不会醉到发疯，却是他放下所有伪装、意志最薄弱的时候。程晓玲觉得这是天赐的机会，之前苦于没有借口把杨墨邀请来，自认出黄静莉的那一刻，她像抓到了救命稻草，不管成不成，她都想赌一赌，求生意志相当强烈，一直盘算着怎么把杨墨叫来。

这样的聊天就非常尴尬了，程晓玲夸露背裙真好看，问杨墨为何没来，直说自己可以现在邀请杨墨来，句句扎在黄静莉的心上，让她非常慌乱。程晓玲何等聪明，悟出了问题，在 Peter 汪突然过来，要介绍个朋友认识，把黄静莉带走之后，她自作主张地把偷拍的黄静莉的背影发给了杨墨，说："偶遇你老婆，她今晚真性感。"

一个谎言被无情地揭穿了。

杨墨本来在家没心没肺地吃着面条，一不留神还吃撑了。当背影照发来，他瞬间毛了，老婆从没穿过这么性感的礼服，结婚时没有，泳装都没这么暴露的款式，难道这几个月天天开会、出差都是这样的？他赶紧急火火地问："这是在哪儿？"程晓玲发来定位说："你来吧，我接你。"

一向邋里邋遢的杨墨，刮了胡子，穿上自己最好的西装，给皮鞋擦了油，开着车来到聚会场地，因为不想让有钱人看见他的小破车，他特意停得很远，然后徒步走过去。程晓玲在门口接他，让没有邀请函的他能够顺利进场。杨墨最好的西装是五年前买的，很正式而且有点过时，不符合宴会的风格，他一进来就很扎眼，好像嘻哈风格的聚会突然有个人穿着校服乱入。他着急地问黄静莉在哪儿，程晓玲却把他首先引荐给了王权磊的导师，主动介绍，他以前是著名报纸的副主编，现在正在经营"婚姻治愈事务所"。

对导师接见的人物，王权磊必须笑脸相迎，主动打招呼，两个人的表情管理都很到位，满脸堆笑地问候，像第一次遇见一样，没让人看出任何破绽。导师说着客气话，什么有幸能够请到这样的名人，"婚姻治愈事务所"的想法相当新颖，从报社副主编的高位毅然投身于婚姻治愈行业，勇气可嘉，然后主动帮杨墨介绍一些上来打招呼的客人。王权磊一直陪同着、介绍着。

有宴会上地位最高的导师的推荐，客人们都围拢过来，其中大多数是有钱且成功的中年男人，在这种场合特别喜欢拿男女话题说事儿，一直拿着杨墨的工作开玩笑。杨墨出了一头汗，不知道该如何脱身，被迫频频举杯，跟各种人喝酒。都是有头有脸的人物敬他，他没法拒绝，没法解释正在要孩子不能喝酒这种事，连续喝了乱七八糟的香槟和葡萄酒，本来就酒量平庸，他毫无意外地喝大了。

杨墨喝大的标志就是嗓门儿越来越大，笑声越来越夸张，很失态，围着他的中年成功人士看起来都把他当个小丑在逗乐。黄静莉本来一直躲在角落里，根本没发现杨墨来了。突然听到熟悉的声音，她大惊失色，非常慌乱，Peter汪悄悄走过来，说了一句"这就是你老公啊"，意味深长。黄静莉觉得实在很丢脸，黑着脸硬着头皮走到杨墨身边，告诉他不能再喝了。

成功男人们一看："哎哟，这是您夫人啊，如此年轻漂亮，气质这么好，不行，必须喝一个。"说着，酒杯一个个送到黄静莉的手边，让她又紧张又难堪。杨墨借着醉意，看到了陌生的光鲜靓丽的老婆，看到了她开衩的暴露裙装，心里有股无名火无处发泄，只能拿着酒杯到处碰，借酒发狂，还大着舌头解释："老婆酒精过敏不能喝，我代替，实在不是不给面子，我干了我干了，你们随意。"

又连续干了几杯之后，杨墨突然觉得不舒服，胃里好像翻江倒海一样，他疾步往外走，但是不熟悉场地，不知道洗手间在哪儿，他胡乱走了几步，忍不住，直接吐了一堆面条出来。

16.

王权磊和杨墨的对话，就是在这么尴尬的状态下展开的。

在杨墨吐了之后，王权磊第一时间赶来解围，处理得非常得体，尽可能地保全了他的面子，而不是冷冷地看笑话。在王权磊的程序里，导师的宴会事儿大，杨墨的面子微不足道。之后，他拉着杨墨去了洗手间，掏出一支烟，一边抽一边倚着墙，看着杨墨狼狈地趴在盥洗台上，既窝囊又不堪。

过了好几分钟，杨墨才逐渐清醒，王权磊递过来一支烟，他犹豫了一下接了。杨墨之前很少抽烟，也不怎么会抽烟，但是今晚，反正酒都喝了，抽不抽烟也无所谓了。

点着火，杨墨吸了一口，反应了一会儿，看着王权磊问："我之前怎么没见过你抽烟？"

王权磊的脸上一点看不出喝过酒的痕迹，其实今晚他喝得特别多。他深深吸了一口烟，说："我一直抽，但是没人知道，也不会让人闻到烟味。"说完，两个人一起沉默了一会儿，他又补充道，"我想让人看到什么，就是什么。"

杨墨点点头，咳了两声，说："这样生活，很累吧？"

"你不累吗？"王权磊慢悠悠地说，"这个宴会已经办了五年，你老婆是第一次来，我以前从没见过她，但是带她来的那个汪总来过好几次，看他们俩今晚的表情，汪总对你老婆格外关心。我猜，如果不是因为焦虑这件事，你今天晚上也不会失态。"

"反正我今天晚上已经丢人丢大了，你想怎么羞辱就怎么羞辱吧。"杨墨无所谓地说。

"呵呵，我哪有资格羞辱你？"王权磊苦笑着说，"我老婆出轨，我被戴了绿帽子，你比我先知道，还跑来装模作样地跟我打羽毛球，要说羞辱，是你一直在羞辱我。"

杨墨听到这话也笑了，就是中年男人那种互相理解的尴尬笑："我那不是羞辱，是工作。你老婆主动来找我求助，我也不能直接走到你面前说，我是小三劝退师，今天来帮你解决问题。你那么要面子，我只能找个合适的方式提醒你。"

"提醒我？"王权磊不解地问，"为什么要提醒我？我真希望你神通广大，神不知鬼不觉地把小三处理掉，让我什么都不知道。"

"要是有这么容易，你老婆就不会做错事了。"杨墨把烟捻灭，说，"你们婚姻问题的焦点，不在于你老婆，而在于你。我不提醒你，这颗雷早晚会炸，到时候，伤的还是你苦心经营的面子。"

"苦心经营，呵呵，"王权磊把烟头扔掉，突然趴在洗手池边，用手抠了几下嗓子眼儿，动作很熟练，迅速吐出了喝下去的酒，然后仔细漱了漱口，说，"我其实不能喝酒，但是想喝多少都能喝进去，还没到肝，我就吐出来，吐出来就能继续喝新的。这也是苦心经营，对吧？"

杨墨点点头。

王权磊沉默了一下，突然问："所以，如果去掉苦心经营，你觉得我会变成一个什么样的人？"

"你是博士，又是大学教授，既能教课，又能做大项目，还有那么多的人脉，跟我天生就不是一个阶级，"杨墨说，"再怎么着，你也是个成功人士。"

"所以呢？我的成功都是伪装出来的吗？"王权磊从口袋里掏出一个小瓶，捏出一颗淡蓝色的胶囊，塞进嘴里吞下去，然后对杨墨说，这是养胃的药，问他要不要吃一粒。杨墨对陌生的事物向来难以接受，说自己吐完已经舒服多了，不需要。

让药在胃里缓了一会儿，王权磊苦笑了一声，说："呵呵，大概只有你这样的人才需要苦心经营，我不需要。我就是我，我的一切都不需要别人指手画脚。不要以为，我今晚照顾了你，你就有机会让我掏心掏肺。"

杨墨的晕劲儿还很大，脑子反应有点慢，他琢磨了一下，然后说："你这又是何苦……"

"何苦？"王权磊重复了一遍，突然问道，"你想让我像个没事人一样，面对程晓玲？"

"像没事人那是不可能，"杨墨解释着，"但是，过去的已经过去了，纠结于过去也没有意义，对吧——"

王权磊打断他说："我只有一个问题想问，假如是你老婆出轨了，你可以原谅吗？"

一句话，让杨墨哑口无言。他想起还在外面晃悠的Peter汪，想起这个男人比自己先看见老婆性感高贵的样子，要不是程晓玲通知，黄静莉这个晚上的样子，他或许永远不会知道。别说老婆出轨了，单单想起这个，他的心就扭成麻花儿，勒得要命。

但是，面对王权磊，他不能输，这一仗如果输了，以后就再也没法打了。

"我也有一个问题，"杨墨直接回答，"话都说到这儿了，我也就不绕圈子了。遇上老婆出轨这事儿确实糟心，问题是，别的男人都可以离婚，你可以吗？"

王权磊一下子愣在那里。

杨墨继续补刀说："如果我没猜错，但凡在你的'成功学字典'里有'离婚'这俩字，你的婚姻就不会维持到今天。这几年程晓玲过得很痛苦，你过得也不容易吧？"

王权磊不想再听下去，打算离开。

"急什么？我还没说完呢，"杨墨醉醺醺地叫住他，接着说，"或者，咱换个角度，假如是你出轨了，被程晓玲抓住了，她想跟你离婚，你会答应离婚吗？还是尽一切可能，寻求她的原谅？"杨墨借着酒劲儿，越说越刹不住车，"这种事都是将心比心，程晓玲这些年伺候家、伺候你、伺候孩子、伺候你爸妈、伺候你们家亲戚，做得不说无可挑剔，起码也是尽心尽力吧？那你是不是真的完美无缺？赚钱养家是不容易，听说你周末也带了两天孩子，吃喝拉撒睡全包了，感觉怎么样？"

王权磊腰杆笔直地站着，看着晃晃悠悠倚在盥洗台上脸红脖子粗的杨墨，尤其问"感觉怎么样"时，杨墨还挑衅似的扬了下眉毛。

"程晓玲出轨确实是糊涂，人家真的知道错了，连下跪都做了，你是不是也该反省一下，到底为何会走到这一步？"杨墨看对方一言不发，继续滔滔不绝，"我给你提个醒，好几年的家庭冷暴力，好几年的看不起，好几年的嫌弃与羞辱，你凭啥呢？那是你老婆，为你生孩子生了十八个小时还挨了一刀的老婆。她因为抑郁症，背着你吃了好几年药，你不知道，对吧？最严重的时候，她两次打开窗户坐在你们家窗台上，都是孩子的哭声让她没跳下去，你也不知道，对吧？她这几年的病历你没看过吧？我看过，我建议你也看看。你是成功人士，没错，程晓玲也不是天生的废柴吧？当初是你大包大揽，主动把她变成一个你需要的家庭主妇的，你现在嫌弃人家了？把一个人逼疯了，再嫌弃人家疯；把一个人逼走了，再嫌弃人家背叛你，我觉得，这也不是英雄所为……"

杨墨觉得自己已经找到点当说唱歌手的感觉，叨叨叨叨一套一套地根本停不下来。王权磊终于听不下去了，转身逃走了。杨墨没有追他，晃晃悠悠地掏出手机，给苏梓发了条微信说："哥们儿今晚上开挂了。"

等杨墨从洗手间里出来的时候，黄静莉跟程晓玲正一起等着，而Peter汪一直躲得远远的，不见了踪迹。

程晓玲有点如释重负的感觉，黄静莉一脸怒气，一言不发，显然，她早已猜到杨墨的突然出现是为了什么，恨不得拿个大喇叭对在场所有人讲述一遍程晓玲的"辉煌历史"。碍于面子和场合，她什么都不能说。

宴会差不多要结束时，王权磊和程晓玲站在门口，满脸堆笑地送别各种贵客；杨墨和黄静莉冷着脸，谁也不理谁，前后脚走出去的时候，杨墨挤出的笑容只比黄静莉挤出的稍微从容一点。论表情管理，他们输得很彻底。

宴会场所提供代驾司机。司机开着杨墨的车把他们两口子送回家的路上，两个人在后排座位上隔得远远的，仿佛在地球的两极。回家关上门，两个人进行了一次不欢而散的谈话，互相的看法都是丢人现眼。

杨墨非常生气黄静莉偷偷给自己买了件奢华的露背装，贵是其次，暴露也是其次，关键是隐瞒不说，不能说隐瞒，这简直就是欺骗。黄静莉承认了自己的错误，但是她也质问杨墨："你难道就没事情隐瞒我吗？生日蛋糕的事儿你解释清楚了吗？两瓶可乐的事儿你解释清楚了吗？"

杨墨一听就急了："你什么时候学会翻旧账了？当初既往不咎是谁说的？所以你现在这是在报复我吗？"

两个人都发觉自己的状态不对，于是鸣金收兵，分床而卧，第二天晚上又谈了一次。黄静莉说，她非常不喜欢杨墨在宴会现场的所有表现，在那么重要的场合，她的期望是，杨墨应该以一种更体面的方式出现，用优雅的方式巧妙化解所有的问题，而不是像实际情况那么糟；同时，她说自己也有苦衷，看看参加宴会的所有女人，哪个穿的不是晚礼服？程晓玲露的肉一点不比自己少，怎么了？有什么问题？

杨墨翻来覆去就一句话："Peter 汪是谁？你们什么关系？"

结果又是一次不欢而散，完事后，两个人都很痛苦，最近他们吵架实在太频繁了，而且任何修补都无济于事。两个人都有些失望，既对自己也对彼此，他们再也不想进行这种没有意义的争吵。

杨墨曾经说："爱情啊，要是连吵架都懒得吵了，那就差不多到头了。"

17.

当杨墨不断地在程晓玲、王权磊和胡伟三人之间斡旋时，苏梓每天都沉浸在陈冰南的温柔乡里，魏志刚对她动之以情，晓之以理，告诉她不能再懒散下去了，该接案子了。苏梓总是说："你要是耽误了我一辈子的幸福，我就搬去你家住，你养我一辈子。"

自初恋结束之后，苏梓再也没有如此惶恐过，即便在张亚东追求她的那半年里，她也从来没有过。苏梓一直坚决否定张亚东的原因，就是在被追求的时间里，尽管两个人每天都腻在一起，吃饭、看电影、逛街、去游乐场，甚至连手都拉过，疲惫时她还枕过张亚东的肩膀，但是一点心跳加速的感觉都没有，每天都很舒服，就像哥们儿般的舒服。苏梓觉得，即使自己只穿个小裤衩站在张亚东面前，心里想的也是，反正这是个哥们儿，怕什么。

哥们儿怎么能结婚呢？

但是跟陈冰南在一起不一样，苏梓很慌，又说不清哪里慌。每次见到陈冰南的时候，她都觉得很享受，很享受对方对她的照顾和伺候，每次分开了独自冷静下来时，她又充满犹豫和焦虑。这样分裂的情绪让她没法专心工作。于是，她见陈冰南的次数越来越多，想确认自己内心到底是什么感觉。是爱吗？是自己太久没有恋爱，所以不确定怎么去爱一个人了吗？

见得越多越迷茫。苏梓实在想不明白，便去找闺密丁小美求助。丁小美跟她正好相反，从上初中就跟男生拉过手，高中没了初吻，高三毕业就偷尝了禁果，之后以每年至少换一个男朋友的速度享受着爱情带来的激情和碰撞。丁小美的每一次分手都如山崩地裂，然后又迅速投入到下一段感情，爱得如火如荼。

丁小美生气苏梓没把自己当闺密，发生了这么多事，一直隐瞒不说。苏梓赶紧道歉，然后讲述她跟陈冰南之间的种种，对方如何暖，如何照顾她，如何事无巨细地关心、问候，就像要故意说服自己相信一样，苏梓描述的时候有很主观的加分语气。

听完，丁小美没有任何羡慕或者激动的神情，反而一脸愁容，这让苏梓相当失落，就像一个作家激情澎湃地写完自认为伟大的著作，发表之后，读者却一脸迷茫，打击相当大。

丁小美要跟苏梓来个快问快答："他最大的特长是什么？"

苏梓愣了愣，故作生气地说："喂！大姐，你到底有没有认真听？我刚才跟你讲了半天！"

"对啊，我没听出来，所以才问，"丁小美重新问道，"他最大的特长是什么？懂你？"

"哦……哦……"苏梓迟疑地想了一会儿，含糊地说，"真诚？"

"下一个吧，"丁小美翻了个白眼，"他到底是做什么工作的？"

苏梓赶紧抢答："做方案，做策划。"

丁小美摇摇头："这位同学，你听清楚题目，他到底是做什么工作的？做什么方案、什么策划？有什么成功的案例？项目？"

苏梓辩解着嘀咕："你又不是不知道，我不是那么三八的人。"

"Bingo！"丁小美继续问，"那你夸他什么都懂，跟你有无数话题，我想知道，他到底在你面前展示过什么才艺？唱歌？跳舞？画画？写作？或者，什么？除了说话。"

"瞧你说的，"苏梓翻了个白眼，说，"这些东西怎么能随便展示，他……他……"

"健身总可以展示吧？你不是说他整天晒健身图吗？"丁小美逼问着。

苏梓迟疑地想了想，说："这个……我问过他，感觉他的身材跟朋友圈里晒的不大一样，朋友圈里看着挺壮实，实际有点瘦弱……"

"好了，不要解释，"丁小美打断她，接着问，"他有没有说起过他的朋友、亲戚，有没有提出过要带你去见任何人？"

苏梓赶紧回答："说过，说过很多次。"

"见了吗？"丁小美反问。

苏梓摇摇头："没有，都那么忙，而且……"

丁小美问："他有没有带你去过他家？"

苏梓又愣愣地想了想，说："没去过，我怎么能随便去他家……"

"下一个下一个，"丁小美又继续道，"他只要想找你，就能找到你，在你主动联系他的时候，是否除了那一次消失，每次都能联系上？"

"不……不是……"苏梓自己也犹豫了，"他时常要开会，要陪领导，要做项目……"

丁小美这一次眼巴巴地看着苏梓，没让她闭嘴，听她怎么解释。苏梓说着说着，自己都含糊了。

"不说了？"丁小美微微一笑，最后一题，"所以，综合下来，陈冰南的最大优点其实只有一个——舍得为你花钱，对吧？每次见面，都请你吃饭，送你礼物。有钱算优点啊，你为啥这么回避呢？有种被包养的感觉很丢人吗？"

苏梓各种狡辩，竭尽所能寻找各种细节，证明陈冰南有可取之处，自己绝对不是爱财之人。

丁小美撇撇嘴说："努力证明优秀，只能说明不优秀。我的历任男朋友，你要求这么苛刻的人，起码也能看到一个闪光点，但是陈冰南给了你这么多时间，说来说去最大的优点只有一个，就是对你无微不至的照顾，其他所有方面，要么空口无凭，要么根本不存在。我知道你不图钱，但是你到底图什么？"

"我……我……"苏梓恼羞成怒地狡辩着，"这是谈恋爱，又不是学校上学拼名次，什么优秀不优秀的。"

"好啦好啦，"丁小美搂过苏梓，摸了摸她的头以示安慰，然后说，"你可是苏梓，你可是需要被征服的感觉的，你怎么会随便爱上一个人呢？我知道，今晚回去想一想你就明白了。"

晚上回到家，苏梓洗了个澡，翻了一遍她跟陈冰南的聊天记录，从头到尾一字不落，甚至把对方对于某段音乐、某部电影或者某本书的评论，都用百度搜了一下，结果搜出来很多一模一样的原话。她还看到，对方的很多承诺——承诺带自己去吃什么、去哪儿玩、去见什么朋友，等等，结果都没兑现。

她仔细回忆了两个人交往的这段时间，发现陈冰南真的只有两样东西是确定的：一是给自己花了一些钱，不是一掷千金的金主，但确实很积极；二是卑微。按理说，就算没什么特长，有钱本身也是一种能力，有钱人的姿态通常不会这么低，奇怪的是，陈冰南的姿态一直特别低，只会用无微不至的伺候——对，想来想去，只有"伺候"这个词最贴切——来讨好。

苏梓之前一直沉浸在高高在上的感觉里，享受着陈冰南的卑微带给自己的快感，刻意忽视了所有的不舒服、所有的疑点，现在她不得不承认，这些不舒服、这些疑惑就是她犹豫的原因，她没有恋爱，没有爱上对方，只是爱上了一种莫名其妙的虚荣。

她很失望，又不知所措，客观地说，陈冰南似乎没有做错什么，是她自己突然沦陷了，太愚蠢。她很想确认一件事，于是非常严肃地给陈冰南发去微信问："你这些天有没有骗过我什么？"

陈冰南的微信显示着"对方正在输入"，但是一直没有回话。

苏梓佯装镇定地说："别编任何故事，我只想听真话。"

良久，对方发来几个字：**"我怎么舍得骗你？"**

18.

名词解释：盲式恋爱

网络新词。形容恋爱对象可能处处比不上自己，但是自己偏偏就像闭着眼睛一样，选择跟对方在一起。

名词解释：盲式出轨

网络新词。形容出轨对象可能处处比不上原配，但是出轨方偏偏就像闭着眼睛一样，出轨了。

这两个名词解释是苏梓的闺密丁小美说的，说者无意，听者有心。听完之后，苏梓和杨墨都陷入了沉思。

事情是这样的，如果不是张亚东临时有重大案子需要接手，苏梓可能不会沦陷这么久。

自在小本子上记下"陈冰南"这个名字后，张亚东一直关注着他的动向，但是，经侦科突然要收网一起立案许久的大案子，涉及的方面太多，张亚东只能暂时把陈冰南的事儿搁在一边。

张亚东所在的市警察局经侦科不管这类事，不代表派出所不管，派出所已经接到多起诈骗案报案，报案人都是 30 岁左右着急结婚的单身女性，都是在公园相亲被骗了钱财的。虽然几名受害者提交的犯罪嫌疑人的名字、手机号各不相同，但是体貌特征非常接近，说的都是一个高大、阳光、略显消瘦的男子，该男子声称自己 1989 年出生，但长相较为年轻，并且，还有一个重要的线索，受害者提供的嫌疑人所开的车辆和车牌号惊人地一致。

经调查，该车辆属于一个租车公司，这个租车公司专门把车租给想开滴滴专车的司机，找司机资料并不难，但一找才发现，司机用的是假身份证。

据办案民警判断，嫌疑人如果还要作案，肯定还会用同样的套路。于是，他们连续几天蹲守在公园附近，终于发现了嫌疑车辆，并将犯罪嫌疑人抓获。

直到被警察带到派出所，苏梓才知道事情的原委。最近几天，她一直刻意回避着见面，想要冷静下来。陈冰南又玩出了老一套，每天从早到晚，准时准点地问候、请安、关心。苏梓已经开始清醒，这些话对她不再有那么强的催眠作用。几个小时之前，陈冰南刚刚发来微信，说自己要去开会，接下来可能要消失一会儿，让她别着急。没想到，现在是这个结局。

更让苏梓没想到的是，陈冰南作为系列诈骗案的犯罪嫌疑人，在整个案子里只有一个受益者，就是她自己。

陈冰南落网时，警方从他的身上和车里搜出多部手机，都是用来骗钱的，唯独跟苏梓联系的这一部，一直在花钱，既有在饭店、服装店、首饰店的消费记录，也有发红包转账的记录，并且，这部手机的微信上只有一个联系人，就是苏梓，所有的红包都是发给她的。

也就是说，陈冰南把骗来的钱，大部分花在了苏梓身上。

苏梓脑子里有张大嘴吼了一声："这是什么鬼啊？"

警察说，陈冰南的情绪一直很激动，听说苏梓已经到了现场，很想见她一面。苏梓走进候问室，陈冰南一上来就哭了，说自己对不起她，其实每天都活在恐惧和压力下，知道早晚会穿帮，但是他太害怕了，根本不敢承认。他滔滔不绝地说着对苏梓的爱慕，第一次见面就一见钟情了。

苏梓实在听不下去了，打断他的话，说："咱俩也来个快问快答吧。"

"你最初是不是也打算骗我？"

"是。"

"你为啥不骗呢？"

"因为你比我之前见过的所有女孩都好。"

"啥啥啥？啥意思？"

"因为我之前骗的都是 30 多岁的，要么长得太丑，要么脑子太笨，要么精神不大正常的，总之是嫁不出去的老姑娘。你是我的女神，从第一眼见到你，我就爱上你了。除了花钱，除了伺候你，我不知道还能用什么办法留住你……"

"你之前脸上的伤是怎么回事？"

"被人打的。"

"你的年龄？"

"25 岁。"

"你的真实名字？"

"陈一发。"

苏梓再也听不下去了，合着这人之前从头到尾没对自己说过一句真话。从候问室出来，她恨不得跟警察说，"警察叔叔啊，看在我的面子上，直接枪毙吧"。

主动上缴了所有赃款、赃物——这些词听着简直就是讽刺——确切地说，苏梓恨不得把家里所有跟陈冰南有关的东西全部扔掉，她特意把警察叫到家里来，顺便吓唬一下她老妈，让她妈看看到底找了个什么相亲对象。之后，她愕然地坐着，手机不会再响了，微信里不会再有准时准点的请安、问候了，尘归尘、土归土，就像什么都没发生过，都结束了。

接到派出所朋友的消息之后，张亚东在百忙之中给苏梓打了个电话，他没时间亲自探望，于是把这事儿告诉了杨墨。苏梓老妈心里特内疚，看闺女一直关着门，不肯出来，实在没办法，就把这事儿告诉了闺女的好闺密丁小美。

俩人几乎同时来了苏梓家，把她拖出去吃了顿饭。苏梓开始是沉默寡言，喝了点酒之后，全程都在笑，屁大点事都能笑出眼泪。杨墨和丁小美面面相觑，心想，这姑娘心里得憋屈成什么样。

接着，丁小美开始普及网络术语，讲了什么叫"盲式恋爱"，又引申出什么叫"盲式出轨"。她说，苏梓这就是"盲式恋爱"的典型特征。苏梓听了之后不再乱笑，重新陷入了沉默；杨墨却想起程晓玲，他终于明白，寻找胡伟身上的闪光点是毫无意义的事情，程晓玲就像苏梓一样，问题完全出在自己身上，跟旁人无关。

丁小美还有工作要忙，不可能一直陪着，杨墨便大包大揽，让她放心。他把苏梓送回家，尽力哄她开心，承诺一定要送她一个特别惊喜的生日礼物。看着苏梓枕着自己的胳膊、手拢住后脑慢慢睡着了，杨墨还有点好奇，特意偷拍了张照片，记录下这么奇怪的睡姿，又跟她老妈聊了一会儿，让她老人家安心。

等到杨墨走后，苏梓睁开眼，整个晚上都没再闭上。她从小到大，没为自己的身材或者外表自豪过，但是一直自豪于自己的智商，她曾经最看不起笨蛋，但是现在才发现，自己犯的是蠢得不能再蠢的错误。

"盲式恋爱？呵呵。"30岁很快就到了，她特别失望。

19.

接下来的两天，杨墨每次跟程晓玲见面，都带着苏梓——面无表情、一言不发的苏梓。

程晓玲很别扭，杨墨说："没事，她什么都听不见。"

或许是杨墨在洗手间里的滔滔不绝起了作用，王权磊在宴会之后有了些微转变，他突然通知程晓玲，告诉她不要再去上班了，他会帮她办理辞职手续；又告诉她，不要再睡客厅了，因为沙发要换新的，让她回卧室跟孩子一起睡，但是王权磊从此睡在自己的书房里，没进过卧室。

程晓玲离职很简单，说走就走了。可胡伟疯了，从到自己家见过父母再到分手，这一个天堂、一个地狱的差别太大了。程晓玲已经不接电话，不回微信，对什么都置之不理。胡伟没办法，发了最后通牒，要约她见一面，把所有有关她的东西都还回来，不然，他就去王权磊所教的大学闹事。

杨墨很清楚，还东西只是幌子，见面了肯定是没完没了的纠缠，他不想让她去。程晓玲焦虑地说："胡伟已经去过一次了，只是大学太大，他只知道王权磊在哪所大学，不知道具体在哪儿。他在本科生校区里溜达了一圈，打听了半天也没打听着，因为没找对地方。但是去一次找不到，不代表次次都找不着，胡伟什么事都干得出来。"

杨墨说："那就去吧，我跟苏梓一起在附近候着，如果你自己谈不成，我们就去跟他谈。"

胡伟约在他们最常去看电影的商场，时间是下午6点，他下了班赶过来。

程晓玲这一次很乖，主动先跟王权磊打了招呼，说自己去做最后的了断，并且有杨墨和苏梓陪同，保证不会出问题。王权磊罕见地没有用鼻孔看人，只说了一个字："行。"

胡伟不可能罢休的，他非常用心地买好两张电影票，带着一大捧鲜花，在电影院门口等着。他的想法很单纯，电影院在5楼，门口有大块空地，下午6点人流很多，在这种地方求爱是一种示威，也是一种逼宫，他觉得脸皮薄的程晓玲应该不会拒绝。

事实是他错了，程晓玲走到电影院，一看到这个场面，胡伟还没单膝跪地，她立马转身就走。

爱情这个游戏就像坐跷跷板，保持平起平坐的平衡是最难的，卑微的人把另一半送上高高在上的云端仰望是最容易的。胡伟对待程晓玲的卑微，程晓玲毫无保留地全部送给了王权磊，这就像一个生物链，处在生物链顶端的人当然理直气壮，处在生物链底端的人为了生存，往往能生出强大的求生欲。

胡伟突然冲上去抱住程晓玲，做着最后的挣扎，死也不肯松手。

吃瓜群众迅速围拢过来，纷纷掏出手机，准备看热闹了。看热闹的人群里，有黄静莉和Peter汪。

黄静莉在Peter汪的办公室里哭过一次之后，Peter汪知道该往前走一步了，机会来了。他提前买好电影票，发微信给黄静莉说："朋友买好的电影票，突然有事送我了，赏个脸吧。"黄静莉之前已经接到杨墨的信息，说他晚上有事不回家吃饭，让她自己吃；她拒绝了几句，Peter汪承诺，他们今天买肯德基，吃点垃圾食品，放肆一下，看完电影早早就送她回家。扛不住Peter汪的软磨硬泡，她便答应了。

他们提前下了班，去肯德基吃了东西。距离电影开场还有点时间，他们上楼下电梯，慢慢溜达着往电影院走，看到了人群围拢着正在拉扯的程晓玲和胡伟。

程晓玲用力推开胡伟，扇了他一记耳光，人群里发出一阵惊呼。胡伟最后的自尊垮掉了，他像疯了似的抓住程晓玲，用力往身边的玻璃围挡上推。玻璃围挡外，是空荡荡的中空结构，程晓玲一旦被推过去，就将直挺挺地摔下5楼。程晓玲太害怕了，双手死死地抓住栏杆，蹲下身子，哀求地叫喊着。

杨墨和苏梓本来怕自己一开始就现身会刺激胡伟，所以离得远远的，等程晓玲发信号再做打算；杨墨正在哄苏梓开心的时候，一切发生得太突然，人群聚拢，他们意识到不好，赶紧往那儿跑。杨墨率先赶到，扒开人群冲进去，揪住胡伟。胡伟已经像怒兽一般，揪住杨墨就是一拳，直接打翻他，然后死命地抠着程晓玲的手指，抓着她的腿就要往楼下扔。

苏梓冲过来，紧紧抱住胡伟，不让他发力，无论他怎么挣扎都不松手。杨墨也从地上爬起来，他的一只眼已经看不清了，脑子里也嗡嗡的，但他还是拼尽全力给了胡伟一拳，随着人群又一阵惊呼，胡伟和背后的苏梓一起重重摔在地上。

黄静莉和Peter汪一直看着，Peter汪边看边拿着手机拍，黄静莉已经看到杨墨挨揍，有想冲过去帮忙的意思。Peter汪只见过西装革履的杨墨一面，没看出来是谁，以为黄静莉要去见义勇为，一把抓住她说："哎呀，这种事情不能上前的。"

杨墨和苏梓前后夹击，把胡伟用力摁在地上，胡伟胡乱折腾着，拳脚不停地打在他们身上。程晓玲坐在地上，背靠着玻璃围挡，双手抱着头哭得一塌糊涂。周围吃瓜群众喊什么的都有，只是都拿着手机，没人上前帮忙。

好在商场保安迅速赶到，警察也迅速赶来，闹剧被迅速处理了。

苏梓陪着程晓玲，一直安抚她的情绪。杨墨跟着警察和胡伟一起去了派出所。按照《治安管理处罚条例》，胡伟严重扰乱公共秩序，造成恶劣影响，被拘留五天。杨墨试图求情，警察没好气地说："怎么又是你啊？你心怎么这么宽呢？前些天跳楼那个就差点被推下去，幸亏这是今天没推下去，真把人推下去了，你负责吗？"

做完笔录之后，杨墨找到苏梓和程晓玲，他们两个人一起把她送回家。吃瓜群众拍的视频又一次传得到处都是，杨墨和苏梓都是英雄，但是程晓玲是那么不堪。虽然魏志刚出面，找人删掉了部分视频，把恶劣影响尽量降低了一些，但他们依然不知道该怎么面对王权磊。

程晓玲坚持一个人进家门。杨墨和苏梓坐在车里，不知道该不该走。两个人长时间地沉默着，有种劫后余生的错觉。他们浑身上下都开始疼，杨墨的整个手背都肿了，苏梓的膝盖和小腿也都肿了。

苏梓突然说："杨墨，你今天可真狠啊，活活把我当垫背的用，咱俩是有多大仇、多大怨，让你这么不心疼我？"

杨墨苦笑了起来，边笑边说："哈哈，我真没想到，你今天这么猛。"

黄静莉的电话又打来了，已经打过好几遍，之前还在微信上问了好几句，杨墨只回了俩字："没事。"

苏梓说："你接电话吧，估计又在朋友圈里看见你了，嫂子又着急了。"

杨墨回答说："我真的不想接。"

之后，两个人再一次沉默，距离比朋友近一点，比产生感情的火花还差一点。

距离，是个很奇妙的东西。人天生是需要拥抱和抚慰的动物，有些不该发生的感情错误地发生了，就是因为距离太近，一念之差抱错了人。男女之间的一个拥抱，不是"仅仅一个拥抱"那么简单，有第一次就会有下一次，抱都抱了，距离接吻就是咫尺之遥。

杨墨和苏梓这一年多天天在一起战斗，经历了好多次风风雨雨，他们的距离早就过了界，只是两个人都没觉察出来。

这个夜晚，在车里，他们长久地守在一起，用陪伴安抚着对方的情绪，只是没有说话，没有拥抱，没有亲密接触，恪守着应该恪守的底线。

这是一种残忍，也是一种慈悲。

20.

所有的闹剧终于要收场了。

在胡伟被拘留的 5 天里，杨墨和苏梓连着几天去了胡伟家，对他的爸妈做了很多安抚工作。杨墨还给他爸妈做了几顿好饭，在他们的安慰下，胡伟爸妈的心情慢慢缓过来，并答应不会埋怨胡伟，理解儿子的所有难处。

胡伟在拘留所的 5 天没有白蹲，想起自己的失控很后怕，万幸自己没做错事。他是个孝子，从拘留所出来的时候，是杨墨接的他；回家后听爸妈说起杨墨和苏梓做的工作，他充满感激，放下了怨恨，答应试着放下对程晓玲的感情，不再骚扰她。他迅速从公司辞职，杨墨帮他在马总的快递公司找了份工作，马总很够意思，胡伟的收入还不错。

程晓玲跟王权磊之间究竟发生了什么，杨墨一无所知。他们两口子从此消失，杨墨给程晓玲发信息，也没有得到回复。半个月之后他才发现，他们两口子带着孩子去了一次瑞士。程晓玲说："答应了孩子好久，要带他去看雪山，王权磊突然说去就去了。"

说完这些话，程晓玲在微信上给杨墨转了 1 万块钱，说这些天给他添了太多麻烦，这是她能拿出来的钱，不多，不知道他们收费的标准，如果不够，她以后再给。

杨墨安慰了她几句，没有收钱。二十四小时之后，钱回到程晓玲的卡里，她又发了一次，杨墨还是没有领取。

在知道有"陈冰南"这个人物之后，人民警察张亚东有些心灰意冷，苦苦等了三年，还没找到机会重新表白，没想到，苏梓竟然对别人动了心，正好他最近很忙，于是长时间地不再联络苏梓了。

苏梓每天一个人回到家，都要在楼梯里孤独地坐很久，坐到浑身冰冷。丁小美几次约她吃饭，她都拒绝了。之后，她下班的时间越来越晚，留在事务所，有"艳后"陪着她。没人的夜晚，"艳后"跟她就像一对逃难的姐妹，相拥在一起。

说来说去，最难过的人，还是杨墨。他跟苏梓在商场里救程晓玲的画面，不知怎的就上了电视新闻，再一次被黄静莉的爸妈看到，两位老人重新担心起杨墨的工作问题，天天又是劝人别跳楼，又是阻止暴力事件，管得比警察都宽，这叫什么工作？

可是该怎么解释呢？

每个夜晚，杨墨和黄静莉躺在床上，先是各刷各的手机，然后关灯睡觉。两个人都睡不着，但是都佯装睡着，不想让对方发觉。杨墨装睡躺得很辛苦，隔几分钟就想换一个姿势，每一次都蹑手蹑脚，生怕弄出动静；黄静莉虽然一直背对着他，但是感受得到他的每一次翻身。

最近，他们积累了太多问题，每个问题都没法分辨出谁对谁错，扔在那里变成死结。如果有孩子，他们每天还能有一些必须进行的交流和沟通，但是他们没有孩子，每天除了吃饭和睡觉，连说话的必要都可以不存在。

黄静莉越来越喜欢加班，杨墨也经常回家很晚，除了每周一起去双方父母那里吃饭，他们的接触越来越少。

两个人把生活完全交织在一起，是一种惯性；分别独立，也是惯性。惯性一旦形成，想重新交融就变得很复杂。那么多结需要解开，需要两个人都下定很大的决心，真诚地面对，但是目前，他们都需要一个开口的契机。

魏志刚知道杨墨和苏梓都需要一点时间调整状态，便打算请他们一起去日本自助游玩几天。12月还没到寒假，正好是旅游的淡季，很便宜，人也少。马小小和达达两个丫头听说自己也沾光了，能一起去，特别用心地做了几天攻略。

　　魏志刚没带老婆和孩子，因为孩子正准备考试，这一趟出行，他掏的是自己的小金库。他本来让杨墨带上黄静莉一起去，但是黄静莉又要出差，集团有了新的业务，黄静莉和Peter汪又要忙起来了。

　　回国之后，杨墨很大方，掏钱请大家吃了顿五星级酒店的自助大餐。苏梓一看，那自己也不能白吃白喝，于是请大家去最好的KTV唱歌，她平时是很厌恶去这种地方的，但是喝多了就是想去，那一天她简直就是麦霸，五音不全地扰民一晚上。

　　达达偷偷对马小小说："这家事务所真是太好了，又出国旅游、又吃大餐又唱歌的，简直太奢华了。"马小小翻了个白眼说："我们事务所有一群神经病，千万别当真，这几天奢华完了，很可能苦日子就该来了。"

　　没想到，她的预言马上就应验了。

所有

纵容的、**失控**的爱情
都会毁掉婚姻

1.

婚姻治愈事务所的名气真的开始大起来，大有大的困扰，对不想接的客户也不好拒绝，旧的麻烦、新的麻烦都是麻烦，不同家庭的不同或者相似的痛苦还在继续，需要他们去治愈。杨墨已经变成一个不大不小的名人。有些人一看见他就认识，尤其以大爷大妈居多；有些人可能看脸不太熟悉，但是一听名字或者一听"婚姻治愈"，首先想到的就是他。

这种社会知名度带来了一些麻烦，比如，不管杨墨出现在谁的面前，对方马上有一种"××，我是不是帽子变绿了"或者"××，我是不是要被分手"的反应，他再也没法伪装身份以更委婉的方式去接触客户。当然，这也带来了一些好处，在没有名气的时候，只要表明劝退意图，经常有人横眉瞪眼地问："孙子你是谁啊？管得着吗你？"现在他有名了，当着他的面要横的人少了，掏心掏肺的人多了，做起沟通工作倒是比之前容易。

魏志刚曾打算一不做二不休，趁着杨墨出名的时候撺掇他去电视台的情感调解栏目当个固定嘉宾，每周露一次脸，专门调解那些因为婚姻问题闹得不可开交的夫妻或者情侣，把他做成品牌，往后不需要接案子，保持住名声就能带来源源不断的客户。

杨墨说："你可拉倒吧，我宁可干几件实事，也不想变成天天说空话的吉祥物。"

魏志刚忽悠道："你真不去啊？你不去我可让苏梓去了啊？"

"你试试，苏梓要是能去，我以后生了儿子跟着你的姓。"杨墨撇着嘴说，"话说这自出了名后，我接的案子都是大爷大妈来替自己儿子或者姑娘操心的，案子是个顶个的麻烦，给的钱也是一个比一个少；你看看人家苏梓，如今简直就是我们事务所的 VIP 大客户经理，服务对象全是土豪老板。我就是一辈子穷命啊。"

马小小笑着走过来说："墨墨叔，我这儿有俩案子，基本情况、联系方式都已经登记完了，我给你放这儿了。"

杨墨问："什么情况？"

马小小说："俩大妈做的登记，一个是儿子的老婆疑似出轨，另一个是闺女的老公疑似出轨。"

杨墨站起来就想溜："小小乖，我去给你买蛋糕吃，这俩案子给你苏姐姐留着。"

"不行啊，街道刘主任亲自带着俩大妈来的，千叮咛万嘱咐务必让你处理，必须得有个圆满结果。"马小小把登记材料硬塞给杨墨，"啊，对了，忘了说了，这儿子、闺女是一对夫妻，俩案子相当于一个案子。"

杨墨一听，翻了翻登记资料，喃喃地说了声："原来是这事儿啊——"

就在前几天，本地微信群和朋友圈突然炸了锅，疯传天蓝蓝幼儿园的 4 岁小朋友嘟嘟在下午放学时被陌生人领走，下落不明，引起了一阵不小的恐慌，光天化日之下抢孩子，这还了得？

结果晚上市公安局辟谣，嘟嘟小朋友是被自己的姥姥姥爷接走的，但是来接他的爷爷奶奶不知情，现场着急加上表述不清，被同样接孩子的家长理解错误，误发了朋友圈，由于大家一向对丢孩子的事比较敏感，误传迅速蔓延，闹了个大乌龙。

第二天是周六，早上杨墨硬拉着苏梓去了一栋居民楼。街道刘主任昨天特意打来电话，已经约好了双方老人见面，让事务所重视起来，做好调解工作。杨墨说："这事儿应该找闹矛盾的两口子谈谈啊，找四个老人有啥用？"街道刘主任说："你是不知道，都是'90后'，根本没法沟通，找老人比找孩子管用。"

杨墨深知，遇上这种事，每个爱子心切的老人都是战斗力爆表，一个就很难对付，一次遇上四个简直是灾难大片，于是他假传"圣旨"，骗苏梓说，是刘主任指名道姓让他们一起出席的。

两个人去的地方就在事务所附近，是闹别扭的夫妻俩的婚房。街道刘主任作为一个见过大世面的老太太，深知这两家人的德行，坚决不把调解安排在街道办事处，免得扰乱办公秩序。她站在婚房楼底下迎接杨墨和苏梓，看见他们来了，告知了几楼几号，麻溜先撤了。

杨墨和苏梓在楼下站着，已经听到了响彻云霄的争吵声，俩人大眼瞪小眼地好一顿夸刘主任，没有比她更精明的老太太了，没有比她心眼儿更多的街道主任了。

该上的楼还得上。四个老人正在对骂，恨不得拿着速效救心丸当药嗑也得分出胜负，一看见著名人士杨墨都扑上前，个个伸冤诉苦，嗓门儿大到要掀房揭瓦。杨墨大喊："都先静一静，首先让我们热烈欢迎苏律师，她是最好的离婚律师。"苏梓鼻子都快气歪了。杨墨接着喊："你们要是想离婚，就去找她；要是不想离婚，就得听我的，先别喊了，喊能解决什么问题啊？"

好说歹说，杨墨和苏梓总算把两对老人分别安排到了不同的卧室，他们俩一人负责一家，详细跟老人聊聊。

想都不用想，这两家子的仇恨，那叫一个鸡毛蒜皮。

2.

嘟嘟的爷爷奶奶对杨墨说："我们的儿媳妇叫刘洋子，典型娇生惯养长大的'90后'，天生丫鬟命但有一身小姐脾气，上班收入低，啥本事都没有，不会做饭，不爱擦地，洗衣服只会用洗衣机，天天就知道上网。刘洋子他们家不光穷而且贪，看到我们家儿子爱他们家闺女爱到不行，提了一堆苛刻的条件才答应结婚，比如这婚房，我们家出的首付、我们家负责还贷，却得写上他们家闺女的名字。可悲啊可悲，怪我们40多岁才得子，当初心疼儿子没了原则，答应这婚事，后悔到现在。"

嘟嘟的姥姥姥爷对苏梓说："我们的女婿叫李俊杰，典型娇生惯养长大的'90后'，干啥啥不行，吃啥啥没够，年纪轻轻一天到晚没点追求，就知道玩游戏，下班回家啥事都不管，游戏一打就打到半夜。李俊杰他们家自认为掏钱交了房子的首付就不得了了，恨不得洋子当牛做马伺候他们儿子一辈子，真是什么爹妈养什么孩子。可气啊可气，要不是当初我们家洋子被李俊杰那个白眼狼欺负了，早早怀了孩子，我们根本不可能同意他们结婚，办婚礼时嘟嘟都在他妈肚子里5个月了，让亲戚朋友好一通笑话，我们家洋子受了多大的委屈。"

嘟嘟的爷爷奶奶又说："现在小两口的矛盾主要怪刘洋子。这个姑娘天天迷上网，以前最喜欢看唱歌跳舞的，天天捧着个手机，最近这半年爱上直播了，下班回家就是对着电脑和手机叨叨叨、叨叨叨，又唱歌又傻乐的，还说能赚钱。那叫赚钱吗？胖成那样赚啥钱啊？那就是跟网友瞎聊，一聊聊到半夜。我就知道没个好，果然有男的约她见面，被我儿子看见了，不要脸！"

嘟嘟的姥姥姥爷也说："现在小两口的矛盾主要怪李俊杰。这孩子就是喜新厌旧，白眼狼。我们家洋子是胖，生了孩子胖点不正常啊？洋子从小骨头沉，怀孕前 110 斤一点看不出来有肉，现在胖了 30 斤，那还不是为了给他们家生孙子？李俊杰这个王八蛋自我们闺女生了孩子后，对我们闺女连看都不看一眼的，天天玩游戏，在游戏里勾搭小女孩，我们闺女都看见了，他微信里的小女孩一堆一堆的，臭流氓！"

按理说都到这个份儿上了，离婚是不是最简单的解决问题的方式呢？

那肯定不是。

嘟嘟的爷爷奶奶说了，必须不能离！离婚也行，先把刘洋子的名字从这房子的房产证上去掉，房子跟她没一毛钱关系，那随时可以离。刘洋子她爹妈能答应吗？指定不能，他们必须得把这房子抢走一半。所以，坚决不能这么离。

嘟嘟的姥姥姥爷也说了，离婚？必须不能离！他们有了孙子就想离婚，他们家洋子一下子变成二婚的生过孩子的老女人，以后怎么办？生了孙子就腾地方让他们儿子找小女孩吗？想都别想，耗也必须耗在他们家，"不让我们过好日子，他们也别想过舒坦。"

当然，双方老人也都提到了嘟嘟，一提小娃娃就要抹眼泪。你说孩子有什么错，孩子多可爱啊，这要是离了婚，受伤的肯定是嘟嘟。

杨墨和苏梓互相给对方发了条微信："这案子不能不接是吧？"

又分别给对方回了条微信："想想街道刘主任。"

杨墨对嘟嘟的爷爷奶奶说："这事儿我基本明白了，你们二老放心，类似的情况我们也处理过，解铃还须系铃人，我去找刘洋子聊聊。"

苏梓对嘟嘟的姥姥姥爷说："这事儿我基本明白了，你们二老放心，杨墨是我们事务所的首席婚姻治愈师，街道刘主任把自己这么多年的绝学都传授给了他，千叮咛万嘱咐这件事必须由他全权负责，解铃还须系铃人，只要他去找李俊杰聊一聊，问题肯定能解决。"

在苏梓跟嘟嘟的姥姥姥爷聊天的过程中，刘洋子打来两次电话，催他们赶紧回家看嘟嘟，说自己马上要直播，来不及化妆了。

嘟嘟的姥姥姥爷被催烦了，急匆匆地说要走。四个老人态度稍有缓和，先后握住杨墨的手，激动地说："全靠你了。"苏梓眨眨眼说："杨首席，全靠你了。"杨墨一脸蒙地在心里说："苏梓，你大爷啊。"

嘟嘟的姥姥姥爷住得有点远，而且是坐公交车来的，杨墨决定送他们回家，顺便先去见见刘洋子。路上，他们又聊了聊，两个老人很难受，不知道该怎么办，说李俊杰和刘洋子这三个月是分居状态，各住各家，婚房空着，嘟嘟平时上幼儿园住爷爷奶奶家，周末住姥姥姥爷家，要么没爹，要么没妈，这简直不是过日子。

杨墨好奇地问："刘洋子是 1991 年出生的，现在还没到 27 岁，怎么孩子都 4 岁了，结婚这么早？"

嘟嘟的姥姥说："都是我们糊涂，闺女大学没毕业就张罗着给她介绍对象。朋友的朋友介绍了李俊杰，当初看着这孩子不错，在银行上班，长得也白净，就撮合他们认识。没想到，认识没仨月就怀孕了。我们这四个老人一时冲动，尤其李俊杰他爹妈岁数大了，着急抱孙子，俩人就这么稀里糊涂结婚了。"说着，她觉得对不起闺女，又眼泪汪汪的。

终于见到了刘洋子，杨墨的第一感觉很失望。刘洋子不知道家里要来人，穿得很随意，不到 27 岁的姑娘胖得走了形，一看就是从来不运动还经常吃垃圾食品，胖都是虚胖，140 斤看着像 160 斤，大脸、大屁股、大粗腿，邋里邋遢。

见到杨墨，刘洋子非常害羞，身体状态像 40 岁的大妈，眼神还只是 20 岁的小姑娘。嘟嘟的姥姥介绍了一下，杨墨说明来意。刘洋子听说要调解她和李俊杰的事儿，有些失望也有点心烦，只说自己现在没时间，要化妆然后直播。杨墨厚着脸皮说："你弄你的，我在旁边看看。"刘洋子心里不太愿意，但是没好意思拒绝。

在整个化妆的时间里，两个人没说几句话，一是刘洋子在陌生人面前很紧张，化妆老是出错，不是眉毛画偏了，就是假睫毛贴不上去；二是两个人有代沟，杨墨五年前认识苏梓的时候，苏梓还没有现在的刘洋子大，已经是个非常职业的上班族，待人接物、谈吐举止都很成熟，而刘洋子大学毕业没几个月就结婚生子，生完孩子在家歇了一年，之后找工作又找了好久，真正工作没几年，与人交流的能力非常有限。

杨墨坐了没几分钟就觉得看透了刘洋子，如果 10 分满分，给她评分最多给 3 分。他本来想走，但可爱的嘟嘟突然跑进来跟妈妈撒娇。刘洋子虽然跟杨墨的交流很不顺畅，但是看到孩子，母爱的光环立马闪耀，亲昵地说了几句，又亲了亲，把嘟嘟哄得开开心心地走了。

刘洋子哄孩子相当有技巧，这在杨墨心里加了 1 分，于是他硬着头皮坐了下去。

化完妆坐在电脑和麦克风面前的刘洋子，像换了一个人，说话发出嗲嗲的声音，努力地笑着唱着，跟人的交流也变得正常，仿佛终于走进了她的世界。杨墨无意间看到刘洋子手机锁屏的画面，应该是她几年前的照片，是个很漂亮的姑娘。

半个小时后，刘洋子关了电脑，杨墨很抱歉地说："是不是打扰你了？"刘洋子说没事，这个时间本来就不是她直播的时间，只是今天有个朋友过生日，她答应上线送去生日祝福，现在祝福送完了，可以结束了。

刘洋子说要带着嘟嘟去商场玩游戏，杨墨顺便开车送他们去。嘟嘟一上车就吵着要坐前排，刘洋子很耐心地解释着，把嘟嘟哄得很乖。杨墨不断观察着，听着他们娘儿俩的各种对话，发现刘洋子其实很聪明也很有耐心，于是又给她加了 2 分。

嘟嘟安静了之后，杨墨对刘洋子说："我之前以为直播就是瞎胡闹，今天看了才知道，也挺不容易的，直播几分钟也得化妆那么久。"刘洋子很认真地回答道："这是我的梦想，我很努力的，发烧 39 摄氏度都没放弃过。"

把刘洋子送到地方，杨墨又去了李俊杰的家。他本来没想这么勤奋，但是黄静莉打来电话说，以为到公司只是处理点杂务，但又要开个会，中午回不去了，下午再一起回爸妈家吧。杨墨随便找地方吃了午饭，吃东西的时候一直在琢磨刘洋子，他对这个姑娘的好感慢慢积累，很好奇李俊杰是个什么样子。

好奇，是杨墨职场生存的本能。

杨墨到了李俊杰家，嘟嘟的爷爷奶奶很热情，招呼杨墨吃饭，杨墨说吃过了。李俊杰出来打招呼，皮肤很白、长相很干净的小伙子，一点看不出已经当了爸爸。

打完招呼，李俊杰又着急回到自己的卧室。杨墨敲门进去，看他忙着玩游戏，一下子想起胡伟，又想起程晓玲，当然，只是一个瞬间。程晓玲在微信上找过他几次，每次聊起来都有种依赖感要上墙的状态，杨墨不舒服，渐渐冷淡她，程晓玲也就不再主动找他了。

李俊杰很抱歉地说，今天中午有个公会大战，他是会长，需要处理一下。杨墨看看他桌子上的午饭，玩游戏的热情真是高涨，连吃饭都得在战斗中进行。

两个人随便地聊了聊。李俊杰在银行工作了好几年，交流起来比刘洋子得体很多，说起老婆，一脸的没兴趣，数落的全是对方的缺点，跟他爸妈的态度完全一样。

短短半个小时，嘟嘟的奶奶先后进来五次：第一次是送来一碗汤给儿子，顺便催促儿子别光玩赶紧把饭吃了；第二次是来收拾碗筷；第三次是给杨墨和李俊杰送来了水果，有甜橙和苹果，全部削好皮，切成方便入口的小块，插好牙签，跟杨墨客气着让他吃水果，顺便往儿子嘴里塞了好几块；第四次是给杨墨换了杯新茶，顺便又给儿子喂了几口水果；第五次是撤掉盛水果的盘子和牙签。

在嘟嘟的奶奶送来水果时，杨墨误以为这是为了他特意切好的，心里充满敬意，但是之后又观察了一下，大概有他或没他都一样，母子俩早就习惯了这样的相处方式。

杨墨从来没见过哪个母亲像李俊杰妈妈一样，如此事无巨细、不厌其烦地照顾儿子，李俊杰就像个巨婴，即使一句话都不说，也可以被伺候得很好。更可怕的是，每次进来的时候，母子俩还会交流几句，由于杨墨对游戏一窍不通，李俊杰对他的炫耀都是对牛弹琴，但是等到他妈来时，李俊杰偶尔兴高采烈地说几句什么，他妈总是称赞或者应和。这说明，当妈的真是花了相当多的心思，去融入儿子的世界。

杨墨已经分不清，究竟是母亲因为太爱儿子，可以完全按照儿子的习惯、爱好安排生活，还是儿子从出生起就完全被母亲笼罩，像套着模具一样生长出母亲需要的生活习惯。他们之间的和谐没有缝隙，容不得第三个人加入，儿子需要母亲的无微不至，而母亲的全部就是儿子。

"知乎"上有一个专题的题目是这样的：嫁给一个"妈宝男"到底有多可怕？

3.

每个星期一是事务所新规定的例会时间，本来定在早上，但是总有人迟到，魏志刚喊话说："你们再迟到就扣工资啊。"苏梓说："魏总，先把晚上和周末加班的奖金制度建立起来再考虑扣钱的事吧。"

早例会就这么黄了，改成下午例会。新一周下午例会的工作总结和新工作安排，充满了杨墨鸡贼式的抱怨。

苏梓从日本回来后就开始发愤图强，同时接了两个老板劝退小三的案子，这可是她以前很不愿意触碰的领域，杨墨和魏志刚知道她这么做是一时一刻都不能闲下来，抑郁的苏梓又像以前一样，工作效率奇高，很快就促成了和平分手，老板们都很满意。

按照事务所的新制度，每个案子收到的治愈费不再是他们三个人平分，除了拿出一部分作为事务所的工作经费，杨墨和苏梓作为主要的婚姻治愈师，谁主抓的案子谁拿提成的大头，魏志刚作为老板和协调人，负责着整个事务所的运营，也会分掉一部分钱。此外，马小小和达达两个姑娘负责各种辅助事务，有固定工资，事务所每完成一个案子，她们也有相应的奖金。

当初推行这个新制度时，杨墨不同意，口口声声说把钱分得这么细太伤感情，魏志刚撺掇着苏梓同意，投票2∶1获得执行。魏志刚打算以此督促他们多接有钱人的案子搞创收，苏梓则是因为在律师事务所工作过多年，对这种制度习以为常。

新制度执行后，杨墨发现，敢情其实只伤了他一个人，因为他矫情。魏志刚找来几个有钱老板的案子，他爱搭不理，苏梓和魏志刚的配合越来越默契，案子做得快，做完就分钱，马小小和达达跟着他们拿奖金，大家都很开心，好像相亲相爱的一家人。杨墨接的案子都是苦大仇深型的，操不完的心、理不完的线，钱还没多少，甚至有两口子重归于好之后，一起理所当然地问他："你怎么还能要我们的钱？街道居委会来管闲事，从来不要钱。"

所以，每周例会都是杨墨发牢骚的时间。这周，他又在喊："既然苏梓忙完了，那就赶紧跟我一起把手头的案子弄完啊，街道刘主任的命令，得快点，我也想接个大客户啊，你们知不知道，现在我跟黄静莉的收入差距越来越大？你们这是在破坏我的家庭和睦……"

苏梓和魏志刚一直在挤对他，三个人叨叨叨叨把例会活脱脱变成群口相声，马小小和达达笑得肚子都疼。

开完会，魏志刚带苏梓去参加了一个饭局，杨墨叽叽歪歪喊着要一起去，真让他去，他又说算了，黄静莉周末加班、加班再加班，去老丈人家的时间一拖再拖，今天晚上必须得去了，再不去，老丈人该以为他们要离婚了。

苏梓问："你跟嫂子到底什么情况啊现在？"

杨墨回答："温水煮青蛙，冰箱冻活鱼。"

魏志刚说："听我一句劝，你最近的重要任务不是接案子，而是种地，只要黄静莉怀孕，万事 OK。"

杨墨幽幽地说："我正在重新戒酒，躁郁症晚期，你们谁也别招我。"

魏志刚撺掇的饭局是一个大哥邀请的，有个朋友的家务事需要帮忙，指名道姓要苏梓出面，说大姑娘好办事。苏梓一路上问了好几次，魏志刚说自己真的不知道是谁，苏梓说："别看我最近好欺负，没有底线的案子我肯定不掺和，该翻脸一定会翻脸。"

饭局是在一个高档小区的别墅里进行的。别墅主人把房子整体出租，承租人重新装修，搞了个私房菜饭庄，既能接私密饭局，又能接团体活动：一楼能吃饭，院子里能烧烤；地下室能看电影、打台球、玩游戏；楼上还能住宿。

他们两个人到早了，先楼上楼下地参观了一圈，引得苏梓偷偷地感慨，有钱人真是会玩。

两人坐着喝了一会儿茶，大哥带着朋友进门，那朋友全副武装地戴着帽子、墨镜、口罩和围巾一进屋。苏梓和魏志刚一愣，看着这个人一样一样将伪装卸下来，脑子里想的都是：不会是他吧？

"安东！"魏志刚脱口而出。

"哎哎哎，"大哥赶紧制止他，"安东是人家几年前电视剧里的角色名，后面还有好些角色呢，都是男一号，你多少年不看电视了？"

苏梓傻笑着，站也不是，坐也不是。眼前站着的可是如今电视圈数一数二的男明星，"安东"这个角色当年红遍大江南北，无人不知，无人不晓，电视剧播放期间，他天天上热搜，跟女主的一举一动都是热门话题。

"叫我安东也行，反正习惯了。"大明星稍显腼腆地笑笑说。

苏梓的表情很僵硬，手尴尬地伸了几次也没伸出去，因为压根儿没有握手这个环节就落座了。魏志刚瞪了她一眼，悄悄提醒她说："迷妹，你别那么僵硬啊，我知道这是你多年的偶像，至不至于啊？"

点菜上菜，大哥点了几个硬菜给苏梓和魏志刚，又点了一盘清水煮菜放在大明星那儿，特意嘱咐了别加盐。大明星解释说，最近这几天正在拍戏，不能胖，没办法。

大明星愁容满面，清水煮菜只吃了几口，没喝酒，一直在抽烟。苏梓时刻提醒自己要优雅，没怎么动筷子，事不关己的魏志刚和大哥酒足饭饱，说："开始说正事吧。"

明星也是人，人能犯的错误就那几个。

大明星当年因戏结缘，与大红大紫的女一号"V姐"因为姐弟恋结婚时，真是羡煞所有人，被誉为金童玉女的典范。婚后，"V姐"甘愿相夫教子，放弃名声和地位隐退江湖；大明星则顺风顺水，这些年一直在顶级男星的行列。当然绯闻从来没断过，每部新戏上映前都是八卦头条的热门，虚虚实实，娱乐圈无中生有的炒作是家常便饭。

但是，这一次，他中招了。大明星跟一部戏里毫无名气的 18 线小明星偷情被狗仔队拍了现形，家里老婆大发雷霆，控制了他所有的银行卡，禁止他们共用的经纪人和助理给他提供任何帮助，把他扫地出门；跟狗仔队的漫天要价也始终谈不拢，狗仔队威胁这几天公开所有照片和视频资料，只要公布，他这么多年树立的顾家好丈夫的形象就将彻底垮塌，形象完全黑化，意味着他从此再也接不到正直善良的男一号角色，顶级明星的地位就此终结。

听到这里，一向心直口快的苏梓强忍着，什么都没说，但是特别失望。

大明星说了自己的诉求，他不擅长与人沟通，所以需要一个人，既能跟狗仔队谈判，阻止他们发布消息，也能跟自己的老婆和出轨对象沟通，让老婆回心转意，让出轨对象悄悄离开。本来这事儿归他的经纪人负责，但是现在经纪人站队到他老婆那里，他孤立无援。

大明星又点着一支烟，试图跟苏梓和魏志刚说几句客气话，但是很生硬。他说他已经做好了万念俱灰的准备，大不了从此告别娱乐圈，说着，长长地吐了一口烟。

苏梓眼瞅着心目中多年的偶像坠地，一方面恨他出轨，另一方面恨不得肝脑涂地去接住脸即将着地的天使，纵使他有千般错，纵使他坠地是活该，苏梓毕竟迷恋他好些年，不希望他那么疼。

说着说着，饭吃完了，大哥要跟魏志刚聊点私事，俩人去了隔壁。魏志刚问："这事儿听着不大靠谱啊，娱乐圈的事儿真真假假的，不是个坑吧？"

"我哪儿知道，朋友的朋友，死乞白赖非让我帮忙，我给你了。"大哥一脸不屑地说，"哥哥跟你说，你这样的聪明人应该听出来了，这事儿主要在于他媳妇。他们家有的是钱，现在全在他媳妇手里，你们只要搞定他媳妇就有钱摆平狗仔队，剩下的都不叫事，收入大大的。剩下的我不管了，赚了赔了全是你的。"

魏志刚心里直感慨。

4.

初冬的夜晚天空是什么样的？

——没有彻底的黑，雾蒙蒙的，深邃得让人看不透，偶尔飞过的飞机就像星星，一闪一闪的，盯着看能看好久，总觉得那不是飞机，那就是星星。

——雾霾，雾霾，雾霾，连星星都看不见的雾霾。

这是两个人仰着头看天时的心理状态，闷骚的那个来自大明星，只能看到雾霾的是苏梓。苏梓以前觉得自己特文艺，骨子里就是个文艺女青年；自从认识杨墨之后，她觉得自己只是个正常人；现在跟大明星站在一起，她发现自己简直麻木不仁。

魏志刚跟大哥还在谈别的事，大明星说有些憋闷，想去院子里透透气，初冬的夜晚赶上降温，苏梓冻得直哆嗦。大明星30多岁了还感性得一塌糊涂，越冷越忧郁，侧脸迷死人。

大明星让苏梓叫他白蚁。苏梓不明白为啥。大明星说，自己演"安东"时突然从三线明星变成一线明星，在那之后的几年接到的剧本都是"安东"，都是照葫芦画瓢的角色，所以直到今天，很多人依然叫他"安东"，影评人都说他只会演"安东"。其实他最喜欢自己演过的角色叫白蚁，那是一部不太出名的古装剧，他在里面演一个小角色——杀手白蚁，白蚁很冷酷，做事不考虑后果，刺杀皇上不成，死得很悲壮也很潇洒。

苏梓恍然大悟："怪不得你的粉丝团都叫白蚁军团。"

"我坚持改的，呵呵，"大明星说，"我跑龙套跑了好多年，受尽各种白眼，一夜成名时觉得自己终于有资本跟世界对抗了，谁的话都不服。不让我谈恋爱我非要谈；不让我公开我偏要公开；说结婚会影响地位，我就搞了个公开直播的盛大婚礼；影迷会原来不叫这名字，有人说白蚁军团太傻，我偏要叫这个，当初还因为改名得罪了一大票粉丝。"

苏梓喃喃地叫了声"白蚁"，努了努力也没叫顺溜，她说："叫起来总觉得不像个名字，像在念台词。"

大明星呵呵笑了声，说："那还是叫'安东'吧，估计未来几天，我的本名将在网络上持续爆炸，还是活在戏里更舒服一点，我可能再也不是我了，至少'安东'还是'安东'。"

苏梓忍了一下，没忍住，狠着心想："可能，'安东'也不是'安东'了。在戏里，'安东'不顾一切才追到'V姐'，然后他们幸福地生活在一起，'安东'没有出轨，也没有变心。"

"V姐"是大明星老婆演的最后一个角色，他们因拍戏相识，在戏里爱得轰轰烈烈，并把爱情带到现实中，最终结婚生子。在他们结婚的时候，热搜上的标题是"终于等到这一天，'安东'和'V姐'一切成真！"。

苏梓那时候也很激动，找个"安东"式的老公是她这几年藏在心底里的最美幻觉，但是，今天破灭了。

"安东"有点意外，没想到苏梓刚认识他就敢泼冷水，他点点头说："如果按照正常人的标准，可以说，我算是百分之百的渣男。实话实说，结婚后这几年，有关我的绯闻有一半是真的，以前都是老婆和经纪人帮我擦屁股，这次他们不想帮了。"

苏梓也很意外，她接触过太多出轨的男人，除了少数有钱的自以为是的土财主觉得包养女人是天经地义的事，没有人能把出轨说得这么理直气壮。苏梓伤心地说："我做离婚律师和婚姻治愈师好些年，见过的出轨男人很多，其他所有人出轨的现实给我的打击都不如你给我的大，我也不知道为什么，可能自己爱慕过的公众人物做错事的杀伤力就是这样吧。"

"对不起，让你失望了。""安东"长叹了一声，说，"如果你不想帮我也没关系，我可以理解。我说自己万念俱灰是真的，可能这就是报应，也挺好。"

苏梓摇摇头说："不，你的案子我会管到底，不是为了'安东'，而是为了'V姐'。你是不是万念俱灰我不知道，但我见过的每一个对自己老公彻底放弃的女人，都是哀莫大于心死。"

"安东"说："谢谢你了。"

当天夜里，狗仔队发布了一条重磅消息，用黑影截图发布"男星X"疑似出轨，没公开姓名，说周五见，留出了四天的操作时间。评论里一时大乱，猜谁的都有，"安东"是重点怀疑对象之一。

无处可去只能住酒店的"安东"半夜给苏梓发了条微信，他天亮要拍一场重要的戏，但是这条消息一发布，他担心拍摄现场会很混乱，现在他孤立无援，没有助理，恳请苏梓去现场帮他处理些杂务。

苏梓没有犹豫就答应了，她觉得自己现在保护"安东"就是保护"V姐"。

第二天要拍的是一场哭戏。

"安东"自演"安东"火了之后，演的角色都是不会失败、控制力很强的成功男人，几乎没有哭戏，即使哭，他也是挤出一两滴眼泪就马上打住。这一次，他在电影里算是客串，戏份不多，一个颠覆以往角色的落魄窝囊的角色，集中在几天拍完，今天需要在大雨里痛哭流涕。

天气很冷，消防车准备就位，"安东"从早上来到现场就一句话不说，一直把自己锁在化妆车里酝酿感情。苏梓成为他当天最信任的人，是唯一一个可以跟他说话的人，外界跟他的所有联系，都需要苏梓传达。

电影拍的是夏天的事儿，每次开镜之前，"安东"需要吃一口冰，让自己不会有哈气穿帮，然后脱掉外套给苏梓，苏梓迅速离开。"安东"蜷缩在地上，消防车浇水，被水淋透后，"安东"哭，镜头会给他特写，因为有水一直从他头上浇下，他能不能哭出眼泪其实不重要，表情做到位就可以了。这场戏本来没有大雨的设定，导演对"安东"的哭戏没有把握，特意借来消防车，算是降低难度。

简单的戏，拍了好几遍，每次淋完水，苏梓和剧组人员都要赶紧递上毛巾，让"安东"擦干；擦干之后，他就躲进化妆车里重新酝酿，消防车已经补过一次水，还没拍好。"安东"重复地说着台词，表情在苏梓看来已经非常到位，导演也表示认可，只是他自己不满意，反复说要重来。

这么大的腕儿要重来，没人好意思拒绝，于是剧组所有人都得配合着重来。等待他酝酿的时间里，好几个工作人员聚在一起偷偷抱怨，最烦这个事儿主，每次拍他的戏，都是一遍一遍地重来，也不知道到底来什么来，有差别吗？演来演去，演的还是"安东"。

正说着，18线小明星来了，她的戏份早就拍完了，她主动来到现场，跟各种人殷勤地打招呼，不管是导演还是杂务。

苏梓不认识她是谁，她想进"安东"的化妆车，苏梓拦住，她就在外面打电话，一脸很烦的表情。"安东"对苏梓说："让她进来吧。"苏梓有点意外，仔细打量了两眼，18线小明星是个难得的美人坯子，自出道就因为有一双大眼睛，被人称为"小赵薇"，不化妆、没整容，素颜就是个美女，这样的姑娘放在普通人群里绝对是焦点人物，但在娱乐圈只能从边缘开始起步。

化妆车里很快发出争吵声，吵得天翻地覆，工作人员一边露出鄙夷的眼神，一边说："这下好了，俩人吵起来了，今天不知道几点收工了。"

没吵几句，18线小明星突然甩门离开，苏梓能感受到周围的异样，心里不免有些担心，"安东"这次出轨的对象也太明目张胆了吧。她进到化妆车里，"安东"又在抽烟，一根烟很快抽完，然后淡淡地说了句："跟导演说，可以拍了。"

这一遍演得相当成功，"安东"真的哭了出来，而且一脸的伤心欲绝。导演喊停之后，很多人发自肺腑地鼓掌，吹着口哨，或者喊牛×。"安东"把脸埋在毛巾里好一会儿，任由苏梓帮他擦干、套上外套。

回到化妆车里，"安东"又缓了几分钟，终于恢复平静，他问苏梓："刚才那遍怎么样？"

苏梓第一次看到这样震撼的拍戏场面，很受感染，竖起大拇指。

"安东"有点伤感地说："情绪的刺激对我来说就像毒品，没有它，我就是个废物。"

5.

"安东"震撼哭戏的新闻稿当天晚上就已经发遍所有媒体，苏梓担心的他跟小明星吵架的事儿却没人公开。

魏志刚托人认识了一个资深导演，带着苏梓跟这个导演吃了顿饭，两个人渐渐明白了娱乐圈有娱乐圈的游戏规则。酒过三巡，这个导演说："如果你天天在片场混，哪个演员有点什么三八事儿你都能知道，但是，哪些事会公开、哪些事不公开都有规矩，在这个圈子里混的人不会轻易破坏规矩，除非另有目的。"

苏梓和魏志刚恍然大悟，决定先去找狗仔队谈一次，探探虚实，同时再争取一点时间。

找狗仔队谈话并不难，狗仔队巴不得有人上门谈判。他们拿着手机和DV给苏梓和魏志刚看了偷录的画面，"安东"和小明星拥抱、接吻的画面都有，能很清晰地看到脸，这是百分之百的证据。狗仔队开出了2000万的巨额买断权，包括买断所有的照片、视频偷拍资料，还有承诺三年内不会再跟拍、偷拍。

魏志刚说，他们刚刚接手"安东"的代理事务，各方面还需要一点时间协调和沟通，希望狗仔队理解，不要在周五发布消息。狗仔队很淡定地保证：只要谈判没破裂，他们就不会放出证据；只要最后钱能到位，让他们自己扇自己脸都没问题。

苏梓偷偷录了音，拿着录音材料找了人民警察张亚东。张亚东说这可以构成敲诈勒索罪，但是娱乐圈此类事太多太多，很少有人选择报警。敲诈勒索罪判不了几年，狗仔队不把资料给你，卖给八卦网站一样赚钱，但是被偷拍人的资料一旦公开，往往就是灭顶之灾。

张亚东语重心长地跟苏梓说："娱乐圈太险恶，就你们公司的实力还是别折腾了，玩不起的。"

苏梓说："这事儿我必须得管，这关乎我对婚姻的全部期望。"

张亚东说："婚姻再怎么美好，每一天还不是柴米油盐？你把婚姻想得太虚幻，就只能远远地看着，没法走进去了。"

苏梓问："两个完全不同的人，有可能结婚吗？"

张亚东想了想说："大概没可能吧。"

苏梓无奈地笑了笑，有句话没有说出口。

在"安东"的协调下，苏梓先去见了一次18线小明星，她们约在摄制组包下的酒店房间里。小明星的戏份很少，"安东"答应友情客串，给电影增加一些卖点，是她能够获得角色的唯一原因。他们昨天吵架，是因为"安东"之前承诺再给她争取两场有台词的跟男主对演的戏，但是没有成功。导演实在很为难，女主是带着投资进组的，给自己加了十几场戏，其他人的戏份都得砍，小明星还能露脸已经算给"安东"面子了。

小明星一脸无知地面对着苏梓，上来先跟她道歉，昨天不知道她是谁，可能态度不好，请多包涵。苏梓客气着，用尽量委婉的方式表明了自己的身份，小明星立马就愣住了，大大的眼睛里全是泪水，努力忍着不掉下来，好像两潭泉水。

苏梓有点心疼，一个男人出轨，伤害的总是好几个女人，但她不得不表现出冷血的一面，尽量克制内心的波澜。

小明星捂着脸，喃喃地抽泣道："那我可怎么办呀？"

苏梓一时语塞，她面对过的被分手的第三者女孩并不少，这一次的伤感画面尤其让她难受。其他姑娘可能会痛哭、撒泼或者发狠，可能会表情糟糕到一塌糊涂，而这个小明星只有精致的楚楚可怜，像个被突然抛弃的小仙女，眼泪流过面颊的弧度、抽泣时的层次都恰到好处。苏梓怜爱地主动搂住小明星，让她在自己怀里哭出来。

小明星边哭边说，自己从小一个人出来闯荡，混了好几年都没混出名堂，在这件事上她知道自己错了，是"安东"一直承诺会离婚，会对她负责，会给她更多的机会，她才糊涂地维持下去。自被偷拍了之后，她也受到过狗仔队的威胁，根本付不起钱，本以为以后能跟着"安东"，嫁鸡随鸡，嫁狗随狗，没想到这就要被抛弃。她说自己的一生彻底完了，所有的幻想都破灭了。

哄了半天小明星，苏梓试图让她明白，守着一个有妇之夫身份的大明星，她迟早会成为炮灰。但小明星只是无助地哭哭哭。

苏梓特别气愤，甚至想去找"安东"，当面给他一记耳光，质问他到底想不想离婚，到底想对谁负责，但是她忍住了。出轨的男人都有一个共同的特点，面对已经得到的女人，哪个也不想轻易失去，这种荒唐的占有欲会让他们不停地胡说八道、海誓山盟。现在质问"安东"无济于事，他连自己都保不住，哪有能力照顾其他女人，只能从源头解决问题。

找"V姐"是主动的也是无奈的选择，苏梓本想先找他们夫妻俩共同的经纪人谈谈钱的事儿，但是经纪人说，现在一切由"V姐"做主，只有当家人点头才能办事。跟女主角的接触已经不可避免，苏梓很紧张，比第一次见"安东"时还拘束。

苏梓跟"V姐"第一次见面就在她家，房子很大，装修得很奢华。"V姐"尽管淡出多年，保养得依然非常好，皮肤吹弹可破，让苏梓感叹自己活得真是粗糙。

得知苏梓的身份和来意，"V姐"非常平和，没有一般阔太太的穷凶极恶。苏梓很清楚，跟这么强势的女人打感情牌没有意义，对方如果没想清楚后果，不可能一时冲动把老公赶出家门，让狗仔队得逞，对他们家庭的破坏力她应该比谁都清楚。

果然，"V姐"说自己现在很冷静，已经做好了离婚的准备，简单来说，擦屁股这种事没有人会心甘情愿擦一辈子，总有厌倦的那一天，这次狗仔队手里的东西她看过了，以目前娱乐圈的行情，2000万并不过分，钱她不是给不起，就是不想再扔到无底洞里了。

"V姐"又说，反正自己已经退出娱乐圈，名声不名声的无所谓，舆论热度就那么几天，自己以前经常被推上头条，被成千上万的人在网络上指着脊梁骨骂，也没什么。

短短十几分钟，谈话结束了，"V姐"最后结尾时说："很感谢你能对我们家的事儿这么上心，麻烦你跟他说一句：'别再抵抗了，接受一切更实际。'"

苏梓工作这么久，从来没有过这种完败的感觉，不知道如何开口，只有被对方教做人的份儿。她非常憋屈地离开了。晚上回到家，她把自己锁在房间里，找出"安东"和"V姐"主演的那部电视剧。她几乎每年都要重温一遍，即使烂熟剧里的每一处起承转合，还是喜欢看，喜欢沉浸在那些让她能够保持幻想的氛围里。可是这一次，当真实地接触过两位主角之后，她看不下去了，听每一句台词都会跳戏，物是人非的感觉很糟糕。

距离陈冰南被抓已经过了些时间，苏梓这么久一直没有跟任何人敞开心扉聊过什么，她什么都不说，不代表心里把一切都放下了。对陈冰南，她其实没有多少怨恨，毕竟对方骗她但是没有害她，反而像宠公主一样宠着她，这是好久没有发生过的事情。从内心深处的真实感受来说，苏梓受宠若惊，而且很满足。

她很感谢陈冰南的出现，让自己重新体会到，惦记一个人、想着一个人，被一个人宠着、陪伴着、包裹着，是舒服的，不是疼痛的。于是，她从心底里慢慢燃起一点对爱情的渴望，就劝自己说："坚持下去吧，谁也不为，只为自己，为了那点可怜的幻想。"

6.

在连续多次争吵之后，杨墨和黄静莉从某一天开始，变得相敬如宾。他们睡觉前和第二天醒来时会主动跟对方问候，一起吃饭时会客气地说些话，遇到什么问题都会提前通知对方。看起来很和睦，之所以用"相敬如宾"这个词儿，是因为他们做这一切的初衷不是出于爱，而是担心如果哪一点没有做到又要引发没有意义的争吵，吵架太累了，他们心照不宣地把所有争吵扼杀在摇篮里。

两个人没有沟通过，但是很有默契，甚至不约而同地为了避免麻烦，选择了撒谎。

黄静莉不想去杨墨的爸妈家，杨墨的爸妈很宠她，不让她干任何家务，只要她一去，老两口就要待在厨房里很久，给她做好吃的。两位老人都很敏感，厨房再乱也能竖着耳朵听客厅里的动静，哪一天他们沉默了，吃饭的时候老人就会问："怎么啦？今天很累吗？最近不开心吗？"她跟杨墨在老人面前一直塑造着恩爱有加的形象，如今维持得很累。黄静莉经常撒谎说自己加班，有时候她周末跑去办公室，只是为了躲开去杨墨爸妈家的时间。

杨墨也不愿去老丈人家。丈母娘每次都有没完没了的问题，问他工作，问他收入，问他们要孩子的情况，个个都是死穴。黄静莉在自己父母面前依然像个小女孩，每次往沙发上一躺，要么看电视，要么玩手机，他只能孤立无援地回答，直到黄静莉听不下去了，不耐烦地打断她妈的话。过一会儿，她妈又开始了。杨墨周末总说要去见客户，有时候，他只是开着破车故意绕过半个城市，找家小饭馆，随便吃点东西，喝一瓶饮料发发呆，不偷着喝酒，已经成了他唯一坚持的执念。

两个人故意磨磨叽叽地拖延时间，每次去双方父母家的时间越来越晚，到了很快就吃饭，吃完饭待一会儿就赶紧找理由离开。在回自己家的路上是两个人最舒服的时候，再也不用没话找话，再也不用假装亲昵。

杨墨想不清楚这到底是为什么，他问过魏志刚，魏志刚说自己从来没有过这种苦恼，孩子在家里一闹腾，老人根本顾不上你们两口子是哭是笑。杨墨说："你大爷的，哪壶不开提哪壶。"

治自己的病无能为力，看别人的疮疤倒是一清二楚。

在"90后"夫妻李俊杰和刘洋子分居这件事上，杨墨跟他们分别聊过两次，两个人的怨念很深，都指责对方不忠，背着自己去见网友。

杨墨问他们："那你们到底有没有见过网友？"

刘洋子说没有，她跟老公说自己见网友只是气话，故意气他。在直播间经常给她刷礼物的那个网友是外地的，每个月都会来出差，确实多次约她见面，但她一直拒绝。刘洋子承认，如果见面了自己肯定控制不住，可能会发生不该发生的事儿。杨墨问她为什么。她说，因为理解，李俊杰从来没有理解过自己，但是跟那个男人说什么，对方都会理解。这种感觉太美好，她越来越不想抗拒，如果不是因为儿子嘟嘟，她可能早就提离婚了。

另一边，李俊杰犹豫着，最后坦白说，自己确实见过网友，一群网友的聚会见过，单独跟网友见面也有过，对具体发生过什么避而不谈。杨墨说："所以你打算离婚了？"李俊杰摇着头说，没有想过，他只是觉得空虚，每天玩游戏，其实并不快乐，只是有成就感，做什么任务、能达到什么目的、得到什么奖励他一清二楚，心里很踏实。对待婚姻，他完全一无所知。该做什么？能做什么？他什么都不会，什么都做不好。刘洋子越来越多的抱怨和牢骚，让他只想逃避。

黄静莉出差时，杨墨曾经把李俊杰请回家里，教他学做饭。李俊杰之前只会用开水泡方便面，从没拿刀切过猪肉，看得出来，他对厨房的一切其实充满兴趣，人也挺聪明，学得也算用心。

回到自己家里，李俊杰心血来潮地跑去厨房，打算给自己爸妈露一手。他妈一直在旁边絮絮叨叨，这个不行、那个不对。新手用刀肯定不熟练，他妈生怕儿子切到手，儿子只切了几下就抢下刀来说："你学这个干啥，做饭是女人的事儿，凭什么是你伺候刘洋子？"李俊杰刚燃起的一点小火花，被生生浇灭了。

刘洋子也一样。杨墨看得出她缺少自信，对自己很不满意但是缺少动力，于是他建议她去健身减肥。刘洋子办过健身卡，听从建议去了，坚持没两天就放弃了。在健身房里，不管动感单车课、瑜伽课还是其他课，她都跟不上，躲在角落里不敢做动作，觉得太丢人，反而更郁闷，只能靠吃东西发泄，不但没瘦，还胖了两斤。

事实已经很清楚了，李俊杰的问题是有个像上帝一样的妈妈，不仅他自己什么都不会做，自娶了他妈后，他爸这几十年也一直像弱智一样活着、被照顾着，掌管家里的一切就是他妈的荣耀和自尊，他爸、他和他儿子嘟嘟，三个男人可以光荣地享受，唯独刘洋子没有资格，刘洋子是外人，没有代代相传的血液，天生就该伺候家里的三个男人。

而刘洋子的问题是软弱，她需要陪伴和照顾，需要有人给她提供源源不断的动力，需要有人包容她所有的缺点，即使她一而再再而三地重复犯错，也不嫌弃她，直到她慢慢变好。

杨墨觉得这夫妻俩的问题很好解决，让李俊杰离开他妈来到刘洋子身边，李俊杰既可以独立，又能变成刘洋子的依靠；刘洋子有了爱人的陪伴和帮助，只要能变好，就会形成良性循环。于是，他试图劝说他们结束分居，带着孩子重新开始过正常的家庭生活，夫妻俩都拒绝了。他们之前在一起时也是凑合，每天晚上不一定在谁爸妈家蹭饭，吃完了才回自己家，自己在家除了睡觉，待的时间很少。杨墨的建议听起来很美好，但是不现实，两个人都没有信心，也不懂怎么经营一个家。

两口子的想法也对，杨墨没法反驳，但是看得出，两个人都有和好的意思。于是他帮他们牵线，让他们先试着每周固定见面，带着儿子嘟嘟一起重新找回一家三口的感觉。两个人都答应了。

第一次见面安排在周五的晚上。杨墨想得很简单，一家三口隔了几个月第一次在一起，嘟嘟肯定很开心，孩子开心爸妈就会开心，最好的情况是，小夫妻俩直接找到感觉，当晚就回自己家；或者，嘟嘟玩得开心了，要求第二天继续，那正好是周末，可以趁热打铁；最差的情况是，双方没擦出火花，那周末时，他再想办法给小两口安排一次见面的机会。

李俊杰和刘洋子周五的白天都在上班。杨墨已经见过嘟嘟几次，发现自己居然有哄孩子的天赋，跟嘟嘟关系特别好。于是，他大包大揽，先是帮小两口订了晚上吃饭的馆子，下午又开车去幼儿园接了嘟嘟，直接带孩子去接妈妈下班。单独接到嘟嘟后，杨墨给他买了棒棒糖，各种巧言诱导，嘟嘟虽然只有 4 岁，但已经很懂事，说自己特别开心，爸爸妈妈又可以一起陪他玩了，还答应晚上会好好表现，听爸爸妈妈的话。

杨墨以为万事 OK，没想到，接到刘洋子之后，他发现事情不太对劲。

7.

预言家马小小说过，事务所好像被下过蛊一样，安生日子过不了几天就会遇上糟心的事儿，她在事务所打工半年感觉自己老了十岁，因为操不完的心、说不清的官司、解决不完的麻烦就像韭菜，一茬一茬又一茬儿。

比如这个原本应该一切美好的周末，嘟嘟见到妈妈很兴奋，刘洋子却一脸忧伤。杨墨问她怎么了。刘洋子支支吾吾地说，自己跟网友坦白，今天要跟老公复合，网友急眼了，今晚非要坐火车来找她，现在正不停地给她发微信，各种表白、各种威胁。

杨墨恨不得一头撞死，说：“姑娘，你可真是傻啊，这事儿你跟一个网友坦的哪门子白？”

刘洋子非常慌乱，说自己之前糊涂，给网友发过性感照片，还在私聊时发过一些暧昧的语言，现在这一切都变成了证据，网友威胁她，如果她要跟老公复合，他就把这些东西发到网上去，到时候她被扫地出门，还是会回到他身边。

杨墨说：“你把他的手机号给我，我跟他聊聊。”

刘洋子摇头拒绝。

杨墨没办法，只能把车停在路边，好言相劝。

刘洋子像缩进保护壳里的寄居蟹，不肯向任何人敞开心扉，她反复说自己还没想清楚，真的没有想清楚。杨墨问她：“你到底在想啥？”她反问道：“你知道这种在乎是什么感觉吗？他是我这辈子遇到的第一个真的在乎我的人。我意外怀孕时，李俊杰都没有在乎过，只说要回家问他妈该怎么办，如果当时他妈说把孩子打掉，我们就不会结婚，就没嘟嘟了，你懂吗？”

杨墨又想挠头，最近没遇上让他需要挠头的事儿，现在他的头皮奇痒无比。这个下午为了促成一家三口的聚会，他给小夫妻的爸妈分别打好招呼，双方老人都很感激他能促成实质性的一步，再三表示感谢。现在，李俊杰已经到了饭店，正在微信上反复问他们，还有多久能到，需不需要先点菜。

怎么办？杨墨只能说堵车，这种理由拖不了几分钟。他想挠头，迫切地想，就像一休迫切地想坐下往手指头上吐口水，但是当着"90后"小女孩的面，他不好意思。

"不管怎么着，你先把今晚的团圆应付完，想想嘟嘟，多想想嘟嘟。"杨墨强忍着头痒和气愤，用尽量平和的语气劝道，"要么你先把你那个网友安顿好，让他闭嘴；要么你把他的手机号给我，我先转移他的注意力，等晚上吃完饭再说。"

刘洋子说她能处理好，始终没有说出手机号。

车不得不开到饭店，杨墨不能像街道大妈一样进去坐在小两口旁边瞎掺和，他攒的一家三口温馨的局，要把时间留给一家三口。刘洋子下车之后，他停在路边没有走，很怕发生意外，赶紧给苏梓打电话，问她怎么才能查到一个陌生网友的电话。苏梓回答说"没时间"，匆匆挂了电话。

当"安东"突然打来电话的时候，苏梓正在家里跟老妈吃饭。"安东"说他住的酒店不知道为何暴露了，现在大批粉丝聚集在酒店外喊口号，还有粉丝满楼里乱窜，试图找他。"安东"最近的行程本来是完全保密的，不清楚是谁故意公开了。

苏梓说："你等着，我去接你。""安东"说："你别来，我已经逃出来了，在出租车上，告诉我你家在哪儿，我去找你。"

苏梓说了地址，早早下楼，但是短短十几分钟的路程，她左等不来，右等不来。"安东"发来消息，说他的出租车后面有狂热粉丝的车跟踪，绕了几圈也没甩掉。苏梓赶紧给魏志刚打电话，让他开着破车速来救驾。魏志刚正在吃饭，刚喝了两杯啤酒，顾不上酒驾不酒驾，打电话给"安东"，让他把手机给出租车司机，问了问情况，跟司机约定了一个会合的路口。

开车到了约定的地方，魏志刚远远地看着出租车飞驰而来，"安东"发出确认信号，魏志刚让过出租车，开车猛地从路口蹿出来，挡住去路，没想到后面粉丝打的出租车追得很紧，司机狠狠地刹车还是没刹住，一头撞在魏志刚的车屁股上。

"安东"逃脱了，魏志刚可完蛋了，出租车司机揪住他喝酒的事儿，狮子大开口，狂热粉丝们眼瞅着明星跟丢了，非常生气，坚决要报警。交警来的时候苏梓刚打车过来，好一个赔礼道歉，但是不管用。交警把魏志刚的车拖走，把他带回交警队。魏志刚跟苏梓说："你去找'安东'吧，我没事，交警队都是熟人，放心。"

苏梓满怀内疚，"安东"已经到了她家楼下，正在楼道里藏着。苏梓又赶紧打车回去，为了防止节外生枝，把他领回了家。

大晚上的，老妈一看闺女突然领回个大男人，意外地快要晕过去。她按照闺女的吩咐，又是准备拖鞋又是准备毛巾，她们家一直是俩女人生活，连套男人的睡衣都找不着，只能凑合。苏梓把自己的卧室让给"安东"，自己睡客厅沙发。"安东"试图客气一下，苏梓没好气地说："让你干吗就干吗，哪儿那么多废话。"

"安东"很抱歉地跟苏梓说对不起，承诺会赔偿一切费用，苏梓没说什么，一直给魏志刚打电话，但是一直没人接。

被苏梓拒绝后，杨墨找了马小小，问她怎么才能找到一个陌生网友的电话。机灵聪明的马小小详细问了问，说："放心，让我来。"

她打开刘洋子直播的网络平台，搜到了她的直播房间，在里面找到了刘洋子的粉丝群和刷礼物最多的几个网友。马小小干这种事，熟练得就像福尔摩斯。她惊愕地发现，刘洋子的人气其实很低，刷礼物排名靠前的网友真正的花销并不多，刘洋子赚不到什么钱，也没积累到名气，她得到的只有一点陪伴和安慰。

马小小申请进了粉丝群。粉丝群里人也不多，很少有人说话，她跟大家打招呼，冒充无知的"小萝莉"，跟搭理她的人插科打诨，试图套出谁是刷礼物最多的那个网友。

很快目标锁定为两个人，马小小分别加他们微信，打算私下聊聊，两个人都通过了好友验证。马小小给他们分别发了语音，通过他们回的语音的声音背景，听到其中一个人背景里的嘈杂声很像火车提示到站。她诱导对方说出目的地，还惊叹说："你来我的城市呀？真巧。"对方客气地说："有机会请你吃饭。"马小小顺理成章地跟他互换了手机号，发给杨墨。

杨墨说："丫头，叔没白疼你。"

电话号码拿到了，他还没打，李俊杰已经愤怒地抱着孩子从饭店里出来了。杨墨叫了他几声他才停下，把嘟嘟往地上一放就开始吼。

李俊杰怒不可遏地说，自坐下后，刘洋子一直在看手机，既对他爱搭不理也不管孩子，说她几句两个人就吵起来了。整个吃饭过程简直就是灾难，两个人越吵越凶，嘟嘟都吓哭了。刘洋子突然发飙，扔下孩子不管，拿着手机跑了。

杨墨赶紧给刘洋子打电话，但是被挂断了，刘洋子发来一条微信，只有三个字："对不起。"

杨墨回复说："现在不是道歉的时候，你别做傻事，千万别去见网友，去了你就上当了，想想你的孩子，千万别傻！"

刘洋子回答道："他已经快到站了，我忍不住了。"

她回答完，再也不回消息。

李俊杰质问杨墨："刘洋子是不是去见网友了？"杨墨不知道该怎么回答。李俊杰把嘟嘟推给杨墨，扔下句"你干的好事！"甩手就走。杨墨在后面喊："你给我回来，你把孩子给我算怎么回事儿，有你这么当爹的吗？"李俊杰头也不回地喊："等我妈来接。"

嘟嘟太害怕了，不知道自己做错了什么，爸妈为何都不要他了，揪着杨墨的裤子一直在哭。杨墨把他抱回车里，怎么哄也不好使。

什么事一旦扯上老头儿老太太就更麻烦了。李俊杰给老妈发语音是用吼的，压根儿没说清楚。他爸妈一听说出事了就着急忙慌地往外跑，打上车才发现忘了带手机。俩老人为了要不要回去拿手机的事儿吵起来，出租车师傅都听不下去了，把手机给他们，让他们给儿子打个电话。但是李俊杰正在气头上，看见陌生号码全部挂断。俩老人没办法，又折回家去拿手机，一来一回耽误了不少时间。

杨墨一边哄孩子一边问李俊杰他爸妈在哪儿，怎么一直没来。自私地跑去网吧玩游戏的李俊杰给爸妈打电话也没人接。一团乱的时候，刘洋子突然给杨墨发来微信，说："我该怎么办呀？"

杨墨又给她打电话。刘洋子在那边哭了出来，说她被骗了，听起来很崩溃。杨墨劝慰她，让她在火车站别动，他马上就到。可是嘟嘟一直在哭，搂着孩子他根本不敢开车，很怕出事。

马小小早就回了家，离得太远，苏梓说忙，魏志刚不接电话，实在没办法，杨墨打电话给老婆黄静莉，他真是没招儿了，不得不打这个电话。

维度集团的总部就在附近，豪华 CBD 就这点好处，办公、餐饮、娱乐场所扎堆。杨墨很少说有急事要帮忙，黄静莉正在加班，跟 Peter 汪请了假往这边跑。Peter 汪问用不用送她，被她拒绝了。

黄静莉终于找到杨墨的车，杨墨啥都没说，先塞给媳妇一个哭得筋疲力尽快睡着的孩子，然后一边开车一边解释，现在要去接孩子的妈。

黄静莉根本不会哄孩子，非常紧张地抱着嘟嘟。嘟嘟也认生，又开始哭，哭得跟救火车警报似的。杨墨更心急，不管不顾地猛踩油门。

快到火车站了，李俊杰打来电话问孩子在哪儿，说他爸妈到饭店了，找不到他们。杨墨说："我开车带着孩子去接你老婆呢，你啥也别叨叨，去火车站见。"李俊杰咆哮道："都这种时候了，我老婆都要跟别人跑了，你把我孩子送去给外人，你什么意思？"

杨墨怒怼道："有本事就老老实实看住你老婆，没本事少他妈给我放屁。"

8.

刘洋子在火车站哭得太惨了。

她怀揣着最后的幻想冲到火车站，毅然决然地等待着网友到来。这份勇气她以前不曾有过，哪怕意外怀孕选择要生还是要打胎的时候，她都没有勇气决定什么。

然而，现实很残酷，对她、对那个脑子一热买了火车票的网友都一样。那个网友兴冲冲地走出火车站，远远地看见刘洋子，看到的却是一个跟网络直播中截然不同的姑娘。网络中的刘洋子化着精致的妆，用了瘦脸瘦身软件，马小小看到之后感慨，这姑娘真漂亮！杨墨用鼻子不屑地哼了声，等见到真人她就知道了，只能说现在科技真发达，骗人成本太低了。

　　现实中的刘洋子真实体重140斤，目测体重160斤，已经哭过还没带化妆包的她，妆都花了。那个网友努力地低着头，从她身边擦肩而过，走出好远，发来三个字："对不起。"发完就把她微信、电话全拉黑了。

　　网友"见光死"居然发生在这个夜晚，真是太讽刺了。刘洋子第一次朝着幻想奔跑，被一脚踹回到现实中，不对，是比之前还冰冷的现实，她对自己的人生真是无能为力。

　　杨墨把车停在火车站附近，到处找刘洋子，留下嘟嘟和黄静莉在车里。嘟嘟刚才哭着哭着就吐了，吐了黄静莉一身，杨墨除了递给她一瓶水和一堆纸，顾不上别的。

　　李俊杰很快带着爸妈也赶过来了。两个老人一路上着急加上火，见面就开始发作，尤其李俊杰他妈，那叫一个得理不饶人。杨墨用嘟嘟作挡箭牌，先把李俊杰的爹妈劝走。李俊杰要一起走，却被他拖住了。

　　中国的四大宽容定律排名第一的就是来都来了。杨墨好不容易把李俊杰和刘洋子凑在一起，如果这个夜晚不劝出实质性的进步，那接下来两人很可能就是法院见了。

　　杨墨把刘洋子送回自己车上，匆匆跟黄静莉说了句："要不你自己先回家？"然后留下怔怔的老婆，去找李俊杰，他是突破口，两个男人要来一次深刻的沟通。

这种沟通要比跟王权磊沟通时容易得多，李俊杰虽然一脸的不服，但毕竟只是个"90后"小男孩。杨墨先给他来了个下马威，质问他："你老婆顶多是见网友未遂，你可是跟女网友单独开过房，按照法律谁才是真正的过错方？这件事你以为你有理，有什么理？"

李俊杰不想说话，杨墨动之以情，晓之以理，最后他说："你嫌弃你老婆，她现在是又胖又没自信，可是在生孩子之前的她是什么样你自己没数？一个女人为了给你生孩子变成现在的样子，没有功劳也有苦劳，作为一个大男人，你没勇气和信心陪老婆减肥，还怨天怨地？退一万步讲，说说你自己，你知道你妈什么样儿，知道你妈不正常，你就是个巨婴，但你没勇气、没信心脱离，没法让自己独立，没法让自己变好，然后就把一肚子委屈全撒在媳妇身上。"

杨墨留点时间给李俊杰自己思考，又回到车里，不知道黄静莉什么时候走的，只剩下刘洋子一个人。杨墨语重心长地跟她说："现在明白了吧？这世界上唯一一个想跟你和好、不想放弃你的人，是你老公。从答应跟你试着和好，到现在还没甩手离开，李俊杰的表现够可以了，对吧？"

刘洋子后悔地点着头，说她很害怕，觉得李俊杰再也不会原谅自己了。

杨墨说："这就要看你的态度了。"说着，他把李俊杰叫来，让小两口就在他的车里聊一聊。

杨墨朝远处走去，走得很远很远，天很冷，他最后一次吃东西是十个小时之前，这一天过得真是折腾。他掏出手机，给黄静莉打电话，没人接。他发微信问："你到家了吗？今天多亏了你。"对方只回了一个字："嗯。"

黄静莉打车回到家，脱了衣服扔进洗衣机，又洗了个漫长的澡。这个夜晚她很失望。原本孩子是她幻想中的救命稻草，在今晚抱着孩子的时间里，她一直在脑补，假如这是她跟杨墨的孩子会怎么办，答案是，没有答案。

当初听说程晓玲生了孩子得抑郁症时，黄静莉并不理解，今晚抱着嘟嘟，看着这个孩子断断续续地哭了好久之后，她甚至有那么一瞬间想用手捂住他的嘴。这念头太可怕了。原来，有孩子也不会解决任何问题，是的，要不然也不会有那么多家庭有了孩子还要离婚。

黄静莉很失望，她抱着孩子看杨墨费尽心机解决别的夫妻的问题，但是对他们自己的问题一直视而不见。这些日子她很痛苦，以前的她不喜欢上班，下了班总想马上回家，现在她在办公室的时间越来越长，每天都对回家感到惶惶不安。她期望杨墨能像以前一样哄她，解决他们之间的问题，但是每次转身，只能看到杨墨装睡的背影。

黄静莉发消息说："我们的问题，还是解决掉吧。"

杨墨很意外，回答："好。"

黄静莉问："什么时候？"

杨墨很疲惫，于是说："等我忙完手头上的事儿。"

黄静莉说："那现在是你住爸妈家，还是我？"

杨墨打出"问题有这么严重吗？"又删掉，改成"有这个必要吗？"也删掉，改了几次，终于放弃了抵抗，回答道："我吧。"

黄静莉说："还是我吧，反正我要出差，明天早上我就走。"

杨墨突然很想喝酒。他回到车里，刘洋子正在道歉，李俊杰的心正在变得柔软。杨墨说："你们都饿了吧，我带你们去个地方。"于是，他开车找到一家晚上10点还没关门的烧烤店，大冷天的，客人很少，烧烤店的店员都快睡着了。

他们点了一些吃的，杨墨还要了啤酒，但是没给自己倒上。在开车的过程中他冷静下来，想起魏志刚反复说的话，赶紧要个孩子，什么都会解决，就像他劝慰李俊杰和刘洋子，包括劝慰他们的爸妈时，最常说的话就是"想想孩子"。

杨墨说："婚姻大概就是这样吧，即使一起携手走过很多个十字路口，也会在下一个路口选择向左走还是向右走。"

9.

清晨6点，冬天的天空还是黑漆漆的。

苏梓被"安东"叫醒，他去拍最后一场戏，要提前化妆。"安东"本来只想告个别，苏梓揉着眼睛打着哈欠，坚持送他下楼。

两个人站在冷风吹过的路灯下等出租车。"安东"时刻没忘戴帽子和口罩，苏梓没这习惯，被风冻得睁不开眼，"安东"靠近她，试图帮她挡着风，劝她回家，苏梓坚持着摇摇头，说："等车来了吧。"

这幅画面本来很正常，但是几十米外，狗仔队的相机正在咔嚓个不停，他们最终选定一张，昏黄的路灯恰到好处，能看清脸，又模糊掉多余的表情，由于角度的关系，两个人看起来贴在一起，暧昧十足，直接发到网上。

昨天晚上的飞车追逐戏，粉丝追着"安东"，狗仔队追着粉丝，粉丝的车被魏志刚拦下了，狗仔队侥幸躲过去，跟着"安东"到了苏梓家楼下。他们拍到"安东"独自进楼的画面，又等到苏梓回家的画面，只有单人照是没有价值的，于是在车里熬了一夜，终于等到这样的合影，三张一起发出来，标题起得惊爆眼球：《"安东"深夜与陌生女子私会八个小时，居然背着"V姐"做这种事！》

魏志刚涉嫌醉酒驾驶、危险驾驶，在交警队待了一夜，早上才出来。他的全责，驾照被吊销，车也没法开了，他只能打车回家。在出租车上，他看到了网上曝光的照片，赶紧给苏梓打电话，结果占线。

苏梓正在电话里大骂狗仔队，质问他们为何不守信用。狗仔队说："大姐，我们多守信用，周五已经过去了，照片我可是一张都没发，一堆人在微博上骂我们瞎扯淡，说好的'周五见'什么都不见，我不得发点东西凑凑数？"苏梓质问道："你们为什么偷拍我？你们是怎么找到我家的？"

"这可是秘密，"狗仔队很淡定地回答，"别担心，反正给你的脸打了马赛克，没人知道是你。"

苏梓气得不知道该怎么回答，狠狠地挂断了电话。

网络能带来什么反馈，一切都是未知的。

"安东"的粉丝大多数是严格守纪律、分得清现实和娱乐的真爱粉，但也有少数人没有理智，近乎疯狂，为了见偶像一面不惜一切代价。昨晚让出租车追车被撞的那几个姑娘最终没能追到"安东"，非常懊恼，看到狗仔队发出的照片，便发动朋友到处人肉地点，终于找到了苏梓家的路口。

这几个姑娘站在那儿一整天，见人就打听。苏梓的妈妈去买菜时遇到过，心里很别扭，老人家对闺女的工作一直不满意，昨晚听说为了避难往家领出轨的男人，还得让闺女睡客厅，更是气愤，一晚上都没睡好。

平常人是不会想到疯狂粉丝的举动会这么夸张的。苏梓换了衣服出门，既没戴口罩也没戴帽子，回家的时候被女粉丝揪住各种盘问。好不容易挣脱开，苏梓往自己家里跑，女孩们就在后面追，然后砸她家的门，非要进去看看偶像睡过觉的地方，相当执着，砸一个小时都不停，各种哀求。

苏梓实在没办法，把她们放进来，她不知道怎么解释自己跟"安东"的关系，不敢说自己是经纪人，怕粉丝们天天来堵门，只能撒谎"安东"已经走了，不会再来了。

粉丝们噼里啪啦拍了一堆照片，拿走了"安东"穿过的拖鞋、用过的毛巾。

送走粉丝，苏梓立马打电话给狗仔队，质问他们到底有没有道德，发到网上的照片打了马赛克，为何又要私下泄密自己的照片和家庭住址，搞得疯狂粉丝来堵门，做人能不能有点底线。

狗仔队连忙喊冤，说真的没泄露，发打码照片他们只是为了转移一下注意力，根本目的是拿钱，惹毛了苏梓和"安东"对他们也没什么好处，没有这么做的道理。

苏梓刚刚挂断电话，"安东"又打来了，问她是不是被粉丝骚扰了。苏梓问他是怎么知道的。他说，自己的影迷群里有人贴了照片炫耀，影迷会的会长及时汇报了。苏梓说："大哥，你赶紧管管啊，你不管我可报警了。""安东"很无奈地叹气道:"没有用,那几个姑娘我见过好几次了,礼物给过,签名签过,合影也有过,但她们从来不会满足,越迎合她们越过分。报警也没用,警察顶多劝几句。这样吧,我放个假消息出去,让她们去别的地方骚扰。"

"安东"用官方微博发了个澄清公告,女粉丝暂时消停了,苏梓的妈妈却落下了病,连续两天睡不好,大白天听见敲门声都紧张。苏梓收了俩快递,把老妈吓得发烧了,高烧不退,只好去医院打点滴。

"安东"还差最后一场戏,希望苏梓再去现场当一次助理,一副可怜相。苏梓发了张老妈输液的照片给他,然后问:"要不我给你找个小姑娘帮忙?"

事务所还有两个影迷铁粉——马小小和达达,对"安东"崇拜得那叫一个五体投地。自知道苏梓接手大明星的案子后,她们俩经常去拍摄现场,天天追在屁股后面问各种八卦。苏梓这算是帮她们圆个梦。

在得到"俩姑娘肯定靠谱"的承诺后,"安东"答应了。马小小和达达好一个描眉画眼,往脸上涂了很浓的妆,像俩蜡笔小新一样兴奋地跑去拍摄场地。

最后一场戏在室内游泳馆,晚上营业结束后,剧组租下整个场馆,不光有"安东",还有当红小鲜肉男主。

马小小和达达的工作并不多,"安东"有自己的休息间,她们只需要在导演叫人的时候通知他,剩下时间就在拍摄现场待着。两个傻丫头跟刚进城的打工妹一样,头一次看见真实地拍电影,对什么都新鲜、好奇,一边看一边各种傻笑。两个人既懂事又聪明,性格好,模样也不差,嘴还甜,很快就跟各种工作人员熟络起来,麻利地帮着干各种杂务。导演也喜欢她们,干脆让她们俩换上泳衣跑个龙套过过拍戏的瘾，没有台词，只要泡在泳池里，听见小鲜肉说台词跟着傻笑就行。

俩丫头兴高采烈地换上游泳馆提供的泳装，三点式，特别显身材，然后坐在泳池边候场。马小小来了张自拍照，没敢发朋友圈，单独发给杨墨，说："墨墨叔，我要当大明星啦！"

杨墨一看就怒了，从床上爬起来，问明白地址，开车冲到游泳馆，指着"安东"鼻子大骂说："你到底是什么居心，俩小姑娘来给你当助理，没几分钟工夫，已经让你撺掇着只剩泳衣了，接下来是不是就该骗上床了？我警告你，你们娱乐圈那一套少在我这儿使……"

一通喊，杨墨活脱脱像个自己的闺女被小流氓骗了的凄凉的老父亲，工作人员和导演都傻了，心想："这他妈是谁的爹来了？""安东"不停地解释："误会啊大叔，误会啊！"马小小和达达也吓坏了，她们从没见过墨墨叔这么气急败坏，赶紧去换回衣服，然后找杨墨道歉。

杨墨愣愣地说："不是你们错了，是我错了。"

10.

当年被魏志刚游说加入事务所时，杨墨最初是非常抗拒的，但他到了咖啡屋之后，喜欢上了这里的一切，舒服的沙发、安逸的环境、方便的吧台、"法老"和"艳后"两只猫，来了几次一坐就是一下午，撸猫、喝茶、晒太阳、发呆，直到太阳落山。

有了环境加分，魏志刚的游说充满诱惑，加上老婆黄静莉的支持，杨墨最终从报社辞职，并劝苏梓一起入伙，他说："相信我，这家治愈事务所是好的，不管能不能治愈别人，至少能治愈我们自己。"

从游泳馆出来，杨墨不想回家，反正黄静莉已经收拾东西走人。他独自来到咖啡屋，"法老"和"艳后"大半夜不睡觉，正在地上打闹，看见有人来了吓一跳，到处躲起来。发现来人是杨墨，"法老"就从角落里跑出来，闻闻他，舔舔他，好像在说："你怎么来了？"

杨墨给自己倒了一杯水，开了一盏小灯，缩在沙发里。黏人的"法老"走过来，到处看看、闻闻，然后趴在他的杯子旁喝了两口水。杨墨对"法老"说："你行啊你，不喝自己的，专门喝我的。"说着起身，去吧台重新拿了个杯子，又给自己倒了杯水。在他倒水的时间里，"法老"喵喵地叫了几声，等他回来。之后"法老"抱住他的手，舒坦地躺在桌子上，闭上眼睛。

"现在，可能也就你不嫌我了。"杨墨撸着"法老"，自言自语。

从马小小那儿得到消息后，苏梓给杨墨打了个电话，没有埋怨，只是问候。杨墨说自己没事，让她好好休息。苏梓去看了看老妈，打完点滴，退烧了，睡得很安稳。她回到床上，心里安静不下来，于是换了衣服，给老妈留了张字条，打车来到了咖啡屋。

杨墨很意外，努力隐藏着内心的慰藉，起身走到吧台，问她喝点什么。苏梓想了一下说："啤酒吧。"

接过杨墨递来的啤酒，苏梓露出轻蔑的微笑，呷了两口说："有出息啊，憋了好多天的火，终于有地方发出来了哈？"

"他叫我大叔。"杨墨嘟囔着，幼稚得像个委屈的孩子，"本来没想闹事，我俩明明一样大，他居然叫我大叔，我能不骂他吗？"

"哈哈哈，"苏梓笑着说，"墨儿啊，你俩是一样大，人家36岁，保养得跟 26 岁似的，你皱着眉头、弯腰驼背，跟 46 岁似的，能不叫你大叔吗？"

杨墨不再说话，拿白开水当白酒那么喝。

苏梓看了他一会儿，问："跟嫂子又吵架了？"

杨墨深深吸了一口气，憋了好一会儿才吐出来，慢慢地说："我们……分居了。"

苏梓非常吃惊，感叹道："不是吧？什么时候的事儿，你之前不是说你们都不吵架了吗？因为什么这么严重？"

杨墨感叹道："从无话不谈，到无话可说，从连续不断地吵架，到连吵架都不想吵，分居，可能是早晚的事儿吧。"

苏梓不知道说什么，"艳后"跑过来，挠挠她的腿，蜷缩在她腿上，然后又挠挠她的手，等她缓缓地撸自己的毛，就心满意足地睡着了。

沉默，多亏了有两只猫，才不那么尴尬。

苏梓在心里组织着语言，几次欲言又止，终于她还是直来直去："墨儿，不是我说你，夫妻俩连续吵架的时候就是有问题了，你是干什么的？你不就是解决问题的吗？为什么不早早解决呢？"

杨墨突然意味深长地问："我们是干什么的？"

苏梓没明白。

杨墨说："现在，你对我说，你真邋遢。"

苏梓一头雾水地重复着："你真邋遢。"

杨墨说："情绪不对，你试着很讨厌地说，你真邋遢。"

苏梓努努力，说："你真邋遢。"

杨墨说："别闹，你严肃点。"

苏梓沉下脸来："我非常严肃，你——真——邋遢！"

杨墨说："你能不能特别嫌弃地说？要不，我现在抠个鼻屎给你看？"

苏梓呸呸了两声，又重复了一次："你——真——邋遢！"

"我们是干什么的？这个问题就像问医生是干什么的。医生是治病救人的，但是首先医生是看病的。一个医生，只要对病人的症状和病例看两眼，是癌症还是肚子疼大概就能心里有数。"杨墨很想抽烟，但是戒烟之后他口袋里没有烟，于是一边摸着嘴一边说，"我们是干什么的？我们不一定能挽救所有婚姻，但是两口子往面前一坐，我们大概能看出来，是老婆嫌弃老公还是老公嫌弃老婆，嫌弃到什么程度，对吧？"

苏梓好像有点明白杨墨的意思了。

"我刚才让你重复说那几个字，无论你怎么假装，也不是真的嫌弃。"杨墨看向苏梓身后的某个地方，眼神很迷离。苏梓本想接个话，说那是自己演技不行，但忍住了。杨墨接着说："'你——真——邋遢'这四个字，黄静莉从认识我的那天就开始说，说了十年，最近她每次跟我说的时候，是彻彻底底地嫌弃，嫌弃到我听了之后都嫌弃自己。"

"那……那就改改嘛。"苏梓说。

"要是因为邋遢，十年前就嫌弃了，不用等到今天，"杨墨摇摇头，说，"是因为嫌弃，你明白的，对吧？即使没有邋遢，也会嫌弃没出息，嫌弃老加班，嫌弃收入不稳定，已经嫌弃了，什么都是理由，嗯，是根本不需要理由。"

苏梓又一次沉默，很长很长的沉默。

杨墨站起身，去吧台边站了一会儿，盯着啤酒犹豫了一会儿，终于还是给苏梓拿了啤酒，给自己拿了可乐。

看着他的表情，苏梓有点难过，那是她从未见过的失落，失落得好像被嫌弃的钟楼怪人。等他坐回到沙发上，等自己喝完半罐啤酒，苏梓趁着有点醉意，突然很伤感地说："墨儿啊，你可不能离婚啊，你要是离婚的话，我这辈子都不会结婚了。我去跟嫂子谈谈吧。"

杨墨拿起可乐，跟苏梓的啤酒碰了一下，像喝酒一样一饮而尽，意念中有了些醉意。他不停地挠着头，这一次一休哥不灵了，他无计可施。苏梓心疼他挠头，每一次看到都莫名心疼，这一次尤其剧烈。

杨墨其实很想坦白，忘记从哪天开始，他开始忍不住偷看黄静莉的手机，不管是老婆在洗澡、做饭或者睡着，他要么悄悄解锁，要么光明正大地找个借口拿过来看上几眼。

但他所做的一切，黄静莉其实都知道，她很小心，把跟 Peter 汪聊天记录里除了工作以外的内容尽量删除。其实，她一开始删除并没有任何心机或者恶意，仅仅是因为紧张，Peter 汪突然发来很奇怪的话，她不知道该怎么解释，只能一删了之，但是很多话题是连续性的，删了一次就得一直删下去，最后变成习惯。

不管哪段婚姻遇上问题，都像垂死的动物身边少不了围绕着等待吃肉的秃鹰。Peter 汪是个经验丰富的坏人，他经常故意在黄静莉回家之后试探她，问杨墨在不在家，杨墨不在，他就聊些有的没的，夹杂挑逗和暧昧；杨墨在，他就说几句工作上的话，说着说着，突然来一句"不听话打你屁股啊"或者"PPT 做得真好，摸摸头"。这是油腻的中年男人最爱的把戏，黄静莉最初很反感，但是不知道怎么拒绝，只能装看不见。后来跟杨墨的关系越来越僵，她开始做出回应，这给坏人的信号是，这个已婚女人终于可以下手了。

杨墨看见过黄静莉一晚上捧着手机，既没看视频也没听歌，问她在干什么她就说没什么，捧着手机打字那么明显，大概只有她自己以为别人看不出来，但是偷翻手机又看不到什么聊天记录，这加重了杨墨的疑心。

婚姻治愈师这样的专业人士，有时候就像妇科大夫看女人，是很无趣的。因为他们熟知在婚姻里心猿意马的所有套路。杨墨本该早早出手解决问题的，但是他没有。过去十年里，黄静莉始终活在他编织的世界里生活，享受他创造的安逸、简单又贫瘠的生活，忽然之间，她打开了一扇门，跳入另一个世界，那里复杂、忙碌，到处都是真金白银，对她洗脑"有钱人穷得只剩下钱"是没有意义的，贫穷限制的只有穷人的想象。

杨墨发现自己努力建立了三十六年的精神世界其实脆弱得一塌糊涂，从满怀理想到自甘平凡，他的精神世界只是一个自我放弃、自我意淫的空中楼阁。现在，黄静莉问他："我们为什么不能追求更好的生活？"他无言以对，只能比对方更嫌弃自己。

所有这些话该怎么倾诉？该找谁说出口？杨墨看着眼前的苏梓，他选择了沉默。他已经让黄静莉嫌弃了，不想再在苏梓面前变得一无是处。

毕竟苏梓曾经对他说过："墨儿，你就是我的精神导师。"

11.

苏梓跟着"安东"在片场瞎折腾的几天里，"V姐"一直在暗中盯着他们的一举一动。

与"安东"结婚，是"V姐"的主动选择。那时的她已经33岁，接的还是女主角二十四五岁的青春戏，她每天要往脸上不停地敷面膜、抹化妆品，穿闪亮亮的小裙子，摆粉嫩粉嫩的造型，角度和尺寸要不停练习，避免露出皱纹，参加时尚活动的照片需要修图之后才能发。

接与"安东"姐弟恋的电视剧，是"V姐"迈向成熟的一次勇敢尝试，尝试很成功，通过经纪公司运作，她拿下了著名电视剧奖的最佳女主角奖杯，但是随之而来的负面影响是，她的角色年龄被陡然拔高了至少十岁，新递来的剧本主角要么是离婚带孩子的少妇，要么是苦大仇深的老处女，就算古装剧，她也只能演熟女妃子，格格都是比她年轻很多的小女孩。

"V姐"拒绝了所有的剧本，她不能接，接一部就会被定型，从此只能演老女人。没人愿意看老女人当主角的戏，也没有那么多老女人当主角的剧本，演着演着她就会变成配角，跟一群保养得很好的四五十岁的过气女星抢角色，演各种"小鲜肉"的亲妈、后妈。与其这样，她宁可在最高峰放弃一切，急流勇退。

高调地结婚、生子，晒幸福、晒婚戒、晒母乳喂养、晒娃……"V姐"努力地做了所有她能想到的事情，也无法填补自己从演艺圈顶层退下来的空虚和落寞。于是，她帮"安东"独立，成立个人工作室，从此"安东"接的每一部戏都需要经过她同意，剧本都要经过她亲自过目，角色定位、改戏改台词、宣传造型她都会参与。"安东"本来只是个长不大的贪玩男孩，有才华但是不知道怎么用，是"V姐"把他塑造成了顶级男星，并一直巩固在一线位置上。

娱乐圈是很残酷的，没有人可以一直在顶峰。"安东"36岁了，尽管"V姐"努力帮他延缓衰落的时间，但是该结束了。新一代男星已经接班，"安东"最近两年接的角色都是客串和友情出演，不是主角。所有导演都想趁他落幕之前，榨干他最后的价值，但是没人相信他还能让投资人赚钱。

"安东"老了，"V姐"却熟透了，她终于可以心安理得地接受老女人的角色，远离娱乐圈太久，她迫不及待地想要重出江湖。47岁的俞飞鸿还是很美，49岁的许晴还是如少女，53岁的刘嘉玲还是女神，40岁的"V姐"在姿色、皮肤、保养、演技上都不比别人差，她的不甘心已经按捺不住。

在娱乐圈，任何成功都是需要付出代价的。

现在有一部戏，投资人投了很多钱，导演、编剧、男主角都是顶配，女主角恰好是30多岁的职业女性，写得很精彩。"V姐"为了抢到这个角色，跟投资人见了好几次面，该陪的酒、该说的话都尽力了，投资人还在犹豫，因为另一个女星也在抢。比"V姐"有优势的地方是，那个女星一直在一线活跃，想靠这部戏转型，她就是几年前的"V姐"，更年轻，更有噱头，更能吸引眼球。

那个女星大器晚成，二十七八岁还只能演女三、女四的配角，突然一夜成名，火了三四年。在成名之前，她是"安东"第一次出轨的对象，两个人一起开房的画面被狗仔队拍得清清楚楚，"V姐"当时痛哭到崩溃，咬着牙花了八位数买下所有照片，一直藏到今天。

"V姐"对"安东"说："你必须无条件答应让我公开那些照片，我才会帮你摆平这一次跟18线小明星出轨的绯闻。""安东"非常抗拒。"V姐"扇了他几记耳光，怒吼道："为什么我只能是那个擦屁股的人？为什么我只能一次次让你踩着？我已经为你牺牲了那么久，你为什么就不能为我牺牲一次？"

绯闻被公开的倒计时高高悬挂着，"安东"只有两个选择：要么他是一个喜新厌旧、出轨小女孩的渣男，要么他是一个几年前曾经出轨、现在突然被曝光的渣男。两种选择的结局其实一样，但是，选择前一种，他老婆只是一个被绿的怨妇；选择后一种，他老婆则是受害者，而那个当红女星会由竞争对手变成勾引已婚男星上位的渣女，她这几年的成功将一文不值。

牺牲"安东"，是"V姐"留给"安东"的唯一选择。但他不想变成渣男，他依然享受自己在巅峰上受人瞩目的光彩，试图做最后的挣扎。在"V姐"眼中，他只是活在莫名其妙的成功里，不懂感恩和回报，需要让他认清现实。于是他被扫地出门，被切断所有资源，窝囊得只能找压根儿不懂娱乐圈的苏梓帮忙。

苏梓联系18线小明星，联系狗仔队，甚至上门找"安东"，所有努力，"V姐"都看在眼里，这些努力很徒劳。一个圈外人想跟圈内的"潜规则"对抗，有什么资格获胜？

狗仔队一直在摩拳擦掌，既能把18线小明星的偷拍卖给"V姐"拿到一笔钱，又能从"V姐"那里拿到当红女星与已婚男星出轨的证据，再去赚另一笔钱，两笔生意做成，往下就是别墅靠海的节奏了。苏梓跟他们的每一次对话，都是被他们戏耍，把这个傻妞的照片公开，只是附加收益，何乐而不为？

不过，"V姐"失算了。她毕竟已经离开一线太久，娱乐圈的资源不会只围着她一个人转。

就在"安东"新戏杀青的当晚，"V姐"跟投资人喝酒的偷拍照片突然被曝光，在照片里，她与死胖死胖的油腻男人喝交杯酒，还被搂着唱歌，这些画面与"安东"在拍摄现场被大雨浇头、泪流满面的镜头放在一起推出。

"安东"变成受害者，变成头顶泛绿的好爸爸，"V姐"的贴吧、微博全部沦陷，已经被骂到祖宗了。

看到网上的曝光，苏梓马上去找"安东"，问他到底是怎么回事。"安东"只好把"V姐"正在抢戏、逼他就范的真相说了。苏梓很不理解："照片在'V姐'手里，她想公开随时可以公开，干吗非要逼你？"

"安东"说："公开照片只是开头，她要我跟她一起开新闻发布会，要我公开承认自己是个渣男，来配合她的宽容和伟大。"

苏梓不知道该怎么办，而"安东"本来就是个玩偶，也不知道该怎么办。苏梓只能去问魏志刚，魏志刚说："你现在不能主动去找她，事情刚曝光，她还没问你就送上门，这不相当于此地无银三百两吗？"

苏梓对"安东"说："她应该需要帮助吧？这种时候，你应该站在她的身边啊。"

"安东"坚决地摇头，他说："或许她完了，就不会逼我了吧。"

"V姐"看到自己被黑，并没有马上行动，按照她以前熟悉的规则，被黑后马上出来回应，只能越描越黑，出力不讨好，只有忍到风头过去再出手，效果最明显。单纯的苏梓不知道如何是好，老油条魏志刚对娱乐圈不熟悉，探听消息的速度没有那么快。他们都没想到，幕后黑手早有准备，打的是连环牌。

就在第二天，第二组照片公开，是苏梓和"安东"在一起的多张照片，白天、黑天、片场私聊，几天不同的时间，应有尽有，同时公开的还有苏梓的身份——离婚律师＋小三劝退师，甚至把她以前在律师事务所任职时的工作照都公开了，矛头直接指向"安东"和"V姐"的婚姻问题，标题是这样写的：《婚姻早就破裂！"安东"雇用离婚律师严查"V姐"出轨！》

　　这个颠倒黑白的八卦消息惹炸了"V姐"的铁粉们，"V姐"和"安东"的粉丝群本来就有交集，因为双方结婚建立了良好的关系，互通各种情报。"V姐"的铁粉们轻而易举地在"安东"粉丝那里找到了苏梓家的住址，一群人堵上门，要求她给个说法，要求她赔礼道歉。苏梓不在家，她老妈独自在家被一群小姑娘辱骂，气得直接瘫倒在地。

　　魏志刚和杨墨陪着苏梓一起冲回去，又报了警，才算解围。杨墨知道这个家暂时不能回了，开着车悄悄把苏梓和她老妈安顿到自己家，反正黄静莉已经离开，他自作主张，没有也来不及跟老婆打招呼。

　　"V姐"的铁粉们看不到苏梓回家，又攻陷了咖啡屋，三番五次组团来找事，委屈了马小小和达达两个姑娘，陪着魏志刚一起坚守阵地，受尽责难。"法老"和"艳后"吓得不轻，趁乱离家出走，马小小到处寻找都没找着，哭得非常伤心。

　　苏梓花了两天时间照顾生病的老妈，等到老人家逐渐康复，两个人执意回家，不愿在杨墨家久留，并劝他赶紧把媳妇接回家。她们回到家，没想到闹事的粉丝很快又来了，报警也解决不了问题。杨墨再次来解围，把她们娘儿俩再次接回自己家，先避过风头再说。

　　接二连三被干扰了正常生活，苏梓咽不下这口气，尽管魏志刚和杨墨一再劝阻，她还是意气用事，主动约见"V姐"粉丝团的核心成员，打算讨个说法。谈话结果可想而知，苏梓不但没要到说法，反而彻底惹毛了对方。

一群战斗力爆表的男孩女孩现在不但要闹苏梓一个人，还要搞垮整个事务所，他们展开人肉搜索，扒苏梓、扒杨墨、扒魏志刚，竭尽所能。他们的手机号、微博全部曝光，城门失火，殃及池鱼，杨墨的微博里"艾特"过他老婆，黄静莉的微博也被人曝光，各路打着不明真相旗号的吃瓜群众前来报到。黄静莉的微博里发过很多张自拍照，文艺女青年爱臭美是通病，她一直以为自己微博粉丝很少，发自拍也没事，现在可好，直接被攻陷了。

黄静莉在外出差，忙碌的最后一天，连续开了一上午会。杨墨给她打了几次电话她都没接，只能偷偷上她微博，试图把照片隐藏起来。黄静莉的微博密码一直没换过，杨墨知道，顺利登录，看到几千条评论、转发和上万个点赞，但是还有个地方很扎眼，已关注人的私信里，她跟一个微博名叫Peter的男人聊了很多，按照时间排列杨墨是从后往前看的，首先看到的私信十条里有五六条是若有似无的暧昧与轻浮，比朋友和同事更亲密，距离情人只差一层窗户纸。

杨墨一怒之下把黄静莉的所有微博都删了。

12.

每个人都有自己的秘密花园，心灵可以在里面肆意生长。

黄静莉的微博很少更新，记录的都是她最真实的状态，坚持写了好几年。那是她偷偷注册的，没有告诉过任何人，包括老公和闺密。

直到去年有一次她在家忘记切换，被杨墨发现了，杨墨偷窥了一段时间，在她生日的那天突然在微博上"艾特"了她，祝她生日快乐。黄静莉一度恼羞成怒，杨墨搂着她哄了好久，告诉她会永远爱她的一切。

那是他们最后一次吵架之后还能和好如初，那时的他们还没有互相嫌弃，那时的杨墨心里没有任何疙瘩，每次遇到问题都甘愿哄她开心。

至少在认识 Peter 汪之前，黄静莉是个非常干净的女人，她的秘密花园里根本没有什么负面情绪，除了臭美的自拍，全是一些特殊记忆的记录，比如跟杨墨在一起的 1000 天、2000 天、3000 天、每一年的生日和新年祝福；比如跟杨墨各种稀奇古怪的恶趣味小情趣：他们吃猪蹄子没擦嘴就接吻结果两个人的嘴巴粘到一起、杨墨给她的脚丫涂指甲油、他们一起去体检等待杨墨检查男科什么的；比如她的梦：第一次在梦中遇到杨墨、第一次梦到婴儿、第一次梦到自己老去等，所有细节，记录得特别清晰。

所有这些都是她最爱的珍宝，被怒火上头的杨墨全毁了。

黄静莉开完会才有时间回电话。这时杨墨已经删光微博，接电话时只是冷冷地应付，说自己在忙，没事了。挂了电话，黄静莉被客户请去吃工作餐，下午一堆工作要收尾，晚上又是告别晚宴，一天都没看手机。不怀好意的 Peter 汪让她喝酒，那时的她刚刚跟杨墨提出分居，情绪低落，意志薄弱，于是她喝了很多。她凭借着最后的理智和清醒自己回到房间，拒绝 Peter 汪进入，锁好门，然后昏睡到第二天上午，才发现她的所有微博全没了。

大吵已经不可避免。电话里，黄静莉质问杨墨为何删光她的所有微博，杨墨质问她跟 Peter 汪到底是什么关系，这种吵架只会越吵越糟。黄静莉非常心疼，在机场时找各种办法恢复微博，甚至主动问魏志刚能不能帮她想办法，她以前可是从来不愿欠他人情的。魏志刚说："帮你问了，超过 24 小时已经没法恢复了。"

下了飞机，黄静莉拒绝了 Peter 汪送她的要求，直接打车回家。半路上，她给杨墨发了信息，让他马上回家，他们要好好谈谈。杨墨那时正陪着苏梓去见"V 姐"，走不开，但他突然想起来，家里还有个老太太呢。

苏梓也傻了："你不是说嫂子不回家吗？"

杨墨说："谁他妈知道！"

苏梓说："那我赶紧让我妈收拾东西回家吧。"

杨墨说："还是算了吧，你妈病刚好，还不知道你们家什么情况，再吓着她。"

杨墨看见信息的时候太晚了，黄静莉已经到家了。她打开门看见有个陌生的老太太，两个人都吓了一跳。在她们互相说明身份后，黄静莉没有失态，客气地说自己回来拿衣服。她走进卧室，看到床上的被窝铺着，放着女人的拖鞋和睡衣，她什么都没说，带着一堆自己的衣服离开了。

对于家里发生的一切，杨墨不是无能为力，只是做出了选择。"V姐"打来电话时，他老婆还在飞机上。"V姐"咄咄逼人地要见苏梓，他担心苏梓一个人受到伤害，于是他陪着去了。在路上他突然看见黄静莉的信息，他本来可以放弃苏梓，而且苏梓也是这么劝他的，让他回家解决问题，但是他毫不犹豫地拒绝了，反正都要吵架，跟外人吵比较能自由发挥。

"V姐"家所在的高档小区连续几天都被各路娱乐记者包围，小区不让外人随便进，一堆人架着摄影机被堵在出口，还总有人试图乔装打扮混进去。"V姐"给"安东"打电话发微信，"安东"一直不接不回，她深深地以为一切都是苏梓搞的鬼，气急败坏地非要见她。

　　地点没法定在她们家，也没法定在事务所，于是她们选了家只对高档会员开放的咖啡屋。"V姐"的经纪人开着车，费了些时间才把尾随的记者甩开。苏梓他们从杨墨家出发，所以没人跟踪。

　　"V姐"今天依然打扮得很精致，略施淡妆，仪表霸气，一副女王范儿。她横眉冷对，上来就让苏梓把"安东"交出来，并质问苏梓为何要暴露身份，为何要费尽心机偷拍她跟投资人聚会的画面，有什么要求为何不先跟自己谈，上来就用这么卑鄙的手段，质问了一堆有的没的，语气不容置疑。

　　苏梓见过大场面，没有被吓倒，反问道："你凭什么说是我干的？别说你想找，我也想知道'安东'跑哪儿去了。"

　　"V姐"轻蔑地说："不要演戏了，别的不说，只有'安东'清楚我跟投资人在哪儿见面，我每次都叫他一起去陪喝酒，他都不肯。但如果不是你撺掇，他不可能想到会曝光，他是我男人，我很清楚，他没有这么算计的脑子。"

　　苏梓真是百口莫辩，很荒唐地笑笑。

　　对话还没进行几句，远处闪光灯突然一闪，有狗仔队发现了他们的行踪，并且已经进入咖啡屋开始偷拍，这么明目张胆地跟踪让所有人都大吃一惊。

　　"V姐"大喊："你竟然还带记者！"端起热咖啡直接泼在苏梓的脸上，手疾眼快的杨墨想挡都没挡住，苏梓的脸都被烫红了，身上衣服也全脏了。

经纪人跑过来，拉着"V姐"赶紧离开。苏梓蒙在那里，也被杨墨拉着跑回车里。"V姐"很快跑回了家，杨墨他们在地下车库躲了好一会儿才开出来，时刻关注后面有没有人跟踪。为了不把战火再引到自己家，杨墨只能拉着苏梓在马路上溜达，绕过半个城市，去他经常去的一家小饭店吃饭。那里客人不多，味道可口，而且老板是个不喜欢说话、不喜欢打招呼、绝对不八卦的人。

一路上，苏梓始终沉默。路过便利店时，杨墨停下车，买了两包冰块让她敷脸。

"想哭就哭出来吧，不用憋着。"杨墨劝苏梓。

苏梓没哭，连眼圈都没湿，只是送给杨墨一个大大的白眼，说了两个字："幼稚。"

前几天是苏梓半夜跑来陪杨墨，这一次是杨墨在小店里陪苏梓。杨墨只要了啤酒，没要饮料。

苏梓皱着眉头说："你别喝了。"

杨墨倒满举杯，打算跟苏梓碰一下，他说："都这样了，还有什么不能喝的？"

苏梓抢下他手中的杯子说："好不容易戒了那么久……"

杨墨拿起她面前的杯子，一饮而尽，然后说："从一开始就不该戒。"

饭菜很快上齐，就像之前苏梓没有埋怨杨墨一样，杨墨也没有任何说教和批评，两个人先是莫名觉得很饿，然后暴饮暴食，像从非洲逃难回来的一样，吃得差不多了，杨墨开始给苏梓讲自己的鼻炎趣事。

杨墨从高中开始得了鼻炎，症状之一是每次会连续打几十个喷嚏，怎么都停不下来。第一次发作是在班主任的课堂上，每一个喷嚏都很规整，像多米诺骨牌，时间间隔、喷嚏力度、声音都差不多，五分钟的时间，全班从零星嘲笑到哄堂大笑再到班主任发怒最后到所有人目瞪口呆地数了几十下，仿佛一起见证了吉尼斯世界纪录。

到底是对什么过敏，杨墨去了几次医院也没查出来，为何会发作也没有征兆，而且连续打喷嚏这事儿一直伴随着杨墨，场合越重要越可能发作，高考考场、报社面试、年会表演节目、穿着最贵的西装参加全国大会时，等等，他一次又一次出丑。杨墨把每次自己的窘态和周围人的震惊绘声绘色地讲出来，逗得苏梓哈哈大笑，甚至连饭店老板也忍俊不禁。

笑到最后，苏梓说："完蛋了，墨儿，现在只有你一个人能逗我开心了。"

13.

街道刘主任打来电话的时候，杨墨迷迷糊糊地接起来，时间已经是第二天的早上。他头痛欲裂地一边说话一边睁开眼，发现自己躺在家里的沙发上，怎么回家的，一点印象都没了。

刘主任在电话里很生气，指责杨墨糊弄她，李俊杰、刘洋子在一起没几天又分居了，两家吵得不可开交，眼瞅着要离婚。杨墨赶紧赔不是，承诺马上处理。

挂断电话，看见苏梓一边揉着肩膀一边从卧室里出来。杨墨问她昨晚是怎么回家的，苏梓没好气地说："你好意思吗？昨儿你喝多了没法开车，上了出租车没两分钟靠着我肩膀就睡成猪了。我觉得你光一颗头就有 120 斤重，压得我肩膀到现在还疼呢。"

"我的头都要炸了。"杨墨呆呆地说着，打算再躺会儿。

"瞧你这点出息，喝了这么多年酒，酒量一点进步都没有。哎哎哎，你赶紧起来吧，"苏梓踹他一脚说，"我妈去买菜了，马上就回来。老太太说了，今儿给你做顿饭吃，然后立马就走，坚决不能住了。"

杨墨摸着头问："为什么？"

"这还用问？"苏梓翻了个白眼，"我们住在你家，我妈昨天吓跑了你媳妇，我晚上陪你喝得烂醉如泥，我妈现在已经高度怀疑咱俩的关系了。对了，昨晚上我实在扛不动你上楼，叫我妈下去帮忙，我妈一看见你搂着我，立马就急了，最后你是搂着我妈被我妈扛上来的。"说着，苏梓哈哈笑了起来。

杨墨灰溜溜地说："那是不能住了。"

中午吃完饭，看着苏梓和她老妈打包好所有东西，杨墨执意打车把她们送回家。确认没人骚扰之后，他又打车去了小饭馆，车已经在那儿放了一夜。

之后，杨墨开车去了李俊杰工作的银行，跟这个"90 后"爸爸聊了聊。他发现刘主任纯粹吓唬他，两人吵架确实是吵了，但是没吵到那么僵，也没有分居。李俊杰他妈只是找刘主任抱怨，说杨墨好几天不见人，根本不管她儿子的事儿了。

李俊杰两口子吵架的原因其实很简单。从火车站回家的第二天，刘洋子主动去了李俊杰家，哭着道歉，承诺以后好好生活，做得很不错。夫妻俩带着儿子嘟嘟回到自己家，打算尝试独立地生活。李俊杰试着表现，下班回家下厨做饭，结果他做第二顿饭就把手指头切了，伤口挺深的。没法做饭，两口子只能带着孩子吃外卖。两天后，李俊杰的老妈不放心，晚上跑他们家突击检查，发现儿子手指头的伤口红肿，孙子嘟嘟正在吃没有营养的麻辣烫，当即冲着刘洋子大发雷霆，说她笨得跟猪一样，让自己儿子、孙子遭罪。

自尊心突然被戳得稀碎，刘洋子哭得稀里哗啦，跑回卧室时关门声音很大。李俊杰老妈不依不饶，说她敢摔门，非要立马带着儿子、孙子回家，夫妻俩必须分居。最终，嘟嘟被带走，李俊杰留下了，但是两个人两天都没说话了，晚上各玩各的手机，各吃各的外卖。

杨墨问："你没再找女网友聊天吧？"

李俊杰说："没有，游戏也没玩，烦得很，什么都不想干，觉得活着很没意思。"

杨墨拍拍他的肩膀说："你做得对，没回家、没勾搭女网友是对的。我想办法给你把儿子弄回来。"

杨墨开车去了李俊杰家，一路上心里很没底，不知道该怎么办。他一直在想黄静莉的事儿，压根儿没法集中精神思考"90后"小两口的鸡毛蒜皮。

到了小区里，正好看见李俊杰的老爸一个人在下面溜达，杨墨打了个招呼，问阿姨怎么没跟他一起。他老爸说："老太太嫌冷，还在家里生气呢，抱怨儿子不跟她一条心了，宠着媳妇忘了娘。"

看着李老爸像个知书达理的老干部，杨墨拐弯抹角地提了提，发现这位老爷子很清楚，儿子、儿媳妇的矛盾有大半原因在于儿子他妈，儿子其实很想独立，但是他妈是那么强势的女人，自退休后闲着没事，也没什么爱好，全部心思都放在儿子、孙子身上，容不得别人插手。

杨墨灵机一动，说他有个主意，想办法把老妈跟儿子分开，给李俊杰小两口创造个独立生活的空间和时间，但是需要李老爸配合。

李老爸摇着头叹气道："我是没办法，当年工作太忙，家务事从来没碰过，我们家都习惯了，确实是不好，但现在家里事我说了不算啊。"

杨墨说："不需要你说了算，我有俩办法：一个费钱省事，另一个省钱费事。费钱省事的办法是，我帮你们二老联系个旅游团，你们旅旅游，出去十天半个月的……"

李老爸说："这招儿不行，天太冷，我也老了，老胳膊老腿折腾不了那么久了。"

杨墨点点头说："也是，还有个省钱费事的办法。您装病怎么样？把老太太的注意力都吸引到您身上，她就没时间管儿子、孙子了。"

李老爸念叨着，自己这岁数，医保报销90%，就算住院也花不了几个钱，最近他正打算去医院打几天吊瓶疏通疏通血管，倒是可行，就怕装病把老太太吓出个好歹，而且他也不会演戏，怕露馅儿。

杨墨动之以情，晓之以理，告诉老爷子不用天天演，演一次能成功就行，为了儿子嘛。

犹豫再三，李老爸跟杨墨说："就这么办吧。老伴现在对你意见大着呢，你先把这件事跟俊杰说一声，别让他们当真。我自己回家，等我信息。咱啊，今天就办了，省得过一夜我后悔。"

就这么回了家，李老爸坐在沙发上看电视，看了一会儿突然把遥控器往地上一扔，歪歪扭扭地靠在沙发上，说很不舒服。李俊杰老妈正在厨房里做饭，听见声音出来一看，吓了一跳，赶紧给儿子打电话。李俊杰接到电话，马上通知杨墨。

杨墨等了五分钟，上楼敲门，装出火急火燎的样子，问叔叔怎么了，李俊杰回不来，他正好在附近，先赶来送医院。

李老爸就这样被送到医院，杨墨让魏志刚找关系，当天床位那么紧张，还是给安排上了住院。李俊杰没去医院，直接去幼儿园接了嘟嘟，又接了刘洋子一起去医院。刘洋子还算懂事，在医院里试着帮忙，接开水、擦桌子什么的，不嫌脏不嫌累，照顾着李老爸。

戏演得很圆满，李俊杰老妈满眼里只剩下老头子，对杨墨、刘洋子的怒气都消了大半。看天色将晚，李老爸说自己舒服多了，让该回去的都回去吧。

带着李俊杰一家三口出了医院，杨墨又跟着他们回了家，和两位"90后"敞开心扉地聊了聊。老男人一点不嫌害臊，拿自己20多岁的幼稚事儿当例子，说责任这个东西，谁也不是天生就有，关键是先有意识，再慢慢培养。他语重心长地说："你们比我强，20多岁已经当了父母，不像我，快40岁了在爹妈眼里还只是个孩子。"之后他又再三嘱咐，让两个人多用心，少赌气。

告辞时，杨墨让李俊杰送送他，两个人又来了一次男人之间的聊天。

杨墨说他很欣慰，能看到两个人正经地过日子，看到李俊杰像个真正的丈夫一样开始成熟，但他也很清楚，这只不过是一股新鲜劲儿，没有几个年轻人能真正热爱做家务。

李俊杰听到这话差点跪下，连声对杨墨叫哥，说自己已经很努力了，但是两个人每天晚上大眼瞪小眼也不是个事儿，实在太无聊，他不知道该怎么办，怎么才能让家庭生活变得更好，而且他觉得刘洋子其实也不开心，两个人都在装，很累，不知道能装到哪天。

杨墨沉思了一下，说："你应该鼓励刘洋子去追求自己的爱好，爱好文艺的人如果没有努力追逐过，这辈子都不会甘心，这样把她圈在家里对她、对你都没好处。"

李俊杰问："让她追求爱好，那我怎么办？"

杨墨狡猾地说："如果你能帮你老婆把梦想实现了，或许你就知道自己该干什么了。"

回到车里，杨墨愣了很久，直到全身冰凉。从跟黄静莉吵完，他们已经超过 24 小时没有任何联系，连条微信都没发。

他很惦记她。

"多用心，少赌气"，他刚刚对"90 后"小夫妻说的话，也触动了自己，他是孩子，其实黄静莉也是，两个孩子曾经生活得太安逸，后来又互相赌气、较劲，都犯了很多错误，一直变成今天的模样。他拿着手机，想发条问候的短信，又不知道该如何开口。这种沉默是一次次欲言又止叠加的结果，是一种自我纵容。比起解决问题的麻烦，沉默更容易，但对婚姻的杀伤力也更大。

杨墨曾经在报纸专栏里写过："中国丈夫普遍在外面口若悬河，回到家三棍子打不出个屁来。"他当时觉得很得意，没想到自己如今变成了自己最鄙视的样子。

14.

眼瞅着整个事务所狼狈不堪、士气低落，魏志刚打算请大家去泡温泉，放松一下，但是所有人都反对，没人有这闲心。魏志刚想了想，改成在店里聚餐，他订了好多外卖，既有凉菜也有热菜，还有炸鸡和烤肉，摆了满满一桌子。

还有一个改变。魏志刚本来在小屋角落里供着财神爷，每天烧香只求发财，最近他越琢磨越觉得马小小说得有道理，事务所附近大概是妖气太盛，要不然不该一直这么不顺，于是他又在财神爷旁边加了一个关二爷，请来关二爷的时候非让大家拜一拜、上三炷香，每个人都不情愿又心怀侥幸地做了。

结果，就在聚餐之前，"法老"和"艳后"突然回来了。这俩猫出去浪了好几天，现在浑身脏兮兮的，显然是受了欺负。马小小和达达俩姑娘开心得都要哭了，赶紧给它们彻彻底底地洗了个澡，吹干毛，俩猫舒服地躺在桌子上撒娇。

魏志刚显摆地说："怎么样？！我这请关二爷请得太对了。"

有了"法老"和"艳后"，大家心头终于松了一小下，饭吃得很欢乐。吃完了，俩姑娘逗猫，三巨头则是就着酒开会，会议以魏志刚为核心展开，因为他最清醒。

魏志刚提出几个问题：谁是幕后黑手？黑手想达到什么目的，已经达到了什么目的？谁是受害者，受害者受到伤害对幕后黑手有什么好处？

他们逐一分析才发现，"V姐"和整个事务所都是受害者，"安东"也不能算多大的受益者。幕后黑手熟知"V姐"和苏梓的行踪、内幕，能同时掌握这两个人状况的人肯定不是"V姐"的竞争对手，只有"安东"。

苏梓的观点和"V姐"一致，坚决不相信"安东"是幕后黑手，她反复强调自己真不是被外表蒙蔽了双眼，而是通过多次接触发现，

"安东"是个感性得一塌糊涂、完全没有理性思维的人，不分东西南北，对钱完全没有概念，逻辑分析能力为 0，这样的人要能谋划这么一出大戏，那真是见鬼了。

想来想去，苏梓突然一拍大腿，只剩下一个嫌疑人："安东"的出轨对象，18 线小明星。但是她马上又否定自己，那个姑娘看着真是楚楚可怜，一脸的人畜无害，会是这么有心机的人吗？还有一个疑问，那姑娘没资源也没钱，她哪有那么大的能力搅动娱乐圈？

杨墨他们去找了手握"安东"出轨照片的狗仔队，狗仔队们也正在着急。"V 姐"的事情一闹，他们原来的计划很可能一文不值，他们也在查到底是谁干的。

狗仔队说，"V 姐"这事儿是另一拨人干的，有计划、会选时间、节奏精准，不是圈内人，但是很专业。然而，没找"V 姐"私下谈判就直接爆料，意图不是钱，很可能是为了俩字——"未来"。不图钱，说明看不上眼前的小钱；图谋未来，说明未来有大钱。有美好未来可以期待，还能熟悉各种情况的，只剩下 18 线小明星一个人。

苏梓当作不知情，去联系 18 线小明星，却一直联系不上，"安东"也已经消失好几天，两个人同时失踪，真是让人纳闷。她满怀诚意地给"V 姐"打去电话，不计前嫌，详细说了事务所这边的分析和推测，"V 姐"被说服了，放下身段向她道歉，说改天见面请她吃顿饭，再正式赔礼，但是"V 姐"也联系不上 18 线小明星。

关键时刻，还得请专业人士出手，整个事务所对娱乐八卦最专业的人，莫过于马小小。杨墨派她出手，早就蠢蠢欲动的马小小得令，立马混进了"安东"的一堆粉丝群，去找那几个狂热的粉丝。马小小做了很多功课，假装自己是狂热粉，自己嗨得一塌糊涂，用一张穿泳衣跟"安东"的合影震慑了所有人，没半天时间她就跟狂热粉丝们混成了死党。于是她巧妙地释放出信号，说"安东"这几天神秘失踪，不知去向。狂热粉丝们马上猜测，那八成是去悄悄旅游了，偶像偷着出去玩几天是常有的事儿，这要是能查到旅游地点，能堵住偶像，意外惊喜大大的。

狂热粉丝们的情报和人脉真不是盖的，她们查到了"安东"的去向——韩国！她们还知道了准确的航班号和时间，就在三天前。魏志刚找朋友拿到了那班飞机上的旅客名单——头等舱，"安东"和18线小明星在一起——谜底终于要揭开了。

在娱乐圈，热度就是金钱，时间就是金钱，每一个小时都会有新变化。

苏梓给"V姐"打电话，说她知道了"安东"的行踪，"V姐"让她直接去家里面谈。苏梓听"V姐"电话里的声音相当消极，有点意外，叫杨墨开车送她。两个人生怕被狗仔队发现，戴了帽子、口罩、墨镜甚至围巾，捂得都快出痱子了，结果却发现，小区门口一个记者都没有。

距离上次见面还没到七十二个小时，"V姐"家门口蹲守的娱乐记者突然离开了，他们没拍到任何劲爆画面就主动放弃，只能说明，有新的大事即将发生。

杨墨有种不太好的预感，他觉得，既然不需要防范记者，让苏梓自己上楼更好，这种时候两个女人更容易交心。

苏梓同意他的观点，独自敲开"V姐"家的房门。"V姐"正端着一杯洋酒，她今天的状态非常糟糕，头发乱七八糟，光脚没有穿鞋，连化妆都很潦草，没有气场，没有精神，再精致细腻的皮肤，一旦没法做表情控制，总会老态毕现。苏梓纳闷地换鞋进屋，屋子里到处都是酒气，很凌乱，不像她上次拜访时那么整洁。

"今天我让保姆带着孩子出门了，家里没收拾，你找地方坐吧。""V姐"低沉地说着，走到酒柜边又给自己倒了一杯酒，她端着酒杯向苏梓示意了一下，苏梓赶紧摇摇头，意思是不想喝，不过，拒绝的瞬间又觉得不太好，于是她又点点头。

"V姐"给她倒了一杯酒，放了几个冰块，递过去，缓缓地坐下，说："有什么话就说吧。"

苏梓有点慌乱，"V姐"一直坚强、冷峻的形象轰然倒塌，这是她绝对没有想到的，但是不知道发生了什么。她原来的措辞全部被打乱，她便用简单、平淡、谨慎的词语把"安东"和18线小明星去韩国的事情说了一遍。

"V姐"点点头，喝了一大口酒，苦笑了一声："呵呵。"

苏梓赶紧补充说，发布"V姐"信息的不是圈内人，但是买热搜、做推送找的是专业公司，花了很可观的一笔钱，让热度保持了好几天。从种种迹象来看，18线小明星是从"安东"嘴里套出了苏梓和"V姐"的行踪，再有专业人士跟进，进行一系列的偷拍、发布、热炒等操作，这不是一个人战斗，而是团伙作案，"安东"说不定只是个牺牲品……

"不重要了，我早就猜到了，只是一直不想戳穿，""V姐"突然举起酒杯，向苏梓示意碰杯，她喃喃地问，"如果……我要离婚，想不想做我的离婚律师？"

苏梓很意外，意外到没有力气端起酒杯，她惊讶地问："离婚？为什么？"

　　"V姐"很努力地忍了，但还是没忍住，她的眼泪唰地掉了出来，掉得特别凄凉，她又马上收住表情，做回原来的女王，她说："投资人早上发来信息，只说了三个字——'很抱歉'。戏没了，我复出的最好机会就这么错失了，而且对手一旦成功，接下来的几年将垄断所有的好剧本，我没希望了，所有的努力都白费了。"

　　苏梓试图劝慰道："您别太伤心，好剧本多得是……"

　　"你不懂，""V姐"仰起头，手指在脸颊两侧擦拭了几下，说，"一部电视剧从拍摄到制作再到播放是有时间周期的，那部剧的投资很大，背后势力很硬，到时候会铺到各个卫视，其他的剧都要避避风头，这一避，拖个一年半载都正常。我已经40岁了，机会很少了，错过这一次，下一次可能只能演外婆了，呵呵。"

　　苏梓一时语塞，"V姐"的失落戛然而止，她突然冷酷地说："既然我完了，那也就顾不得什么面子，顾不得什么夫妻情分，不能就这么算了。"

　　"您——"苏梓刚一开口，就被对方打断。

　　"V姐"晃着起身在沙发里翻出自己的钱包，掏出一张卡，是××服装店的金卡。她递给苏梓，让她拿去花掉，买几件衣服，算是弥补自己之前的错怪。苏梓再三推辞，结果还是被她硬塞在了手里。

　　"这一次，我不光要贴出'安东'跟18线小明星出轨的照片，还有以前每一次的，既然他们不让我舒服，我就让整个圈子都痛苦。""V姐"面如死灰地看着苏梓说，"如果你想留下当我的离婚律师，我欢迎；如果你想当'安东'的离婚律师，我也没意见。多余的话不用说了，我已经把所有的照片让经纪人发了出去，最晚明天你就都看到了。"

苏梓还想说些什么，"V姐"对她说："叫你来，本来是想让你陪我喝酒，不过我还是很讨厌在外人面前变得脆弱，算了，你走吧，谢谢你对我们家的关照。"

苏梓不知所措地离开。临走时，她把那张金卡留下，没脸拿，并为自己的业余向"V姐"道歉，恳请她再慎重考虑一下离婚的事儿，多想想孩子。下了楼，她非常自责，如果能早发现18线小明星的阴谋，或许不会搞成现在这个局面。

在回去的路上，苏梓一直絮絮叨叨，不给杨墨插嘴的机会，说自己最近太放纵，跟陈冰南的火花结束后就一直浑浑噩噩，做的都是简单的劝退贪财小三的案子，赚了一些钱，赚的钱又马上花掉，买了一堆没什么用但是死贵的东西——1000多元的搅拌机，3000多元的料理机，5000多元的吸尘器——眼睛都不眨，老妈直骂她败家。她说不清自己是空虚、寂寞还是孤独，觉得自己飘浮在空中，沉不下来，不再认真，丢了耐心，结果非常糟糕，让一个原本有可能和好的家庭破碎了。

杨墨劝她说："你不要妄自菲薄，这一次不是因为你浮躁，而是我们踏入了一个完全不熟悉的圈子，都太轻敌，这是一个教训，我也要检讨，没有早早帮你。"

听了这些话，苏梓冰冷的心里有了一丝暖意，但她还是惴惴不安，整个晚上都不敢看手机，怕看见"安东"的事情曝光。当然，她没想到，什么消息都没有发出来。

15.

有些东西是真实存在的，可以看见，可以摸到；有些东西或许存在，但是看不见也摸不到。佛曰，人生有八苦：生、老、病、死、怨憎会、爱别离、求不得、五蕴炽盛。前四个是真实存在的，后四个或许存在，或许不存在，因为痛苦都在心里，是自己的障。

爱、恨、欲望都好理解，"五蕴炽盛"的意思是说，看到的、听到的、想到的、遇到的、感受到的形形色色的假象，都会让人迷失自我，陷入痛苦。

在等待"安东"和18线小明星回国的日子里，苏梓和魏志刚一起劝杨墨，把姿态放下来吧，他没有真凭实据，黄静莉没有出轨，她只是受了顶头上司的骚扰，但是一个女人能怎么办？除了辞职，只有忍受，她不跟他说，其实是爱他、保护他，是他自己在迷失，在较劲。

杨墨主动开口，跟老婆在微信上认认真真地谈了一次话，两个人都觉得不见面更容易敞开心扉。杨墨很诚恳地道歉，自己不该一时冲动删掉所有微博，不该没打招呼就让苏梓和老妈住到自己家，不该宁可装睡也不哄她，不该对他们的问题视而不见。黄静莉接受了道歉，也承认不该隐瞒Peter汪发来的骚扰信息，更不该回应，她发誓自己没有出轨，肉体上、精神上都没有。

心扉敞完了，杨墨主动要去接黄静莉回家，黄静莉拒绝了，说让他在楼下等着就行，自己很快到家。

出租车很快开来，接下两个大箱子，杨墨先送上一个深深的拥抱，拥抱的一瞬间，黄静莉的眼泪差点掉出来。把行李送回家，杨墨问黄静莉想吃什么。她想了想说，无比想念比萨和炸鸡。于是他们点了外卖，最钟爱的比萨还是那个味道。吃东西的时候，为了让气氛更轻松一点，他们还一起看了一部电影。

吃完饭，黄静莉喊困，沉沉地睡了过去。她的手机突然收到短信，杨墨忍不住偷看了一眼，发现是酒店发来的对住宿是否满意的信息，这才恍然大悟，原来媳妇压根儿没住在她爸妈家。

黄静莉怎么可能住回她爸妈家？杨墨搞砸了她爸的60岁大寿，她回家住一夜是向爸妈证明，在自己心里爸妈位置比老公更重要，让老人安心。现在如果公开分居，那对老人来说就是五雷轰顶，她的爸妈会马上去找杨墨的爸妈，到时候一切都不可收拾。

拖着两个行李箱，黄静莉这几天一直住在酒店里，选位置很尴尬，不想离公司太近，又不想上班太远；不想住在同事多的地方和商业区，又不能太贵，好不容易选了一家，住进去到了晚上才发现房间不隔音，隔壁的男欢女爱让她彻夜难眠。换吗？万一又有问题，还要再换吗？黄静莉累了，为自己的冲动后悔，所以杨墨来道歉的时候，她借坡下驴，选择了回家。

回家很容易，解开心里的疙瘩却没有那么容易。心魔，是一道障。

苏梓的老妈是个勤劳的家庭妇女，住在杨墨家觉得添了很大的麻烦，身体一有好转就马上开始收拾，从厨房到卫生间，很多东西都重新规整，变了位置。杨墨无所谓，但黄静莉非常不舒服，睡醒之后，她始终觉得有股生人的味道，晚上洗了所有的床单、被褥、枕套、毛巾，甚至连地垫都刷了，又把所有的瓶瓶罐罐都放回自己习惯的位置。

杨墨一开始还试图帮忙，发现根本插不上手，只能躺在沙发上玩手机。等黄静莉折腾了三四个小时还在收拾，他实在憋不住，说了句："你差不多得了。"

黄静莉听到这话，愣了两秒钟，欲言又止，又继续忙起来。

杨墨尽量控制着语气说："别没完没了了，人家苏梓她妈哪儿脏着你了？"

黄静莉站在那里，跟杨墨对视了很久，然后问："那我哪儿脏着你了？"

杨墨愣住了，好像被扒光了外衣，露出一脸嫌弃的灵魂。他知道黄静莉没有出轨，但他也知道，老婆已经站到了墙根下，距离爬上墙头只有一步之遥。微博里的私信他一条一条读过，有的对话已经越位，这让他非常不爽，如鲠在喉。他去道歉，不只是因为苏梓和魏志刚的话有道理，还怕惹恼了丈母娘，骨子里他不想原谅，所以一切都写在脸上。黄静莉厌恶的，不是苏梓老妈的味道，而是他脸上藏不住的嫌弃。

两个人的和解好像纯粹是看在比萨的面子上，彼此连把手伸到对方灵魂里挠一下的勇气都没有，他们在分居时，明明心里都在惦记着对方，很想和解，但是等到真的见面了，他们又没法好好说话，最后还是一起沉默，各自玩各自的手机。黄静莉已经换了所有的床单、被褥，洁癖依然让她辗转反侧，半夜爬起来往床上喷香水。这一喷，杨墨的鼻炎犯了，连续打了几十个喷嚏。

杨墨说："今晚我去客厅睡吧。"黄静莉背对着他，蜷缩成一团，没有说话。

于是，新一轮的分居又开始了。

两天后，杨墨开车拉着整个事务所的人去了机场。魏志刚想办法让他们通过安检，在国际到达区堵住"安东"和18线小明星，马小小和达达在机场大厅负责干扰同样得到情报的疯狂粉丝们，为他们的离开制造空间。

"安东"一脸茫然，被苏梓塞进一辆车里。苏梓质问他，为何突然跑去韩国，连个招呼都不打。"安东"说，18线小明星要跟他同游韩国，来一次最后的告别，他觉得对不起人家，就答应了，没想太多，走得匆忙，打算回来之后再说来着。

苏梓心里连骂了几十个"傻×"，让杨墨开着车直接把他送回"V姐"那里赔罪，然后又回到机场的VIP休息室。没了驾照的魏志刚托朋友的关系，借这里用用，正一脸猥琐地"看押"着18线小明星，小丫头很紧张，一边哭一边低头看手机。

这是杨墨出的馊主意，既然之前一直被18线小明星背后的黑手牵着鼻子走，现在要变被动为主动，在机场直接堵住刚刚旅游回来的两个人，兵分两路。老油条杨墨单独会"安东"，如果他真的没有心机，那杨墨就用尽手段套他心里的话；如果他一切都是伪装，杨墨肯定能试探到他在装什么。魏志刚和苏梓则一个演流氓，另一个演圣母，组团吓唬18线小明星，让她在机场就吐出实情，交代幕后黑手。

这个小明星一直哭，反复说自己不知道，各种柔弱、各种害怕，就是不说关键字，打得一手好太极。苏梓提前预料到这一出，做了充足的预案，软硬兼施骗来了人民警察张亚东。

张亚东最近比较忙，联系苏梓的次数很少，苏梓软磨硬泡，非让他送自己去一次机场。在来机场的路上苏梓才说出实情，让他用自己的警察身份吓唬一下这个小明星。张亚东坚决不答应，滥用职权的事儿坚决不干。苏梓装可怜，说偶像原本好好的家庭被自己的错误拆散了，自己痛苦绝望，这是最后的努力，她还试着演一出哭戏，但是哭戏太难演，表情都拧巴了，眼眶也没湿。

张亚东严肃地说："你看看，我说得对吧？平时就教育你，少看电视剧，少怀揣着不切实际的梦，老老实实找个人嫁了，你不听，现在幻想破灭了吧？"

苏梓演哭戏居然演成了招财猫的造型，摇着手说："亚东哥哥，我怎么办？帮帮忙嘛。"

最后，张亚东半推半就地答应了。

所以，苏梓这边眼瞅着小明星不说话，给张亚东发了个微信。张亚东穿着警服来到 VIP 休息室，亮出警徽表明身份，对小明星说，接到举报，她涉嫌一起经济诈骗案，希望她能配合接受调查，如果在这里不说，那就走一趟，去市局经侦科说。

苏梓和魏志刚暗暗交换了眼色，意思是，这张亚东假戏真做演得真棒！

小明星看起来吓坏了，哭得泣不成声，"圣母"苏梓降临，假装埋怨张亚东和魏志刚太过心急，对小明星耐心抚慰，好言相劝。

正劝着，VIP 休息室的门一开，突然闯进来三个人，大喊："干什么呢你们？一群人组团欺负小姑娘，还有王法没有？"

苏梓和魏志刚直接愣住了，魏志刚问："这个人是谁啊？"苏梓呆呆地说："这是'Ｖ姐'的经纪人。"

经纪人带着两个保镖冲到苏梓面前，18 线小明星一抹眼泪，立马变了张脸，嗓门儿提了三个八度，说："哥，你们可算来了，我这眼泪都快哭干了。"

"那不能，您是未来的影后，戏不停，眼泪绝不能没，"经纪人一把搂住她说，"走，回家。"

苏梓一肚子疑惑，大喊："不许走！我们正在调查呢！"

经纪人眼睛瞪得溜圆说："调查个屁，你们是警察还是法院啊？有证吗？哪儿来的回哪儿去，少跟我们这儿掺和。"

魏志刚也想上前，直接被俩保镖推了一个趔趄，经纪人指着他的鼻子说："玩儿横的不好使，知道不？趁着我没告你们非法拘禁，赶紧滚蛋。"

旁边，18线小明星特别装腔作势，再也没有了柔弱的姿态，叉着腰跳着脚喊："对，告他们非法拘禁！告他们绑架！"

苏梓火太大了，完全摸不清状况，她瞪着眼，像只受了欺负的小豹子，坚决不肯认输，撸袖子就要跟保镖对抗。张亚东走过来，一把拉住她说："算了吧，先让他们走。"

经纪人点点头，捏住张亚东身前的胸徽看了两眼，说："还是警察叔叔懂规矩，警号我记下来了，你涉嫌利用职务干涉他人人身自由，等着被投诉吧。"

说着，他们几个便扬长而去。

苏梓不服，但是没办法，她怒视着嚣张的背影离开，直到消失了很久，她还在发狠。

"算了吧，姑娘，我们另想办法。"魏志刚说着，过去拉她。

苏梓把满腔怒火都发泄在他身上，指着鼻子怒吼道："你看看你那屃样，被人家推一下立马就瘪了，就这么怕挨揍吗？光天化日之下他们敢打人吗？你怕什么呢？"

张亚东也过来劝说："好了，苏梓，我送你们回去吧。"

苏梓一把推开他说："不用你送，都是窝囊废，我自己回去！"说着，她转身一个人走了。

魏志刚和张亚东对视了一眼，张亚东说："你陪她一起回去吧，我自己回去。"

苏梓这边突发意外，杨墨那边也不顺利，他努力控制着车速，没开得太快，一路上跟"安东"东拉西扯，各种试探。结果发现，这位大爷说话没逻辑，一腔文艺青年的热血，完全没心机，简单地说，如果去掉演戏的才华，他基本就是个傻×。

问什么都是白问，杨墨只是明确了一点：这段时间18线小明星确实跟他联系很密切，多次问过苏梓和"V姐"的行踪，他觉得说出来不好，又觉得老拒绝也不好，拒绝拒绝着，扛不住对方各种问，最后都说了。

杨墨问他："想好回家怎么面对你老婆了吗？"

"安东"说："我把一切关系都撇清了，回家好好承认错误吧。"

杨墨连白眼都懒得翻，说："这一次事态严重啊，你老婆的戏黄了，你光承认错误恐怕不行吧。"

"安东"沉思了一下，说："在韩国这几天想明白了一件事，我太累了，渴望过平凡人的生活，我愿意放弃自己的一切。"

杨墨不再说话，心里不屑地嘀咕着："神经病。"

到了家，杨墨按照苏梓的交代，送"安东"上楼，开门的还是"V姐"，不过没有苏梓说的失魂落魄，"V姐"还是原来的"V姐"，精致、强势、掌控全场，她没让杨墨进门，简单说了声"感谢"，就此结束。

杨墨给苏梓打了个电话，复述了所有情况，有种拳拳打在棉花上的感觉。苏梓跟魏志刚正在回事务所的出租车上，挂断电话，她久久地望着车窗外，没有太阳，天气预报说今夜到明天有大雪。

到底发生了什么？

张亚东发来微信，对苏梓说抱歉，没有帮到她。

苏梓回答说："已经很感谢了，人民警察，希望不会连累你被投诉。"

她又发了句："我真的很失望。"但她想了想，又点了撤回。

张亚东已经看到了。他开车回到了警局，跟队长汇报，队长说："差不多该收网了。"

16.

有一阵子，网络上兴起一个词儿叫"岁月静好"，苏梓老爱用。

杨墨说："压根儿没有什么岁月静好，只是因为背后有个人在替你死扛。"

这句话很适合用在现在。

晚上，魏志刚和张亚东见了一面，张亚东问苏梓现在怎么样了，还有没有生气。魏志刚说："苏梓嘛，就那样，直脾气，气得快好得也快。"张亚东点点头，跟魏志刚交接了一些资料，然后嘱咐说："保密哈。"

魏志刚不解地问："亚东啊，都到这时候了，还保密啊？你做了这么多事，一点都不让苏梓知道，她怎么能喜欢你？"

"该不喜欢，她知道了也不会喜欢。"张亚东笑笑说，"我了解她，之前一直没说，什么都做完了才告诉她，只会让她更生气。"

魏志刚拍了拍他说："论泡妞，你还是应该听哥哥我的，苏梓是个好姑娘，但是你这么弄，不行呀。"

张亚东尴尬地笑笑说："哈哈，看缘分吧。"

自得知苏梓开始接手"安东"出轨的案子，张亚东一直对她很关注，时不时跟魏志刚互通一下情况，同时委托魏志刚悄悄关注"V姐"的经纪人，调查他的各种行踪。

之前陈冰南的事儿，张亚东一直没时间调查，是因为他们经济侦查科要收网追踪了很久的系列案件，是某些利益集团利用娱乐圈投资洗钱的案子，把来路不明的大量资金用投资影视剧的方式变成合法收入，这种套路在最近几年的娱乐圈越来越常见，数额越来越大。张亚东他们早早布局，已经跟踪了一段时间，××集团是新手，以为这种套路万无一失，一上来就是大手笔，号称要制作一部投资巨大的电视剧，"V姐"等明星一直不明就里地在竞争各个角色。

但是，无论是"V姐""安东"还是苏梓都不知道，两人共用的经纪人、"安东"个人工作室的经纪事务总监也在背地里持续接触××集团的负责人。"V姐"隐退好几年，"安东"的人气也一直在下滑，片约越来越少，两个人的代言广告都快到期，经纪人觉得没了油水，早就在物色值得培养的新星。

18线小明星自出道就受到各方关注，人美、聪明、有演技、有心机、没后台，经纪人私下跟她签了十年代理合同，开始一系列的运作，安排她跟"安东"各种偶然相遇，教她如何讨"安东"的欢心，顺理成章地钓到之后，又安排约会地点，安排狗仔队跟拍，以此作为要挟，逼迫"安东"帮她接戏，并试图逼迫"V姐"妥协。

经纪人熟知"V姐""安东"甚至苏梓的一切行程，对"V姐"的强硬也早有预料，安排了一系列泼脏水的行为，"V姐"吩咐他干的事却一件都没办，包括最后恼羞成怒让他公开所有的照片，他直接销毁，谁也没给。

经纪人突然变得这么硬气，撕破脸直接跟"V姐"对着干，谁都没想到，因为他靠着毁掉"V姐"拿到了至关重要的合同，18线小明星将在投资巨大的电视剧里扮演女三号，并且跟男二号有大量感情戏，从18线小明星直接到女三，接下来将是平步青云，运作好了，再过一两年就能到一线。

本来，最近两天将有一场盛大的新闻发布会，是电视剧的开机仪式，"安东"曾经出轨的当红女星是女一号，18线小明星是女三号，"安东"刚刚客串完的那部电影的主角"小鲜肉"是这部电视剧的男二号，他跟18线小明星在现实中的暧昧和互动已经提前开始预热，这得多谢"安东"成全，让他们在电影拍摄现场相识，给小明星提供了大把机会勾搭。

电视剧的开机时间、发布会地点都是请大师算过的，所谓良辰吉日、天时地利，但是就在各种邀请函都已经发出、新闻通稿都已经提前写好的时候，张亚东他们开始了收网行动。投资人及其团伙因涉嫌洗钱、巨额财产来源不明、黑社会性质组织犯罪，被刑事拘留。"V姐"的经纪人因涉嫌参与黑社会组织、协助洗钱、做假账偷钱，同样也被抓了。

电视剧黄了，各位明星的明争暗斗全白费了，但是谁也没有声张，这件事从头到尾就像没发生过一样，悄无声息地筹备，悄无声息地结束，公众都不知道。

18 线小明星疯了，为了成名，她睡过经纪人，睡过"安东"，睡过"小鲜肉"，现在该坐牢的坐牢，该是明星的依然是明星，她什么都没得到。小明星手机里有大量的自拍照，跟"安东"、跟"小鲜肉"的都有，她不断威胁着，声称要全部曝光，让所有人都不得好死。

有狗仔队联系到了小明星，声称要付给她一笔钱，买断所有照片。在支付了定金之后，他们见了面，狗仔队把 U 盘插入小明星的电脑，又连接她的手机，小明星心眼儿很多，但是没什么文化，只能任他摆布。

狗仔队是魏志刚请来的，是他的兄弟、之前黑过刘幂幂的欧爷，欧爷这种架设一个私密平台都不费吹灰之力的计算机天才，编个病毒也是小菜一碟。

小明星的电脑和手机全部被黑，所有照片都不见了踪影，没有了证据，没有了人脉，她想公开什么也没人相信。当然，为了避免她做出过激行为——一哭二闹三上吊，在欧爷动手之前，魏志刚先私下跟"V 姐"和"小鲜肉"的经纪人分别沟通过，"V 姐"出了一笔钱，"小鲜肉"方面出了一笔钱，还承诺签一份经纪约，未来两年帮她接三部戏，尽量争取女三、女四的角色。

杨墨和魏志刚一个唱红脸，另一个唱白脸去见了一次小明星，说明利害关系，让她承诺别再闹。小明星没有办法，只能接受，没法一夜成名，但她有机会去寻找新的猎物。

魏志刚把他做的一切地下工作都告诉了杨墨，但是没有告诉苏梓。他们都知道，苏梓的自尊心是这世界上最宝贵的东西，他们都想呵护，没人愿意击碎。

17.

苏梓一直没闲着，她做了一件以前不愿意做的事情，让闺密丁小美带着她去参加了一个疑似相亲的饭局。

与苏梓见面的是著名律师事务所的资深律师，40多岁，离异，几年前在一个饭局上见过苏梓，一直对她很有好感，但是约过几次都被委婉拒绝了。这位律师的特长是处理商务合作和商务纠纷，所在的律师事务所跟娱乐圈关系颇深，负责一家著名节目制作公司的法律顾问和合同拟订。

苏梓让丁小美给自己化了浓一点的妆，等化完了想死的心都有。她说："大姐，你这化的不是浓一点的问题，这简直就是个妖艳贱货啊。"丁小美说："你不懂了吧，老男人就喜欢红嘴唇、黑丝袜。"

饭局进行得很顺利，丁小美见风使舵的功力见长，苏梓顺水推舟说出她跟"V姐"现在是好闺密。那位离异律师问是哪个"V姐"，得知是那个著名的"V姐"，问啥时候能见见，牵线搭桥那是必须的。

苏梓又一次去了"V姐"家，得知他们没了经纪人，有些意外地问原因。"V姐"按照魏志刚的嘱咐，只说了些冠冕堂皇的话。听说有机会接触著名节目制作公司的高层，"V姐"很感谢苏梓，答应带着"安东"一起出席。苏梓关切地问他们最近感情怎么样，"V姐"意味深长地说："为了孩子。"

其实，孩子是一方面，钱也是一方面。"V姐"之前对经纪人很信任，不知道经纪人正是利用了这种信任，一直在偷她跟"安东"的钱。经纪人被抓之后，她整理了所有资金和账目，发现损失相当大。张亚东他们能追缴回大部分资金，但现实也很残酷，最近两年经纪人心不在焉，她跟"安东"的广告代言都快到期，新合约根本没谈，已经被别人提前挖走，他们正在坐吃山空。在自己前途不明的情况下，如何利用"安东"的剩余价值翻身，是"V姐"现在最关心的事儿，这种时候选择离婚太不明智。

新一轮饭局很快进行，苏梓、丁小美、"V姐"夫妇、离异男律师、律师事务所高层、节目制作公司的副总和项目总监、总导演都参加了，气氛很友好。项目总监说，之前他们的节目就找过"V姐"的经纪人，但是一直没谈成。"V姐"很不好意思地说："过去的就过去吧，过去都是我不对，现在我愿意展现所有的诚意。"说着，她干了一杯白酒。

饭局结束后，在回家的路上，喝得有点多的苏梓对丁小美突发感慨。这么利用一个40多岁离异的老男人，她总觉得于心不忍，40多岁还离婚，已经够可怜了，万一再伤了老男人的心怎么办？

"你得了吧，人家老男人有房有车、有钱有地位，可是抢手资源，广撒网、广撒饵，你只不过是网里的一条鱼。"丁小美说，"人家老男人可是说了，印象中的你还是那个刚出校园没几年一身稚气的小女孩，现实却是你已经变得又成熟又聪明，令他刮目相看啊。"

苏梓迷迷糊糊地问："我怎么觉得不像好话啊？"

丁小美说："原话是这么说的，当情人太成熟，当老婆太聪明。剩下的你自己意会吧。"

"嘿，他这是嫌弃谁呢？"苏梓在大马路上嚷嚷，"这么嫌弃我，那他还帮我干啥？"

丁小美说："你这个傻妞，谈成'V姐'夫妻这种级别的明星，要噱头有噱头，要爆点有爆点，多少钱啊！"

几天之后，一年一度的慈善晚宴如期举办，"V姐"夫妇带着孩子盛装出席，秀尽了恩爱，对之前所有的绯闻都已经强势澄清，一家三口的微笑就是最好的诠释。

苏梓和丁小美作为"V姐"的特邀嘉宾，去现场凑了个热闹。马小小和达达也拿到了内场的VIP观众门票，看明星们走红毯、秀才艺、参加拍卖会，两个丫头兴奋得不要不要的。

在慈善拍卖会上，"安东"花了几十万拍下一幅山区儿童的画，所有善款将全部捐献给山区儿童，用于改善午餐质量。"安东"现场宣布，他将带着孩子参加电视台一档父子野外生存的亲子节目的拍摄，"V姐"也会特别出演；"V姐"顺势发出自己的呐喊："我想演戏！"

当晚，这句话变成了头条新闻，"V姐"的电话也被打爆了。

"V姐"主动找到苏梓，问她有没有兴趣加入自己的工作室，先做助理，她可以教她入行，有经验了直接当经纪人，年薪加提成，七位数起步，做得好未来不可限量。

娱乐圈的诱惑太大、太直接，苏梓着实动心了，大晚上的把杨墨和魏志刚叫在一起，请他们吃饭，把这个工作机会说了出来。杨墨和魏志刚受到张亚东的再三嘱咐，不能把一切真相说给她听，也不愿意破坏"V姐"在她心中的形象，只能装傻，各种东拉西扯。

苏梓睡了一夜，第二天郑重宣布，她已经拒绝了"V姐"的邀请，她要踏踏实实在事务所当婚姻治愈师。杨墨和魏志刚问她为啥，苏梓坦白，昨晚上跟老妈说，现在有个机会，一年说不定能赚好几百万，就是每天得到处飞，天南地北，天天不着家。老妈听着听着就酝酿出了眼泪，说，宁可她一年就赚5万块钱，也不愿意她30岁了还这么辛苦，然后又说起结婚不结婚那一套，像冷水浇头，让她变得清醒，比起赚钱，还是陪老妈更实际一点。

杨墨撸着"法老"说："真是一物降一物啊，你妈降你，黄静莉她妈降我，魏志刚他丈母娘降他，老年女性平均寿命高于老年男性，这是有原因的。"

18.

苏梓问过张亚东："两个完全不同的人，有可能结婚吗？"

最近几天，所有人都在琢磨这句话。

街道刘主任上了一次门，给整个事务所开会，传达重要指示，批评他们最近搞得乌烟瘴气，连续闹出扰乱街道秩序的事情，舆论影响很不好，以后事务所的工作方向要严谨务实，少招惹大款、暴发户、大明星的破事儿，多帮助街道群众搞好夫妻关系，助建精神文明。

马小小做了详细的会议记录，魏志刚代表事务所发言，检讨最近的一系列错误，坚决拥护刘主任的方针政策，并努力执行。

会议结束后，刘主任说："看在你们处理'90后'小两口工作还算稳妥的分儿上，原谅你们了，下不为例。"杨墨这才想起来，李俊杰和刘洋子小夫妻的生活他已经好几天没关心了，于是他又一次登门拜访。

李俊杰和刘洋子正儿八经地过起了一家三口的生活。刘洋子彻底关了直播，李俊杰开始每晚陪她一起健身，还监督饮食。刘洋子现在的精气神彻底变了，虽然依然胖，但浮肿消了，整个人像一下子瘦了很多。她骄傲地说，老公玩游戏的网友里有一个音乐制作人，他们见了面，对方很喜欢她的声音，请她去做一些录音工作，虽然不是出道当歌手，但她还是很有成就感的。

杨墨大大夸奖了李俊杰一番，李俊杰说："哥，你说得都对。"

事务所又一个周一下午的例会，魏志刚让苏梓和杨墨分别做一下工作总结。苏梓说了很多自我检讨。轮到杨墨时，他清了清嗓子，说自己终于明白了一个道理：**同性纵容，异性牵制**。

"V姐"和"安东"、李俊杰和刘洋子，从本质上来看都是一类人，娱乐明星们渴望成功、爱慕虚荣；"90后"小夫妻从小在蜜罐里长大，不懂谦让，缺少责任感。同一类人在一起生活，只会相互纵容，好的时候像狂奔的野马一路飞驰；不好的时候，负面情绪叠加，杀伤力非常巨大。两个完全不同的人，是可以在一起的，正因为不同，看待每件事都会有不同的角度和观点，好的时候可能会互相限制；不好的时候，也能从不同的角度解决问题，不会失控。

杨墨不得不面对的现实是，他跟黄静莉其实是同一类人，骨子里有文艺范儿，爱自由、情绪化，又都不是那种不管不顾的浪人，都在拼命压抑自己的情绪和性格。他们曾经度过了非常美好的几年，不需要说一句话就能理解对方的一举一动，这种默契让他们陶醉，深陷其中。

然而当问题产生时，杨墨因为不开心而沉默，黄静莉并不会揪着他说出原因，而是从自我理解的角度，觉得他可能需要一些时间消化，于是给了他宽容和空间。这种状态开始时当然很好，就像吸毒，自我麻痹非常诱人。久而久之，杨墨一遇到问题就沉默，沉默的时间越来越长，越来越不愿意开口解释。

杨墨对黄静莉的纵容也是这样。

于是，两个人的相互理解变成相互放逐，感情最终走向失控的边缘，每次想要解决问题时，两个相同的人看到的都是同一个方向，没人能从另一个角度提出方案，都对回头无能为力。

魏志刚在最后做总结发言的时候，把杨墨说的同性和异性的问题做了扩展，提到了张亚东，说张亚东和苏梓其实很符合异性的特质，两个人其实很般配。

苏梓脸一红，狡辩说："我不光跟亚东异性，我跟杨墨还异性呢，我俩配不配？"

魏志刚说："你少拿已婚老男人说事。"

例会结束后，杨墨决定开车送苏梓回家。苏梓知道，他其实还有些话想说，于是让他陪着自己去趟商场，正好"V姐"给了她一张卡，她想去买几件衣服。杨墨说："大姐，离你生日还有一个月呢，这就逼宫买礼物，着急得太随意了吧。"苏梓乐呵呵地掐了他一把。

为了把气氛搞得轻松点，不想让杨墨总是愁眉苦脸，苏梓故作轻松，有说有笑。渐渐地，杨墨忘了自己还想倾诉什么。在商场选衣服的时候，导购员对杨墨说："您太太身材真好。"两个人脸都一红。苏梓解释道，他们只是朋友，说完了，感觉导购员的表情更不自然。

"这年头怎么了，一男一女在一起，除了夫妻，只能是情人吗？"苏梓抱怨着。

杨墨说："放心，我泡谁也不能泡你。"

苏梓故意逗他，问为什么。

杨墨开玩笑说："当情人太成熟，当老婆太聪明。"

苏梓说："去你大爷的。"

买完东西，在回家的路上，杨墨问苏梓为何死活看不上张亚东，苏梓好奇地问："你跟魏志刚最近老提张亚东是几个意思啊？"

杨墨犹豫着，还是没把张亚东背后做的很多工作说出来，苏梓的自尊心，他想好好呵护着；而且对张亚东，不知道为什么，他觉得自己现在有了一点私心。

所有

逃避的、**失责**的爱情
都会毁掉婚姻

1.

杨墨和苏梓最初相识时是一对冤家。

五年前，杨墨还在报社做副刊的副主编，每周固定给副刊供稿的女律师突然辞职，合作律师事务所的领导就把这个任务交给了年轻律师苏梓。

一腔热血的苏梓欣然答应，但是刚写了三期就跟律师事务所领导抱怨，她每周写的专栏总会被杨墨改个七七八八，那个狗屁副主编既然这么牛，干脆他自己写算了。领导说："你俩的事儿你俩去沟通，杨主编是个好人。"

苏梓跑去报社，跟杨墨完成了历史性的第一次见面，之前两人一直是电话和微信联系。俩人的谈话没有实质性进展，互相看不上，都觉得对方是个自我矛盾的纠结体。

杨墨眼中的苏梓还是个小女孩，幼稚、冷血，不近人情，只会拿各种冷冰冰的数据和法律条文说事儿，又沉浸在心灵鸡汤的自我麻痹中，跟做了坏事才拜佛求神的人没什么区别。苏梓眼中的杨墨明明是个内心柔软的大叔，说起话来却尖酸刻薄、戾气很重，像个在权力斗争中苦苦挣扎、把压力发泄到周围的窝囊废。

正好那段时间，苏梓过得不开心，喜欢在朋友圈里发些鸡汤话，自我激励，加了杨墨为好友之后，这个老男人总是贱兮兮地评论。

比如，她写："世上本没有路，走的人多了，也就成了路。"杨墨就回复："世上也没有坑，掉进去的人多了，就砸出了一个坑。"

她写："其实，在大多数情况下，没有你想象得那么严重，你的抑郁症是矫情，你的拖延症是懒，你的强迫症是闲得发慌，你的失眠是根本不困，你的选择恐惧症是因为穷。"杨墨回复："其实，没别的，就是穷。"

她写："生活尽管不完美，但我却依然微笑，有时是我们自己可以选择的，有时却是我们必须去接受的。"杨墨回复："对，微笑着接受我又改了你写的 300 字吧，反正我们都没法选择。"

苏梓本来打算直接屏蔽这个讨厌的老男人，但是争强好胜的她不愿认尿，既然老男人爱絮叨，她偏要天天发，还经常回复道："今天这条黑鸡汤很没有水平，词穷了？"

转折点发生在杨墨被领导选中作为报社代表参加全国报刊管理工作会议那次，那时的杨墨自信满满，夫妻关系也很亲密。听说他被重用，黄静莉揪着他去买了一套昂贵的西装。看到价钱，杨墨连连摇头，黄静莉却执意坚持，那是杨墨这辈子穿过的最贵的衣服。五年之后，每逢重要的场合他还是要拿出来穿穿。

到了会议现场，杨墨才发现，原来自己不是被重用，是实在没人愿意来，他被抓了壮丁。会议没什么事，主要是听领导传达精神，他坐在一群昏昏欲睡的人中间突然开始打喷嚏，一个接一个，没完没了，跑也跑不了，忍也忍不住。旁边某报社的大姐好心递来纸巾，还有个佛系大哥悄悄跟他说："你这是典型的肾虚之症，吃点六味地黄丸吧。"

杨墨去开会的时候，副刊部主编忙着竞聘集团副主编的位置，没心思看稿子，苏梓的新稿子被交到一个经验不足的编辑手里，被原封不动地发表出来。那一期是关于"全职太太为何总是婚姻受害者"的话题，苏梓太客观，说法律没有义务处处照顾全职太太，女人还是要自强。结果，接下来几天她便收到上百个电话和几百条短信，全职太太们有大把的时间质问她、批判她、辱骂她，让她第一次感受到人的恶意有多凶悍。

开完会，杨墨知道了这件事，拖了两天，等苏梓被恶意多教训了几十个小时，他才约她到报社见了个面，劝慰了几句，语重心长地讲了些道理。之后，杨墨在副刊上发了一篇快评，替苏梓说了很多好话，洗白得很成功。

苏梓挺感激杨墨，尤其有人打来电话说："看了今天的报纸觉得自己前几天发的短信有些过激，跟你道个歉。"她第一次意识到，表达世界观的方法、尺度比道理本身更重要，真诚地跟杨墨说了声"谢谢"。杨墨也觉得苏梓不错，本以为这姑娘受了打击会低迷一段时间，没想到，接下来他收到的稿子很是用心，她既坚持自己的"三观"，又试着改正态度，既聪明又认真。

两个人慢慢从对头变成朋友，斗嘴一直延续下来，没有恶意，变成了乐趣。苏梓不经意间把杨墨当成了人生导师，杨墨则把苏梓当成了垃圾桶，互相倾诉这种事一旦发生就会变成互相依赖。遇到什么困难，苏梓总喜欢问问杨墨的观点，心里别扭的杨墨也总喜欢跟苏梓耍着贫嘴唠叨唠叨。

久而久之，黄静莉作为老婆在杨墨那里的一部分功能被苏梓取代了；而在苏梓的心里，任何一个充满爱意的追求者，都要先站在杨墨的身后，他是一个标尺，更是一个障碍。

糟糕的是，两个人都没有意识到这种潜移默化的改变。

杨墨对苏梓说："要是婚姻能一直像跟你在一起时这么轻松就好了。"

苏梓对杨墨说："现在只有你能逗我笑了。"

互相说这话时，两个人特别心安理得，觉得对方就是朋友，即使在外人看来，他们明明比朋友的距离更近一步。

杨墨曾经很多次渲染过，自己对苏梓完全没有兴趣；黄静莉也见过苏梓几面，觉得这姑娘长相还可以，身材也不错，但是缺少女人的味道，眼睛不会勾人，应该不是老公喜欢的类型。所以，杨墨习惯了拿苏梓当借口，遇到各种糟心事怕老婆生气时总会说"苏梓知道""苏梓也在""不信你问苏梓啊""苏梓的麻烦我不得帮帮"，每次提到苏梓，老婆总会法外开恩。

以前是以前，现在是现在。自杨墨没打招呼把苏梓和她妈都弄到自己家住了几天，自在酒店被不隔音的房间折磨了两个晚上开始，黄静莉越来越讨厌听到"苏梓"这个名字。她嫌弃家里的味道，嫌弃老公嘴上挂着另一个女人的名字。

只是，杨墨已经习惯了，习惯拿苏梓当借口，更习惯了什么事都有苏梓在身边。

2.

这世界上有一种人，叫坏人。一时冲动做坏事的，不能算坏人，顶多是歹人、妄人，或者不是人。坏人做坏事，都是有预谋、有计划、有步骤的。

比如 Peter 汪。

时间是晚上 9 点。他给黄静莉发了一条短信，是这样写的："我在你家楼下。"黄静莉看到后，在厨房里摔碎了一个碗。

不需要加班的时间，黄静莉早已回家，Peter 汪是没有任何理由与之见面的，天大的事都该放到明天说，他故意跑来，只是想更进一步。

几天前，在外地出差最后一夜的酒局上，Peter 汪没像以往一样帮着黄静莉挡酒，故意让她喝。那时的黄静莉情绪低落，一时失控，他们两口子在不同的城市不约而同地选择了放弃戒酒，不醉不归。

之后，在回房间的电梯里，Peter 汪第一次主动去拉她的手。他等待这个时机已经等待了好久，按照以往的经验，只要这个拉手不被甩掉，当天晚上就该发生点不可描述的故事。

没想到，已经歪歪扭扭的黄静莉像触电一般瞬间挣脱，急匆匆地跑回房间，用尽全力掰开 Peter 汪那只抓住门框的手，反锁上门，关掉了手机。

一整夜 Peter 汪都很丧气，他对空导弹早就做好了发射准备，却在最后一刻被按了暂停键，他心里愤愤地想："不肯随便屈服的野马果然带劲儿，看我改天怎么收拾你。"没想到，第二天从酒店去机场，下了飞机回家，甚至之后的所有时刻，黄静莉对他除了黑脸还是黑脸，仿佛要坚决与他划清界限似的。

Peter 汪这几年的"泡已婚少妇大法"始终是按照步骤来的：第一步，把目标对象拉拢成需要对接事务的工作伙伴；第二步，嘘寒问暖，打探她与老公的关系；第三步，创造单独见面的机会；第四步，送她回家，送她礼物，培养依赖感；第五步，发信息调情；第六步，拉手。

这套大法从第二步开始，每一步都需要对方给出积极明确的信号他才会前进，Peter 汪既不冲动也不冒进，像个佛系渔夫，耐心试探着鱼儿是否愿意上钩。

Peter 汪追求黄静莉的过程，前四步都很顺利，第五步颇费了些周折，从最初被对方无视，到被对方警告，到一说暧昧的字眼就被对方打岔，到对方最终有了回应，Peter 汪心满意足地准备收线时，鱼儿却甩甩尾巴跑了，不光不回没必要的信息，连嘘寒问暖和单独见面都纷纷拒绝，这种耻辱性的退步对 Peter 汪的自尊心是一种打击，让他燃起熊熊的斗志。

下午 5 点半，马上要到下班时间，Peter 汪突然召集大家开会，没头没脑地说了一会儿，公开点名道："黄静莉留一下，其他人可以下班了。"

在公司，Peter 汪之前一直刻意跟所有女同事保持距离，关于他的任何闲话都缺少证据，这一次他故意用强，使出"撒手锏"。两个人在半透明的会议室里坐着，距离不远不近，Peter 汪一直不说话，黄静莉不知所措，低着头盯着自己的笔记本电脑发呆，手心出了很多汗。

Peter 汪在做最后的确认，确认黄静莉到底是哪种类型的女人。如果她现在只是手足无措，那就是娇柔型，他只需要用霸道征服就可以；如果她像前两天一样表现出不屑一顾甚至顶撞，那说明野马野性很足，需要温柔感化；如果她只有冷漠，那大概不是他的菜，他该想个办法把她重新送回下属分公司了，位子可以留给新的目标。

很不幸，黄静莉属于第一种，她紧张地屏着气，仿佛整个会议室都回荡着怦怦的心跳声。

Peter 汪说："我看你这两天心不在焉，需不需要休息两天调整一下？"

黄静莉赶紧摇摇头，小声说："不用。"

Peter 汪问："你确定？"

黄静莉抿着嘴点点头。

Peter 汪说："那早点回家，好好休息。"

通过简单的几句对话，他发现，黄静莉对自己的态度并没有多大变化，那很显然，是她跟老公之间又出了问题。所以，Peter 汪跟老婆撒谎，说晚上有应酬，找了家日料店，自己吃了点东西，看时间差不多快9点了，就开车去了黄静莉家的楼下。

这次突然袭击让黄静莉措手不及。跟杨墨的冷战断断续续，分居了几天，杨墨爬回床上，理由是腰的老伤复发，沙发太软，他睡得很不舒服。两个人共睡一床，气氛却总是尴尬，谁也不想早回家，谁也不知道该找什么话题，以前一起听歌、看电影的时光再也找不回来，谁吸进了对方呼出的二氧化碳都觉得别扭。

黄静莉的"大姨妈"没准时来，她很烦躁，下班前被 Peter 汪怼了一下，更慌乱。杨墨打来电话问她晚上怎么吃饭，说自己要出去吃个饭，还特意强调了苏梓也去。黄静莉非常恼火地说："苏梓、苏梓，又是苏梓！"说着，她就把电话挂了。

等她回到家，发现杨墨在家坐着，哪儿也没去。她问："你不是去吃饭吗？"杨墨说："你都那态度了，我还吃什么吃？不去了。"

两个人随便吃了点面条，杨墨说自己腰疼，吃完就跑床上躺着去了。黄静莉在沙发上瘫了一会儿，快9点时有了困意，挣扎着爬起来刷碗。刚刷了一个，Peter 汪的短信发来，她看到"我在你家楼下"的字眼，心又怦怦地跳起来，一走神，碗没拿住，掉在地上摔成好几块。

杨墨听到摔碗的声音，跑到厨房来看，黄静莉正在收拾碎片，一直没回信息。Peter 汪忍不住了，打了一个电话，试探她的手机是否关机了。

看到老婆的手机屏幕亮起，"Peter"的名字格外刺眼，杨墨站在那里，不说话也不动，愣了又愣。黄静莉咬着嘴唇低着头，生怕杨墨看出来自己的惊慌失措，刻意地躲闪，不知道该怎么办。

"你怎么不接电话？"杨墨装糊涂地问。

黄静莉不耐烦地说："手上都是油，总得收拾完吧。"

杨墨说："那我给你接起来？别是你们公司有什么急事啊。"

黄静莉被逼到死胡同，接的话，不知道会听到什么；不接的话，说明心里有鬼，她只能点点头。

杨墨狡猾地直接按了免提。

Peter汪听到电话接通，并没有着急开口，他就是要给黄静莉压迫感，故意不说话，让她紧张，让她不知所措。

黄静莉太聪明了，装作没看见开了免提，冲手机责怪杨墨："你把手机拿到我耳边啊，要不我怎么听见？喂？喂？"

杨墨只能说："开了免提呢。"

听见杨墨的声音，Peter汪匆匆挂断了电话。

3.

时间过得真快，立冬仿佛就在昨天，没干多少事，已经进了腊月，眼瞅着就要过年了。

苏梓越来越心烦，快过年意味着她快过生日了，30岁终于要来了。自过完29岁生日，这一年的365天，她几乎是在老妈的倒计时中度过的，每一次聊天或者吵架都会强调："你要30岁啦！"腊月二十七的生日，倒计时剩下不到30天。苏梓一直想蛊惑老妈，今年不回老家过年了，留下过两人世界的清净年，省得各种亲戚叨叨结婚的事儿。但她老妈还是老传统，一进腊月就念叨，想各种七大姑八大姨了，过年回家要带什么礼物，等等。

苏梓对杨墨说："你把我卖去农村吧？过完年再去把我赎回来。我不要你的生日礼物了，真的！"

杨墨撇着嘴说："屁股大才能卖个好价钱，你这样长腿细腰的卖不出去。"

苏梓不想回家，马小小却归心似箭，她还没毕业，大四不考研，闲着没事跑来咖啡屋打工赚钱。本来她打算买部手机就辞职，没想到被杨墨和魏志刚拉下水，变成了事务所的常驻员工。眼瞅着进了腊月，大家都在忙过年的事，似乎没有闹离婚的两口子了，她想家、想爸妈，请假早回家。

这种时候，魏志刚一向通情达理，不光给她订了机票，还包了个2000元的大红包当年终奖，算事务所三巨头的一点心意。

马小小刚走，街道刘主任又来了。临近过年，街道要组织人员去一些困难和低保家庭送温暖，同时解决一些家庭的遗留问题，非让杨墨和苏梓也跟着，因为有电视台跟着采访，人员搭配丰富一点，上电视好看。

这一弄，事务所只剩下达达一个姑娘坚守阵地。眼瞅着没客户上门也没电话打来，达达闲得昏昏欲睡的时候，下午4点多，突然来了一个男人，看着跟杨墨差不多大，穿西装、打领带，很商务的样子。他推门进来，发现只有一个小姑娘，于是轻声地问："这里是治愈事务所吗？"

达达问有什么需要帮助的，来人稍显紧张，问自己能不能先坐一会儿。达达应允，让他坐在安静的角落，送上一杯热咖啡。他坐了一个小时，什么都不说，然后起身告辞。达达在收拾桌子的时候，发现咖啡杯旁边放了50块钱。

杨墨和苏梓出去送了三天温暖，这个男人连续来了三天，每次都坐一个小时，喝一杯热咖啡，放50块钱。达达问魏志刚该怎么办，魏志刚正在到处送礼联络友谊，他说："看来是遇上大事了，钱你拿着自己买好吃的，让他在那儿坐着，该说他早晚会说。"

第三天下午送完温暖，苏梓被老妈硬逼着叫去买年货，杨墨一个人回到事务所。一进门他就看见了角落里坐着的男人。他走到吧台，问达达这个人是谁，达达简单说了说。杨墨在吧台里窝着，斜着眼睛看了那个人好几眼，总觉得有点面熟。

杨墨正琢磨着，那个男人走到吧台来打招呼："你好，你是杨墨吧？"杨墨一愣，那个人接着说，"怎么？不认识我了？我是杨淼。"

杨墨恍然大悟，拍着大腿说："哎哟，我说看着眼熟，老同学！这有多少年不见了，小二十年了吧？"

杨淼笑着点点头说："走，请你吃个饭。"

杨墨没有推辞，跟着杨淼出了门，上了他的奥迪A8。杨淼似乎早有目的地，也没问杨墨，直接开车上路。两个人简单回忆了一下过去，他们是高中同班同学，因为都姓杨，关系曾经不错，还被同学起名"杨墨水"组合。高考时，杨淼考得不好，拒绝跟所有同学联系，从此杳无音信。杨墨参加过同学聚会，几次说起杨淼，没人知道他的下落，一晃过去快二十年了，两个人都已经人到中年，发际线开始消退，嘴角和眉眼也开始下垂，都不愿在高中时代的记忆里多做停留。

车开到一个路口时，杨淼突然说："大冷天的要不去吃火锅吧？"杨墨客气着说都行。杨淼嘟囔着开错了路，于是拐弯到一条小路上，要从居民区绕行。路不宽，前面有所幼儿园，路边停了好几辆车，看起来都是刚下班过来接孩子的家长。

　　杨淼既没按喇叭，也没抢路，安静地排队等待。杨墨觉得老同学看起来不错，既有钱，素质又很高，便问他这十几年的经历。杨淼说得很平淡，上了个垃圾大学、到处找工作，甚至出国瞎忙了两年，回国后赶上房地产业的二次爆发，做项目经理，不咸不淡地活着。杨墨心想："你这叫不咸不淡，那我只能用水深火热来形容了。"

　　直到接孩子的车都走了，杨淼才跟着开出去。晚上吃饭时，杨墨问他怎么找到自己的。他说，前几天偶然遇到高中班长，打听到的，没想到都在一个城市生活了那么久，居然一直没碰到，他就找上了门。

　　之后两个人边吃边闲聊。杨墨知道，一个人肯花三天时间等他，一定有事。但杨淼只字不提，确切地说，他的表情控制非常到位，杨墨这么经验丰富的人也没看出他有什么心事。

　　第一顿饭吃完了，隔了一天，杨淼又来了，还是老时间，还是接了杨墨，还是随便走个神拐错了路，又拐到那条小路上，堵在接孩子的车后面。

　　杨墨表面上不动声色，留神观察了每一个接孩子的家长，尤其注意哪个孩子只有妈妈没有爸爸。这是一种本能反应，他猜杨淼这种档次的人不会蠢到走错两次，一定是故意为之。

　　晚上吃饭时，杨墨问他："你找我应该不只是为了叙旧吧？咱俩是老同学，有事你就说。"

　　杨淼微笑着说："老同学，你想多了。"

杨墨继续猜道："你朋友的事儿？"

对方依然摇摇头，说："上学时我就说你爱多管闲事，喜欢乱猜，果然这一行适合你。"

杨墨说："上学时你特老实，但是我妈说过，老实孩子闯大祸。"

4.

周五的下午，杨淼3点就从公司离开，开车去了故意路过的那所幼儿园。他虽然高考时成绩不好，但一直热爱英语，上大学时和工作时也没放松，工作后还去国外工作过两年，英语口语还算标准。从一年前开始，每个周五下午他都来这所幼儿园做义工，义务给大班的孩子们上英语口语课。因为是义务授课，不算正规课程还能提前学英语，所以家长都很欢迎，不过在课堂上，他隐瞒了真实的姓，孩子们都叫他"李老师"。

课程只有30分钟，上完课，杨淼总会留下再待一会儿，确切地说，他总跟一个叫朵朵的小女孩在一起。自开始做义工那天起，朵朵就变成他的小助教，帮他整理道具、维持纪律、帮助其他小朋友。

每次下课后，班主任老师会把其他小朋友带到外面玩耍，天气不好时，就带去隔壁的音乐教室唱歌、做游戏，只剩下杨淼和朵朵留在教室里席地而坐，一起收拾东西、批改小朋友们的作业或者只是随便聊聊，那是他们每周一次的独处时间。杨淼即使发烧到39摄氏度，也不会缺席。

这一周，班主任老师也留下了，杨淼安排朵朵自己收拾东西，站在门口跟她聊了几句。

杨淼说："这个月的红包我晚上发给你。"

班主任有点犹豫地说："那个……这是最后一周上课了，下周就该放假了。"

杨淼像是突然惊醒似的，说："哦，这么快，又到寒假了。"

班主任迟疑了一下："而且……朵朵妈妈说，这次寒假孩子不会放到幼儿园托管班了，要送到朵朵爸爸的老家去。"

"胡闹，"杨淼咬着牙嘟囔道，"东北那么冷，怎么想的？！神经病。"

"说是提前适应，"班主任犹豫着，还是说了出来，"朵朵妈妈说，有可能把她送去东北，或许寒假结束也不会回来了。"

杨淼面如死灰地看了朵朵一眼："谢谢你告诉我。"

班主任尴尬地笑笑说："你陪她吧。"

重新面对朵朵，杨淼哆嗦着跪下。朵朵正在批改作业，看看他，奶声奶气地说："李老师，你心情不好吗？"

杨淼愣了，没想到小姑娘这么敏感，他很好奇地问："朵朵为什么这么问呀？"

朵朵又看了他一会儿，说："看出来的，觉得你现在的样子跟我妈妈心情不好时很像。"

杨淼努力做出一个笑脸，摸摸她的头说："朵朵，如果不让你叫我老师，你会叫我什么？"

朵朵想了想说："李叔叔？"

杨淼摇摇头："叔叔不好听。"

朵朵哈哈傻笑着，说："那叫李爷爷吧。"

杨淼失神地说："叫爸爸，好不好？"

朵朵愣了一下，直视着他的眼睛，说："我有爸爸呀。"

杨淼赶紧躲避，不敢跟她对视，他意识到自己失态了，努力克制着。

朵朵低下头，继续批改作业。她突然嘟囔道："妈妈这几天老说给我改名字，不让我叫杨安朵，要让我叫王安朵，可是我觉得杨安朵好听，王安朵不好听，怎么办呀？"

杨淼尽量保持声音的平和，但还是忍不住声音的颤抖，他说："那就跟你妈妈说呀，说你不愿意。"

"唉，爸爸妈妈整天吵架，妈妈经常偷偷哭，我不想惹她不开心。"朵朵叹了口气说，"我不想去奶奶家，我想跟小朋友玩，可妈妈非让我去，太讨厌啦。"

"老师也不想朵朵去东北。"杨淼失魂落魄地盯着眼前的小女孩说。

正说着，班主任突然敲门进来，着急地说："李老师，朵朵爸爸今天早来了，说要提前接孩子，还要收拾所有的东西带走，你赶紧回避一下。"

朵朵一听，拉住杨淼的手问："李老师，我的爸爸妈妈一直问你是谁。"

杨淼不知道该怎么拒绝，赶紧示意了一下，班主任把朵朵带了出去。走廊里已经传来一个男人的声音，朵朵跟他说："我们李老师就在里面。"班主任赶紧打岔说："李老师正在忙着。"，那个男人说："那就算了吧，今天时间挺紧张，改天再见吧。"

朵朵被带走了，这一次与他单独相处的时间只有十分钟，比之前少了很多。她走了，杨淼这才想起来，自己特意买的礼物没拿出来。过了一会儿，班主任回来说："朵朵睡觉、喝水、吃饭用的东西全都收拾走了，看来是真的打算离开了。"

杨淼苦笑了一下，摇晃着站起来，他刚才跪着没换过姿势，腿麻了，好像一直麻到头皮。走出幼儿园，回到车里，他踩了几脚油门都没有反应，才发现压根儿没插车钥匙。插上车钥匙再启动，一打方向盘，就跟后面开过来的车撞在了一起。

后面的车是接孩子的家长的，车撞了，后座上的孩子吓哭了，老人也吓了一跳，开车的男人相当气愤，下车拍着杨淼的车玻璃大骂个不停。杨淼打开车门，还没解释，对方先推他一把，他本能地防卫，对方以为他要动手，不由分说开始揍他……

接到派出所打来的电话时，杨墨正在黄静莉的爸妈家做饭，鱼杀了一半，丈母娘把手机送到厨房，说有个电话连着打了两遍。

杨墨接听了，用的外放，听到杨淼打架的消息，警察让他去领人，丈母娘的脸色变了，等挂断电话，埋怨道："你这工作怎么三天两头往派出所跑啊，真是让人操心。"

杨墨一边洗手一边道歉，瞎说着客套话，想起哪句算哪句。丈母娘接过围裙，一边看杨墨穿外套换鞋，一边唠叨个不停。老丈人一脸的不开心，冲老伴喊："闭嘴吧，赶紧做饭去。"出了门，不明真相的杨墨先给魏志刚打了电话，让他去派出所救人；又给黄静莉发了条语音，说事发突然，实在没办法；黄静莉马上就要下班了，听到语音，把手机扔在桌子上，愣愣的，五分钟都不愿动弹。

魏志刚比杨墨先到了派出所，跟警察打过招呼。警察说，调解过了，对方要求杨淼当面道歉，但是杨淼一句话都不说，什么都不配合。看到杨墨赶来，魏志刚像盼来了救星，跟他说："你兄弟那边你负责，剩下的交给我。"

坐在角落里的杨淼，头也肿，脸也肿，鼻子也破了，分明是挨了顿狠揍。杨墨站在那儿，看着他，不知道该说什么。杨淼看到他来了，终于开了口，冷冷地问："他们想讹多少钱？"

"不是钱的事儿，开路虎的人不是为了碰瓷儿讹你。"杨墨摇摇头，说，"要是你去道个歉，这事儿很容易解决，我也知道，这肯定不是你的问题，但是吧……"

听到这里，杨淼又缩回壳子里，很低落，面若冰霜，眼睛不知道直直地盯着哪里。

杨墨知道这事儿得靠智谋解决，他拉着魏志刚跑去"受害者"那边，眼瞅着对方老人、大人、孩子没一个受伤的，占尽便宜还不饶人。他暗暗使了个眼色，魏志刚心领神会，突然喊起来，一副浑蛋的模样，揪住动手打人的男人问："是你打我兄弟吗？我兄弟现在脑震荡了，眼也看不清了，告诉你，你摊上事儿了，摊上大事儿了，现在跟我陪着去医院验伤，赶紧的……"

对方本来很横，发现来了个不要命的，一下就尿了，杨墨赶紧上去装孙子，一边道歉一边说和。

对方老人看他眼熟，问他是不是上过电视的那个治愈师杨墨，杨墨赶紧点头说："老人家，您真有水平，记性真好，这都过去俩月了还记得呢。"老人说："可不是，我们是文化世家，过去看报纸我就爱看你写的东西，早就记得名字，一看电视更记住了，今儿也算见着真人了。"

旁边家属一听，趁火打劫地问："打人那孙子是你客户吗？咋的了，被绿了啊？跟死了爹一样。"

杨墨装糊涂地说："都不容易，多理解。"

有了名人效应，对方说给杨墨个大面子，借坡下驴，不再纠缠。处理完这一切，魏志刚有事先撤了。

杨淼的车被拉去了修理厂，杨墨开车捎着他，随便找了个不用排队的小饭馆。杨淼之前一直借口开车不喝酒，这一次主动要了酒——牛栏山二锅头，一口半杯、一口半杯地喝了两杯。杨墨看这架势估计自己一会儿还得扛人，于是滴酒未沾。

等到杨淼脸色通红，杨墨说："现在可以说说了吧？"

杨淼沉默了一会儿，悻悻地说："我倒霉就倒霉在这酒上。"

5.

杨淼从小生活在一个非常刻板的家庭里，在他的记忆里，这辈子父亲只笑过一次，就是听说儿媳妇怀孕的时候。

杨淼讪讪地说，自己确实没做过什么值得父亲开心的事情：高考考砸了，大学期间没考研，工作混了好几年，好不容易老婆怀孕，父亲一心盼着抱孙子，结果生的是个女孩……

一个永远严肃、要求严苛的父亲对孩子的影响，就是让他时刻活在套子里，紧紧绷住自己，没有感情的宣泄，没有情绪的波动，像个活死人，更糟糕的是，每个人的情绪都需要出口，他染上个恶习，一碰酒就会失控，一失控就会乱来。

杨淼第一次正儿八经喝酒是在高考公布分数后。得知发挥失常，他跟同学出去聚会时喝多了，亲了一个一直喜欢他但他不喜欢的女孩。

　　整个大学四年，杨淼过得都很消极。他觉得自己被黏上了，与那个女孩根本没有爱，多次提分手，对方死活不同意，每天赖在他的身边，让他无法呼吸。两个人曾经站在宿舍的走廊上互扇耳光，扇了半个小时，成为整个学校的笑话。唯一的好处是，他只要一烦闷想喝酒，那个女孩就会陪他，酒后乱来这种事就变得顺理成章。

　　工作后，杨淼有两年一事无成，那个女孩似乎抓准了他的"七寸"，用酒精控制他，任由他放纵，这让他无力摆脱。喝着喝着，他恍惚觉得那个女孩才是世界上最了解他的人，于是两个人结了婚，婚礼很寒酸，但女孩不嫌弃。

　　"你肯定猜不到这个女孩是谁。"杨淼苦笑着看向窗外，长嘘了一口气。

　　"我认识？"杨墨猜测着。

　　杨淼很认真地点点头。

　　"咱俩都认识，那肯定是高中同学了。"杨墨犹豫着，心里有个名字，但他真的不想相信，看着杨淼得意地傻笑，他一个字一个字地吐出来，"吴——佳——慧？"

　　杨淼佩服地竖起大拇指，用力点点头，很显然，他喝多了。

　　杨墨依然很震惊，匆忙地说："我这不叫猜，从不参加同学聚会的高中女同学只有吴佳慧一个。"

　　结婚不到两年，杨淼和吴佳慧就离了婚，因为打老婆。两个人从大学时就开始对打，打仗这件事早就习以为常，那一次不同，吴佳慧怀孕了，被喝多了的杨淼一脚踹倒，流产了，心灰意冷的她主动提出了离婚。

但是，孽缘远远没有结束。

离婚的两个人都负担不起买下一半房子的钱，离婚不离家，依然住在同一个屋檐下，一人一间卧室，共用客厅和厨房。以这样的状态、两个人的德行，复婚只需要几顿酒。

半年后复婚，吴佳慧一直怀不上孩子，眼瞅着快要 30 岁了，去医院做了彻底的检查，做了输卵管疏通，终于怀孕了。生出来的孩子就是朵朵，大名杨安朵，是杨淼的母亲起的。

杨淼的出轨发生在出国期间。吴佳慧怀孕之后，他看着银行账户里可怜巴巴的存款，下决心赚钱，因为英语好，正好有个机会去非洲做项目，两年多不能回家，但是收入是他当时工资的 6 倍。他咬着牙去了，朵朵的出生、会坐、会翻身、长牙、学走路，他都是在非洲看的视频，好几次哭成傻×。

在非洲的生活不容易，除了赚钱，没事可做，因为聚会喝多了，他跟一起去的女同事睡了。对方既不好看也没身材，30 多岁的未婚女汉子，但发生的一切并不只是因为寂寞，在杨淼心里，对方起码比吴佳慧正常。在一起这么多年，吴佳慧在他心里始终是个疯子。

项目做完了，杨淼跟情人一起回国，一起回到公司继续共事。杨淼第一次看见闺女，爱得不行，恨不得抱在手心里再也不松开。但是，一岁多的朵朵正是怕生的时候，死活不肯认他，一抱就哭，只会藏在妈妈的怀里。

杨淼还没跟朵朵熟起来，他的情人爆发了，逼他给个痛快——是离婚还是分手，女汉子就是这么直接。杨淼很犹豫，回到家沉默寡言。吴佳慧太敏感了，猜出个八九不离十，不容分说，直接把他轰出家，拒绝他以任何形式回来，拒绝他接触朵朵，拒绝他发起任何形式的和谈，即使他跟情人彻底分手也绝不原谅，逼他离婚。

杨淼始终不同意离婚，始终没有放弃见朵朵的机会，但是几次被吴佳慧撞见都是疯子似的爆发，朵朵太害怕了，每次都被吓得痛哭不止。

"那时候，我实在是不知道该怎么办了。"杨淼涨红着脸，去了趟洗手间，用水洗了脸，但是冬天的冷水也没法让他冷静下来，他情绪激动地说，"为了让我彻底死心，吴佳慧干了一件特别丧心病狂的事儿。她在网上认识了个男网友，每天让朵朵跟他视频，叫他爸爸，说爸爸又去国外了，过段时间就能回来看朵朵了。每隔几天，她就拍一段朵朵叫爸爸的视频发给我，刺激我，逼我离婚。"

杨墨听到"丧心病狂"这四个字，知道了杨淼心中的定位。

"洗脑，纯粹是洗脑！"杨淼喝了一口酒，杯子几乎是摔在桌子上，说，"差不多过了一年，那个男网友跑到这里找她们，吴佳慧拍了视频，朵朵长大了，跑得很溜了，对着第一次见面的男人笑着叫爸爸，还主动抱他。吴佳慧把视频发给我，告诉我朵朵和爸爸妈妈住在一起了，再也不会分开了……他妈的……"杨淼第一次失控得如此严重，止不住地喊着，"他妈的……你说有他妈的这样的吗？"

周围人都投来异样的目光，有人偷笑，有人嫌弃。杨墨有些尴尬，实在后悔让杨淼今晚喝酒。他叫来服务员结账，扛着已经不太会走路的杨淼出门，看着他蹲在路边吐，吐得狼狈不堪，之后买来矿泉水，帮他擦干净，扛上自己的车。

黄静莉打来电话，杨墨正在收拾，腾不出手来，等安顿好杨淼，他回过去，黄静莉说自己很困，先睡了，门已经反锁，让他到家时打电话。杨墨嘱咐她不用锁门，说自己很快就会回家了。黄静莉沉默了一下，在"我害怕""我一个人睡不踏实"等几句话之间犹豫着，最终说："谁知道你几点回来？"

吐干净了，又吹了一会儿风，杨淼有点清醒了，他的双眼布满血丝，眉毛耷拉着，脸已经脱相，仿佛一只穷凶极恶的狼。他苦苦地说："我等了两年才等到接触朵朵的机会，去她的幼儿园花钱买通园长和班主任，当义工教孩子英语，不敢用真名，只能每个星期听着朵朵叫我李老师，看着朵朵一点点跟我亲密。没想到，吴佳慧要把她送到东北去。她这一年一直在起诉离婚，我快扛不住了，杨墨，你帮帮我吧。"

6.

把杨淼送回家后，整个晚上，杨墨失眠了。

到家叫开门，他洗了个漫长的澡，之后窝在沙发里，没有去卧室。凌晨黄静莉起夜，打开客厅的灯吓了一跳，他假装惊醒，说，自己洗完澡躺在沙发上不小心睡着了。回到床上，他背对着黄静莉，眼睛一直没有闭上，直到天微微透亮了他才缓缓睡着，还做了个噩梦，出了一身汗。

杨墨忘了自己做的是什么梦，整个晚上，他的脑海里始终回荡着一张脸和一个名字：吴佳慧。

　　吴佳慧是他高中的同班同学，是副班长和学习委员，就像所有的学习委员一样，有点沉默，有点严肃，学习认真而且努力，没什么朋友。她其实很漂亮，非常干净、单纯的漂亮，但是不会打扮，除了校服，从没见她穿过别的衣服，除了马尾辫，也没有梳过别的发型。但是，在杨墨心里，电视剧里所有的马尾辫和穿校服的女孩，都不如当年的吴佳慧干净。

　　最重要的是，高二结束后的那个暑假，教育局不让学校补课，杨墨和吴佳慧偷偷见过好多面，都是在杨墨家，趁着他爸妈上班的大好时光，他们会分掉爸妈留下来的刚够一个人吃的午饭。吴佳慧只吃很少，逼着杨墨吃掉她想让他吃的东西。下午告别时，吴佳慧总会收拾好家里的一切，她坐过的床、喝水的杯子、看过的书，杨墨在她走后又会躺在床上打几个滚，在沙发上乱扔点东西，搞成只有自己在家祸祸了一天的邋遢样儿。

　　他们那时候，是个没有智能手机，电脑和网络刚起步的"原始"年代，两个人独处，没有任何可以分心的物件，只有交流，很纯情，没有任何乱七八糟的接触。

　　十七年了，杨墨心里默默地数着。他们最后一次见面是高考之后的聚会上，女同学们都已经穿上漂亮衣服，只有吴佳慧还穿着校服。那天晚上他们玩得很疯，很多男孩都喝了酒，杨墨也喝了，喝吐了、喝晕了，等他意识到有人不见了的时候，同学说，学习委员回家了。没想到，就是在那个夜晚，杨淼吻了吴佳慧，两个人消失了十七年。

第二天是周末，本来不用上班，但之前开每周例会时，大家讨论决定，取消这周末的休息，把周末的假期都存到过年之前，争取过小年就开始放假。杨墨很早就来到事务所，还主动发微信叫苏梓起床，别睡懒觉。

　　苏梓一见面就说："哟，我说，墨儿，扮熊猫扮得挺像啊，这黑眼圈浓的……"

　　杨墨早有准备，没接茬儿，问她："你跟你妈过年回一趟老家得花多少钱？"

　　"1万块起步吧，"苏梓琢磨了一下，心烦地絮叨，"两个人光来回机票就得四五千块，七大姑八大姨都得买礼物，给谁不给谁啊，谁也不能落下。我妈有几个穷亲戚特别过分，每年快到过年了就说：'哎呀，听说有个料理机不错呀，也不知道在哪儿买。'这傻装的，要东西都能要到这个份儿上了。"

　　杨墨点点头，转身冲着吧台里的达达问："你过年想去泰国玩吗？"

　　达达摇着头说："不去呀，我妈哪能允许我过年出去旅游？再说了，过年期间机票多贵呀。"

　　杨墨叹道："傻姑娘呀，过年去泰国的机票是不便宜，但是魏叔会给你发大红包，这红包你妈不知道，你要是跟你妈说了红包的事儿，你妈肯定逼着你给七大姑八大姨买东西，所以，不如……"

　　达达迷茫地问："杨叔，你什么意思啊？"

　　杨墨回头瞥了苏梓一眼，看她正在犯蒙，于是接着冲达达说："不如，你就跟你妈撒谎，说在微博上瞎抽奖抽到了过年去泰国玩的打折机票，便宜好几千块呢。老太太都是财迷，肯定怕糟蹋了，一被忽悠保准儿答应。反正登机牌上不写价格，你妈不知道你到底花了多少钱。所以，这一趟算是魏叔请你跟你妈去泰国过年，既躲了一堆亲戚又放松了心情，还过个时尚的年……"

达达终于听出意思来了，嘿嘿傻笑。苏梓突然从背后双手抓住杨墨的大头，好一通乱揉，说："哎呀，我说，墨儿，你有这损招儿你怎么不早说呢？！"

杨墨扒拉开她的手，说："别淘气。"

苏梓坐在他的对面，故作深情地眨眨眼说："说吧，老头儿，费尽心机地帮我对付我妈，你有什么事有求于我？"

杨墨撇撇嘴说："庸俗。"

苏梓瞪他一眼："只给你三秒钟，爱说不说，不说我去接个新案子。"说着就要走。

杨墨赶紧拉住她，把她拉到角落的沙发里，说："事情是这样的……"

杨墨就把杨淼和吴佳慧的整个故事讲了一遍，着重刻画了杨淼渣男的形象，听得苏梓那叫一个生气，听到吴佳慧让朵朵叫陌生人爸爸的时候，忍不住说"干得漂亮"。

听完故事，苏梓坚决不帮忙，说："这种渣男简直人神共愤，高中同学怎么了？高中同学是人渣你也帮啊？鄙视你！"

杨墨早有预料，坦诚吴佳慧也是自己的高中同学，当年是一个好姑娘，他说得有点语无伦次。

"初恋情人？"苏梓嘿嘿鬼笑了两声。

杨墨赶紧摇摇头，说自己处理杨淼可以，接触吴佳慧实在是多有不便。苏梓看着他满脸忧伤，眨了眨眼说："好吧好吧，我懂，看你这老男人一脸怀春的样子，我帮你了。"

杨墨恨不得叩谢，嘱咐道："据说吴佳慧最近情绪不稳定，你别着急，注意点方法。"

"瞧你那德行。"苏梓鄙视着说，"我生日礼物买好了吗？眼瞅着马上就到了啊。"

"当然，当然，当然。"

听了杨墨的坏主意，苏梓像捡到了救命稻草，着急忙慌地给老妈打电话。老妈正好一个人出来逛街，苏梓就去找她，吃个午饭、顺便给她洗脑，说自己30岁生日不得隆重一点吗，去泰国的机会、时间都恰到好处，她也算带着老妈出个国见见世面。

老妈嘟囔着各种过年的事儿，苏梓向她保证，过年不回去，来年五一或者清明节一定陪她回老家。游说得老妈松了口，苏梓二话不说先把机票买了，老妈急眼了，好一通埋怨她，但是没办法，票都买了，苏梓吓唬道："没法退了，退了得花更多钱！"

吃完饭送走老妈，苏梓琢磨起吴佳慧，打算快刀斩乱麻，早处理完早没心事。她想起自己去送温暖见到的那些困难家庭，确实需要各方面的帮助，于是让杨墨问问杨淼双方的离婚律师都是谁。这一打听，苏梓的鼻子差点气歪了。杨淼的离婚律师是圈子里有名的诉棍，以胡搅蛮缠著称，最擅长帮有钱渣男打离婚官司，简单点说，那人就是杨墨、苏梓这种用心治愈婚姻的治愈师的死对头；而吴佳慧的离婚律师她根本没听过。苏梓让闺密丁小美查了一下，才发现那个人是家小律师事务所的实习律师，几乎没有成功经验。

一听"吴佳慧"这个名字，丁小美很熟悉，说她去过他们律师事务所好几次，声称要找最好的律师打官司，但是付不起律师费，她能拿出的钱实在太少了，最后她只能去别家。接案子的那个实习律师根本不是诉棍的对手，诉棍揪住吴佳慧婚内与别人同居的事儿不放，说离婚的话必须把朵朵的抚养权交给杨淼。

苏梓在电话里大骂杨淼不是东西，丁小美劝她慎重，说这事儿可能没有她想得那么简单。苏梓问她什么意思，丁小美说自己只接触了一次，不太好评判，只是预感，劝她慎重。

苏梓大大咧咧地说："怕什么！我来！"

7.

这世界上有很多种圣母，有软弱型圣母、博爱型圣母、爱猫爱狗型圣母、自私型圣母，等等。杨墨说苏梓是战斗型圣母，是到处行走的防渣男喷雾，是不受原则限制的电击警棍。

听到吴佳慧的状况，苏梓第一时间找到了负责她离婚官司的法官的电话号码，从一个新角度询问情况。法官说，这案子不简单，她也不支持判决离婚，吴佳慧现在的家庭情况不理想，真要离婚，孩子很难判给她，于是给了她半年的冷静期。

都用"不简单"来形容，苏梓越发好奇，主动给吴佳慧打了个电话，冒充自己是社区送温暖的义务律师，问她有什么需要帮助的。吴佳慧在电话里吞吞吐吐，说自己没有钱。苏梓劝慰道，只是先了解一下情况，自己是义工，在没正式接手官司之前不收取任何费用。

电话里吴佳慧的背景音很嘈杂，她说自己马上要上班，一直到晚上 10 点才下班。苏梓这急脾气战斗型圣母发威了，问她在哪儿上班，方不方便找她。一听她是在超市干导购，苏梓立马就去了。

进了腊月，超市里老头儿老太太太多了，抢购什么的都有，每个专柜周围都是人。苏梓到处挤着，看着各种中年妇女导购员扯着嗓子跟大爷大妈们怒吼，很不明白，吴佳慧好歹是十几年前的大学本科生，怎么会做这种工作。

找了一圈没看出来哪个像，打电话也已然听不见了，苏梓只好扒拉着导购员大姐打听，连续问了几个人都不知道吴佳慧是谁。

苏梓正问着，糖果专柜那边好像打起来了，一群人围在一起，里面吵架声音巨大，保安正扒着人群往里冲，苏梓也顺便挤了进去。

人群中，一个女导购员正在发狂，像天女散花一样把糖果到处扬。如果说普通的中年妇女发起狂来像张飞、李逵、鲁智深，个顶个只有彪悍，这个长相清秀的女人则更像东方不败，阴柔、飘逸，但是杀伤力巨大。

两个保安貌似熟练地把她架走了，苏梓跟着，一直跟到了经理办公室。办公室里有个男人正在大发雷霆，保安把人送进去又出来时，苏梓问吴佳慧是谁，保安没好气地说："刚拖进去的就是，神经病。"苏梓吐吐舌头，心想着等几分钟她就能出来，结果大发雷霆的男人满嘴脏话，说得她实在听不下去了，才壮着胆子敲门进去。

胖经理问："你谁啊？"

苏梓想了想说："我是律师。"

胖经理飞了飞眉毛："律师？什么律师？"

苏梓说："离婚律师，来找吴佳慧的。"

胖经理一拍桌子："怪不得脾气这么大天天闹事，原来是家里有事啊！赶紧劝劝这个神经病，家里有事也不能祸害我啊，想滚赶紧麻溜滚蛋，滚蛋之前先去给我的上帝们道歉去。"

在胖经理说话的时间里，苏梓一直在打量吴佳慧，她正瞪着很大的眼睛，眼睛里含着倔强的泪水，死活不肯流下来，那眼睛一眨不眨，瞪得人发毛，胖经理的每一句辱骂都没有底气。听到让去道歉，吴佳慧倔强地回答："我不！我又没错！"

苏梓使了个眼色，胖经理骂骂咧咧地出去了，只剩下她们两个人。吴佳慧又瞪了一会儿，表情才稍微松弛下来，在她瞪眼的时间里，苏梓根本不敢说话。

两个人寒暄了一下，吴佳慧的声音变得很轻柔。苏梓问她发生了什么。她说，自己在专柜卖散装糖果，很多种混在一起，不许挑。有些大妈特别不自觉，说自己家孩子只喜欢吃巧克力或者水果糖，偷偷摸摸地专挑一种，她一阻止就会吵架，她不服，就揪住那些大妈的袋子，不让她们挑。吵着吵着双方就会撕扯起来，天天这样，但是她没有错，领导说让她做什么她就做什么，她没有错。

吴佳慧讲事情很有条理，话语简单，表达能力强，但是她说话时几乎不容别人插嘴，苏梓只有听的份儿。在她反复强调自己没有错的时候，苏梓打量着她。她已经整理好自己的头发和被人扯乱的衣服，头发有些花白，不像30多岁的杨墨的同龄人，打扮很朴素，没有化妆，能看得出来素颜的底子是很好的，但是被岁月摧残得不轻，眼角和额头的皱纹都很明显，身材消瘦，像一张纸，手也很粗糙，比起苏梓以往见过的大款家的阔太太，她就是典型的挣扎在底层的妇女样子。

苏梓试图劝几句，吴佳慧听到后反复说自己没有错，这让气氛非常尴尬。

胖经理回来了，冲着她说："跟你们管事的说了，你负责铺货整货去，不用你导购了，赶紧走。"

　　吴佳慧拍着桌子站起来，质问道："为什么？！我又没有错！"

　　胖经理不耐烦地说："别给脸不要脸，爱干干，不干滚蛋。"

　　吴佳慧上去就要打人，被苏梓用力抱住。她看着瘦弱，拼命的力气却一点不小，苏梓使出吃奶的劲儿才拦住，但她用东方不败的碾轧姿态辞了职，离开时，依然跟苏梓愤愤不平地解释着："导购比铺货每个小时多2块钱，一天能多20块钱。凭什么？凭什么？"

　　苏梓不知道该回答什么，只能跟着。

　　出了商场，吴佳慧要赶紧去一个人才市场报名，说现在是用人高峰期，商场都在招导购，运气好明天就能找到新活儿。之后她又拒绝了苏梓请她吃饭的要求，着急回家做饭。一来一回折腾着，苏梓说打车方便，但她坚决不许，说不能浪费，于是苏梓只能跟着挤公交车，尤其陪她回家的时候赶上晚高峰，一路上被踩了好几脚。

　　苏梓并没觉得辛苦，她心里泛滥着情怀，吴佳慧越是这样，她越想提供帮助。

　　苏梓跟着吴佳慧回到家，一开门首先闻到的是酒味、酸味还有不知名的怪味，一看家里就不富裕，但到处收拾得很干净，只是这味道挥之不去。

　　苏梓第一次见到朵朵。朵朵正趴在小小的阳台上画画，真是个人见人爱的小姑娘，软软小小的，骨架随她妈，生日跟苏梓很接近，马上5岁了还是很小的个头。自见到她开始，苏梓就恨不得一直抱着，让她藏在自己怀里。

　　晚上，苏梓留下吃了顿饭，饭很简单。家里的男人一直没回来，吴佳慧叫他老公，其实他们只是同居关系。吴佳慧说，这两天，她老公早晨出去打工，下午回来；她下午出去打工，深夜回家，倒着班可以照顾朵朵。今天听到她提前回家，老公又多干了两个小时的活儿。

"那朵朵平时就一个人在家啊？这么小。"苏梓问。

吴佳慧叹了口气说："下个星期就打算送走，送去东北，起码有老人照顾。"

苏梓摸摸朵朵的头，让她去一边玩一会儿，朵朵很听话地去了，她试探着问婚姻状况。提到杨淼，吴佳慧提的样子就像在超市里受了委屈，坚决地说要离婚，说自己什么都可以接受，就是不能接受不忠。苏梓突然有点后悔，觉得自己不该以离婚律师的角色贸然介入，这一下不好转弯，她决定留下来，既然来都来了，好歹见一面吴佳慧的同居男友。

直到晚上快 9 点，那个男人才回来，长得高高瘦瘦，比吴佳慧小几岁，非常普通，见到苏梓时很紧张，介绍自己叫"王城"时，一副手足无措的样子。

吴佳慧给他准备了剩饭，很自然地倒了半杯白酒端上来。王城不好意思喝，一直红着脸，无论苏梓问什么他都说不出口，表达能力很有限。

苏梓知道自己该走了，便匆匆告辞，吴佳慧要送她，苏梓说不用，她执意坚持。苏梓说："你是女人，我也是女人，你送我我也担心你的安全，我下楼就打车走了。"吴佳慧还是坚持，说如果不是老公没吃饭就让他送了，自己没事，什么都不怕。

等出租车来了，吴佳慧特意嘱咐司机开慢点，然后才挥手告别。苏梓长嘘了一口气，这一天对她来说太煎熬了，不是痛苦，是一种说不清道不明的感觉。吴佳慧始终活在某个世界里，给人一种强烈的压迫感，不管谁想融入那个世界，都必须接受所有的重量，那重量既不是强迫，也不是限制或者威胁，就是让人透不过气，究竟是什么？她说不清楚。

犹豫着，苏梓几次打开手机，最终没有打给杨墨。她不想告诉杨墨吴佳慧现在是副什么样子，怕他失望或者难受，她甚至想尽可能地拖延杨墨和吴佳慧见面的时间，尽管两个人迟早会见，她想保护杨墨心底里那一点清纯的记忆，哪怕自己再苦再累。

8.

同样想保护杨墨的，还有黄静莉。

新一周上班的时候，Peter汪又出了新手段，在部门例会上宣布，黄静莉从本周开始暂时退出项目组，作为新成立的巡视组负责人，去各个分公司审计财务、核对账目。这个巡视组一共只有三个人，除了黄静莉，还有一个靠关系进来没多久的小孩和一个刚生完孩子"一孕傻三年"的大姐。

所有人听到这个决定时都愣住了，毕竟黄静莉已经是独当一面的人物。例会匆匆结束，黄静莉跟着Peter汪去了他的办公室。

Peter汪很官方地说："年前到年后这两个月，暂时没什么大案子，巡视分公司这个任务很重要，算是给你未来升职提供一些资历。"

当然谁都不会信这种鬼话，这么大的集团，每家分公司都有两本账，没有一本干净的，谁都心知肚明。黄静莉的业务能力没问题，人脉资历差太多，再配上一个小孩、一个大姐，她根本没有能力应付各个分公司的状况。

Peter汪故意用强，把黄静莉往危险的道路上推，他要逼她示弱，逼她求自己，等她像一只小猫一样，乖乖地趴到自己身边。

黄静莉很慌，她很想请求多加一个人，哪怕只加一个有经验的帮手，心里起码有底，但她很清楚，请求也没用，这种吃力不讨好的事儿没人想加入。在Peter汪的办公室里，这个男人高高在上，第一次等待着她缴械投降，但她努力保持着自尊。

Peter汪一直面带微笑，就像在玩弄笼子里养的小仓鼠，他越发觉得玩弄黄静莉很有趣，前戏越足，等到有一天他说出那句"你知不知道，你的自尊其实微不足道"时，快感就越强烈。

杨墨曾经教育过黄静莉："在危机面前，越是熟人越可能给你添麻烦。"

黄静莉第一个约谈的公司，是她之前工作了快十年的那家分公司。好歹她一直经手那里的账目，而且分公司老总也算知根知底，不说是多么要好的朋友，起码应该给个面子。

一见面，黄静莉就发现自己错了。如果她提前问问杨墨的意见，杨墨肯定会重复教育她一次，告诉她不能上来就惹麻烦。

简单的交谈中，分公司老总每句都是客气话，一谈到关键问题就闪躲。黄静莉只是随便问了问应收账款、账面现金、新增项目开工率等常规数据，对方也只是报了个大概的数字，很不靠谱。她要求看财务报表，当然，不是定期报给总公司的那一本，是真实的私密的那一本，分公司老总始终不拿出来，一直要求给几天准备时间。

黄静莉不想再谈了，那位老总非要请吃饭，下午5点就强拖她上车，拉去饭店。他好酒好菜招待着，黄静莉又犯了傻，以为喝点酒能听几句实话，于是多喝了几杯。那位老总那么狡猾的人，只是诉苦，说这一年实体经济多么困难，自己维持得多么勉强，整个公司状况非常不好，总公司还有硬性业绩要求，他只能拆了东墙补西墙，等等。

一句实话都没听到，黄静莉带着一身酒气回了家。关于破戒喝酒，她跟杨墨同时犯了错，后来多次吵架，两个人都没碰过这个雷区，喝酒意味着双方已经默认孩子不再是挽救婚姻的法宝。如果在喝酒的问题上纠缠，话题很容易引到死穴上，对一对曾经海誓山盟不想要孩子的丁克夫妻来说，孩子只是一根稻草，若没法成为救命稻草，就会反过来变成压垮骆驼的最后一根稻草。

闻到黄静莉带回来的酒气，杨墨很心烦，他的脑子里都是吴佳慧。听到苏梓去见了一面，他问了整整两天，苏梓始终避而不谈，他只能去找杨淼，拐弯抹角地问他们两口子之间的细节，从杨淼的角度打听吴佳慧这些年的经历。

杨淼喝醉后头痛了两天，始终陷在消极的情绪里，讲述过去时骂了很多脏话。杨墨知道了一些信息——

吴佳慧大学里很想考研，但是连续两年数学没考好，她不甘心，毕业后没找工作，拼命复习，但是第三次又没过，之后作为一个毕业一年、没任何经验的本科生，找工作很困难，高不成低不就，两年里换了几份工作，每份都没干完试用期。结婚很寒酸、离婚很冲动、复婚很仓促，怀孕为了保胎又辞了职，等到发现老公出轨，她立马将他赶出家门，几年来拒绝接受杨淼任何形式的经济帮助，哪怕以给朵朵名义送去的钱和礼物，也全部被扔出门外。

吴佳慧死活要离婚，在法庭上恳请法官，她说自己没有错，错的是对方，现在她不要对方一分钱，不需要抚养费，只要朵朵归自己，她可以净身出户。法官还是没有判，这让她非常崩溃，闹个不停，闹到法官只能躲起来，给了她半年的冷静期。

"半年的冷静期马上就要到了，吴佳慧肯定又要打官司。她说了，如果这一次法官还不判离婚，她就把朵朵藏起来。"杨淼痛苦地说，"我必须尽快解决问题。"

杨墨心里很难受，一步错，步步错，吴佳慧就像只惊慌的到处乱跳的小兔子，每一步都陷在坑里，他很想去见她，但是只能忍着。他必须相信苏梓，无条件地相信她，因为他知道自己没有理智，没有理智是干不成任何事的。

所以，这个夜晚，两个内心纠结的人在同一个屋檐下经受着煎熬。两个人的煎熬都跟对方关系不大，换作当年甜蜜的时候，他们一定会面对面地窝在沙发里，耐心地听对方倾诉。一定是杨墨主要负责说，他既可以帮黄静莉分析，也能够分析自己所面对的困境，他其实并不需要太多建议，只需要有一个宽松的环境，让自己慢慢厘清思路。

通常，一个家庭里丈夫是基石，但如果把杨墨家比喻成一支乐队，杨墨是吉他和主唱，黄静莉才是鼓和贝斯，她是这个家里真正掌握节奏的人。她焦虑，整个家就焦虑；她开心，整个家就开心；现在，她彷徨，所以，杨墨才会陷入彷徨。她应该坐下来对杨墨说，"来吧，亲爱的，帮我解决掉我的彷徨"，然后他们就会重新好起来。

但是，她没有。她担心 Peter 汪的伎俩会刺激到杨墨，因为之前的刺激已经太多，她想靠自己的能力处理掉这次危机，保护杨墨敏感脆弱的神经。于是这个夜晚，两个人一个在沙发，另一个在床上，感谢时代的进步，手机足够打发所有无聊的时光，他们再一次没有任何沟通，强忍着咽下自己所有的煎熬。

如果让杨墨以上帝视角看到两个人在这个夜晚的内心活动，他大概会说：

"愚蠢，我们都太愚蠢。"

9.

有句话叫"幸福的家庭是相似的，不幸的家庭各有各的不幸"。

吴佳慧没有找到工作，她去的不是正规的人才市场，只是个介绍临时工的中介。商场胖经理从监控里截下一段她跟顾客厮打的视频，发给中介，中介的态度变得非常冷淡，尤其听说她最近还要请三天假去一次东北，更不愿意给她介绍工作，让她从东北回来再说。

没有办法，吴佳慧只能考虑，要不要把朵朵留下，不送回东北。她焦虑地问王城，王城只是个到处干体力活儿的粗人，累了一天，晚上喝了半杯白酒，非常烦躁地质问："你瞎折腾什么？说要送的是你，不送的还是你，我他妈的都跟我妈说好了，你让我怎么着？"

每次要跟王城吵架之前，吴佳慧都会在手机上找出动画片，插上耳机，给朵朵戴上，夏天把小女儿放在阳台上，关上两道门；冬天阳台太冷了，只好把小女儿放在卫生间里。

摸摸朵朵的头，关上卫生间的门，吴佳慧像飞蛾跳入火海，让自己熊熊燃烧起来。王城打了她，这已经是他们每次吵架的常规项目。王城第一次动手时只扇了她一记耳光，而且充满负罪感，打的次数多了，他也就无所谓了，耳光越来越多，对扇的画面，就像十几年前在大学宿舍楼的走廊里吴佳慧跟杨淼丢人现眼时一样。

王城累了，扇第一记耳光是冲动，之后是为了自尊和尊严，再之后是麻木地重复，每一次吴佳慧还手，都会激起他的怒气，直到他累了，不再在乎女人扇在自己脸上的耳光，起身，回到屋里，摔门，靠着酒精的力量很快睡着，反正他们早就分居了，吴佳慧和孩子这个晚上永远不会打扰他。

吴佳慧依然充满斗志，像条受惊的河豚一样气鼓鼓的，她把自己浸泡在毒液里，毒液在她身体的每一条动脉里来回游走，谁也不能帮她卸掉那口气，只能靠时间慢慢冷静。然后，她去卫生间里抱了朵朵。朵朵已经躺在自己平时洗澡的木盆里睡着了，那么小，蜷缩成一团，动画片还亮着，她还不太会用手机，那一集她已经看了好几遍。

天亮之后，吴佳慧依然按时起来做早饭，没有赌气。王城需要吃饱才有力气，他们需要一些钱，才能过个安稳年。

王城走了之后，吴佳慧带着朵朵去了市场，买了两棵大白菜和一点肉馅，打算包很多饺子冷冻起来，然后自己把朵朵送去东北。她没钱买机票，想去火车站找最便宜的火车票，在路上的时间很长，要准备的东西很多。

吴佳慧买完菜的时候，中介突然打来电话，说有个商家着急要人，问她想不想去，商家要赶在过年之前彻底清空货物，去的话不准请假，但是工资比一般的导购员每个小时多 5 块钱。

吴佳慧想都没想就答应了。她给王城打了好几个电话,想问他几点能回家,终于打通时,王城说有工友受伤了,自己这几天一个人干两个人的活儿,肯定没时间看孩子。她很着急,只能带着朵朵去工作。商场里太乱了,到处都是人,朵朵没地方待,放在身边怕被人挤着,放在远处一会儿就看不见了。

实在没办法,吴佳慧打电话给苏梓,这是她现在唯一可以麻烦的人。

苏梓去了,看到朵朵困得睁不开眼,站在角落里晃着,心疼得一把抱起来。吴佳慧再三赔不是,说明天就不再麻烦她,会好好地把朵朵安顿在家里。苏梓问她为何不把孩子继续送到幼儿园,吴佳慧连连摇头,愤怒地说幼儿园的寒假托管班涨价了,涨得很离谱,是骗子。苏梓只好说,最近自己没事,把朵朵交给她吧。

苏梓本打算把朵朵带去事务所。在打车去事务所的路上,她跟朵朵聊天,才发现这个小女孩根本不像快 5 岁的样子,哪儿都没去过,什么都没见过。她的心碎得一塌糊涂,决定带朵朵出去玩,带她去吃好东西、买漂亮衣服,让她像个正常的小姑娘一样。

到处玩了一天,朵朵非常开心,苏梓满心欢喜地把孩子还给吴佳慧,没想到,等来的不是感谢,而是拒绝——冰冷的拒绝。吴佳慧让朵朵把新衣服脱下来,坚决不要昂贵的芭比娃娃。苏梓非常不理解,解释着解释着,实在控制不住,跟她吵了起来。

吴佳慧说苏梓会把朵朵教坏。苏梓觉得自己掉进一口井里了,井里全是淤泥,她爬也不是、动也不是,浑身充满力气,但是怎么都无法挣脱,她有一万张嘴,谁都不是她的对手,但唯独在吴佳慧面前,她输得气急败坏，甚至想直接揪住对方咬一口。

朵朵哭了，可以不穿新衣服，但她不想放弃芭比娃娃，小手握着不肯松开，那个娃娃她从拿到就爱不释手，摆弄了几个小时，穿衣服、梳头发，珍惜得像自己的亲生宝宝。吴佳慧命令她必须还掉。必须！必须！必须！

苏梓几乎是号叫地说："我错了行吗？我以后再也不买了行吗？这是最后一次，行吗？！"

吴佳慧说："不行！你不能随便给她希望，希望太可怕了，你不懂！"

那个娃娃苏梓最终还是自己带走了，作为交换，她保住了继续到家里陪朵朵的资格。她每天都会偷偷带着娃娃来，让朵朵玩一天，晚上再放进包里，偷偷带走。她不敢轻举妄动，不敢带朵朵出去玩，不敢给她买什么，生怕再惹恼吴佳慧，剥夺了她每天见朵朵的资格。

杨淼一直在焦虑朵朵要去东北的事儿，反复催杨墨打听，杨墨终于没忍住，告诉他，朵朵不去了。杨淼又开始担心朵朵每天怎么生活，他卑微地哀求杨墨，给自己创造几次见闺女的机会，哪怕每次只有一会儿，实在不行，远远地看几眼也好。

杨墨跟苏梓聊了两次，每次都是晚上打电话。苏梓白天都在陪孩子，而且不许他上门，她怕他自作主张把杨淼带去。杨墨反复做工作，动之以情，晓之以理，保证杨淼一直会以"李老师"的身份出现，绝对不会穿帮，苏梓怎么都不同意。

在两天打电话的过程中，杨墨感受到了苏梓的一些细微变化：非常易怒，说话声音越来越大，在说话过程中不给对方喘息的机会。

他不确定发生了什么，但是感觉非常不好，因为她根本没有意识到自己变了。

由于苏梓的原因，每天晚上的通话时间变得很长，因为杨墨起码先要用半个小时的时间引导，才能让苏梓逐渐从某种亢奋的状态中冷静下来。

杨墨很好奇黄静莉为何突然不加班了，每天晚上准时回家，这让他很不自在。因为害怕老婆厌烦，所以他每次打电话只能去阳台上或者躲在洗手间里，这反而让黄静莉更加不舒服。同在一个屋檐下，一个人躲起来打电话，把空荡荡的房间留给另一个人，一躲就是一个小时，如果是黄静莉打给 Peter 汪，杨墨肯定早把房顶掀了。

不加班不是黄静莉的问题，她越来越不想上班，跟每家分公司沟通，每家分公司都想争取几天准备时间；她要是亲自去，分公司的老总什么都不说，只请她喝酒，还有送礼物的，几千块的购物卡塞过来，一张不行就再给一张，都说快过年了，送礼物只是朋友之间的友谊，她什么都不敢要，对方一再表示，她只能强硬拒绝，搞得跟每家分公司的老总关系都很僵。

好久没有这样了，黄静莉每天下午离开公司都长出一口气，迅速逃回家，只有家的气息才能让她感到安全。但是，每次她鼓起勇气想谈谈的时候，杨墨不是在打电话就是在打电话，电话太漫长，折磨着她的耐心，Peter 汪偏偏能掐会算，总会在适当的时机发来微信，问她这一天遇到什么困难没有。

虽然猎人的陷阱很危险，但是捕猎夹上面放着的果子太诱人了，香气扑鼻，软软甜甜。黄静莉的理智薄弱得仿佛天空中的臭氧层，缺口已经打开，崩溃只是早晚的事儿。

10.

苏梓第一次意识到自己变了，而且没用多长时间。

为了不让杨墨知道吴佳慧变成什么样子，她一直自己扛着，不让杨墨有任何接触。在见朵朵第一面的时候，她恨不得为了这孩子融化掉自己。在第一次陪伴朵朵时，她恨不得花掉所有钱，但是当每天都拿出几个甚至十几个小时与孩子在一起，哪儿也不能去，只能窝在家里大眼瞪小眼时，糖衣胶囊被慢慢剥掉，朵朵身上表现出越来越多吴佳慧的特征——阴霾、固执，还有各种让人不可理喻的坚持。

比如，朵朵爱啃手指甲，如果没人限制她，她会把手指甲啃到露出嫩肉甚至啃出血丝。又如，朵朵会突然做出傻样逗人笑，如果苏梓笑了，她会反复不停地做几十甚至上百次；如果苏梓不笑，她只会把动作做得更夸张，从来不知道主动停止。有一次，朵朵不小心把水洒在自己脸上，苏梓看她的囧样忍不住笑了，朵朵就癫狂地拿水泼自己，杯子里没水了就跑去卫生间的马桶里舀水，无论苏梓怎么阻止，她都不听。

在朵朵午睡的时候，苏梓上网查过她的各种表现，得到的结论只有一个，这是严重缺爱的表现。于是，她强忍着，竭力压抑住自己的烦躁和厌倦，但很明显，这些烦躁和厌倦都不会消失，只会积累，她祈祷着自己可以扛到解决问题的那一天。

吴佳慧很感激苏梓，每天早起，做下足够多的午饭留给她跟朵朵，看得出她尽力在花钱，每天都是不同的菜。苏梓知道，王城两口子每天的晚饭都是白菜炖豆腐加几块五花肉，于是自己时常中午叫点外卖，一是给朵朵吃点好吃的，二是留下一些吴佳慧做好的菜给他们两口子改善一下伙食。

在吴佳慧说可以早回家的那天中午，苏梓点的外卖里有个炒青豆，因为朵朵之前看电视时说青豆的样子好可爱。送餐员不知道什么原因来得有些晚，苏梓很担心吴佳慧回家看到外卖又要发脾气，希望朵朵赶紧吃完，好把外卖盒子提前扔掉。

但是朵朵非要把所有的青豆都摆进一个大盘子里，摆成一朵花的形状。苏梓催促她，她既不说话，也不反抗，而是没有任何情绪地干着自己要干的事儿。苏梓想要帮她，她不许；苏梓想先吃几口，把豆子吃掉一部分，她不许；苏梓假装生气，她也不在乎，只是很仔细地一个一个摆着豆子。

时间慢慢走掉，豆子实在太多了，朵朵依然非常执着，苏梓太气了，把朵朵盘子里的所有豆子胡噜了，强硬地命令她必须现在马上吃饭。朵朵大喊大叫，质问她为什么要这样，一边哭着一边重新摆。

苏梓第一次打了朵朵，因为她每胡噜一次，朵朵就拿起豆子重新摆，一次又一次地反抗。苏梓忍不住吼，朵朵突然说："你干什么呀，我又没有错！"那个瞬间她真的太像吴佳慧了。

苏梓抓起朵朵的小手扇了两巴掌，朵朵挥舞着小手打了她一下。苏梓彻底被激怒，狠狠地扇回来。朵朵疼哭了，苏梓愣了，她看见过朵朵屁股上的红印子，也听这小丫头说过自己挨揍的事儿，王城应该没有动过手，打孩子的都是吴佳慧，她曾经很心疼，没想到自己有一天会变成同样的人。

更可怕的是，只有第一次最艰难，负罪感最强烈。等到第二次发生之后，动手变得越来越容易，从打手变成打屁股，"打"成了最好的惩戒利器，变成逼朵朵听话、逼她放弃的唯一方式。

连续几天，因为各种事情，苏梓一而再、再而三地打了朵朵，每次打完又道歉，哀求朵朵不要告诉自己的妈妈，朵朵真的会保密，又总是更过分地激怒她。

苏梓实在要崩溃了，她晚上不止一次地梦到朵朵哭着对吴佳慧说"妈妈，她打我了"，然后吴佳慧开始报复，狠狠地打她，而她根本不敢还手，孤立无援，这梦让她对睡觉产生恐惧，时不时地突然惊醒。

杨墨说："每个孩子都是天使，也都是恶魔。"

他和黄静莉就是对恶魔的那一部分患得患失，所以才不敢要孩子。苏梓曾经对这一点深有同感，每次在地铁、咖啡屋或者电影院里遇到熊孩子，她都非常厌恶。她没想到，朵朵竟然也变成了一个熊孩子。

又一次打完朵朵之后，等吴佳慧一回家，苏梓就告别了。因为朵朵的关系，所以她对吴佳慧的印象越来越差，觉得都是这个女人的原因，把朵朵那么好的一个孩子教坏了。她一肚子怨气，一边等出租车，一边给杨墨打电话。

杨墨接起电话，声音躲躲藏藏。

原因很简单。黄静莉今天又受了威胁，Peter 汪继续给她施压，希望她过年之前至少能完成 70% 的分公司的账务审核工作，而她的工作量至今是 0。她回到家，心里实在憋屈，只能把气全撒在杨墨身上。这是一种渴望被关注、被安慰的求助方式，但是杨墨选择了沉默，也就是他曾经最看不起的中国男人的"撒手锏"：三棍子打不出个屁。

苏梓的电话打来，杨墨知道黄静莉随时可能爆发，只好躲到阳台上，不断催促苏梓回家，劝她有事明天再说，催促她挂断电话。

出租车已经开了，苏梓本来打算回家的，这几天每晚的电话是对她最好的安慰，但是杨墨今天突然支支吾吾的让她很不舒服。她心烦意乱，临时起意让出租车师傅在十字路口向左拐，直行是回家，左拐是去事务所，她很想找个没人的地方自己待一会儿，不想回家又听老妈絮叨，老妈这几天正在为过年去泰国还是回老家纠结得不行，每次只要苏梓回家就叨叨个没完。

杨墨还在催她，苏梓越听越来气，头一热，直接吓唬杨墨道："我说，墨儿，你是不是有什么事瞒着我？"

杨墨一听这话，像是被点中了死穴，更加躲闪起来，不敢回答。

"你大爷的！杨墨！我天天为了你费心费力，你居然有事瞒我？"苏梓冲着电话嚷嚷，故意吓唬杨墨道，"你说不说？你不说是吧？行！电话里不说就当面说，我去事务所等你！你马上过来。"

杨墨很着急，劝她千万别去，有事明天再说。苏梓继续吓唬他，说要么去事务所，要么直接去他家楼下，今晚非要把事情说清楚。杨墨发怒也不是，哀求也不是，不知道怎么解释。

出租车已经开到事务所，苏梓付了车费，下了车，拍张照片发微信给杨墨，说了句："你不来我今晚就住这儿。"

杨墨开始挠头，头皮奇痒无比，他心里确实有事儿，这几天一直在考虑怎么解释，他没听出苏梓是吓唬他，非常焦躁不安。正挠着，他突然发现客厅沙发上坐着黄静莉，刚才在阳台打电话冲着窗外说话，竟然完全没注意到背后多了一个人。

他走回屋里，关好阳台的门，黄静莉冷冷地看着他问："又是苏梓？"

杨墨只能点点头。

黄静莉的声音越发冰冷："所以，你现在要出门？"

杨墨看着她，心里像有一万头大象飞驰而过。

黄静莉的眼神能杀人："你们之间有什么事？"

杨墨摇摇头，赶紧说："是工作上的事儿，真的，是工作上的事儿。"

"每天晚上打电话，一打一个小时，"黄静莉低头看了一眼手机，"现在晚上8点半，非要约你见面，这是工作上的事儿？"

杨墨只能说："你听我慢慢给你解释。"

黄静莉冷笑了一声说："然后，如果我不信，你就再去找魏志刚做证吗？"

杨墨哑口无言。

就在杨墨百口莫辩的时候，苏梓疯了。

苏梓下了出租车，走了几步，眼瞅着要进事务所，发现屋里竟然亮着一盏暗黄的灯。她看了一眼手机，时间8点半，这么晚了，应该不会有人的，从没有人忘记过关灯，难道进了贼？她很紧张，踮起脚尖，尽量不发出任何声音，一步一步地靠近事务所的玻璃门，探着头朝里面张望。她居然看到两个人搂在一起，女人的脸藏在男人怀里看不清楚，男人的脸非常清晰，是魏志刚。

"砰"的一声，苏梓一脚把门踹开，怒不可遏地走进去，大喊道："魏志刚，你干什么呢？"

两个人被吓得魂飞魄散，像诈尸一样赶紧分开，苏梓这才发现，魏志刚偷情的女人不是别人，而是实习生达达。

"魏志刚，你是不是人？"苏梓指着他的鼻子痛骂，"怪不得马小小说请假，你那么痛快，还那么大方，我们还搞什么婚姻治愈事务所？你出轨都出到事务所来了，这还怎么治愈别人？这简直就是出轨渣男的贼窝！"

这种时候，怎么骂都不会解恨，苏梓看到两个人惊慌的表情，觉得非常恶心，她狠狠摔了事务所的门，在路边打电话号叫着让杨墨赶紧滚来。魏志刚也慌了，同样打电话、发微信给杨墨，让他来救场救命。

杨墨不得不出门，他不知道出了什么事，对黄静莉的解释很无力，根本没有输送出去任何温暖，只是想给自己做无罪辩护，辩护不可能成功，黄静莉什么都不说，冷冷地站起身走进卫生间，然后里面什么声音都没有。

电话又催命似的打来，杨墨胡乱穿了衣服，开着车往事务所狂奔，不堵车没红灯，他很快就到了。他刚下车，苏梓就像疯了一样扑过来，冲上去就开始打他，咬着牙，发着狂，恨不得把他撕碎了一样，一边打一边骂道："原来你们都是骗子！你们这些王八蛋！"

杨墨蒙了，完完全全地蒙在那里。苏梓用了太大的力气，每一下都打得他一个趔趄，打得他倚在车上，浑身巨疼。苏梓又打又挠，手脚并用，长发飘舞着，声嘶力竭地骂着，杨墨实在没有办法了，突然死死地抱住她，反复叫着她的名字问："苏梓，你怎么了？你到底怎么了？！"

11.

苏梓花了好几分钟才意识到杨墨一直抱着自己。她已经好久没得到男人的拥抱，即使是陈冰南，见过那么多次面，都卑微得没敢碰她一根手指头。杨墨有力的双臂像一张大网包裹着她，她觉得自己像个掉在马路边上的圆筒冰激凌，正在慢慢融化。

当然，这只是她的感觉。

杨墨觉得自己好像抱着一把张牙舞爪的木头筷子，这筷子从来没软过，笔直笔直地戳在那里，让他觉得自己没有抱住一个女人，自己只是一根皮筋。

苏梓实在不行了，再被抱下去，冰冷的外壳就要暖掉了，她拼命挣扎了一下，一把推开杨墨，杨墨又撞在自己的车上，一脸蒙。

"干什么你？！"苏梓大喊。

杨墨摆摆手说："我是谁？我在哪儿？地……地球……真……漂亮。"

苏梓二话不说，揪住他，把他踹进了屋里。魏志刚和达达正紧张得手足无措，站在大厅里等待审判。

主审官苏梓几乎用吼的方式说出自己看了到什么，刚要发飙，陪审员杨墨上去给了魏志刚胸口一拳，狠狠地说："肯定都是你干的好事儿，老老实实跟苏梓坦白。"然后他糊弄着，先把达达带走了——他很清楚，脆弱的达达根本扛不住苏梓的大发雷霆。

在杨墨送达达回家的路上，这个姑娘一直在哭，哭得很凄凉。这样的眼泪杨墨见多了，他什么都没问，什么都不想知道，没有任何心情。到了达达家楼下，他终于开口，嘱咐这丫头：第一，不要干傻事；第二，不要再联系魏志刚；第三，年前不用再来事务所上班，他会处理一切，至于最后什么结果，会第一时间通知她。

达达木然地点点头，杨墨不放心，又唠叨着："快过年了，想想你爹妈，想想我跟你苏姐姐，别干傻事，别再添乱。踏踏实实地过个年，过完年，好好找份正经工作。"

达达哽咽着问："杨叔，我再也没法回事务所上班了，对吧？"

杨墨机械地回答道："对。"想了想，他又补充说，"或许，这家事务所过完年就没了。"

达达哭了，下了车，对他鞠了一躬，说："杨叔，对不起。"

等杨墨开车回到事务所时，苏梓正站在路边等他。看车来了，她直接开门上车。

杨墨歪头看了看屋子，灯已经熄了，问她："老魏呢？"

苏梓咬着牙忍了半天，反问道："魏志刚出轨的事儿，你一点都不知道，对吧？"

杨墨直视着她的眼睛表示确认，强调自己肯定不会在这种事上撒谎。

"行。"苏梓用手梳了梳头发，努力调整了一下呼吸。

杨墨刻意加了语气词，又问："老魏这孙子呢？"

"你管他干吗？"苏梓叫了一嗓子，很严肃地说，"现在，我们来谈谈咱俩的事儿吧。你到底瞒我什么了？"

杨墨不知道该如何是好，紧张地沉默着。

等了一会儿，始终没等到回答，苏梓笑了，这个笑时间很长，她笑着叹气道："果然，你真的有事儿瞒着我。"

杨墨又开始挠头，这个夜晚实在是太让他糟心了。在别人面前，他总是强忍着，不做出挠头的动作，但在苏梓面前，他每次做出这个动作相当于示弱，相当于对苏梓说："我没招儿了，帮帮我吧。"

苏梓发现自己看到杨墨挠头，心里还是会难受，最近每次看到，难受的感觉都会加重，这种难受是一种夹杂着怜爱的心疼。她可以冷血地逼魏志刚坦白，但是因为心疼，她不舍得逼杨墨。一直等到他不再挠了，她目视着车窗外无人的马路，无奈地说："不想说就算了，送我回家吧，我累了。"

杨墨捏住了车钥匙，但是没有发动，他颓然地放下手，终于开口道："其实，吴佳慧是个病人。"

高二结束的那个夏天，杨墨就已经知道吴佳慧是个病人。

是他先给吴佳慧写的情书，然后惴惴不安地等待着，既怕她告诉老师又怕她拒绝，没想到他竟然收到了回信。那是一种自然而然的懵懂少男少女之间的单纯情愫。他们热烈地盼望着暑假的到来，盼望着两个月不用补课、不用上学、家长天天上班的生活。

青涩的甜蜜非常短暂，吴佳慧很快就表现出偏执的一面，她认准的事情必须做到，她想要完成的必须完成。这种执行力反映在学习上，让她的成绩一直不错，但是她不光对自己苛刻，还严苛地要求身边的所有人。

杨墨忘不掉，那个暴雨倾盆的早上，吴佳慧像落汤鸡似的出现在他家门口，只因为她答应今天要来；他也忘不掉，因为随口说了一句，吴佳慧如果敢吃一勺盐，他就敢吃五勺，结果那一天变成了一场闹剧，吴佳慧真的吃了一勺盐，逼着他张开嘴，他实在没办法吃了一勺，但是吴佳慧坚决不罢休，非逼他继续，最后歇斯底里地大骂他是骗子，把盐撒得到处都是；他更忘不掉，因为其他女同学打来一个电话，问暑假作业的事儿，吴佳慧整整折磨了他一个下午，质问他们到底是什么关系，质问他们都说过什么话、为什么会打电话、为什么不问别人非要问他，不依不饶，没完没了。

从最初的甜蜜，到喘不过气来，再到压力大得想要逃跑，中间几乎没有什么过渡，17岁的杨墨太稚嫩、太脆弱，根本抵抗不了几下就崩溃了。他变得暴躁不安，变得充满破坏性，变得每天晚上都跟老妈发狂，在被老妈怒斥之后，有一次他突然开始摔书，把桌子上所有的书都扔了，那不是他，他从来不是冲动后乱发怒的人。

在吴佳慧又一次偏执之后，杨墨一时冲动说了句让她走，这一下，刺激到了吴佳慧最敏感的神经，她说自己走可以，但是要把他们之间发生的一切消除掉，她要把自己整理过的床铺弄乱，要把洗过的碗弄脏，要把吃过的饭吐出来，那个下午她完全失控，直到杨墨哀求着说自己错了。

杨墨开始恐惧暑假，不想再见吴佳慧，但吴佳慧依然固定时间来找他，像什么都没发生过一样。杨墨变得异常谨慎、顺从，两个人在一起的每一秒都成了煎熬。好不容易熬过暑假，开学了，杨墨每天躲在男同学堆里，刻意地躲避着，这种手段激怒了吴佳慧。在一个休息的周末，有人敲门，杨墨的老爸一脸蒙地开门时，外面站的就是吴佳慧。只要杨墨躲她，她周末就会准时上门，不管家里大人的脸色多难看。

杨墨的老妈实在忍不住了，对她吼："你不要再来了，不要再影响我们杨墨的学习。"

吴佳慧站在那里说："我没有错，是杨墨先找的我。"老妈逼杨墨："你快跟她说，让她不准再来了。"杨墨窝囊得一塌糊涂，甚至不敢跟她对视，犹豫着，犹豫着，终于还是说了。

吴佳慧高昂着头，眼睛死死地瞪着，良久，她说："你等着，你会后悔的。"

她走了，之后每次在教室里看杨墨的眼神，都像要杀死他，杨墨受到了非常大的困扰，实在没有办法，只能走进学校特意为高三学生开办的心理辅导教室。那时的他甚至无法准确描述自己的症状，精神萎靡，幸好心理老师郑老师并不是个简单刻板的人，她非常敏感地发现了问题，用了半个月的耐心疏导，杨墨才敢说出吴佳慧的名字。之后心理老师不知道用了什么办法，接触到吴佳慧并改变了她，让她一点一点朝着正常人的方向改变，当她可以微笑着跟同学们说话、开玩笑之后，杨墨终于开始康复。

"你为什么不早告诉我？"苏梓质问他。

杨墨没法回答。自听到"吴佳慧"这个名字，他就陷入了无法自拔的混乱，他希望吴佳慧好了，希望当年发生的事情只是偶然，只是青春期的叛逆和躁动。但是听到杨淼讲述多年的经历之后，他开始庆幸自己当年逃之夭夭，庆幸遇到了一个负责、严谨的心理老师，否则他很可能就是今天的杨淼。

"那你为什么要把我推过去？"苏梓又一次质问。

杨墨长叹了一口气，说："我错了，我真的错了。苏梓，你从来都是一个比我更理智的人，我只是希望你可以先去探听一下情况，真的没想把你往火坑里推。这么多天，我每天都在问你到底发生了什么，但你始终不肯见我，什么都不告诉我，我心存侥幸，我……"

他说不下去了，他太恨自己的胆怯。

苏梓咬着嘴唇，一句话都不想再说。她怪自己，怪自己高估了自己，把一切都藏在了心底，没有及时说出来；她怪自己，怪自己心疼杨墨，明明是他把自己拖入深渊，却怎么都恨不起来，她甚至不想苛责，看到他的脸，就已经读懂了心疼和忏悔。

苏梓突然很慌乱，不知道心里是一种什么情愫，杨墨可是个已婚男人，为什么会这样？她第一次感觉到已婚男人的可怕，原来不是只有男人会乱来，自己同样会动心，对已婚男人动心是如此残酷，无论是什么结果，自己已经满盘皆输。

"我送你回家吧，明天我们好好地把吴佳慧的事情解决掉。"杨墨看了看手机，一看时间不早了，只好这样说。

苏梓什么都说不出，她竭力掩饰着自己的慌乱，甚至不敢再看杨墨一眼。下了车之后，她发了一条微信说：

"赶紧解决吧，解决完了，我就辞职了。"

12.

杨墨回到家的时候，黄静莉已经上床了。为了怕引起误会，杨墨快速换了衣服，简单洗漱一下，马上上了床。他已经做好准备，如果黄静莉再发怒，就把事情原原本本地解释一遍，反正这个晚上已经够乱了，索性全部说开。

黄静莉什么都没说，看到他上床，就关了床头灯和手机，假装睡了。她依然在赌气，而且抱着一丝幻想，她看到杨墨有些慌乱的表情，以为他心存愧疚，并不知道那愧疚更多是给予苏梓的，不是给她的。

杨墨果然对她的装睡心安理得，习惯性地置之不理。她太伤心了，背对着杨墨，眼泪就在眼眶里转圈；杨墨也背对着她，脑子都要炸了，该怎么处理魏志刚、怎么哄苏梓、怎么帮助杨淼和吴佳慧，他必须让自己冷静。

这个夜晚，两个人又一次都没睡踏实。黄静莉很早就醒了，杨墨直到很晚才睡着。黄静莉开了床头灯，看着侧躺的杨墨，无意间看到了他脖子侧面一道深深的抓痕。她盯着那道抓痕愣了很久，不知道是该把杨墨打醒还是假装什么都没看到，她紧皱着眉头，走到衣柜旁，悄悄闻了一下杨墨昨天晚上穿过的外套，闻到了上面明显的香水味。

昨晚在苏梓发狂的时候，手脚并用给杨墨留下了很多痕迹，之后杨墨死死抱住她，抱了好几分钟，苏梓身上的香水味，沾到了他的身上。

杨墨有鼻炎，一点没闻出来，但黄静莉的嗅觉非常灵敏，这香水味比 Peter 汪发给她的暧昧信息更像实锤，她一下哭了出来，在衣柜边，竭力憋住，不出声音，在情绪彻底失控之前，她匆忙换了衣服，连早饭都没吃，就离开了家。

杨墨醒来时，发现身边的床空了，自己的脖子、胸口、胳膊和大腿都很疼。他晃悠着去了卫生间，看到了脖子上的抓痕，脱了睡衣睡裤，照了照镜子，又发现好几块瘀青，心里感慨，苏梓昨晚上真是下了死手。

他发微信问远在老家的马小小，问她女人常用的化妆品里有没有能遮盖痕迹的东西，马小小说了几个牌子的遮瑕膏，他对着名字在黄静莉的化妆品里翻了翻，也不知道哪个是哪个，只能作罢，去衣柜里找了件高领毛衣换上，把抓痕遮住。

杨墨刚洗漱完，魏志刚打来电话，说已经打车到了他家楼下，约他一起吃早饭。杨墨下楼，看见了蔫了吧唧、灰头土脸的魏志刚，于是开车带着他去了家包子铺，魏志刚怒吃了两屉包子，还喝了两碗粥。

杨墨说："差不多得了啊，你这是出轨被抓还是国民党逃兵啊？出这么大事儿，你怎么饭量还涨了？"

魏志刚怒吞了最后一个包子，说："心里苦。"

杨墨一拍桌子："这种时候还不老实？"

魏志刚低头不语。

杨墨鄙视地看了看他，问："我猜，你跟达达早就好上了吧？只是趁乱的时候，顺便把她弄到了事务所来干活儿的吧？"

魏志刚没有反驳，点了点头。

"胆子真大！"杨墨点点他，继续问，"然后，你跟苏梓说的是，你刚跟达达好上，刚发展到拉拉小手、亲亲小嘴的地步，是吧？"

魏志刚又点了点头。

"到底从什么时候开始的？"杨墨好奇地问。

"有……有段时间了。"魏志刚结巴地回答。

"老实坦白！"杨墨敲着桌子说。

"那个……这么说吧，"魏志刚说，"在机场看见你老婆黄静莉穿着别人的西服时，我正领着达达出去玩……那个，在刘幂幂第二次跳楼时，我正领着达达在外面泡温泉……"

"你真行啊你，瞎折腾，你知道你惹了多少事儿？！"杨墨气得连续爆了几句脏话，敲着桌子问，"你到底怎么想的？你跟我说说，你到底怎么想的？"

魏志刚，拿出一根烟抽上，沉默了一会儿，他说："如果你让我说，我这里可以有成百上千个理由，但是所有这些理由，在你那里，都不是理由。"

杨墨看了他一眼,没有说话。

魏志刚长叹一声:"唉,你说吧,你说我该怎么办,我就怎么办……"

杨墨打断他说:"你少装傻,不用问我怎么办,你什么都明白。苏梓说了,她要辞职,你看着办,她走我就走,咱俩的兄弟情分到此为止。"

说着,杨墨起身。他昨晚想了半夜,已经想明白,不能再退缩观望,要主动去解决吴佳慧的问题,把苏梓从困顿中解救出来。临走之前,他又嘱咐了一句:"对达达你有点数,别犹豫,也别把小姑娘坑得要死要活的,已经够乱了,我还想过个安稳年呢。"

就在杨墨教育魏志刚的同时,黄静莉已经出现在 Peter 汪的办公室里。她的眼圈很红,垂头丧气地坐在沙发里。

Peter 汪以为她是彻底认尿,便一脸志得意满的表情,但是不着急收网,还要再装装,他故意问:"怎么了?遇到困难了?"

黄静莉在上班的路上确实有过很悲壮的想法,她想就此放逐自己,既然他杨墨可以一身香水味,她为什么就不能找个怀抱?这个反问句很有力量,就像那香水味一直在她鼻腔里残存着,挥之不去。

但是,在敲开 Peter 汪办公室门的瞬间,她已经放弃了一半,听到 Peter 汪装模作样的声音,她出轨的欲望全无,只想找机会逃走。

Peter 汪的手很自然地放到了黄静莉的肩头。冬天写字楼的中央空调开得很足,黄静莉只穿着很薄的毛衣,这只手握住她的肩头故意捏了捏她的内衣肩带,她恶心得要命,赶紧抖了抖肩膀,把脏手抖掉。

Peter 汪误会了,以为这是鱼儿最后的垂死挣扎,哈喇子都快流下来了，收线收了这么久，终于该品尝美味了。他缓缓地坐在沙发扶手上，贴近黄静莉说："需要我帮你吗？"

"噌"地一下，黄静莉站了起来，惊慌地向外走，Peter汪一把抓住她的手腕，把她拉进自己怀里，面对面，咄咄逼人地问："需要我帮你吗？"他要听到她胆怯的回答，他要逼她哀求自己，他特别希望高昂着头说出那句准备了许久的台词——"你知不知道，你的自尊其实微不足道。"

然而，黄静莉急促地喘着气，再一次用仅剩的理智狠狠踩了他一脚，挣脱他的怀抱，冲出了办公室。她匆忙地按着电梯按钮，很怕Peter汪像野兽一样冲出来。但电梯迟迟不来，她跑到楼梯间，惊慌失措地下楼梯，一下踩空了一级，重重地摔在地上。

好一会儿，黄静莉头"嗡嗡"的，眼前一片漆黑。等到慢慢有了知觉，她从口袋里掏出手机，打电话给杨墨，在听到杨墨的声音之后，她再也忍不住，号啕大哭起来。

13.

什么是爱情？

这大概是世界上被提问最多的问题，也是答案最多的问题，并且没有标准答案。

有人说爱情是一种激情，有人说爱情是一种感觉，有人说爱情天长地久，有人说爱情转瞬即逝。

其实，在男人和女人的世界里，爱情是不一样的。在男人的世界里，爱情有一个孪生兄弟，叫欲望；在女人的世界里，爱情有一个双胞胎姐妹，叫安全感。男人爱一个女人，不管是性欲、占有欲、保护欲还是征服欲，总有一种欲望在发挥作用；女人爱一个男人，相对简单，有安全感就足够了。

安全感是一种很奇妙的东西，大多数男人并不懂。安全感不是说每天做饭、每天接送上下班、每天问早安晚安、每天给一个拥抱就能产生的东西；安全感不完全等于陪伴、照顾或者呵护。

那安全感是什么？

杨墨把黄静莉抱到楼下，放进后座里，开车去了医院。医生做了些检查，黄静莉的额头和膝盖只是磕碰造成的轻微伤，脚踝没有扭到，摔倒时手掌猛撑在地上，对手腕造成了一点冲击，问题也不大，暂时没有脑震荡的症状，由于受到惊吓而发烧，可能是头晕恍惚的原因，医生说暂时不用住院，先在急诊室输液，等烧退了如果还头晕，再做观察。

整个上午，杨墨一直在忙前忙后，现在他坐在黄静莉的身边，让她的头靠着自己的肩头。急诊室虽然有暖气，但黄静莉输液的手依然冰凉，他把她的手放在自己的手掌里，给她暖和。

两个人一句话都不说。

吊瓶滴了一半多，黄静莉退烧了，渐渐清醒，她闻到了杨墨身上淡淡的香水味，他依然穿着昨晚的外套，苏梓的味道还没挥发完。黄静莉支起身子，转头看了杨墨一眼，看到他的高领毛衣，毛衣是为了遮住脖子上的抓痕，她缓缓地闭上眼睛，心里很不安，但什么都不敢问。

能够得到最多的安全感，这曾是她跟杨墨闪婚最重要的原因。从他们第一次相遇开始，强烈的安全感紧紧包裹着她，让她安心、舒坦，什么都不需要在乎。忘记了从哪天开始，安全感消失了，杨墨在面前，她会紧张；杨墨不在面前，她会恐慌。这感觉太糟了，以前她心里满满的，根本没有多余的位置，现在很空。每次跟杨墨争吵，她都是那个先认怂的，她很害怕，突然有一天杨墨会坐到面前，用语重心长的语气说："我们离婚吧，你看，我们真的已经不再相爱了。"

所以，她没敢告诉杨墨，Peter汪的骚扰才是摔倒的原因，只说自己踩空了台阶。杨墨问为什么大白天会走楼梯而不坐电梯，她只说等电梯等了半天都没来。杨墨不再说话。她想，好吧，不说话起码要比说出某些话好一点吧。

整整一天，抱黄静莉下楼、把她送医院、陪她看病、陪她输液、温暖她的手，杨墨做的一切都不是出于欲望，而是出于责任，就像对待一个家人，他跟黄静莉之间已经没有性欲，如果说之前为了要孩子是完成运动的唯一动力，那么现在孩子不再重要，他们已经好久没有拥抱和接吻过了。

杨墨已经意识到，中年男人的危机总是从丧失欲望开始的。

他从来不是一个占有欲、征服欲很强的人，又早早失去了追逐名利的欲望，现在只有满腔的保护欲，全部放在苏梓一个人身上了。在黄静莉输液的时间里，他一直在看手机，跟苏梓聊天，劝杨淼别冒险，跟高中同学打听当年高中的心理老师郑老师现在在哪儿，要老师的联系方式。之后他加了郑老师为好友，跟郑老师打招呼，约见面的时间。

面对魏志刚时，杨墨本来有理直气壮的愤怒，当他说"我虽有成百上千个理由，但是所有的理由，在你那里，都不是理由"时，杨墨的心里只剩下一句话："我又何尝不是这样。"

对待魏志刚出轨，杨墨没有苏梓那么单纯的愤怒，只有可耻的感同身受。这几天他一直羡慕杨淼，羡慕对方作为一个同龄人，依然有欲望、有痛苦、有激情，他觉得自己很可笑，根本没资格道貌岸然地治愈别人的婚姻，自己不是冰清玉洁的圣人，只是个什么欲望都没有的干瘪之人罢了。

杨淼一直在催促杨墨，帮他安排见朵朵的机会，但是一直被拖延。他通知杨墨，自己要忍不住了，因为又喝了酒，年底应酬多，最近天天都有饭局、酒局，每次喝完酒都很痛苦。他曾经跟踪过接朵朵回家的王城，知道他们租的房子在哪条街、哪个小区，只是他一直没敢去。杨墨劝他别冒险，但他再也听不进去了。

杨墨只能发微信再次询问苏梓，劝她把朵朵带到楼下去，哪怕只是让杨淼远远地看几眼。当时苏梓正坐在阳台上，看朵朵摆弄那个怎么玩都玩不够的芭比娃娃，收到信息后没有回复。

太阳很好，冬日里难得的暖和天气。朵朵很好，可爱的时候她是全世界最可爱的小女孩。但是苏梓不好，沮丧得像被太阳欺负的一小片乌云。她答应帮吴佳慧看孩子，本来是为了更好地接近吴佳慧和王城，搞清他们现在的状况，但是因为害怕与讨厌跟吴佳慧的沟通，她现在变成了一个纯粹的保姆。

收到信息，她从落地窗往楼下张望。这个老小区不大，几栋楼都围着一个大花坛，天气好，花坛边上有一些老人和小孩在玩耍，看起来并没有奇怪的人。

过了段时间，杨墨又发来信息，说杨淼喝完酒了，马上就到，让苏梓注意。苏梓依然不愿回信息，只是哄着朵朵回到屋子里，她不放心，有意无意地从卧室的窗户向下张望。

杨淼果然来了，穿着正装在小区里出现的陌生人很显眼。他正逢人便问，虽然吴佳慧和王城很少有时间带朵朵下楼玩，也很少有人知道他们住在几单元几楼，但是打听出来只是早晚的事儿。

不知道什么时候朵朵趴到了窗前，学着苏梓的样子向下看，她突然用小手拍着玻璃说："李老师！"

苏梓一愣，才反应过来，原来李老师就是杨淼。于是她赶紧拉着朵朵躺下，跟她说，中午楼上楼下的爷爷奶奶都睡觉了，不能乱喊。朵朵反复嘟囔着："李老师，李老师……"苏梓糊弄着她说："不是所有穿西服的都是李老师，很可能是大坏蛋。"

朵朵有些害怕，躲在苏梓怀里。苏梓摸摸她的头，心里默默祈祷，杨淼千万别找上门，朵朵仿佛听到了她的担心，轻声问："苏阿姨，万一大坏蛋来敲门，怎么办？"

苏梓吓唬她说："大坏蛋听不到声音就走啦。"

朵朵把手指放在嘴边嘘了一下，说："那我们都不说话。"

苏梓说："朵朵乖，我现在找个警察叔叔，如果有大坏蛋，就让警察叔叔来抓他。"说着，她拿出手机，给杨墨发信息："你现在马上让杨淼离开小区，我会带朵朵下楼玩一会儿，但他只准在小区外面看。"

这时候，杨墨已经把输完液的黄静莉送回家，他犹豫着，看着黄静莉有点虚弱地躺在床上，不知道该不该离开。喝了酒的杨淼，很有可能不听话，万一他冲进小区，万一他跟朵朵打招呼，吴佳慧一定会疯掉。

黄静莉看出来他有心事，缓缓地说："你有事就忙吧，我没事。"

杨墨点点头，帮她倒了温水、洗了水果，放在床头，看她闭着眼睛，呼吸匀称，以为她又睡着了，于是他轻声地出了门。就在他坐在车里，刚要启动的时候，手机突然来了条微信，是马小小发来的截图，黄静莉的小号刚刚发了一条新微博：

"如果我假装什么都没看到，是不是一切就没发生过？"

14.

自黄静莉的微博小号被"V姐"的粉丝攻陷，杨墨、黄静莉、苏梓集体在微博里失声，那一波冲击的伤害太大，让他们失去了再打开微博的勇气。

不过，马小小这个八卦大队长一直有眼观六路、耳听八方的习惯。自跟杨墨互相关注了微博，她做的第一件事就是把杨墨的微博从头到尾翻了一遍，发现了黄静莉等好几个人的账号，全部悄悄关注，即使发生攻陷事件也没有取关，因为她一直觉得他们还会回来。

马小小回到老家闲着没事，朋友们要么在上班，要么还没回家，她天天躺在家里，除了吃和睡，只剩下刷手机、玩电脑，突然看见黄静莉的更新，敏感地觉得有事发生，赶紧截图。她纠结了好几分钟，实在忍不住，发给了杨墨。

看到截图，杨墨想起了自己高领毛衣里的抓痕，心里一慌，赶紧登录自己的微博去看，结果发现黄静莉的微博数还是0，没有新动态。他打电话给马小小，质问她什么时候开始偷窥黄静莉的，马小小"嘿嘿"笑而不语。他又问，微博上为啥看不到截图里的内容。马小小用笔记本电脑刷新了一下，发现确实是没了，她分析，大概是黄静莉发完后怕被看到，又秒删了吧。

杨墨犹豫着下了车。马小小很敏感，关切地问他是不是出了什么事，问他们还好不好，说达达最近消失了，死活不理人。杨墨突然很想说："小小啊，我很想念你在身边的日子，有你在，很多事都不会变成麻烦。"但是他没说出口，只是唠叨着："你不准再搞间谍行动了，把手机扔了，好好陪你爹妈，不然我立马给你买机票，让你滚回来。"

挂断电话，杨墨反复琢磨着那条被删掉的微博，他好像终于被什么东西击中了，脑子里少了一些苏梓，多了一点黄静莉。他给魏志刚打电话，让他马上按照地址打车去吴佳慧所在的小区。在确认魏志刚找到杨淼并将他隔离到安全区域之后，他才给苏梓释放了信号，让她带朵朵下楼。

这一切遥控指挥，杨墨都是在菜市场里一边买鱼买菜一边完成的。买完东西，他回到家，到卧室看了一眼。黄静莉本来在偷偷地哭，听到开门的声音，马上装睡，眼角的泪痕都没擦干。杨墨看见了，躲到厨房里第一件事就是给马小小发了个红包，说："叔没白疼你，不用回信息。"

在晚上吃饭的时候，杨墨主动给黄静莉夹了几次菜，黄静莉主动问了问他目前的案子。杨墨没有说自己看到过那条微博，黄静莉没有说看见了抓痕、闻到了香水味，他们表面上一团和气，却依然没有勇气触碰对方心里的灰尘，这只能说明，他们之间依然很糟糕。

接下来的两天，是同样的套路。杨淼一喝多就想见朵朵，魏志刚陪着他并确保他在安全区域，之后苏梓带朵朵下楼。难得一直晴天，但是朵朵不合群，跟小朋友们都不认识，也不愿意跟别人玩，她只想一个人蹲在地上看蚂蚁、捡石头。苏梓挺心酸的，一方面尽量用身体做一道安全坝，挡住朵朵的视线，避免她看到远处的杨淼；另一方面努力陪着她玩，让她开心。

一身酒气的杨淼每次看到朵朵都很激动，也很伤感，比起杨墨，有孩子的魏志刚其实对这种场面更加感同身受。杨墨让他陪着杨淼，也是故意给他个现实版的教训，这比在他耳边说一万遍"想想你的孩子，你怎么能出轨"还管用。

杨淼很想冲进去，直接抱走朵朵，藏到吴佳慧找不到的地方，魏志刚比他强壮得多，随时可以一把抱住他。

"你们都答应过要帮我的，你们总得开始行动啊！"杨淼冲魏志刚喊道。

魏志刚劝他说："再等等。"

苏梓不愿意跟魏志刚说话，凡事都要通过杨墨转达，她让杨墨警告杨淼，如果再轻举妄动，就别想再看见朵朵，然后她问杨墨："现在到底该怎么办？"

杨墨说："再等等。"

所有人都要等杨墨的号令，杨墨这两天在外面跑断了腿，做了很多工作、见了好几个人，但是不是所有事都会给他留下足够的时间。

每次下楼玩耍之后，苏梓带着朵朵回家，总会想办法试探她有没有看见杨淼，有没有发现什么异常，朵朵好像什么都没看到，这让苏梓很放心。

然而，就在第二天晚上，吴佳慧搂着她，让她早睡觉，因为自己很累了。朵朵不想睡，找了各种理由，一会儿要喝水，一会儿说屁屁痒。吴佳慧实在生气，又打了她一顿。朵朵哭了，哭完了依然不想睡，这一次她找借口找得小心翼翼，她突然说："妈妈，我看见李老师了。"

吴佳慧早就听朵朵说起过幼儿园教英语的李老师，问过几次，朵朵太小，描述不清他到底长什么样子，每次说的都不一样。当年发现杨淼出轨时，她一时愤怒，删掉、烧掉了所有的照片，没法给朵朵确认，之后也怀疑过，去幼儿园问过朵朵的班主任几次，都没什么异常。她当然不知道，杨淼为了买通班主任，每个月都发一个大红包。

这一次，朵朵突然提出来，吴佳慧非常严肃地揪着她坐起来，逼问她有关李老师的事儿。朵朵吓坏了，不知道发生了什么，她只有5岁，还没什么逻辑，一边哭一边胡乱说了些话。吴佳慧马上发微信质问苏梓，是不是带着朵朵见了什么人。苏梓很慌，不知道是暴露了还是怎么回事，考虑着该怎么回答。吴佳慧没有等到回应，直接拿起手机，给杨淼发去一个视频会话的邀请。

杨淼下午被魏志刚送回家之后，睡了一觉，刚刚醒了没一会儿。他很焦虑，坐在床上抽着烟，一根接一根，都不知道电视里演的是什么东西。

大半夜手机突然响起来，他吓了一跳，看到视频会话的邀请，他也很慌。之前，他屡次发视频请求想看看孩子都被拒绝，吴佳慧坚决不让朵朵跟他有任何接触，用完全隔离的方式清除掉了朵朵大脑里所有有关他的记忆。这个突然发来的视频会话肯定不是无意间按错了，吴佳慧以前发刺激他的内容都是直接发视频文件，这一次是什么意思？

杨淼战战兢兢地接起来，一下看到了朵朵委屈的脸，心疼得想撞墙。吴佳慧看见他，逼着朵朵问是谁，朵朵抽泣着叫了一声："李老师！"

视频挂断。

杨淼急忙打电话、发微信，但是以任何方式联系全都没有回应，吴佳慧直接关了手机。杨淼不知道发生了什么，疯了似的打电话给杨墨，杨墨同样吓了一跳，赶紧穿衣服，劝他先在家里等着自己，有事见面说。

杨淼根本不可能坐在家里，他开车冲去了吴佳慧所住的小区，站在花坛上冲着每幢楼大喊朵朵的名字。

杨墨、魏志刚和苏梓从不同的方向赶来，两个男人用了好大劲儿才把杨淼拖回车里，今夜这个父亲格外疯狂。苏梓非常不安，她预感到，如果现在不找吴佳慧把事情说清楚，明天自己很可能再也见不到朵朵了。

"她会打人的！"杨墨坚决不同意，紧皱着眉头再三劝慰。

苏梓没听，毅然决定上楼一次，并拒绝了杨墨或者魏志刚陪同的建议，因为杨墨这样的故人、魏志刚这样的陌生人只会刺激吴佳慧，她必须孤军奋战。

然而，她去了没多久，杨墨收到她的信息说："吴佳慧带着朵朵消失了，王城也不知道她们在哪儿。"

杨墨有些蒙了。杨淼还在挣扎，挣扎得魏志刚一身汗。杨墨突然打开车后门，把杨淼从里面拉出来，狠狠地给了他肚子两拳，让他瞬间跪倒在地，疼痛不已。杨墨揪住他的领子，把他薅起来，然后大喊道："你说，你现在到底还爱不爱吴佳慧？！"

15.

在之前两天到处奔波的时候，杨墨首先去的是高中母校，心理老师郑老师还在，这么多年，除了辅导学生心理，她还做一些行政工作。

在杨墨的心中，她还是当年那个刚刚 30 岁、什么都懂、爱说爱笑、声音温柔的学校里最漂亮的女老师，十七年过去了，除多了一点皱纹，姿态变得成熟以外，无论是体形、长相还是说话的声音、语速，似乎什么都没有变过。

郑老师有单独的辅导教室，现在学生都已经放寒假，郑老师在值班，没人打扰。杨墨三十好几的人了，一看到老师还像个孩子。

接过杨墨送的见面礼，郑老师并没有推托，起身给他冲了一杯茶，让他坐在办公桌对面的小沙发上。

杨墨坐下后，到处看了看，感慨道："过了这么多年，我一进来就感觉心里特别踏实。"

"对吧？所以，好多孩子毕业了，还经常回来找我坐坐，"郑老师呵呵笑着说，"这么多年，你不来看我，我可一直在关注你，之前听说你在报社工作，你编辑的副刊我每期都看。前些日子，又在电视上见过你一次，我对你，比你对我熟悉多了。"

杨墨有些惭愧，尴尬地找了些话题随便聊了聊。

郑老师应和着，知道他无事不登三宝殿，突然到来肯定有事，但不直接问，而是把话题自然而然地引导回当年。郑老师的记忆力一直非常强，十七年前的人名和长相还能对得起来。她参加过几次毕业学生组织的聚会，了解到不少人的近况，这让杨墨深感敬佩，一个一个地说起名字，最后才说到吴佳慧和杨淼。

在郑老师提起别人的时候，杨墨都很正常，但在她说到吴佳慧时，他变得沉默起来。郑老师本来就大概能猜到这次谈话的目的，自然而然多说了一些。她说，吴佳慧其实是个好女孩，很善良、很坚强，只是有些偏执，这么多年来，像她这样特别的女孩并不多见。

"特别？"杨墨有些好奇。

郑老师重复说："对，特别。家庭特别，遭遇也很特别。"

杨墨终于忍不住开始发问，郑老师有点意外，原来他们这么多年一直没联系，杨墨也对吴佳慧的身世一无所知，于是语速平和地讲述了起来。

　　吴佳慧的父亲在她没出生的时候就进了监狱，那是三十多年前的事情了，罪名是盗窃。她父亲一直不服，说自己什么都没做错，是被冤枉的，怀着她的母亲也到处上访，试图伸冤，但是没有结果。

　　在吴佳慧 6 岁时，父亲才被放出来，回到家，那时的他没有学历、没有技能，对社会发展一片迷茫，找不到工作，他始终活在巨大的阴影里，严重酗酒，全靠老婆养家。每次喝多了，他只会做两件事：一是喊自己什么都没错但一辈子都毁了，二是打老婆、打闺女。

　　每个人的成长，都是由一步一步的选择造成的，遇到一个路口，向左走还是向右走，会变成两个完全不同的人。

　　吴佳慧的母亲懦弱、胆怯，除了忍让和勤劳，什么都不会。吴佳慧却非常叛逆，她一方面苛求自己，什么都严格按照某个既定标准去做；另一方面每次挨打都会拼死抗争，只要她觉得自己没错，就一定会跟父亲对打。

从青春期萌芽开始，她的人生一直是这么度过的，所以，她非常偏执，从不认输。

任何影响都有两面性，母亲的懦弱、胆怯没有遗传给她，母亲对婚姻的忍让和维持却遗传给了她，遗传的基因还有一部分来自她的父亲。

在吴佳慧读高一时，母亲得了癌症，由于没钱医治，病情恶化得很快，父亲虽然嘴上骂骂咧咧，从来没一句好话，但是没有嫌弃，没有抛弃，每天从早伺候到晚，直到母亲去世。

讲到这里，郑老师特意说："吴佳慧当年在讲自己的故事时，说到这里用的句子是'我没想到，这个老王八蛋竟然还能这样'。"

杨墨很严肃，他从没听吴佳慧讲过自己的任何事，也从没被邀请去过她家。

母亲去世了，父亲很快得了肝癌，同样恶化得很快，而且根本交不起医药费。他们家那两年就像被诅咒了一样，非常艰难。

吴佳慧不光要上学，还得每天伺候老爸，那是她高二成绩下滑的唯一原因。她学着老爸的样子，没一句好话，甚至在他不听话的时候还会打他，但是一直伺候到死。老爸临死前每次被打都会哭，哭着说："我没做错什么，我从没有对不起你妈。"

这一切都影响了她，她对忠诚特别看重，对抛弃最憎恨。

郑老师突然看看杨墨，杨墨心领神会，说："有什么话您都可以说，我一直对当年您是怎么指导吴佳慧的非常好奇。"

"嗯，"郑老师起身给杨墨倒了一杯水，给了他一点缓冲的时间，然后说，"我们那时候每天说的都是你。"

　　吴佳慧并不爱你，但是她恨你。

　　母亲、父亲都走了，她很孤独，你的情书恰到好处，在她最失落的时候，她接受你、对你好、跟你在一起，不是因为爱你，她说，她去过你家，看到你家的样子，看到你爸妈每天留下的饭菜，她很自卑，所以，她刻意地隐藏起自己的一切。

　　她从一开始就知道你们之间没有结果。但是当你每次让她离开的时候，她依然气急败坏，她说，老王八蛋那么坏的人都不会抛弃，为什么你这么好的人却会。

　　正常的分手，在她的世界里是不存在的。或者说，正常的情感，在她的世界里是不存在的。

　　在她的世界里，两个人在一起，就会把对方折磨到死。

　　杨墨长时间地憋着气，脑子里一片空白。他问："所以，吴佳慧是有精神问题的，对吧？"

　　郑老师点点头。

　　他又问："那您是怎么治好她的？"

　　郑老师微笑着说："不是每种精神疾病都能治好，就像你现在做的治愈婚姻的工作，劝退一个第三者很容易，但第三者没了，婚姻就真的可以治愈了吗？"

　　杨墨哑口无言。

　　治愈吴佳慧的并不是我，而是杨淼。

　　在吴佳慧慢慢向我倾诉的时间里，她最常问的一个问题是什么才是爱情。你知道，我并不是那种传统的老师，明面上各种话该说的还是会说，但是私底下，我并没有反对学生早恋。于是，我时常对她说："跟随你的心走，如果你每天都在惦记一个人，那或许就是了。"

吴佳慧是学习委员，也是语文课代表，她每周都在帮语文老师看同学们写的周记，但是同学们都不知道。她看到过杨淼在周记里写的对父亲的憎恨，对他充满好奇。

所以，她对你的情绪并不是消失了，而是转移了，转移到了杨淼身上。

杨淼跟她一样，从小在残酷的家庭环境里长大，从小被喝完酒就会闹事的父亲揍到大，他们有太多的共同之处，很多话不需要说就可以互相理解。在他面前，吴佳慧的自卑感并不强烈，在高三的时候，杨淼已经去过她家，所以他们之后的恋爱、结婚，并不让人意外。

但是，吴佳慧和杨淼有个最大的不同，吴佳慧生活在一个没有自尊的家庭，父亲、母亲都很卑微，所以，她的姿态可以很卑微；杨淼却生活在一个自尊心非常强的家庭，他的自尊不容置疑。在吴佳慧第一次领杨淼来见我的时候，他们两个已经离婚了。从毕业到上大学再到结婚，他们消失了好几年，我一直都联系不到。离婚了，杨淼终于放下了面子，我帮他们做了一段时间的心理疏导，然后他们复婚，有了孩子。

直到杨淼父亲突然去世，那时他在国外，没有回来参加葬礼。等吴佳慧最后一次见我的时候，告诉我这个消息，在那之后，他们再一次消失了。

与郑老师告别后，杨墨花了些时间，去了吴佳慧和杨淼的户口所在地的派出所和居委会，详细了解了两个人的家庭背景和家庭状况，试图知道更多郑老师不知道的情况，结果大失所望。他们的父母都是极其封闭的，很少跟别人交流，两个人的母亲确实长期遭遇家庭暴力，但都没主动报过警，每次邻居报警、派出所上门，两位母亲都拒绝立案。

在杨墨的脑海里，始终是在自己讲述他们近况时，郑老师黯然的表情。在他的记忆里，郑老师始终面带微笑，仿佛在这世界上压根儿不存在烦恼、压力、痛苦，他从未看到过郑老师如此失落。

半夜时，郑老师发来一条微信，她说：

> 杨墨，我思考了很久，还是想告诉你。那时的我犯了一个非常严重的错误，我应该早劝杨淼和吴佳慧去接受药物治疗的。今天，我不得不承认，他们都是病人，我的心理疏导在那时已经起不到真正有效的作用。
>
> 是我害了他们。
>
> 拜托你，帮帮他们。

这条微信让杨墨一头雾水，他想了半天，还是回答道："郑老师，我不明白。"

郑老师发来信息说：

> 是酒。
>
> 在吴佳慧的世界里，酒是一个可以征服男人、让男人堕落的东西，那是她从小在父亲身上得到的灵感。她没有远大的追求，

只想守着一个人过一辈子，能留住男人的最好方式，就是让男人堕落。

所以，不管跟谁在一起，吴佳慧都会怂恿对方喝酒，对方喝酒了、堕落了，每天沉迷在酒精的麻醉里，就会留在她的身边。

可是，酒精对杨淼来说，恰恰是最致命的。当年，我一直努力在帮他们摆脱酒精，我以为自己可以做到，但我失败了。这么多年，我一直非常自责。

16.

在一个上千万人口的城市里寻找一个人，是一件多么困难的事情！

杨墨、苏梓、魏志刚发动了所有能发动的关系，以不同方式对整个城市展开了地毯式的搜索，人民警察张亚东在繁忙之中也抽出时间，在职权范围内能做的事情上，尽了一切努力。

他们首先去了吴佳慧打工的商场和找工作的中介，工作人员都大发雷霆，说吴佳慧连招呼都不打就跑了，让他们非常被动。然后，他们通过航空和火车的出行记录确定，吴佳慧并没有通过这两种方式离开。接着，他们又搜索了开房记录和银行卡消费记录，确定她没有住进任何一家酒店，也没有使用过银行卡。最后，他们很想借助城市的天眼系统确定吴佳慧的位置，但是天眼系统不可能随随便便什么人都可以查，他们只能动用找一些关系，重点排查了火车站周围的监控录像，不过赶上春运高峰，火车站周围人流量太大，想在视频中找个人难度太大。

三个人和杨淼凑在一起，商量吴佳慧可能的去处，苏梓全程没给魏志刚一个好脸。

商量了半天，四人最终决定，苏梓去找王城谈一次话，打探一下消息，同时去各种中介，看看她有没有应聘新的工作；魏志刚再去街道和派出所，打听吴佳慧有没有什么亲戚；杨墨和杨淼主要跟各种同学联系，看看吴佳慧有没有联系谁，尤其是她身上应该没有多少钱，说不定会找谁借钱；杨墨还有一份最重要的工作，就是看住杨淼，别让他再瞎折腾。

其实，在一个上千万人口的城市里寻找一个人，重要的不是猜测她能去哪儿，而是知道她是谁。

一群每天花几百块钱都觉得无所谓、银行卡里至少有六位数存款的人，不可能想象出一个长期挣扎在贫困线上的穷人的生活，世界有些角落，在他们眼中是不存在的。

对吴佳慧来说，洗澡不是必需品，温暖的家不是必需品，吃得好不是必需品，她的当务之急是把朵朵送走，远离杨淼的视线。她带着朵朵一直在火车站附近住，没有钱住酒店，住的是没法洗澡、没有暖气、不需要登记的一家小旅馆——不是单独一间屋，而是一间大屋里的一个床铺，每天只需要30块钱，吴佳慧讲价到每天20块钱，同时还能让朵朵跟着吃饭，付出的代价是帮着小旅馆干活儿——打扫卫生、洗床单、收拾各种烂事。

朵朵吃得很少，每顿饭可以跟着蹭，吴佳慧想蹭饭必须交钱。为了省钱，她的饭都是自己想办法，能不吃就不吃。不忙的时候，她还会带着朵朵去火车站附近的肯德基，那里人流密集，经常有人点了餐吃几口就跑去赶火车，她们就会捡别人剩的吃。在火车站附近捡剩饭的人有固定的一群，他们看朵朵可怜，就默许了这对外来母女的入侵。

吴佳慧没办法，她本想带着朵朵回王城的东北老家，但身上的钱只够买最便宜的绿皮车，每天只有半夜发车的一班，赶上春运，买不到票，连站票都早就卖光了。小旅馆的老板娘信誓旦旦，让她忍两天，然后托个熟人把她们娘儿俩送上车，根本不用花钱。吴佳慧信以为真。老板娘的关系是有的，办到这点事并不难，但年前已经没人干活儿，难得有吴佳慧这么个劳动力，她故意拖着，为了多用几天。

小旅馆人流嘈杂，有各种走投无路、贫困潦倒或者穷凶极恶的人。吴佳慧干活儿的时候，命令朵朵紧跟着她，一步也不许离开。她知道日子很困顿，但没觉得辛苦，朵朵虽然只有 5 岁，但起码现在有个妈妈，而她在高中照顾得了癌症的爸妈时，身边一个人都没有。

吴佳慧这辈子没过过一天快乐的日子，所以她才对苏梓说，希望是件很可怕的事情。她不想让朵朵心里充满希望，只希望朵朵从小就像野草，学会在任何艰苦的条件下生存。

生存和生活的区别，就是苏梓他们找不到她们母女的原因。

苏梓很担心朵朵的生活，约了王城两天，王城都到深夜才下班。她实在没办法，让杨墨陪着，半夜去了王城的家，为了示好，还给他带去一些吃的东西。

陪伴朵朵的这些日子，苏梓见过王城好几次，但一直没怎么跟他说过话，只知道他很腼腆，话很少，不怎么会表达。通过跟朵朵聊天，她知道他会打吴佳慧，对别的都一无所知。在见面之前，她一直试图劝慰自己，王城只是个没什么文化的粗人，在吴佳慧那么极端的性格控制下，才会变得脾气古怪，本质上应该并不是坏人。

然而，等到真正谈起话来，苏梓差点气疯了。

王城说自己过年前就离开，回东北老家，再也不会回来。他早就想跟吴佳慧分开，是对方一直纠缠不休，而且非要跟着他回东北，他是被逼得没办法才答应的。朵朵不是他自己亲生的，就算有感情也就那么回事。

苏梓拍着桌子质问道："一个女人带着一个小女孩就这么离开家，难道你就一点不担心吗？难道你就一点不心疼吗？你还是人吗？"

杨墨一直暗示她冷静。

"但凡是个正常点的女人，我能这样吗？"王城无所谓地说，"她就是个神经病，我巴不得她跑了。"

苏梓太气了，大骂他王八蛋。王城被骂急眼了，也拍着桌子站起来，说："你们女人都是神经病，欠收拾。"杨墨突然指着王城的鼻子号叫道："你收拾一个我看看！"

一直习惯于装孙子的人发起狂来还是有点作用的。王城没有动手，让他们滚，让他们都别再来。苏梓被杨墨的气势震了一下，拖着他离开，她很清楚，万一动起手来，杨墨可没有魏志刚那么扛揍。

两个人坐在车里，都气得不轻。平静了一会儿，苏梓说："没想到，你还有这么爷们儿的时候。"

杨墨手还哆嗦着，不想说话。

苏梓说："好了好了，别气了，都哆嗦了，想想接下来怎么办吧。"

杨墨说："不是气的，是吓的。"

正说着，苏梓的微信突然响了，她之前已经被吴佳慧拉黑了，态度诚恳地发了好几次好友申请，都没被通过，现在突然通过了。

吴佳慧在微信上质问她："你怎么这么坏？"

苏梓愣了，给杨墨看了看，两个人都没头绪。

对方继续发来信息说："找不到我，就挑拨我跟王城的关系，逼他离开我？逼他不让我回东北？你怎么这么坏？"

苏梓不知道王城跟她说了什么，一肚子委屈想要说，感觉打字太慢，刚想发语音，就被杨墨制止了。杨墨突然想到了什么，示意说："与其道歉，不如激怒她。"苏梓不太明白，杨墨补充说，"以她的精神状况，如果没有外力干扰，她只会坚定不移地按照既定计划执行，她现在的计划就是带着朵朵离开，远离杨淼。我们如果想要见到她，只能激怒她，让她发怒到主动来找你。"

"所以呢，你打算怎么办？"苏梓问。

杨墨长叹了一口气，说："郑老师给我的建议，我考虑清楚了，我们必须送她到医院接受一些治疗，她现在的精神状况，已经超出了我们能够帮助的范畴。"

苏梓紧皱着眉头说："这……这太残忍了。"

杨墨说："这是仁慈。"

苏梓拿着手机，听到杨墨的计划后，一个字都打不出来，脑子一片空白。杨墨接过她的手机，揣测着吴佳慧的情绪，试着回复一些句子，与她争辩。他并没有说脏话或者过分的话，只是反复提到杨淼。

虽然杨墨心底里一直有一丝怪异的感觉，但是他很清楚，杨淼和吴佳慧一直相爱着，只有爱得太强烈，恨意才如此疯狂；而王城只像当初青春期的那个杨墨一样，是个利用品，从未走进过吴佳慧的精神世界，她的精神世界只能放进一个同类，并且互相折磨到死。

果然，吴佳慧突然提出见面，要当面质问苏梓，她要知道这个女人跟杨淼到底是什么关系，为何反复说他的好，反复为他辩护。

杨墨用苏梓的手机问她："见面就见面，你在哪儿？我去找你。"

吴佳慧说："火车站。"

17.

深夜，火车站的人流少了一些，但是因为春运，依然人来人往。

苏梓他们做了非常充足的安排，苏梓先单独去见吴佳慧，杨墨、魏志刚、杨淼在附近等候信号，如果吴佳慧是抱着朵朵一起见面的，那他们就想办法把她骗到一个约定地点；如果吴佳慧是一个人来的，那肯定是防备杨淼出现，朵朵一定被藏在附近某个安全的地方，苏梓负责拖延时间，三个大男人要想办法找到朵朵。杨墨和杨淼都很确信，吴佳慧不会随便信任谁，朵朵肯定被藏在一个让她感觉到安全的距离之内，搜索范围应该很小。

杨墨突然很紧张，他不知道自己安排的这个计划对不对，心里非常没底。他也很害怕，万一吴佳慧处于完全失控的状态，该怎么办。犹豫再三，他拨通了郑老师的电话。郑老师已经睡了，听到后，坚决要求参加，在必要的时候，她或许可以让吴佳慧冷静下来。

苏梓也很紧张，她总觉得杨墨他们三个人不够，于是通知了张亚东。在她的脑海里，找人这种事，张亚东作为一个警察应该更管用。张亚东欣然答应，穿着便装也到火车站集合。

然而，所有人都低估了吴佳慧，准确地说，是低估了她对杨淼的恨。她根本不在乎杨淼跟哪个女人有什么关系，只想把朵朵送走，杨淼找不到朵朵，肯定将遭受灭顶之灾，就像她得知杨淼出轨时一样。

吴佳慧深知，苏梓不可能单枪匹马地跟她见面，她已经不相信任何人，满脑子都是朵朵被人抢走的恐惧，于是撒了个弥天大谎，把苏梓跟所有"帮凶"骗到火车站，她背着熟睡的朵朵打了出租车回家，像她这么不舍得花钱的人，能主动打车，足可见心情之迫切。她要跟王城谈一谈，不想被任何人发现，必须调虎离山。

吴佳慧有两个目的：一是问王城借钱，二是求他联系家人，在东北给自己暂时找一个落脚之地。王城很不耐烦，说苏梓已经来过了，自己还被臭骂了一顿，让她有事去找苏梓，那女人有的是钱。吴佳慧恳求道，她借的钱一定会还，只要王城肯帮忙，她就同意分手；到了东北，她不会耍赖，只要有一个暂时落脚的家，她找到工作有了收入，马上就带着朵朵离开。

两个人争执着，朵朵都被吓醒了，嘤嘤地哭了起来。听到朵朵的哭声，王城很心烦，最终答应，只有 1000 块钱，多了没有，可以帮她在东北找个住的地方，如果她到时候赖着不走，一定将她扫地出门，东北那是他的地盘。

吴佳慧很了解苏梓的性格，但她不知道苏梓身边还有一个魏志刚。

自杨淼发了疯，苏梓一直很紧张、很积极，对这个案子她比杨墨陷得更深，跟朵朵的感情最深，特别想解决，不断地提出解决方案。魏志刚因为出轨被抓，从苏梓信赖的伙伴一下被拖入黑名单，所以这种时候他必须抓住机会讨好，给足面子，于是他对她的各种方案表面上双手支持、坚决执行，把她捧得高高的，但他知道，苏梓太理想主义、太单纯，办法并不一定管用。

当苏梓、杨墨决定所有人马在火车站会合时，魏志刚表面赞同，私下里却对杨墨说："这事儿不妥，孩子现在就是吴佳慧的全部，杨淼暴露后，她的第一反应是抱着孩子逃走，如此爱女如命的人，怎么可能把朵朵藏在某个地方？又怎么可能带着朵朵出现？不管是哪一种情况，都不符合一个当妈的逻辑，所以，这很可能是个套儿。"

杨墨突然惊醒，觉得道理是这么个道理，问他有什么主意。

魏志刚分析道："对吴佳慧来说，没有钱，在外面再怎么省也待不了几天，她只有两个选择：要么回家，要么离开。以她现在手头的钱，绿皮火车是唯一选择，每天固定只有那一列，很好控制，正常途径买票肯定没戏。"他已经找过那一列火车的列车员，但凡从不正规途径上车，必须找列车员。他问过了，最近几天加塞排队的人太多，吴佳慧肯定没戏，那就只剩一个地方需要守着，就是家，与其到处乱找，不如守株待兔，她迟早要回家，真能堵在家里慢慢谈，这是最好的选择。

思考了一下，杨墨点点头，示意魏志刚不要跟任何人打招呼，让他提前去吴佳慧家附近守着，自己留在苏梓身边，万一误算，吴佳慧现身火车站，能谈就谈，不能谈就劝住苏梓，放她走，接下来再想办法。

结果，一切都像魏志刚预料的那样，去火车站的人马扑了个空，他却看见吴佳慧抱着孩子从出租车上下来，赶紧给杨墨打电话。杨墨到处联系，让杨淼、苏梓、郑老师和张亚东从不同地方到停车场集合。

他们都进了杨墨的车，却迟迟无法动弹。夜里从不同方向来了两列火车，下了一堆提着大包小包的乘客，火车站周边的路被各种出租车、接站车、私家车堵得严严实实的，杨墨焦急地按喇叭也没用，每辆车都想先走，到处都有车插队、抢行，他们好不容易才绕出包围圈，却耽误了半个小时的时间。

魏志刚等得也很急，还没等来杨墨，吴佳慧已经领着朵朵下楼了。吴佳慧再也不想消耗时间，有了钱，她要直接回去拿钱贿赂小旅店的老板娘，想办法登上当天半夜的火车，站票什么的都无所谓，只要能上火车，怎么都可以。她又多收拾了些行李，领着困得睁不开眼的朵朵一起，抱是没法抱了，只能一边叫着女儿的名字提醒她不要睡，一边拉着她往外走。

紧急关头，顾不得那么多了，魏志刚径直走上去跟吴佳慧打招呼，这一下把吴佳慧吓坏了，以为他要明抢孩子，大喊着让朵朵赶紧跑，然后举起行李包朝着魏志刚砸过去。魏志刚也叫喊着，大声解释着，说自己没有别的意思，只想聊一聊。

吴佳慧眼看他人高马大，便扔下行李，抱着朵朵就跑。朵朵不知所措，死死揪住妈妈的领子，魏志刚只能在后面追。吴佳慧走投无路，突然抱着朵朵朝马路对面冲过去。深夜马路上的汽车在狂奔，吴佳慧这举动无异于自杀，魏志刚大喊着"小心啊"，飞身一跃，赶在母女俩被车撞之前的一秒钟将她们推开，他自己被来不及踩刹车的汽车撞飞了。被推了一把的吴佳慧抱着朵朵也向前滚出去，无法控制地和朵朵一起狠狠地撞在另一辆紧急刹车的车屁股上。

魏志刚躺在地上，浑身巨疼无比；吴佳慧趴在另一辆车的旁边，没了知觉；朵朵躺了一会儿，缓缓地坐起来，小手到处摸索着，不停地喊着："妈妈，妈妈，妈妈，你在哪儿？我看不见了。"

两辆肇事车的司机都蒙了，赶紧打电话报警。救护车还没来，杨墨的车先到了，他们疯了一样从车上下来。杨墨和张亚东去看魏志刚的情况，苏梓、杨淼和郑老师跑向朵朵。杨淼伸手就想抱朵朵，却被苏梓扇了一巴掌，质问他有没有点常识，这种时候怎么能随便乱动，然后指着一动不动的吴佳慧大喊着："那是你老婆，你真的不管吗？"

苏梓蹲在朵朵的身边，拉着她的小手，心疼地问她怎么了。朵朵说："阿姨，我看不见了，我好怕。"苏梓很想抱抱她，但是不确定朵朵现在有没有受伤、能不能随便移动，只能拉着她的小手，鼓励她要坚强，要等医生来。朵朵问："我的妈妈呢？"苏梓看着依然没有知觉的吴佳慧，心里颤抖不已。

救护车终于来了，医护人员做了简单的检查，吴佳慧虽然昏迷但还有呼吸，魏志刚多处骨折，朵朵除了眼睛看不见，只有轻微擦伤。杨淼又想抱朵朵，但是被杨墨一把揪住，推上了护送吴佳慧的救护车，杨墨同样喊着："那是你老婆！孩子丢不了。"

苏梓紧紧抱着朵朵，上了另一辆救护车，车上还有全身被固定、已经开始输液的魏志刚。魏志刚迷迷糊糊地突然醒了，问苏梓："朵朵受伤了吗？"苏梓看看他，握握他的手说："你好好休息吧。"

夜深了，除了医院里，很多地方都已经不再嘈杂。

魏志刚已经被送入手术室，他媳妇来了，闹哄哄地揪着杨墨好一个埋怨，质问他怎么把老魏弄成这副样子；王城没有来，郑老师一直陪着吴佳慧，吴佳慧的生命体征基本平稳，但是没有知觉，没有意识；杨淼到处签字、付款，之后苏梓让他抱了朵朵一会儿，又逼着他回到吴佳慧的身边，郑老师有很多话要跟他说。

苏梓抱着朵朵，坐在急诊室的走廊里。已经没有多余的床位了，对于朵朵的双眼，医生说可能只是受到惊吓之后的暂时性失明，用纱布缠着，先输液观察。

朵朵说自己好冷，苏梓就把她藏在怀里，恨不得自己多长 50 斤肉来温暖她。

朵朵问："苏阿姨，我是不是该睡觉了？可是我睡不着，你会不会生气？"

苏梓摇着头说："不会。"然后她轻声问朵朵有没有哪里不舒服。

朵朵指着小脑袋说："痛痛。"

苏梓抚着她的脸说："朵朵乖，如果想哭，你就哭出来吧。"

朵朵说："朵朵乖，朵朵不哭。"

苏梓的眼眶突然湿润了，她高高地仰起头，不想让眼泪流下来。

朵朵突然问："苏阿姨，今晚上有月亮吗？"

苏梓抱着她坐在走廊里，根本没有窗户，看不见外面的夜空，她咬着嘴唇说："有……有……"

朵朵说："是月牙吗？"

苏梓强忍着点了点头。

朵朵想了想说："那是我生日啦，妈妈说，有月牙的时候就是我 5 岁生日啦。"

听到这里，苏梓再也忍不住了，她的眼泪扑簌簌地流了下来。

18.

魏志刚的手术持续了五个小时，很成功。在麻醉药劲儿过后的几天里，每天都能听到他在病房里大呼小叫。

第二天中午，朵朵的眼睛突然好了，只是视力还有点模糊，医生检查过之后说，问题不大，过一两天就会完全恢复。

只有吴佳慧一直昏迷，没有苏醒的迹象。没有人看到，吴佳慧在被魏志刚推出去的一瞬间，几乎用整个身体把朵朵包裹住，她自己重重地砸在车上，后脑受到了严重的撞击。医生说，脑CT问题不大，现在还不好下结论，她会一直这样昏迷还是很快苏醒，只能等等看。

第一次见到昏迷不醒的吴佳慧时，杨淼木然地站在那里，手足无措。苏梓非常生气，质问他是不是嫌弃吴佳慧。郑老师让杨墨把苏梓带走，把朵朵送过来。她非常耐心地劝慰着杨淼，手把手地教他该如何照顾病人，又陪着他坐了好久，然后把时间留给了他们一家三口。

苏梓很不放心，郑老师拉着她的手说："孩子，你太累了，该回家了。"

杨墨开车把苏梓送回家。在她家楼下，他们待了好久，都沉默不语。杨淼和吴佳慧的案子到了尾声，魏志刚重伤，事务所走到了一个尴尬的十字路口，继续还是关门？他们都说了要辞职，辞职的理由各不相同，却一直存在。

苏梓闻着杨墨车上的气息，听着这个男人轻微的呼吸声，感受着在他身边自己的那份安心，一切的一切，她太熟悉，或者说太依赖，她很恐慌，这份依赖的性质有没有变质？她对他有感情已经是毋庸置疑的事情，但这份感情到底意味着什么？所有的情绪在脑海里乱成一团，理不出头绪。

"我可能要辞职了。"苏梓在临下车之前说。

杨墨愣了一下，说："先不急，先好好过个年，所有事情，等年后再说。"

吴佳慧是在第四天的半夜醒来的，醒来时，她发现自己睁眼依然很困难，只能眯着眼睛看周围的一切，手脚都没有力气，想说话也发不出声音。她着急地动了动手指，手指只能非常轻微地活动，每一下都非常费力。她想喊朵朵的名字，但是喊不出来。

　　身体慢慢有了一点知觉，她用眼睛的余光看到了身边躺着的朵朵，朵朵睡得很香，眼睛上罩着一只眼罩，因为屋子里亮着灯，她朝旁边瞥了瞥，看到一堆闪着亮光的仪器，还看到床尾趴着一个男人。

　　外面走廊里突然传来一个响声，床尾的男人惊醒，是杨淼。杨淼胡子拉碴，看起来很狼狈。他起来伸了一个懒腰，看了看设备上的数据，看了看快要打完的吊瓶，又看了看挂在床边的尿袋，把尿袋清空，出去倒掉，洗了手回来，走到床的另一边。他看了看熟睡的朵朵，帮她盖了盖被子，摸了摸她的头。

　　杨淼重新回到床边，轻轻地给吴佳慧捏腿，捏完一条，再捏另一条。吴佳慧感觉到有点痒，但是没法做出反应。杨淼捏着，突然开始轻声地说话。这是医生嘱咐他的，经常跟病人说说话，放放她喜欢听的音乐，或许有助于刺激脑神经的苏醒。

　　"慧儿啊，今天是第四天了，朵朵问我你为何一直在睡觉，我说你太累了，需要好好地休息……"

　　杨淼碎碎念着，东一句西一句，不知不觉地扯到喝酒上。他想起高中毕业的那次聚会，说起杨墨，问吴佳慧还记不记得杨墨这个人，然后说了杨墨的很多事情。吴佳慧默默地听着，有些心酸。

　　过了一会儿，吊瓶打完了，杨淼按了呼叫铃。夜班护士来了，跟他打了个招呼，说这是今晚的最后一瓶了，可以关灯了。杨淼说："没事，我已经习惯了。"

护士问："这几天白天晚上都是你一个人在啊？没有其他家属可以替你吗？"

杨淼说："不用替，我不累。"

护士说："真是好丈夫，放心吧，你太太会很快醒过来的。"

护士走了之后，杨淼又坐在床边，按照郑老师教他的，继续帮吴佳慧按摩，一边按一边说起朵朵，他笑着说："慧儿啊，你的洗脑功力真是太强了，朵朵现在依然每天叫我李老师，我也不知道该怎么解释。郑老师让我不要着急，要等你醒过来，我们两个人一起跟她解释，我只能忍着。其实也没什么，现在每天都能跟朵朵在一起，我已经很幸福了。"

吴佳慧听到这里，闭上眼睛，慢慢地睡着了。

天亮之后，吴佳慧彻底醒了过来，但她依然手脚无力，说话也很困难，身体非常虚弱。

脑科主任过来查房，说会找其他科的医生一起会诊，看看下一步如何治疗。

听说她醒来的消息，苏梓、郑老师都来了，分别跟她说了说心里话。郑老师说，自己有个同学现在已经是精神科的主任，跟他打过招呼了，接下来会给她和杨淼都做一些精神方面的检查和治疗。吴佳慧点点头，算是默许。

之后，吴佳慧又闭上眼睛，她有很多心事要想，有很多记忆涌了出来，无处安放。

所有人都以为她睡着了，说话变得很小声。苏梓带朵朵出去买好吃的了，杨淼最后跟郑老师聊了几句。

杨淼说："听着朵朵每天叫我李老师，我心里还是有点不是滋味。"

郑老师说："称呼并不重要，重要的是内心。你看朵朵，虽然看起来什么都不知道，但其实什么都知道，她这几天叫你李老师，一直絮絮叨叨妈妈的事儿，但她提起过那个所谓的爸爸吗？朵朵呀，其实跟吴佳慧一样，心里只能放下真正对她好的那个人，容不下别人。"

郑老师离开之后，去了医院的停车场。是杨墨开着车把她送来的，也约好了把她送回家。

郑老师对他说："其实，你以后可以见一见吴佳慧的。"

杨墨想了想，回答道："还是不了吧，我的脑海里始终是她 19 岁的样子，这挺好的。"

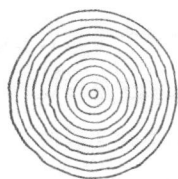

原来

错的人不是**你**，

是**我**

1.

魏志刚每天晚上的陪床，都是由杨墨负责，他通常在家里吃个晚饭，差不多7点多到医院，魏志刚的媳妇收拾收拾回家，第二天早上8点再来替他。

魏志刚晚上7点多的时候一般都在睡觉，到半夜醒来，总说骨头疼，反复地折腾。最初两天，半夜总要打一针吗啡才能消停，之后痛感慢慢减轻，他不再那么烦躁，两个人可以漫无目的地聊点什么。

他们首先回忆了两个人相识的经历。那时候魏志刚还在开婚庆公司，杨墨和黄静莉要闪婚，婚礼筹备很仓促，经朋友介绍，找到了老魏。一对新人本来脑子里全是文艺清新的画面，想要搞一个与众不同的婚礼，简单又让人印象深刻。老魏听了之后全盘否定，他用三寸不烂之舌讲述着什么叫仪式感、什么叫庄重辉煌，然后反复强调，太素雅的婚礼缺少回味的深意，黄静莉早晚会后悔。中国那么多新人都用同样的模式办同样的婚礼是有道理的，仪式感这东西，全世界只有中国人玩得溜，不信你看看北京奥运会的开幕式，秒杀其他国家的开幕式几条街。说白了，他不愿意费力不讨好地弄一堆新东西搞一个稀奇的婚礼，只打算按照常规套路干个省心省力的活儿。

之后的婚礼果然是按照黄静莉之前最讨厌的套路来的，又是切蛋糕、倒香槟，又是拜天拜地拜父母，中不中、洋不洋的。黄静莉很生气，结婚录像从来没看过，从此对魏志刚再也没有好感；杨墨却相当满意，魏志刚干起熟络的活儿，不用他操心，细节处理得相当到位，双方老人都很喜欢，给他添了不少面子。

再以后，报社副刊部策划了一次集体婚礼，杨墨把这个肥差顺水送给了魏志刚，两个人从此变成朋友，关系越来越近。

既然感慨着婚礼，就免不了感慨婚姻。

杨墨突然坏坏地说："看这意思，你媳妇对你的事儿都一无所知吧。"

"那肯定不知道，"魏志刚摸着头笑着说，"我们家是这样，每年我固定往家交一笔钱，还房贷＋所有日常开销，就用这些了，然后每年再带老婆和孩子出去旅个游。剩下的，我有几张银行卡、每年赚多少钱、剩下多少钱、都干了什么事，我老婆一无所知，也不操心。"

杨墨感慨道："这么心宽的媳妇也是不好找。"

魏志刚得意地说："不是没管过，刚结婚的时候她想管来着，但是狡兔三窟，我藏私房钱的本事那是祖传的。眼瞅着一管我，我往家交的钱越来越少，我老婆就改变了策略，婚姻公司化，只规定我每年上缴的钱数，相当于收税。"

杨墨沉默了一会儿，问："达达一直没再找你吧？"

"没有，"魏志刚想了想说，"她应该压根儿不知道我受伤的事儿吧？你不说、苏梓不说，我也没说，没人告诉她。"

"真没有？"杨墨质问道。

"发……发了几条微信，我没怎么回。"魏志刚眨眨眼，说，"你不是让我悠着点，别伤着人家吗，这分手不得有个过程？"

杨墨长叹了一声："你呀，见过那么多事儿，还不接受教训，非要哪天摊在自己头上才甘心？"

"放心，绝对不会……我的意思是，我长记性了，真长记性了，"魏志刚说，"自把达达弄到事务所来上班，这些日子东躲西藏，我真是受够了，明明知道早晚会被发现，又侥幸又害怕，这事儿弄一次就到头了，我一定妥善处理，下不为例。"

两个人又一次陷入沉默。之后，杨墨突然想起什么，从包里掏出一瓶可乐，慢悠悠地喝起来。

魏志刚看了他一会儿，说："还是说说你吧，这酒也喝上了，可乐也喝上了，怎么着，跟黄静莉出事了？"

杨墨不说话，也不想看他，以此表示默认。

"有句话不知道当讲不当讲。"魏志刚又等了一会儿，说。

杨墨把可乐喝了半瓶多，回答道："想说就说，不说就赶紧睡觉，天天大半夜这么精神，你熬鹰呢你？"

"苏梓不适合你。"魏志刚的开门见山差点把杨墨呛死，他得意地笑笑，接着说，"你呀，跟苏梓一样，天天恨不得冲上制高点批判我、讽刺我、改造我，但是没有什么事能逃过我的眼睛。"

杨墨恼羞成怒地反击道："你看见什么了？你说说，你看见什么了？"

"明面的事儿，什么都没看见，"魏志刚大大咧咧地承认，"你们文化人，明面的事儿都是排在最后，情到浓时方恨少，你们现在还没到那个层次，但是火苗已经烧起来了。我作为朋友，这种时候还不劝，那太不厚道了。"

杨墨开始挠头，一挠起来就没完，挠得魏志刚浑身跟着起鸡皮疙瘩，他赶紧说："咳咳，我说，我不是批斗你，你至于愁成这样吗？"

"话说，你是从哪天开始跟你媳妇无话可说的？"杨墨又挠了一会儿，然后问。

魏志刚认真地想了想，突然话锋一转，说："你少来这套，别在我身上找平衡，你接的案子那么多，各种夫妻怎么出的事你比我清楚。

怎么着，你跟黄静莉没有任何交流了？比我还惨呢？"

杨墨把剩下的可乐一饮而尽，郁闷地捏着瓶子，捏得咔咔作响。

"不能够吧？黄静莉现在难道不是正需要你帮忙的时候吗？"等了一会儿，看他没有说话，魏志刚纳闷地问。

杨墨也很纳闷地问："帮忙？帮什么忙？"

"在我受伤之前，晚上跟张亚东吃饭，他跟我说的。他说黄静莉的公司可能要有大事发生，问你有没有说过什么。"魏志刚坦白地说，"我说你现在忙得乱七八糟，估计什么都顾不上了。"

"在你受伤之前？"杨墨嘀咕着，算着日子，"这都过去六七天了。"

魏志刚怔怔地说："我说兄弟，这样可不行啊。"

杨墨挠着头重复道："是啊，不行啊。"

2.

第二天早上，魏志刚的媳妇来晚了，杨墨有点着急，老魏让他先回家，他迟疑了一下，又不放心老魏，想跟查房的医生聊一聊，决定还是先留下来。

魏志刚的媳妇直到 8 点多才赶来，说是在家里熬了一锅小米粥，特意给杨墨多准备了一份早饭。杨墨没喝，借口有事，匆忙地走了。他紧赶慢赶地回到家，黄静莉已经去上班了，于是给她发了条微信，本来想问中午有没有时间一起吃饭，又觉得突然这样问太唐突，最后改成："晚上有时间回来吃饭吗？我给你做饭吃。"

收到信息，黄静莉很意外，心里隐约有种不祥的感觉。她其实有很多话想说的。公司最近很奇怪，不是 Peter 汪，而是更高层的领导直接向她下达了暂停对各个分公司的核查工作，她连续几天在公司里无所事事，同事们也都人心惶惶，什么流言都有，她很少打听，也不愿瞎猜。

但是，她想说却不能说。杨墨说他接的案子出了严重车祸，客户和魏志刚都受了重伤，他没日没夜地往医院跑。两个人黑白颠倒，几乎遇不上。黄静莉一直忍着，没用任何方式打扰杨墨。现在，杨墨突然要给她做饭吃，他到底想说什么？

在便利店买了早饭，来到公司，黄静莉还没来得及吃，突然来了两个警察，问她叫什么名字、在公司是什么职务，然后说"跟我们走一趟吧"。她不明所以，问需不需要告诉领导一声，警察说："不需要，你们领导已经知道了。"

人生第一次坐警车，黄静莉很紧张，连手机都不敢看。警车并没有开到派出所，而是直接去了市公安局。到了经侦科，警察让她把手机关机上交，然后去候问室等着。她进去老老实实地坐着，内心非常不安，完全不知道发生了什么，也不知道警察为什么会把自己叫来这里。

杨墨熬了一夜，太困了，看到老婆的微信只回了一个"好"字，洗漱完就睡了。他心里不安，睡觉时做了噩梦，很快醒来。在床上赖着，他想了半天，决定给黄静莉发个信息，问她现在忙不忙。发过去，没等到回信，每隔一段时间，他又发一条，以不同的方式询问忙完了没有，一直没有回信。他终于忍不住，打了电话试试，才发现黄静莉的手机关机了。

挠头再次开始，杨墨的受迫害症发作，一边挠一边设想着各种可能。他惊愕地发现，自黄静莉调到总公司，这么久了，自己居然没有她在公司的座机电话，也不知道她在公司里有什么关系不错的同事，这种时候想要找一个电话关机的人都不知道该问谁。

实在逼不得已，他只能用网络搜索维度集团总公司的总机，打过去，麻烦前台给转到黄静莉的分机上。前台一听说找黄静莉，有点紧张地回答道："黄主管好像被警察带走了。"

杨墨彻底傻了眼，赶紧给张亚东打电话。张亚东听明白情况，说自己已经开始休假，这个案子是由同事负责，他帮忙问一下。片刻之后，他打回来说："维度集团高层的一个副总，涉嫌跟财务总监Peter汪一起侵吞公司财产，并有严重的商业欺诈行为，黄静莉是案件的相关人员，需要接受调查，具体都涉嫌什么，还不清楚。"

杨墨一听就急了，嚷嚷着："什么都不清楚你们警察就随便抓人啊？"

张亚东赶紧劝他，说自己马上回市局一趟，打听一下到底是什么情况。

接下来的几个小时，杨墨就像热锅上的蚂蚁，坐立不安。他又给张亚东打过两次电话，张亚东一次接了说在等消息，另一次没接，过了一会儿回了个短信："马上去你家。"

杨墨说："你别来了，我直接去市局吧。"张亚东说："你暂时别来，来了也没用。"杨墨只能在家干等着。

他终于等到了敲门声，开门，是张亚东和苏梓一起来的，两个人面色稍显凝重，尤其是苏梓，平时看见杨墨，她的脸上有没有笑容、笑到什么程度，直接反映了事情的大小，现在她嘴角下沉、眼神忧伤，看得杨墨心里七上八下的。

杨墨拉着张亚东问："你直接跟我说吧，到底怎么了？"

张亚东看了苏梓一眼，苏梓用眼神示意着，两个人应该在路上有过交流。张亚东实话实说："案子本身是维度集团的副总和财务总监策划的，各种文件上都是这两个人的签名，侵吞的资金和欺诈所得也都在两个人的账户上，还有一些私下的现金和物品交易，都跟黄静莉没有关系。但是——"

张亚东还是停顿了一下，杨墨说："直说就行。"

"但是，目前有一些问题黄静莉没法交代清楚，"张亚东没法改变措辞，只能以最直接的方式表达出来，"比如，她多次出差都是单独跟 Peter 汪坐商务舱，多次陪同他去跟行贿客户吃饭，也接受过行贿客户馈赠的礼品，尽管都不是名贵的东西，她的银行账户还曾转进转出过几笔数额不一的款项。黄静莉现在否认自己知道任何内幕，但是说不清楚她为什么会这么做，我的同事们必须查明白。"

杨墨木然地坐下，窝在沙发里，一言不发。

"所以，她可能还需要一点时间，把事情说清楚，才能回来。"张亚东说着，坐在杨墨身边拍了拍他的腿，"你放心，我已经跟同事打过招呼了，他们会好好照顾她的。"

苏梓也坐下，直接坐在杨墨对面的沙发边的茶几上。她看得出，杨墨手很痒，头更痒，但是他正艰难地忍着，没有挠头。她很想说点什么，但是话几次到了嘴边又忍住了。最后，她说："墨儿，如果你想静一静，我就跟亚东先走了。"

张亚东有点意外，杨墨像突然惊醒一样，轻轻地"啊"了一声，说："好，你们先走吧。"说完，他先站起来，已经摆出送客的姿态，等张亚东站起身，主动跟他握了握手说，"谢谢你了，亚东，有事还要麻烦你提前通知我一声，不管什么事。"

苏梓很想留下来，很想陪着杨墨，她知道这个爱絮叨的男人只有把心里话说出来，才能想明白很多问题，憋在肚子里是不行的，他迟早要找个人说出来，而现在他的身边压根儿没有人。

但是，不能留，真的不能再留了。

苏梓是个聪明的姑娘，知道杨墨和黄静莉之所以走到今天这一步，或多或少有自己的原因。她想起自己这段时间对杨墨的……她脑海里试图用一个词准确描述一下那种状态：占有？使用？还是掠夺？想不清楚哪个词更合适，但她清楚手机里的通话记录有多少个小时，清楚自己给予了杨墨多少抚慰，清楚杨墨给予了自己多少安全感。

如果现在还留下，那么这个夜晚她或许会一直留在杨墨的身边，直到他倾诉完全部的心事；或许杨墨又要开车送她回家，然后两个人在车里还要坐很久。但是又能怎样呢？她要告诉他，黄静莉的状态很像出轨吗？是要说什么虚情假意的安慰吗？还是说，干脆给他一个拥抱，用自己温暖他呢？

她是鄙视魏志刚的，即使她真的喜欢杨墨，即使这个男人现在受的委屈再多，她也必须撤离出安全的距离，不能变成推波助澜的凶手，不能把杨墨变成下一个魏志刚，更不能把自己变成小三。

这不只关乎情感，更关乎道德，所以，她必须离开。

3.

这个长夜是很难熬的。

张亚东走后，给杨墨发了条微信，说："今晚老魏那儿我去陪床，你在家休息吧。"

杨墨跟他说："谢谢。"

张亚东要先把苏梓送回家。半路上，苏梓改了主意，她说："我去看看老魏吧。"

两人到了医院，看到苏梓突然到来，魏志刚受宠若惊，赶紧让老婆给自己盖好被子，别露出肥肉来。苏梓客气地冲魏志刚的媳妇打着招呼，但是对魏志刚依然冷若冰霜。

几个人闲聊了一会儿，都没有说杨墨和黄静莉的事儿，谈的都是朵朵一家三口。苏梓说，吴佳慧现在身体还是无力，但手脚都已经有了知觉。医生说她过年前就可以出院，回家静养和康复，慢慢就会好起来。她跟杨淼去见了精神科的专家，杨淼有比较严重的抑郁症，吴佳慧则比较复杂，最初被怀疑有精神分裂症的倾向，专家进一步检查和确诊，又倾向于她是抑郁症＋躁狂症的混合发作，这种病例很罕见，需要深入观察。

时间很快到了晚上 8 点，魏志刚的媳妇收拾完东西，要先回家了，没有她，孩子晚上不听话，家里老人哄不睡。听说张亚东要留下陪床，她再三说，明早要给张亚东带早饭，让他等着。

媳妇走了之后，魏志刚知道自己要接受审判了，傻呵呵地笑着。苏梓瞪了他一眼，说："别以为我原谅你了。"然后，她没追问老魏出轨的事儿，问的都是杨墨的事儿，她很想知道，杨墨陪床的这几个夜里，都说了什么，提没提到黄静莉，到底是怎么说的。

魏志刚老实坦白，争取宽大处理，添油加醋地把杨墨说的和他这段时间的观察乱七八糟地糅合在一起都说了。苏梓脑袋空空的，听完，没说什么就告辞了。

离开医院，苏梓打车回家。她没有坐电梯，而是走到楼梯间里，默默地站着，不想回家，也不知道该去哪儿。她一直握着手机，时不时打开看看，看杨墨有没有发来信息，又偶尔刷刷别的微信群，检查手机是不是坏了，为何杨墨始终没有发来信息。

杨墨窝在沙发里，没有开灯，没有喝水，没有吃东西，天色完全暗下来，屋子里静悄悄的，他第一次觉得这个家如此陌生，黄静莉如此陌生。他努力回忆着，但是想不起来黄静莉最近都跟他说过什么、他又跟她说过什么，脑海里能回忆起来的最近的画面，似乎只有黄静莉说"好""行""都行""你看你时间吧"之类的。

手机已经响过几次了，他一直没有接，直到电话接二连三地打过来，一遍又一遍，是丈母娘的电话。他刚接起来，黄静莉的老妈在电话里都要吼起来："我说杨墨，你怎么不回微信也不接电话呢？黄静莉的手机怎么都关机了？"

杨墨不知道该怎么回答，随便撒谎说："啊，我俩在看电影呢，她手机没电了吧。"

"你说说你们，真行啊，老大不小的人了，光顾着自己玩，什么都不管不顾啊。"黄静莉老妈埋怨着，"那个，明天就是小年了，你们是回你家过还是来我这儿吃饺子啊？"

杨墨没有办法，不知道黄静莉现在是什么情况，更不知道她哪天才能回家，只好搪塞说："我俩商量商量，啊……哦……看电影呢，我先挂了，妈。"

房间里又恢复了安静。黑漆漆的安静，杨墨知道丈母娘没完没了，下一次该用什么借口？他终于拿起手机，给苏梓发去微信："出来一起喝酒吧？"

　　苏梓在楼梯间里已经站得浑身冰凉，马上过年，寒冬都快要过去了，她第一次感受到彻骨的寒。手指僵硬地滑开屏幕，看到杨墨发来的信息，她仰着头屏住呼吸，一个"好"字很容易输入，但是这样是不对的。她又一次固执地拒绝了，突然想到了什么，回复道："不了，我要带我妈去泰国玩了，需要收拾东西。"

　　苏梓本来已经放弃了去泰国，朵朵一家还在医院，杨墨家里又出了这么多问题，她跟老妈打了招呼，过年不去泰国也不回老家，自己要留下，要解决很多问题。可是，现在去泰国是最好的选择，不是吗？朵朵一家会有人照顾。关于杨墨，她反复告诫自己：远离，远离！去泰国，是杨墨出的主意，仿佛他早就预见到会有这一天。

　　所以，她快速地回到家，把手机扔到一边，揪着老妈开始谈论泰国攻略。老妈惊讶地说："你不是不去了吗？"苏梓佯装微笑地说："逗你的，哈哈哈，机票都买好了，哪能不去呢？"

　　杨墨看到了"泰国"的字眼，他也是聪明人，知道苏梓为何匆忙地从家里离开，为何会提到泰国。他想起魏志刚说的那句话——"苏梓不适合你"。

**　　杨墨当年在报纸的专栏里写道："爱情是互相包容，婚姻是互相苛责。"**

　　那时的他这么写，其实并不是很懂自己在说什么，只是为了句子漂亮。婚姻走到了今天，他突然发现，自己当年在报纸专栏上胡说八道的很多句子，其实都蒙对了，怪不得那么多人把他的话当箴言。

可是，医不自治，他不知道该怎么办。

魏志刚的话，突然出现在他耳边，他说："你觉得苏梓现在好，是因为她对你无欲无求，就以她的性格和暴脾气，如果变成对你苛责，你分分钟就崩溃；如果黄静莉的脾气是1，苏梓的就是99。"老魏说着，像要发表至理名言似的，端坐起来，严肃地说，"杨墨，你的问题在自己。"

这句话像一道魔咒，禁锢住了杨墨，他挠着头，想不清楚怎么会变成今天这个样子。一切的一切，很像高二的那个夏天，他慢慢陷入吴佳慧的旋涡，无法自拔。今天这个旋涡，肯定不是黄静莉造成的，是他自己悄无声息地把自己推入的。

终于放弃了所有抵抗，杨墨拿起手机，拨通了郑老师的电话。他说："我不知道怎么了，觉得对所有事情都丧失了兴趣和希望，好像回到了高二的暑假，我实在没招儿了。"

郑老师很有耐心，对杨墨的话并没有太意外，她的声音柔和，像一只温暖的手，慢慢抚慰着受惊的小兔子。她问了些问题，关于工作、关于生活、关于感情，最后她说："杨墨，你的问题在自己，你太用心了。"

杨墨愣在那里。

郑老师继续说："长久以来，你习惯了倾听别人、包容别人、劝慰别人，你就好像一个垃圾场，吸收了别人的太多垃圾情绪，把它们收回到你的垃圾场里。你用心倾听，用心解决，把所有吸收回来的垃圾压缩，压缩进在自己看起来微不足道的盒子里，藏进了心里，但是你从来没有一个出口倾倒垃圾。一点垃圾微不足道，长期积累下来，终有一天你的盒子会满的。你现在已经满溢了，藏不进任何新的垃圾了。对吗？"

"可是我一直在继续倾听啊。"杨墨疑惑地说。

"对呀，你的工作迫使你继续倾听，迫使你不断吸收新的垃圾，于是，你只能选择丢弃一部分旧的，你的选择是保存所有陌生人的，丢掉你身边所有亲人的。"郑老师说，"跟你交谈，我发现，每一个陌生人在你心里都变成了一份牵挂，说直接点，你并不真的相信自己能解决他们的婚姻问题，把一个第三者劝退了，婚姻真的可以好起来吗？你有越来越多的怀疑，这些怀疑是一种潜意识的感同身受，因为你对自己的婚姻也开始怀疑。"

杨墨长叹了一声，说："是。"

"你要清楚，完美主义者是没法研究心理学的，缺陷就是我们人生的一部分，伴随着每个人。"郑老师说，"吴佳慧是无法治愈的，无论吃什么药，无论杨淼接下来对她多好，从小到大的生长环境对她造成的影响是不可逆转的，她从来不是完美的，无论你在心里怎么美化那段记忆，她始终是不完美的。"

"郑老师，你的意思是，很多婚姻其实天生就是不完美的，对吧？"杨墨好像突然明白了什么。

"对，你果然是杨墨。"郑老师笑了笑，说，"不是每一段婚姻都值得挽救，不是每一段感情都是正确的，有些人在一起本身就是个错误，分开或许是更好的选择。你之前一直太勉强、太用心，而少用了智慧。"

杨墨说："谢谢您，郑老师。"

郑老师说："我建议你，找到你帮助过的每一个家庭，看看他们现在的样子，做一个了断，然后就放下吧。每个人都有自己的人生，你要做的，不是改变他们，只是帮助他们看清自己。"

4.

黄静莉是在第二天中午回到家的。

公司里被牵连调查的人很多，先后有多名女性财务人员承认，她们曾与 Peter 汪保持情人关系，并且收受各种礼物和金钱馈赠，但她们无一例外，都对 Peter 汪干的各种勾当毫不知情，办案民警由此推断，黄静莉不是从犯，只是一个新的受害者、Peter 汪的新目标。

杨墨提前得到了张亚东的消息。张亚东说了 Peter 汪包养过几个情妇的事实，还说了最新的口供，Peter 汪已经承认，黄静莉多次拒绝了他的追求，跟他没有发生过任何关系，也跟案子没有任何关系。

"谢谢你了，亚东，真的谢谢你。"杨墨说。

他开车在市局门口等着，黄静莉出来时非常惊慌，没让他碰自己，坐在车里也诚惶诚恐。

大概没有比黄静莉更乖的乖乖女，从小在一个和睦的家庭长大，听话地上了爸妈选择的小学、初中、高中和大学，不像苏梓有那么强的主见，她就像水，怎么都好，怎么都可以流淌。这辈子，她做得最叛逆的一件事，大概就是跟杨墨闪婚，之后在一家公司工作了十年，对领导的安排从来没有意见。她从未想过，自己有一天会被抓进公安局待一晚上。

回到家里，黄静莉依然像个失魂的风筝，久久无法安静下来。

杨墨突然抱住了她，无论她怎么挣扎，都紧紧地把她抱在怀里，不肯松手。黄静莉推着他、打着他，狠狠地咬着他的肩膀，最终泣不成声地一遍遍质问着："你为什么要这样对我？你为什么要这样对我？"

杨墨忍着疼，一句话都说不出口。

整个下午，黄静莉睡得都不踏实，昨晚上几乎没合眼，她很困，但是闭上眼睛就很恐慌。杨墨一直躺在她的身边，抱着她，摸着她的头，让她安心。距离两个人上一次像这样相拥在一起，好像已经过了几个世纪。

杨墨的老妈打来电话，问他们晚上几点回家过小年，杨墨说："不回了，今晚上去黄静莉家吃饭。"

老妈生气地说："今天过小年啊，我把饺子馅儿都准备好了。"

杨墨说："过小年去她家，过大年去咱家，多么公平。"

他妈愤愤地说："王八蛋，爱回不回，不回拉倒。"

黄静莉实在不想睡了，他们破天荒地老早回了家，一进门，黄静莉老妈吓了一跳，说："不是开年会吗？怎么又回来了？"

黄静莉很意外，杨墨抢话说："逗您玩呢，这不给您一个惊喜嘛。"

丈母娘捶了他一拳说："你脑子进水了吧？这有什么好逗的，赶紧去厨房干活儿去。"

小年了，旧的一年马上过去，家家户户都开始停下忙碌的脚步，做好过年的准备。但是，这顿小年的团圆饭，老丈人和丈母娘吃得并不开心，他们看出来自己的宝贝闺女有心事，旁敲侧击了半天，也没问出什么来。饭后，杨墨主动要求去刷碗。在厨房里，丈母娘悄悄凑过来问他，是不是出了什么事儿，杨墨应付着，丈母娘不肯罢休，非要问个明白。

实在没办法了，杨墨临时起意，撒谎说，要孩子一直没要上，黄静莉心里别扭。丈母娘一听没当回事，反而偷偷乐了，说："这事儿不用急，你们没去检查检查？"杨墨发现自己真是个傻×，撒一个谎又要不停地撒下去，于是装作一脸迷茫地说："查了，是我的问题，不是她的问题。"丈母娘安慰了他一下，说："放心，什么问题都不是问题。"

晚上回到家里，又是两个人单独在一起，杨墨和黄静莉依然陷入之前的困境里。他们现在可以拥抱，可以相互温暖，但是温暖的只有表皮。这几个月，已经积攒下太多问题，想解决并没有那么容易。

杨墨很煎熬，黄静莉刚从公安局回来，这个夜晚他无论如何都不能沉默，不能假装什么都没发生，他必须尽一个丈夫的职责，必须陪伴，必须找点什么话题，但他脑子里都是苏梓。

郑老师说，不是每一段婚姻都值得挽救。这让他想到自己的婚姻，如果要挽救婚姻，从目前来看，远离苏梓可能是必然的选择，他舍不得；如果一直跟苏梓保持这种若即若离的关系，他不敢保证未来会发生什么。

时间真是过得又快又缓慢，黄静莉从没像今晚这么快地洗完澡，好像刚进去就出来了。擦干头发，她就坐在床边，眼巴巴地看着杨墨。杨墨问她想不想一起看电影，她摇摇头，说有些累了。杨墨说："要不你先睡？"她摇摇头，说："感觉睡不着。"杨墨实在心慌，说：

"你等会儿，我先洗个澡吧。"

在杨墨洗澡的时间里，黄静莉坐在电脑前，漫无目的地浏览网页，网站上不停地有淘宝和天猫的推送广告，以前都是推送跟她添加在购物车里的非常相似的乱七八糟的东西，这一次，推送的都是些莫名其妙的名牌鞋子和名牌包。黄静莉已经有段时间没怎么用过家里的电脑，淘宝购物车里也没有类似的东西。

她有点好奇地打开淘宝，看到了杨墨的淘宝账号在登录中。他们结婚之后的习惯一直是，用黄静莉的账号买家里需要的各种物品，杨墨的账号只用来买工作中需要的各种物品。

杨墨这个澡洗得相当漫长，黄静莉无所事事地点开杨墨的淘宝购物车，发现里面既有鞋子，也有背包，都是几千块的名牌货，还有一款已经付款收货，是个法国代购的 YSL（圣罗兰）鱼子酱斜纹的白色手包，价格是 4680 元。

黄静莉突然心被扭了一下，唰地涌上眼泪来。自结婚后，每年过年杨墨都会偷偷给她准备一份新年礼物，以前一直都是走情怀路线或者实用路线，从来没有买过奢侈品。这一次，这份礼物实在太贵重了。

当然，她不会知道，这份礼物根本不是给她的，是杨墨精挑细选，用私房钱给苏梓买的 30 岁的生日礼物。

在杨墨即将从卫生间出来之前，黄静莉关掉了电脑，装作什么都没看到，躺在床上，陷入自责。她想起自己这些天对杨墨发过的脾气、冷漠的态度、强烈的怀疑，想起自己一度险些落入 Peter 汪的温柔乡，觉得自己犯了愚蠢的错误。

她很后悔，在杨墨回到卧室后，她紧紧搂住他，哭着说了很多很多，忏悔了很多很多，也承诺了很多很多。

杨墨一脸迷茫地听着，感受着老婆在自己怀里越来越炙热，仿佛这个夜晚如果不做点什么将无法结尾。但是他没有心情，脑子很乱，也不知道发生了什么，在洗澡的时间里，他还是想着苏梓，想着三天后就是苏梓的生日，生日礼物早就到了，一直藏在家里的角落里，可是现在的局面，该怎么给她？

黄静莉主动吻了杨墨，杨墨紧张地推开她，在她木然的表情面前，杨墨又一次撒了谎，他说："你等会儿，我肚子疼。"

5.

接下来的三天里，杨墨没有联系苏梓，苏梓也没有联系杨墨，但是在心里，他们不停地跟对方纠缠在一起。王菲唱的一首歌里说"思念是一种很玄的东西"。

苏梓当初订去泰国的飞机票时，只顾着抢便宜票，忽略了时间，订完了才想起来，起飞的时候正好是腊月二十七，是她的生日。之后，她跟杨墨哼唧了好几次，说自己糊涂，抢错了票，没法过生日了。杨墨每次都说："没事儿，腊月二十六，我给你过个大惊喜的生日。"

腊月二十六如期而至，杨墨早上接到了五星级酒店打来的电话，问他预订的晚上的双人座位是否会准时到来，杨墨心情复杂地说："您先帮我保留，如果有意外，我会提前打电话。"

挂断电话，杨墨蹲在家中藏包的角落里，拿出他早就买好的包，看了又看，像在对着一个能预知未来的魔镜，希望能找到答案。

黄静莉已经去了公司，今天是她上班的最后一天，晚上是集团年会。这是非常仓促的一届年会，本来因为副总和 Peter 汪的案子突然爆发，集团高层一度考虑取消年会，最后又临时决定，为了不影响员工士气、不产生谣言，年会还是要搞，不强求参加，提前回老家的可以放行，没走的尽量参加，集团会准备很多大礼用来抽奖。

拿起手机，杨墨打开微信，找到苏梓的头像，看到他们的聊天记录，戛然而止在几天之前，苏梓发来的最后一句话是：

"不了，我要带我妈去泰国玩了，需要收拾东西。"

再往前翻，上一条比较长的句子是：

"赶紧解决吧，解决完了，我就辞职了。"

杨墨不敢再翻聊天记录，就这么坐在地板上，拿着手机，看着那个早就寄来的女包，发了很长时间的呆。直到他又想起什么似的，打开微信，找到苏梓的头像，点开她的朋友圈。他发现，不知道从哪天开始，苏梓改变了朋友圈的设置，只允许查看最近三天的消息，以前那些每天刷屏的心灵鸡汤再也看不到了，而她最近三天的朋友圈，一片空白。

杨墨闭上眼睛，努力回忆着，回忆着苏梓最后一条朋友圈说的是什么，他很清楚地记得，那一条朋友圈应该是发给自己看的，但是他怎么都想不起具体说的什么。好像是一句诗，还是一句歌词来着？脑子里迷迷蒙蒙的，模糊成一团，他很着急，只要想起一个关键词，就能想起那个句子，但是他怎么都想不起来。

苏梓的那个句子其实一点都不复杂，她写的是：

有一次，我们梦见大家都是不相识的。我们醒了，却知道我们原是相亲相爱的。有一天，我们梦见我们相亲相爱了。我醒了，才知道我们早已经是陌路。

——泰戈尔《飞鸟集》

整整一天，苏梓过得同样非常煎熬。

昨天晚上，因为害怕杨墨发来信息，她关了手机，半夜睡不着时，又悄悄打开，结果发现杨墨什么都没有发来。她重新关机，枕着胳膊、手拢着后脑，却发现以前最容易入睡的姿势竟然不起作用，一直浑浑噩噩地半睡半醒，每次快要睡着又突然惊醒，到处找手机，开机，又是一片空白。

苏梓说不清自己在逃避什么、害怕什么，又在期待什么、盼望什么。她很清楚杨墨的性格，这种时候，这个老男人一定会磨叽，反反复复地磨叽，特别熬人。

不是每个人都是黄静莉，不是每个人都有那么好的耐性熬着，苏梓很想发条微信给杨墨，对他说："我们出来见个面吧，我们把一切都说清楚吧。"

但是，她不能。在她脑海里，杨墨始终是别人的男人，现在轮不到他们说清楚了。

两个人就这样在煎熬中磨着时间，杨墨在家里发了疯似的打扫卫生。黄静莉本来让他今天找个钟点工，但是杨墨突然脱了毛衣，只穿着内衣，在家里又是擦玻璃又是擦地，在厨房里恨不得卸掉整个抽油烟机，到处都折腾完了，他又藏进卫生间里，刷马桶、刷瓷砖，连肥皂盒都刷得干干净净。

苏梓同样在家里揪着老妈收拾东西，打包去泰国旅游用的所有物品，本来老妈已经都收拾好了，她非要把所有箱子都打开，重新检查一遍，思考一遍，整理一遍。老妈问她发的什么神经，然后又开始抱怨，大过年的真不该去泰国，明明该回老家的，回一次就少一次。

在忙碌的时间里，杨墨想了很多，想起他和苏梓在一起的贫嘴和玩笑，那些事情陪伴着自己走过这艰难的一年；想起他们一起喝酒喝到酩酊大醉，头枕在苏梓肩头时，他最初其实不是一无所知；想起苏梓拼命地揍他、推他、咬他，那些痕迹过了好多天才慢慢消失；想起苏梓较劲时一次次地咄咄逼人，还有撒娇时不够妩媚、不够可爱却让他觉得无比舒服的姿态。他惊愕地发现，在内心深处，自己分不清对苏梓的感情是不是爱。

确定的爱是占有，是交融，是拥有。他很清楚自己跟黄静莉刚刚恋爱时的感觉，恨不得24小时腻在一起，恨不得永远抱在一起，但是对苏梓，他没有过，甚至从来没有燃起过欲望。

杨墨有些迷茫，他不确定自己对苏梓究竟是根本没有欲望，还是因为有婚姻束缚，始终扼制着自己，不敢产生欲望。但是，他很清楚苏梓的性格，那个姑娘断然不会接受现在的一切，不可能接受他因为自己而离婚，因此，跟苏梓在一起根本就是一个伪命题。如果苏梓心中没有那么爱憎分明，没有那么执着的爱情洁癖，她早就不是单身，早就结婚了，那么她也早就不是苏梓了。

苏梓也是一样，一想到这个问题，脑子里迷迷蒙蒙的一片。她一直在比较杨墨跟自己遇上过的所有男人，发现这个既不帅气又没有钱，还经常磨磨叽叽、不算什么成功人士、最擅长的项目只有贫嘴滑舌的老男人，之所以在自己心里的位置越来越重，只是因为他满足了自己从小对男人的所有期待。

转眼间，苏梓的爸妈离婚已经二十三年，一切发生在她7岁那年，父亲的出轨东窗事发，因为他在家里偷情时，恰好那天苏梓突然在学校里发高烧，母亲接到老师的通知去学校接她，提前送回家。在家门打开的那个瞬间，苏梓记不清了，那时的她只上小学一年级，发烧39.7摄氏度，对什么都一无所知，她觉得后来脑子里一直定格的打开门之后的画面，都是自己初中学会看恋爱小说和电视剧之后自行脑补的，什么母亲打闹、父亲下跪之类的，都是假的，都是幻觉。

还没搞清什么状况，苏梓已经变成了一个在离婚家庭被单亲妈妈独自养活的小女孩，她羡慕别人都有爸爸，每次去不同的同学家玩，最喜欢的事情就是看到同学跟她爸爸之间的互动，那种亲昵、那种温暖、那种安全感，让她无比渴望。

慢慢地，苏梓长大了，她开始明白，那个角色不光是父亲，还是丈夫。她多少有一点恋父，喜欢成熟的男人，而且那些从小到大见过的别人的父亲，在她脑海里最终模糊成一团，会合成同一个样子：幽默，喜欢逗自己开心，有责任感，既懂得坚持原则，又懂得妥协与退让。只有这种男人才能让她觉得踏实，才能让她觉得自己的所有缺点都可以被包容，不会被嫌弃、抛弃，这慢慢变成了她唯一的择偶观。

这模糊的一团，在遇到杨墨之后，慢慢地开始具象，变得越来越像杨墨本人。

想到这里，苏梓有些慌乱，她害怕杨墨会发来微信，害怕老男人祝她生日快乐，害怕收到生日礼物。整整一天，她拉着老妈去了最热闹的商场，去最热闹的环境，尽量不听手机的声音，尽量找些事情做，最终她也没给杨墨发任何消息。

下午 6 点的时候，五星级酒店又给杨墨打来电话，问他几点会到。杨墨很不好意思地回答："对不起，我临时有事去不了了，如果需要付违约金，我愿意赔偿。"

五星级酒店说："没关系的，先生，我们帮您取消座位了。"

第二天清早，苏梓拉着老妈踏上了去泰国的飞机。

6.

苏梓肯定不会想到，在同一班飞机上，还坐着人民警察张亚东。在登机口遇见穿着便装非常帅气的张亚东，她和老妈都吃了一惊。

张亚东呵呵笑着，从随身的背包里掏出两个小盒子，说："生日快乐，苏梓大人。"看得苏梓老妈在旁边开心得直拍巴掌。

苏梓实在太意外了，揪着他问："这都哪儿跟哪儿啊，你怎么会在这班飞机上？"

"我连着好几年加班工作，从没休息过，我们领导看我可怜，自搞完上一个大案子，就给我放了个大假，不许啊？"张亚东笑着，把两个包装精美的小盒子放到苏梓的手上，说，"一个是我的，另一个是老魏托我送给你的，你上飞机再看。"

登机完，张亚东的座位跟苏梓她们离得有些远。飞机起飞后，苏梓老妈有点不舒服，一直闭着眼睛。苏梓照顾完老妈，终于打开两个小盒子，张亚东送的是一对镶钻的耳环，老魏送的是一串手链，手链下面还有一张字条。

上面是这样写的——

苏梓：

一份薄礼，不成敬意。

我已知错，还望您老人家高抬贵手，给我一次改过自新的机会。

尽管亚东一直不让我说，但是，这些日子，他一直在背后默默地为你做了很多很多事，他对你的感情，是我和杨墨都没法比的。所以，这次泰国之行，是我帮他安排的，算是最后帮他努一次力，没有提前告知你，别生气。

生日快乐，你在我心里永远只有18岁。

魏志刚

飞机颠簸了一下，老妈缓缓睁开眼睛，苏梓急忙把两个小盒子关好收起来，然后把老妈搂在怀里，让她继续安稳地睡。之后，苏梓一直看向飞机的窗外，看着一望无际的云朵，若有所思。

整个泰国自由行的路线，是当初魏志刚大包大揽帮她制订的，因为他说他已经带着老婆和孩子去了好几次，绝对没问题。考虑到苏梓的老妈那么大岁数，肯定对海边晒晒太阳和潜水之类的项目没什么兴趣，老魏的安排主要是以曼谷和华欣为主，既能参观各种皇宫、寺庙，也能夜游湄公河。

所有攻略给了苏梓的同时，也给了张亚东。张亚东做好了详细的准备，提前预订了饭店和酒店，安排好行程路线，既不需要紧张赶路，又能看到很多风土人情。

苏梓的老妈玩得很开心。

看到苏梓在曼谷下飞机之后发的朋友圈，杨墨关了手机。在她30岁生日的时候，他既没有送礼物，也没有送上生日祝福。远离，或许对现在的他们都有好处。

杨墨其实知道，苏梓虽然一直念叨着要生日礼物，从几个月前就开始念叨，但实际上，她特别不喜欢过这个30岁的生日。他很想跟她说，每个人20多岁的时候，都会觉得"30"是个恐怖的数字，但其实过去了也就知道，没什么，30岁哪有40岁恐怖啊。

距离40岁还有3年零3天，杨墨这样对自己说。

黄静莉昨天晚上参加集团年会运气太好，抽到了一部最新款苹果手机。回家之后，她兴高采烈地把手机送给了杨墨。杨墨推托着，实在推托不过，说过年也给她买部新手机做礼物。黄静莉意味深长地拍了他一下，说："讨厌，这种时候还卖关子。"这句话说得杨墨一脸蒙。

换了新手机，重新登录微信，杨墨才发现，所有的聊天记录都已不复存在，跟苏梓的一切都停留在那部旧手机上，于是他恨屋及乌，觉得新手机哪儿哪儿都不好用。

新手机接到的第一个电话出人意料，是王权磊打来的。杨墨以为王权磊早就删掉了自己的所有信息，没想到，只是微信拉黑，手机号码还留着。

王权磊约他吃饭，约在一家高档的日本料理店，据说那里的生鱼片和寿司简直是人间极品。

日本料理店的环境非常幽静，吃饭时间，王权磊很少说话，只是滔滔不绝地介绍这家店的寿司师傅，介绍生鱼片的吃法，介绍鱼子酱的产地。他要了一种日本烧酒，如果在日本，这瓶酒算是度数比较高的，属于这家店的镇店之宝，限量供应，只有王权磊这样的老顾客才能随便喝。

杨墨尝了尝，口感确实非常醇厚，还有青梅的味道，入口非常舒服，以他的酒量，只喝了几小杯，就已经微醺。

东西吃得差不多了，王权磊的眼神也开始迷离，他说过，其实自己没有什么酒量，能喝主要是靠吐，但是这一次他没有吐。这种感觉杨墨再熟悉不过，很多男人在倾诉时都需要靠酒壮胆，因为面对那个脆弱不堪的自己，对男人来说，非常艰难。

杨墨一直在猜测王权磊跟程晓玲之间到底发生了什么，他设想了几种不同的可能，万万没想到，王权磊开口的第一句话就是："我离婚了。"

这是杨墨当婚姻治愈师以来第一个真正证实的被他劝和又离婚的案子，在这之前，一些婚姻即使再次出现裂痕，也勉强维持着，没有走到分崩离析的边缘。他怎么也想不到，离婚的居然是王权磊，或者说，王权磊居然会接受离婚。

不是每个男人酒后都会像杨淼那么唠唠叨叨，王权磊的声音说明他已经有点喝多了，但依然保持着高冷、寡言和自尊。杨墨问他到底是谁提出来离婚的，他说是程晓玲，自己没有犹豫，也没有拒绝。

王权磊坦诚，即使程晓玲已经全心全意地回归家庭，他也依然无法释怀，无法接受妻子与别的男人产生过感情这个事实。家庭氛围越来越糟糕，冷暴力把家里搞得像冰窖一样，这一次，不光程晓玲受不了，他也承受不住了。离婚，是他们唯一的选择。

杨墨的心情非常沉重，不知道该说什么。

王权磊告诉他，程晓玲走了，离开了这个生活了十几年的城市，回了老家，没有带走孩子。她很现实，她说，希望孩子能过上更好的生活，而不是在自己身边变成一个平庸的人。他又说，自己决定从大学和导师的身边离开，浑浑噩噩活了这么多年，既然字典翻开了新的一页，那就这么翻下去吧，人挪活，总归死不了。

酒没了，王权磊又要了一瓶，但是没有打开。他最后说，之所以突然找到杨墨，是想把过去的一页上最后的空白填满，毕竟杨墨曾经深入地介入他们的生活，他不想哪天偶尔在路上偶遇，杨墨会突然叫住自己问程晓玲现在怎么样，那样的对话太尴尬，他不会接受，索性现在坦白一下。

走的时候，王权磊没有告别，也没有说"提前祝新年快乐"之类的鬼话，只是把那瓶日本烧酒打包送给杨墨，说看他挺喜欢的，让他再解解馋。之后，他交代杨墨，不要给程晓玲打电话，她已经换了新号码，他找不到她的，也不要做无谓的挣扎，那是一道坎儿，自己输得彻彻底底，熬不过去，谁劝也没有用。

杨墨没有打车，而是沿着一条路一直走下去，冷风吹在他的脸上，让他整个身子都凝固起来。他突然想到自己，想到那些碎片式的过往，想起自己真正在回避的问题到底是什么。

魏志刚说："杨墨，一切都是你自己的问题。"

他终于面对自己的内心，不再逃避，不再挣扎。跟黄静莉的一切，都是他自己的问题，跟黄静莉沟通的所有闸门慢慢关上，是从 Peter 汪送黄静莉回家就开始的，他始终知道，有那么一个男人存在，芥蒂在心中一点一点地生长，慢慢堵死了所有的通道。

Peter 汪送黄静莉回家，Peter 汪带黄静莉坐商务舱，Peter 汪让黄静莉披自己的外套，Peter 汪带黄静莉买高档礼服，Peter 汪跟黄静莉发暧昧信息……

坏人的每一步进展，都在杨墨心中形成了打击，打击越发深入，让他开始嫌弃，让他开始冷暴力，从本质上来说，他跟王权磊没有区别。尽管苏梓和魏志刚多次提醒过、劝慰过，黄静莉没有出轨，一切都没发生，但他仍然抵不过自己的心魔，越陷越深。

不光这样，就像郑老师说的，杨墨本身怀着一种不自信，他不相信自己真正可以治愈那些痛苦的夫妻，把所有压力都揣在心里，而这种不自信的源头正是他的感情洁癖，连他自己都不相信被污染过的感情是可以洗涤的，又怎么会真的去劝慰别人？

杨墨终于明白，自己对苏梓的感情不是爱情，只是一种逃避，他不想让自己孤独，孤独了就会清醒，清醒了就会想明白这些问题，想明白了这些问题就要解决，他不想解决，所以他在故意制造混乱。

他为自己的懦弱而感到羞愧难当。

7.

国内的年味儿一年比一年清淡，不放鞭炮，很多商家早早关门，打工者都离开，整个城市空荡荡的，感觉不像过年，倒像城市被抛弃了。

曾经有那么一个瞬间，杨墨打算马上回家跟黄静莉说清楚的，把自己所有的疑问、愧疚和不堪全部一五一十地说清楚，但是他没有。他不知道自己说了，黄静莉会做何反应，会有什么状态，想到大年夜马上就要来了，他再一次选择了退缩。毕竟已经搞砸了老丈人的60岁大寿，他不能再搞砸两家四位老人的一个春节。

成年人的腊月是忙碌不堪的，从腊月二十七到大年三十，杨墨在爸妈家和老丈人家到处忙活,又擦玻璃又炸鱼、炸肉,他希望这些天可以赶紧过去。

这几天在泰国旅游的苏梓和张亚东同样也很忙碌,他们一起到处玩耍,张亚东把两个女人照顾得特别好,在苏梓老妈心里的好感又提升了好几成。吃饭的时候,苏梓看着老妈不停地给张亚东夹菜,看张亚东热的时候主动给他擦汗,每到一个景点都要跟她和张亚东一起合影,还总是同时搂住他们两个,好像拍全家福,苏梓一直觉得很别扭,她一直把张亚东放在哥们儿的位置上,很怕这样会给老妈和张亚东双重错觉。

其实错觉已经有了,苏梓老妈不知道张亚东到底为何会同时与她们出现在泰国,以为这一切都是两个年轻人心里的弯弯绕,她早早看出张亚东对自己宝贝女儿的一片真情,真的想让他们在一起。

每次休息的时候,只要有 Wi-Fi,苏梓和张亚东就会发朋友圈。张亚东的朋友圈里通常都是三个人的合影,也有他跟苏梓单独的合影;苏梓的朋友圈里要么是自己,要么是跟老妈,从来没有张亚东。

杨墨看到过,一度很好奇张亚东为何会在苏梓身边,但是看到还在医院里躺着的魏志刚第一时间给张亚东点赞之后,他不问也明白了是怎么回事。晚上杨墨去医院陪床的时候,老魏默默地说:"你可别怪我多事。"杨墨摇摇头说:"你做得对。"

终于到了大年三十,中国人每年最在乎的一天。

远在泰国的国人一点都不少,张亚东他们本来只是订了一家看起来不错的中餐馆,打算吃一顿像样的年夜饭,去了才发现,里面几乎都是中国人，有游客，也有在当地工作、生活的同胞，大家互道新年快乐，互相干杯祝贺，后来干脆不分你我，变成一个大聚会。

每个人都很开心，每个人都喝多了。

而杨墨带着黄静莉和爸妈，去参加家庭的大聚会，爷爷奶奶已经不在了，但是老爸的兄弟几个关系很好，除夕夜总是几个家庭凑在一起，几代同堂。

最近几年到了这个时候，总是杨墨和黄静莉最尴尬的时候，看着家族里的同龄人，有些孩子已经上小学甚至初中，有些年龄比杨墨小十岁的，也已经抱上了开始长牙的小娃娃，所有人都会问同样的问题："你们还不要孩子？"

有孩子的聚会，孩子通常都是最重要的话题，黄静莉以往都会很安静，但是今年她特别主动，不停地问东问西。家族里的老人们听说杨墨他们终于打算要孩子了，都特别开心，讲述了好多好多关于孩子的记忆。

杨墨毫无意外地喝多了，在所有人都聊天的时间里，没人注意到他在干什么，他悄悄地躲在角落里自斟自饮，之后看着电视里一点都不好笑的春晚小品，莫名其妙地开始傻笑，笑得眼泪都要流出来了。

在气氛即将凝固之前，黄静莉拉着他回家，老人们也不见外，让他们吃完了就先走。一个不喝酒的表弟执意要开车送他们，无法拒绝，他们两口子坐在后座上，在回家的路上，三个人一直沉默着，一句话都没说。

回到家，黄静莉想要洗个澡，杨墨突然说："我们聊聊吧。"

酒劲儿、环境、感觉都刚刚好，窗外的烟花灿烂个不停，很适合做年终总结。杨墨正好到了可以酒壮尿人胆、意识还算清醒的临界点，有些话他已经想了好几天，大年三十的年夜饭已经吃完了，顾虑已经没有了。当然，距离大年初三回老丈人家还有几十个小时，年还没有过完，但是在现在的酒劲儿面前，一切都不再重要。

黄静莉有些意外地坐在餐桌边，看着杨墨去冰箱里拿了日本烧酒出来，就是王权磊送给他的那一瓶，还特意按照嘱咐，往烧酒里加了一点柠檬汁，倒了两杯，其中一杯放在黄静莉的面前。

杨墨坐在黄静莉的对面，拿自己的杯子跟她碰了一下杯，轻轻地抿了一口。酒的味道还是很好，沁人心脾。

开头是很难的，杨墨低着头，思绪万千。不知从何开始，黄静莉突然有种等待审判的错觉，她一直盯着杨墨，手指只是放在杯子上，不敢喝酒，她怕自己先于对方崩溃。

"你应该不知道，老魏在机场看见过你，身上披着别的男人的西装，对吧？"想了半天，杨墨终于说出了开场白，这不是一句质问，而是他的心魔，是他最脆弱的地方的起点。

黄静莉当然不知道，她慌乱地想要解释，但是杨墨没有给她说话的契机。他们之间难得地找回了好久之前的感觉，黄静莉维系着气场和氛围，杨墨不紧不慢，思路和语言徐徐道来，编织成一张巨大的网，将他们两个包裹在一起。

杨墨说出了自己的心魔，从坏人送黄静莉回家，他偷看手机，他听说机场的事情，一直到看见那些暧昧信息，到各种脑补出来的画面。黄静莉听着，开始喝酒，她尽量忍住哭声，眼泪只是默默地从眼角流下来。在杨墨每次起身去冰箱拿酒的时候，她才拿出一张纸巾，擦一擦眼角的泪痕。

这世界上的家务事，没有对错之分，只有角度不同。在杨墨终于说完之后，黄静莉开始说话。气氛刚刚好，她也是同样的语速，同样的气息和腔调，不急不缓，不卑不亢。她讲述了这一年里感受到的杨墨的变化，先从自己升职之后进入集团总部后的各种感触入手，然后是每天回到家看到的杨墨，这一年是他自我放逐非常明显的一年，越来越邋遢，越来越明显地放弃积极进取的心，越来越明显地放弃对人生的期望。

接着，她讲述自己开始出差之后，杨墨每一次的不开心与刁难，那是非常明显的不信任和怀疑，让她感到心凉，让她感觉不到家的温暖，她从每天渴望回家变成了每天不想回家。

坏人乘虚而入。刚遇到Peter汪骚扰时，黄静莉是无比地挣扎与恐惧，她坦诚自己为何会删除记录，描述杨墨那时候的冷漠和疏远，她特别讲到了，自己在很多夜晚失眠的时候，能清晰地感觉到杨墨没有入睡，也在装睡，可是无论自己如何暗示，始终叫不醒一个装睡的人。

陷阱是一步一步的，Peter汪一边制造麻烦，一边解决麻烦。黄静莉详细讲述了购买礼服的那个夜晚，自己是如何坚决拒绝了别人埋单的行为，坚持自己掏钱；在杨墨删掉自己微博的那个夜晚，她是如何被灌醉，如何掰掉了Peter汪抓住门框的手；之后又讲述了自己摔倒的那天早晨，在Peter汪的办公室里，自己是如何被抱住又是如何拒绝、如何逃离的……

听完黄静莉的所有讲述，杨墨去了洗手间。他遏制不住地呕吐，吐干净了胃里所有的东西，之后他洗了一把脸，仔细地刷了牙，看着镜子里的自己，突然发现那张面孔格外陌生，而且苍老。

这一年，他始终活在自己的世界里，隐藏着想隐藏的，展露着想展露的，他以为表演得天衣无缝。可是没有想到，黄静莉的讲述击碎了他的所有幻想，他终于明白，自己并不高明，什么都没有藏住，在别人眼里，他已经把脆弱和焦虑表露无疑，而自己却浑然不觉。

杨墨从洗手间出来，黄静莉正站在门口，一脸关切地看着他。那个瞬间，杨墨突然意识到，黄静莉并没有因为自己的讲述而心存不满，反而理解自己的所有不安和介怀；而即使自己这一年已经如此不堪，黄静莉也没有真的嫌弃，是自己的敏感和失落放大了对方的情绪，扭曲了自己的观感，是自己委屈了这个一直默默站在身边从来没想过离开的女人。

杨墨重新找到了爱情，找到了爱的冲动和欲望，他一把将黄静莉揽入怀中，深深地吻了她；而她，从来不曾嫌弃过他，只是热烈地回应。

8.

就在同样一个夜晚，酒足饭饱、跟着一群人新年倒计时完的苏梓和老妈回到了酒店房间里，张亚东陪着她们回来时嘱咐过，让她们好好休息，明天上午都可以睡个安稳觉，下午再安排别的行程。

洗漱完，两个人都睡不着，酒精的刺激依然让她们的情绪在兴奋的制高点上，没有那么快衰退。

老妈突然问起张亚东，问了好多好多事情，一直在不停地夸着他。苏梓喝得有点多。在泰国的几天里，她始终满怀心事，已经藏得很辛苦，借酒消愁的感觉其实没有那么好，为了制止老妈的喋喋不休，她突然说起老爸，这是她每次被老妈叨叨急了才会使出的"撒手锏"。

离婚二十多年，反复不停地说过很多次，苏梓老妈现在对那段婚姻、那个男人已经没有憎恨，说起来只是一段往事。她当年拒绝过前夫见苏梓的请求，拒绝了很多很多年，在苏梓上大学之后，她心里知道女儿其实对爸爸还是心存念想，于是不管不问，任由他们父女二人自己发展。

　　谈起前夫，苏梓老妈的絮叨还是那些老生常谈，很多记忆已经远去，模糊成一团，没了愤怒，说出来也平淡无奇。苏梓想起什么似的，问老妈："如果重新回到三十多年前再选一次，还会跟老爸结婚吗？"老妈几乎没有犹豫地回答："会吧。"

　　苏梓好奇地问为什么，老妈有点不好意思地说，其实当时追求她的男生有好几个，有会写诗的文学青年，有沉默寡言但是积极进取的大学生，有工厂里积极肯干的先进分子，自己特别纠结，不知道该选哪个，于是有天晚上，就把他们每个人的照片放在床头，想想临睡前最希望看到的是哪张脸，然后第二天早晨醒来一睁眼，希望在枕头边上看到的又是哪张脸。不出意外，两次的答案都是同一个人——苏梓的老爸。

　　苏梓老妈很确定地说，她老爸不是当时候选人里最帅的，也不是最阳光的，反而是那种其貌不扬的。但是，那时候她就是能感觉到一种安全感，睡前看一眼，睡醒看一眼，就觉得很安心。其他人都不行，另外的几张面孔，都是需要特定时间、特定心情才想看到的，她当时觉得，这大概就是能不能托付终身的区别吧。而后来坚决离婚也是同样的原因，在发现出轨的那一瞬间，长期以来的安全感破碎了，她努力过，但是拼凑不起来，无论是临睡前还是睡醒之后，都再也不想看到那张脸，只能离开。

说到这里，老妈有些怅然，说离婚这么多年，其实遇上过几个追求她的男人，有同事，有朋友，也有别人介绍的，都是很好的人，但始终再也遇不上一张在夜晚和清晨非常想看见的面孔，不是因为一次失败的婚姻而畏首畏尾，而是真的感觉差了那么一点点。

　　在老妈慢慢睡去之后，苏梓躺在被窝里看着手机，她刷着跟杨墨的聊天记录，翻到了杨墨发来的几张自拍。这个老男人有时候会犯贱，她有时候也会故意逗他、逼他，让他拍个自拍。总之，聊天记录里有那么两三张杨墨的大头照。但是，当她拿老妈的那个标准询问自己时，得到的答案竟然是坚定的——不！

　　无论何时，她在临睡前和睁开眼的时候，从没在脑海里出现过杨墨，张亚东和陈冰南都有过这样的待遇，唯独杨墨没有。

　　最近这几个月，不管是自己痛苦还是杨墨痛苦，不管他们在一起待到多晚，不管他们是喝得酩酊大醉、开心得一塌糊涂还是共同度过什么痛苦不堪或者让人后怕的事情，甚至苏梓罕见地在医院里抱着朵朵哭泣，不管他们如何给了对方安慰、抚平了对方心里的褶皱和伤痕，最终苏梓都会在一切结束后毫不犹豫地选择回家，选择洗个澡，自己让自己安静下来，自己慢慢睡去，自己最后的孤独，跟杨墨无关。

　　想到这里，她再三在大脑和心底里确认，想知道这一切是不是因为杨墨是个有家有老婆的已婚男人，答案却是同样坚定——不！

　　她发现，从老妈的角度出发，自己对杨墨的所有感情都没有经历过爱情的阶段，从朋友直接升华成亲人，没有过激情或者非分之想，她确实得到了安全感，但是与爱情不一样的安全感，爱情里的安全感苏梓不是没经历过，也从没忘记过，跟初恋在一起的很多个日夜里，她始终沉浸于此，但跟杨墨肯定不是。

苏梓正在想着，张亚东突然发来一个消息，问她睡了吗。苏梓愣了一下，回复说："还没有。"张亚东贴出两张照片，说明天要去海岛上玩，突然想起三年前他们两个去海岛玩的样子，当时的手机已经换掉，但记得好像把那时在海岛拍的照片发到哪儿了，费了半天的劲儿终于在一个荒废已久的百度云盘里找到了照片。

　　苏梓看着那两张照片，扑哧一下乐了，像素有点低，是晚上自己跟张亚东闲着无聊的自拍，但是在身后面，一个正痛哭的小女孩意外入镜，小女孩哭得跟蜡笔小新似的表情，实在是太可爱了。

　　张亚东说："早点睡吧，明天还得继续奋斗呢。"

　　苏梓说："你赶紧呸呸呸，明天要去海岛玩了，你今天想起这个，多不吉利！"

　　张亚东说："怪我，怪我！呸呸呸！"

　　苏梓说："好了，去吧，晚安。"

　　张亚东说："晚安。"

　　之后，苏梓看着那两张照片，看着他们的自拍，想起了他们三年前去海岛玩的那个夜晚。那时张亚东正在追求她，她也一度犹豫要不要答应。张亚东难得有两天假期，带她去看海，其中半天的行程是海岛游和农家宴，跟着一个旅游团一起。

　　在他们登上海岛之后，突然乌云大作，台风临时改了路线，下起瓢泼大雨，海上风浪太大，接他们回去的船无法靠岸，那个晚上他们一行人只能在农家宴里凑合着过夜。农家宴里没有可以过夜的房间和被褥，夜晚降了温，所有人都靠在一起。

　　苏梓对那天的记忆已经有些模糊，她只记得自己既没有担心也没有害怕，反而睡得特别踏实。她一直枕着张亚东的肩膀，被他揽在怀里，因此觉得温暖，甚至身边好几个女人的焦虑也没有传染给她。她踏踏实实地一觉睡到天亮，迷迷瞪瞪地睁开眼，第一眼看到张亚东，张亚东微笑着对她说："我们可以离开了。"

好像就是这样吧，苏梓想着，回忆着，她枕着胳膊，在脑子里都是张亚东的情况下，慢慢睡着了。

9.

杨墨做了一个梦，他已经记不清梦是什么，只记得梦醒时，黄静莉依然在他的怀里，好久没有搂着她睡觉了，"业务"已经生疏，一条胳膊麻得没了知觉。

他有些清醒，天还没有完全亮，外面已经开始有了鞭炮声，估计有些早起的家伙早就到处拜年了。他拿起手机，微信上已经收到了很多条拜年的信息，比如马小小、魏志刚，还有各种客户发来的。一一回过之后，杨墨滑了好几次屏幕，终于在菜单里找到苏梓的头像，跟她的对话框已经沉到谷底。

杨墨有很多话想跟苏梓说，但是又不知道从何说起，他试着打了很多字，又全部删掉，最后他只简单地写了几个字：

"哥们儿，新年快乐！"

苏梓是迷迷糊糊睡着的，忘了关手机声音。半夜里有几条拜年的信息已经响过几次，把她从沉睡中一点点拽出来，等到新一条消息响起来时，她实在忍无可忍地睁开眼，解锁屏幕，看到的第一条却是杨墨的新年问候，她会心地笑了一下，想了想，回复道：

"墨儿，新年快乐！"

看着这两句话语，两个人分别在不同的地方，对着手机屏幕同样再次笑了一下，在这世界上，再也没有比这种不掺杂任何私心杂念的心灵相通更美好的事情了。

他们没有沟通过，却在不同的地方解决了内心的纠葛，终于可以放下一切，继续向前。

天微微亮之后，黄静莉也从睡梦中醒来，懒懒地跟杨墨说了一声"新年快乐"，杨墨吻了一下她的额头。两个人享受着久违的安静，是心底的安静。

黄静莉突然想起什么似的，戳戳杨墨说："赶紧的吧，你打算藏到什么时候？这都大年初一了。"

杨墨愣了一下问："啥？"

黄静莉故作娇羞地说："讨厌啊，我都发现了，你偷着买的那个！"

杨墨突然想起给苏梓买的那个生日礼物——那个接近5000元的包。他酒后说的所有肝胆相照的话里，只有跟黄静莉的一切，以及解释了苏梓为何会在深夜对自己拳脚相加，当然，他做了隐瞒，只说是因为客户的精神状态传染了苏梓，让苏梓精神崩溃，对老魏的出轨他只字未提，也不敢提，而这个包，他自动忽略了。

起身下床，去藏包的角落里翻出来，杨墨仔细检查了一下，确认包里没有藏什么祝生日快乐之类的小卡片。他拿到卧室，送给黄静莉，再一次祝她新年快乐。黄静莉看到实物，还是非常开心，说出差时见有人背过类似款式的包，当时就特别喜欢，没想到这个意外之喜是真的惊喜，还责怪杨墨搞这种突然袭击，自己都没有合适的衣服搭配。

杨墨什么都没解释，只是说："今年如果赚了钱，我再给你买衣服。"

接下来的几天，杨墨喝了几场酒，有亲戚朋友的聚会，也有各种同学的聚会。初三他跟着黄静莉回老丈人家的时候，丈母娘神秘兮兮地把他叫到一边，拿出来一瓶药酒，告诉他这是绝密的方子，以后每天晚上喝三钱，连续喝七七四十九天，保管生儿子。杨墨一脸尴尬地贫嘴道："您当年要是早点拿出这酒来，这世界上应该就没有黄静莉了吧？"

在高中同学的聚会上，杨墨再一次见到了郑老师，两个人交流了一下吴佳慧和杨淼的情况。总的来说，现在两个人都开始接受药物治疗和心理疏导了，效果是可喜的，只是有些烙印是不会被抹除的，这一辈子都会存在。

郑老师说，她这一次不会放手，会一直陪着他们走下去。之后，她关切地询问杨墨，是否按照她说的做了回访。

杨墨不好意思地说，自己还没有做好准备，但是对有些事情，已经可以敞开心扉了。

每次喝完酒，杨墨总会记起一些人，他看过刘幂幂的朋友圈，看到这个姑娘回了老家，正在准备开饭店，不知道她是把这座城市里的房子怎么处理的，十有八九是卖了吧。他也给达达发过微信，问她最近过得怎么样。达达说自己过完年就会换个城市，重新开始新的生活。

杨墨其实很想知道程晓玲在做什么，但是他遵守着对王权磊的承诺，不去触碰，也不去联系。通过物流公司马总的消息，他知道胡伟现在过得不错，工作努力，踏实肯干，这个消息是最让人欣慰的。

王权磊介绍的那家日本料理店在过年期间没有关门，杨墨带着黄静莉去了一次，老板对他有点印象，给他送上了味道惊艳的烧酒。两个人喝得都有点微醺的时候，他们异口同声地决定，喝完这一顿就戒酒，一起健身，来年多努努力，争取生一个猪宝宝。

10.

过完年正月初十，马小小第一个回到事务所报到，回来之后发现"法老"和"艳后"都不见了，火急火燎地给杨墨打电话。

杨墨赶紧告诉她，说，过年之前，两只猫都被魏志刚的媳妇领回了家，过得好着呢。

马小小说自己想猫啊，想得都睡不着觉，才这么着急飞回来的。

杨墨让她等几天，马上就给领回来。

之后，马小小犹豫着说，她回来之后，其实跟达达见了一面，吃了个饭聊了聊，这里发生的很多事情，她都知道了。

杨墨想了想，说："你是大姑娘了，不要意气用事，要客观地去看待所有问题。"

马小小回答说："好。"

过完正月十五，杨墨召集苏梓、马小小一起去老魏家吃了顿饭，他买了所有原材料，他亲自下的厨房。老魏早已出院，在家里修养。

吃饭期间，话题的焦点都在老魏的伤势上，对达达的问题只是一笔带过，马小小佯装什么都不知道，什么都没有发生。

这顿饭没有喝酒，以清淡为主，吃完饭，几个人着重讨论了一下新一年的工作计划。马小小决定留下来，变成正式员工，跟着一起创业；魏志刚建议再招聘几个不同的新人，最好都有不同的一技之长，肯定会大有用途；杨墨和苏梓则已经开始忙碌，说他们已经接到了求助的电话和信息，已经有案子可以着手，让老魏安心休息。老魏听到这里，笑得乐开了花。

分别的时候，马小小要去参加同学聚会，先撤了。

杨墨开着车把苏梓送回家，这是他们分别十几天来首次见面，两个人都没有生疏，毕竟已经是五年的朋友和亲人。

随便聊着，杨墨把自己跟黄静莉敞开心扉的过程说了，苏梓由衷地替他感到高兴。之后，两个人都心照不宣地没有提起苏梓 30 岁生日的事情，也没有提起那个没有送出的生日礼物。

到了小区楼下，苏梓下车，杨墨特意降下车窗，冲着她喊："我发现了一家特别好的日本料理店，改天带你去尝尝啊。"

苏梓笑着说："墨儿，瞧你那德行。"

（全文完）

后记：我这十年

2018 年 8 月 8 日，网上有人发表文章，回顾了在 2008 年北京奥运会上夺得金牌的一些运动员这十年的人生轨迹，那一天，我刚刚完成《劝退师》的最后修改。

陈奕迅的《十年》在 2003 年刚刚推出时，我曾经每天都听，那时候也喜欢去 KTV 唱，它是当时难得的适合我的狭窄声线又动听迷人的好歌，林夕的歌词写得更是深得我心，但是今天再看，20 多岁时的我根本不懂什么叫"十年"。

2008 年 5 月，我的处女作长篇小说经历了各种波折，终于完成，印刷、上市；2008 年 8 月，我结束了在上海一年多的生活，返回青岛。十年之后，2018 年的 5 月到 8 月，我写完一部新的长篇小说，从一个起点走过 3600 多个日夜，站上一个新的起点，向过去的十年鞠躬告别。

有那么几年，我放弃了写小说。

从当初每年至少要写几十万字的长篇、短篇小说，到彻底地放弃，在这两年多的时间里，我没写下过一个故事，没写下过一个开头，甚至刻意地少听音乐，少去触发自己灵感的源泉，即使脑海里时常浮现出什么素材和故事，也不会记录，任由它们出现又消失，最后将它们忘得干干净净。

有那么几年，我长时间地陷入焦虑，尤其在 30 岁之后，生活、家庭、婚姻、孩子……这些在很多人那里接受起来顺理成章的东西，在我这里却变得非常困难。

焦虑最严重的时候，我开始失眠，甚至开始失语。20 多岁时，写作对我来说很容易，因为我心中充满倾诉的欲望；放弃写作时，是因为倾诉欲消失了，我甚至跟朋友在网络中聊天时经常会打出很多字，然后又全部删掉，最后只说"好吧，那就这样吧"，或者"你好好的吧"。

高晓松说，"四十不惑"的意思，不是人到 40 岁就不会迷惑，而是到了 40 岁，很多你一直想不清楚的事情，就不想再去弄明白。

写这部小说时，我即将 37 岁，到它上市时，我距离 40 岁又近了一步，很幸运，还没到那个岁数，我已经开始想明白一个道理：有些事情想不清楚就想不清楚吧。

所以，原本放弃写作的我，希望把所有焦虑都清理干净了再写，现在的我，是写下了心里所有的焦虑——生活、家庭、婚姻、孩子……所有的思考，所有的困惑，所有的不甘，所有的释然。

十年前，我留着长发，那时的长发已经留了好多年，变成了我独特的标志。

失语时的我，一点点剪去头发：先是推掉了后脑上的，还保留着辫子；又推掉了两鬓的，只留着头顶上的；接着剪短头顶上的，最后干脆自己买个电推子，不光给自己剃发，还顺道拿老爸练手。

十年前，我一直在考虑自己到底要怎么改变，才能不丢失自己，才能留住自己。

十年后的今天，我不再思考什么是自己。

生活就是我自己。

顺便说一下，这部长篇小说依然是在各种音乐的包裹中完成的，奠定基调的依然是刘冬虹和窦唯。

特别感谢马小也，没有她的聪明才智，就没有这部小说。